Andrew Greig

In jenem Sommer

Aus dem Englischen
von Johannes Sabinski

S. Fischer Verlag

Die Originalausgabe erschien 2000
unter dem Titel ›That summer‹
bei Faber and Faber Limited, London

Satz: Pinkuin Satz und Datentechnik, Berlin
Druck und Bindung: Clausen & Bosse, Leck
Printed in Germany
ISBN 3-10-027040-1

Jener Generation gewidmet,
die langsam von uns geht.

Prolog

Als ich jung war, wirbelten im Luftzug
über meinem Bett die Airfix-Bausätze,
die Hurricanes, Spitfires, Messerschmitts
an ihren Fäden.

Einer nach dem anderen kehren sie zurück, drosseln über den Umzäunungen vergessener Flugplätze die Motoren und rollen bis zu den verlassenen Baracken. Auf Fahrrädern kommen die Frauen und Männer den Feldweg herab, der mit Brombeergestrüpp zugewuchert ist. Andere sind zu Fuß, der Klang ihrer Stimmen treibt schwerelos dahin wie ein sommerlicher Insektenschwarm, während sie die rostigen Tore passieren und dem Kommandeur zuwinken, der in seinem Lagonda vorbeigleitet.

Die Piloten springen von ihren Maschinen herunter und gehen in die Knie, wenn sie auf dem Erdboden aufkommen. Einige straucheln, weil die Fallschirme sie behindern, die ihnen hinten gegen die Schenkel klatschen. Manche winken, manche rufen etwas aus, doch ihre Stimmen sind so hell, dass der Sommerwind sie davonträgt. Ein leichter Regen setzt ein, und an ihre taubenblauen Uniformen heften sich schimmernde Tropfen.

Die beiden Gruppen verschmelzen. Händeschütteln und Schulterklopfen. Eine Umarmung und ein flüchtiger Kuss auf die Wange, seit sechzig Jahren aufgeschoben. Ein schwarzer Labrador läuft zwischen den Beinen hindurch und wird von einem beleibten Mann begrüßt. Er kniet sich nieder und drückt den Hund an sich. Während die beiden miteinander rangeln, schlendern andere zu den Flugzeugen hinüber, deren Auspuffkrümmer im Nieselregen dampfen. Es sind zumeist Männer; Monteure, Mechaniker und Waffentechniker. Sie streichen über die Tragflächen, fahren mit den Fingern über die abgefetzten Stoffreste, die sich zuvor um die MG-Luken spannten, und fluchen leise.

Andere lassen den Blick im Regen über den niedergewalzten Rasen schweifen, den rissigen Beton, auf dem sich an den Wochenenden die örtliche Jugend mit Motorrädern und Gokarts Rennen liefert, und über die leeren Hüllen der Nissenhütten. Der Kontrollturm steht noch, wenn auch mit leeren Fensterhöhlen und verbogenen, rostigen Antennen. Einige der Airforce-Helferinnen gehen auf den Beton der Aussiebestelle zu, überqueren die Fundamente der Fernmeldebaracke. Im Moder auf dem Fußboden des Anderson-Bunkers geht eine in die Hocke und gräbt das Überbleibsel einer alten *Picture Post* aus. Sie pult die Seiten auseinander, ein schrumpliger Pariser fällt heraus. Sie zuckt die Achseln, die anderen lachen. Die Jüngste beißt sich auf die Lippen.

Beinahe alle rauchen. Sie reichen die Zigaretten weiter, als würden sie Segen erteilen, wie als Zeichen von Zusammengehörigkeit. Schließlich brauchen sie sich um Gesundheitswarnungen nicht zu scheren, selbst wenn sich irgendwelche auf den Päckchen befänden, die sie aus ihren Brusttaschen fischen, um eine Zigarette hochzuschütteln, sie anzustecken und dann den Rauch in die warme, feuchte Luft auszuatmen.

Sie stehen in Grüppchen beieinander und unterhalten sich. Die Piloten gestikulieren, um zu zeigen, wie es damals war. Noch immer streiten sie sich über Zahlen und Formationen. Einer zeigt mit zu Boden gehender Handkante, wie er ausscherte, sich dann fing und hinter der anderen Hand auf gleiche Flughöhe kam. Dann lässt er beide Hände zittern. Die anderen nicken und lachen, leise zwar, doch so beharrlich wie die Erinnerung.

So reden sie und schlendern umher, bis der Nieselregen nachlässt und dann ganz aufhört. Zigaretten werden unter Schuhen und Fliegerstiefeln ausgetreten, Schlipse unter den Kragen gezogen, Schiffchen geradegerückt oder in einen flotten Winkel geschoben, der gerade noch haarscharf den Vorschriften entspricht. Das Pärchen, das sich von Anfang an innig umschlungen hielt, kehrt vom Gehölz an der Umzäunung zurück. Schwach schellen ihre Klingeln, als die Fahrräder auf dem Feldweg entschwinden. Die Motoren geben ein leises Brummen von sich, und die Propellerblätter surren. Dann heben sie einer nach dem anderen ab und steigen über die Wolken, wo es immer gleißend, brennend blau ist zu Ende dieses Sommers.

Einige der Sprechfunksignale aus jenem Sommer – von Piloten, die Fluganweisungen von den Frauen am Boden entgegennehmen oder die sich untereinander zubrüllen, in Formation zu fliegen – sind zwischen Erdboden und Ionosphäre eingefangen worden. So springen sie wie Tennisbälle in endlosem Schlagabtausch hin und her, denn sie vergehen nicht. Dann und wann wird ein Funkamateur, der spät nachts müßig durch den Äther gleitet, plötzlich Männern und Frauen beim Lotsen, Fliegen, Singen, Fluchen, Sterben zuhören. Obwohl sie schon lange von uns gegangen sind, sind sie alle noch im Kopfhörer.

Und unter den wenigen Bäumen, die jenseits der rostigen Umzäunung noch stehen, gibt es einen Stamm mit großen verzerrten Buchstaben, die einen Namen und ein Datum bilden. Sie wurden von dem anderen eingeritzt, dem Schlaksigen, Müden, der im Schlafzimmerfenster eines

Hauses aus der Nachkriegssiedlung lehnt, die braunen Stiefel einen Fuß in den Dielenboden eingesunken. Er wendet den langen Rücken, sein rechter Arm hängt leicht verkrümmt an ihm herab, stets ist er dabei, sich umzudrehen, dreht sich niemals ganz um, und sein Gesicht wäre so vertraut. Im Dunkeln spricht er:

1. Kapitel

Ende Juni 1940

Das erste Mal sah ich Tadeusz Polarczyk, als er im Botanischen Garten nahe dem Bahnhof stand, die Augen von einem großen braunen Schlapphut beschattet, den Fuß auf einem dreihundert Millionen Jahre alten versteinerten Baum. Er starrte ihn an wie ein Jäger, der den Löwen betrachtete, den er soeben geschossen hatte. Derselbe Ausdruck von Ehrfurcht und Bedauern und … von noch etwas.

Ich ließ meinen schweren Tornister sinken, stellte mich neben ihn und las die Plakette. Versuchte, mir diesen Teil Englands in Äquatornähe vorzustellen, von dunstigen Sümpfen bedeckt und mit riesigen, urwüchsigen Bäumen, die hoch über unsere Köpfe ragen. Dachte an die gewaltigen Umwälzungen, die sich seither ereignet hatten, und an die eine, die sich gerade ereignete, und da schien sie mir nicht mehr ganz so wichtig zu sein, und ich fühlte mich erleichtert.

Die Gestalt neben mir regte sich, richtete sich auf. Ich spürte, wie seine Augen mich rasch musterten, mit meiner noch blauen, steifen Uniform und meinem Tornister.

»Tja, mein Freund«, sagte er, als setzte er eine Unterhaltung fort. Seine Stimme war kehlig und hatte einen ziemlich starken Akzent. »Der ist sehr alt, wie du siehst.« Er tippte den versteinerten Baum mit der Spitze eines makellosen Budapesters an. »Aber wir sind am Leben und er nicht. Eins zu null für uns.«

Ich nickte. Das war also das andere in seinem Gesichtsausdruck gewesen: stiller Triumph. Ich nickte, als sei es üblich, Fremde anzusprechen, und schob es auf seine fremde Herkunft. Und auf den Krieg.

»Ja«, entgegnete ich. »Aber was wird von uns übrig bleiben?«

Darauf lachte er. Ein gelöstes Lachen, das ich von seinem getragenen, ernsten Gesicht nicht erwartet hatte.

»Nichts, mein Freund!« Er streckte die Hand aus, die erstaunlich klein war. Ich ergriff sie automatisch, als sei das alles völlig alltäglich. Doch dann wiederum war seit kurzem nur mehr wenig alltäglich.

»Also, du bist von der trübsinnigen Sorte«, sagte er. »Ich bin Tadeusz. Ich bin aus Polen, aber nicht trübsinnig, weißt du.«

Mir war nicht klar, ob Tadeusz sein Vor- oder Nachname war. Er sprach ihn wie einen Titel aus. »Leonard Westbourne, aber die Leute nennen mich Len.«

»Ach ja, die Vertraulichkeit der englischen Kurznamen! In dem Fall kannst du Tad zu mir sagen, dürfte dir leichter fallen.«

Sein Gesicht strahlte auf einmal von einem Lächeln, das den grauen Tag ringsum aufhellte. Aber es galt nicht mir. Mit einer zugleich förmlichen und ungezwungenen Geste zog er den Hut, neigte den Kopf und schlug dabei die Hacken zusammen. Ich blickte mich um. Eine große und auffallend hübsche Frau kam auf uns zu.

»Guten Tag, Madam«, sagte er. »Ihnen geht es gut, darf ich hoffen?«

Sie zögerte. Ich sah verschiedene Regungen über ihr Gesicht huschen. *Wer ist dieser Irre? Sind wir uns schon mal begegnet?* Dann muss sie etwas in seinem warmen Lächeln und seiner respektvollen Geste beruhigt haben.

»Sehr gut, danke«, erwiderte sie. Und ging an uns vorüber, hielt aber den Kopf in einer Weise, die auf ein Lächeln hindeutete.

Tad sah ihr nach, als genösse er es, so viel Schönheit zu sehen. Dann klopfte er mir auf die Schulter.

»Siehst du, Len«, meinte er, »das Leben ist kurz, aber es gibt viele Möglichkeiten. War sie nicht schön?«

»Kann sein«, sagte ich und schulterte meinen Tornister. »Aber ich muss meinen Zug erwischen.«

Dann, ohne den Schatten der Hutkrempe, sah ich seine Augen. Sie waren fast schwarz, glühend und ruhelos und plötzlich voller Ernst.

»Ja«, gab er zurück. »Den Krieg vergessen wir nicht. Niemals!«

Das sagte er mit solcher Überzeugung, als sei es ein Fluch, und mit einer Leidenschaft, die niemals englisch sein konnte. Dann legte er seine Hand auf meinen Arm.

»Komm, mein Freund, lass uns zum Bahnhof gehen, zu unserer Staffel stoßen und in diesen Krieg ziehen.«

Ich starrte ihn und seinen teuren Anzug an. Tad war ziemlich klein, breit und von kräftiger Statur. Mit den vorgezogenen Schultern, dem großen, beweglichen Kopf und den glühenden dunklen Augen erinnerte er mich auf einmal an einen Falken. Dieselbe konzentrierte Kraft. Er erwiderte meinen Blick und lachte leise vor sich hin.

»Du bist Sergeant Westbourne, oder nicht? Wie ich höre, trittst du mit mir zusammen ein und nimmst den Nachmittagszug. Was glaubst du, wieso ich mich vorstelle? Mein Gepäck wartet auf dem Bahnhof.«

Er setzte seinen Schlapphut auf und zog sich die Krempe in die Augen.

»Wenn wir uns beeilen, ist vielleicht noch Zeit für ein Glas von eurem warmen Bier am Bahnhofstresen. Da waren zwei Frauen, sehr hübsch …«

Draußen vor dem Pub hielt ich inne. Vor mir lag der Ausschank, der schäbig wirkte, besonders für jemand so überaus vornehm Gekleideten wie meinen neuen Begleiter. Ich schlug vor, in die Lounge zu gehen. Wäre bequemer.

Er schüttelte scheinbar bedauernd den Kopf.

»Leonard, ich bin kein Bourgeois!«, verkündete er erhaben. »Die Lounge ist was für Spießer und Bourgeois. Aber Tadeusz Polarczyk ist Intelligenzija, und du bist bestimmt ein Bauer.«

Er benannte meine bäuerliche Herkunft mit solcher Selbstverständlichkeit, dass es unmöglich war, daran Anstoß zu nehmen.

»Ja«, sagte ich. »Wahrscheinlich bin ich ein Bauer.«

»Also trinken wir an der Theke unterm Volk!«

»Schön. Du bezahlst, und bezeichne bitte dort niemand sonst als Bauern. Das könnte denen missfallen.«

Drinnen stießen wir rasch auf unsere Gesundheit an und erwischten dann im Laufschritt unseren Zug. So viele Möglichkeiten, hatte er gesagt, und an jenem Abend fühlte ich mich ihnen allen nahe, während der Zug nach Süden donnerte, auf die Küste zu, genauso massiv und doch so geisterhaft wie dieser einstmals lebende, dann steingewordene Baum.

So erwischte ich den Bus gerade noch im Laufschritt, als er am Ende der Green Road abbog. Drinnen stand die Schaffnerin und sah mir ohne Lächeln zu.

»Es ist verboten, auf einen fahrenden Bus aufzuspringen, Miss«, verkündete sie.

Auf halber Treppe blieb ich stehen, um wieder zu Atem zu kommen.

»Sie hätten auf mich warten können«, sagte ich.

Sie trug eine Brille mit brauner, schwerer Fassung, die für finstere Blicke wie geschaffen war.

»Wenn wir auf jeden warten wollten, der sich verspätet, kämen wir nie aus dem Busdepot raus. Wo würden wir da bleiben?«

»Im Depot, du blöde Gans«, murmelte ich beim Umdrehen und nahm die letzten Stufen. Fast rechnete ich damit, dass sie mir ein *Wir haben Krieg, wissen Sie* hinterherschicken würde, was anscheinend bereits zu einem Schlagwort geworden war, das jede Verknappung und jede Blödheit rechtfertigte. Während des Sitzkriegs, als die Polen allein geblieben waren, hatten es die Leute als Witz gemeint, aber jetzt, mit dem Fall Frankreichs, war das nicht mehr so komisch.

Das Oberdeck war drangvoll und verraucht. Neben einer Frau mit einem Schopf blonder Haare war noch ein Platz frei.

»Entschuldigen Sie bitte«, sagte ich.

Sie hob ihre Tasche vom Sitz, nahm sie aufs Knie und sah mich dann an. Sie war jünger, als ich dachte, in meinem Alter. Ich spürte, wie sie meine Uniform musterte und den neuen Matchbeutel, der meine Papiere von der Trainingsschule enthielt.

»Danke«, sagte ich und setzte mich hin.

Sie nahm die Zigarette aus dem volllippigen Mund und schnippte die Asche auf den Fußboden.

»Gerne, Liebes.«

Dann vergrub sie den Kopf in ihrer Zeitschrift. Eine von

der billigeren, klatschsüchtigen Sorte. Die Schaffnerin kam hoch, und ich zahlte mein Fahrgeld. Sie ging nicht weg, sondern starrte die Zeitschrift an, hinter der meine Nachbarin halb verborgen war.

»Fahrgeld, bitte«, schnauzte sie. »Ich rede mit Ihnen, Miss.«

Eine lange Pause trat ein, dann sank die Zeitschrift nach unten. Große blaue, geschminkte Augen.

»Ich hab meine Handtasche vergessen«, sagte sie. »Tut mir Leid. Ich steig an der nächsten Haltestelle aus.«

»Tut mir Leid! Hier sind ehrliche Leute in diesem Bus, die zahlen ihr Geld, nur Sie nicht. Schon gehört, dass wir …«

»… das geht in Ordnung«, unterbrach ich. »Sie gehört zu mir. Ich zahle.«

»Danke«, sagte sie. »Vielen Dank. Haben Sie das Gesicht dieser alten Fledermaus gesehen?«

»Ja. Das war die paar Pennies wert.«

»Eine Zigarette?«

Sie hielt mir das Päckchen entgegen. Marke Du Maurier. Als Kind hatte ich's mal probiert und dann ab und an wieder an der Uni, hatte mir das Rauchen aber nie richtig angewöhnt.

»Danke«, sagte ich.

Wir zündeten uns gemeinsam eine an, und ich bemühte mich, nicht zu husten. Ich blies Rauch in den dicken, blaugrauen Mief. Die Verhältnisse in jenen Tagen oben in den Bussen kann man sich heute nur noch schwer vorstellen.

»Ich zahl's Ihnen zurück«, sagte sie. »Sie fahren regelmäßig mit diesem Bus. Ich hab Sie schon mal gesehen.«

»Nicht nötig. Wirklich.«

»Danke. Ich hab Sie erst für hochnäsig gehalten, aber Sie sind nett. Denn zusammen Busfahren ist eine Sache, sich wie eine Freundin zu benehmen eine andere.«

Da saß ich, und als ›Freundin‹ bezeichnet zu werden wärmte mich innerlich. In Wahrheit fühlte ich mich einsam in meinem Quartier in der Stadt, wo ich die Woche über mein Training hatte, und an den Wochenenden nach Hause fuhr. Meine Freundinnen von der Uni waren ihrer Wege gegangen, und was Männer anging, nun, darüber wollte ich lieber nicht nachdenken.

Ich rauchte die Zigarette zu Ende und stand auf. »Meine Haltestelle.«

»Ein Vorschlag«, sagte sie. »Gehn wir über die Straße zu ›Lyons‹, und ich lad' Sie zu Kaffee und Kuchen ein.«

»Aber ich dachte ...«

Darauf lächelte sie breit und offen. Jede Menge weiße Zähne. Viele Male noch sollte ich dieses Lächeln sehen und dieses Lachen hören, bevor wir jenen Sommer hinter uns hatten.

»Ich bin mit 'ner Kellnerin von dort zur Schule gegangen«, fuhr sie fort. »Wir haben oft zusammen blaugemacht. Wenn ich darum bitte, verliert sie vielleicht unsere Rechnung. Also?«

Ich dachte nach über diese Welt, in der Leute versuchten, sich ums Fahrgeld zu drücken, Rechnungen verloren und die Schule schwänzten und sich nicht mal schuldig fühlten. Meine Mutter wäre entsetzt. Voller Unruhe, dass ich mich mit einer derartigen Person auch nur einlassen könnte, als wäre das allein schon ansteckend. Als könnte ich zurück in die Klasse sinken, aus der sie sich so mühevoll hochgearbeitet hatte, zurück in den dunstigen Sumpf der Ehrlosen.

»Danke. Klingt großartig.«

Und als wir aus dem Bus stiegen, sagte sie: »Übrigens, ich bin Maddy.«

»Stella. Stella Gardam.«

Dann gingen wir zu Kaffee und Kuchen ins »Lyons«, und die Rechnung tauchte nie auf. Desto süßer schmeckte der Kuchen, muss ich sagen, und der Kaffee hatte ein Aroma, das ich ziemlich mochte. Und sie erzählte mir, dass sie Aushilfsschwester bei der Navy sei und alle Hände voll zu tun habe mit einer Mumpsepidemie, aber die Seeleute seien zum Schieflachen. Ich erzählte ihr, dass ich in Signalen ausgebildet würde, dass aber ein großes Psst! über der Sache liege und ich nichts weiter dazu sagen dürfe. Die Arbeit an der Funkortung – was später Radar werden würde – war noch ein großes Geheimnis. Noch galt es herauszufinden, wie wichtig sie tatsächlich war, damals im Juni jenes Sommers, bevor die Schlacht richtig losgegangen war.

Wir standen draußen auf dem Gehsteig. Ich war im Begriff, mich zu verabschieden und zurück auf mein Zimmer zu gehen.

»Wie wär's«, sagte sie. »Hast du Lust auf einen Tanzabend bei der Airforce am Freitag? Ich kenn in der Kapelle den Schlagzeuger, wir können umsonst rein.«

Ich überlegte. Ein Wochenende brav zu Hause mit meiner Mutter. Dad draußen beim Luftschutz. Und ich musste meinen Stoff wiederholen.

»Hört sich nach viel Spaß an«, sagte ich. »Liebend gern.«

Und so lernten Maddy Phillips und ich einander kennen, und so gingen wir zum Tanz, und so … kam alles.

2. Kapitel

Anfang Juli

Wie leicht doch ein Mädchen ist, wenn man mit ihm tanzt, wie ganz anders als eine Maschine! Sie wurde beim Tanz in meine Richtung geschoben, nachdem Tad sich verbeugt, die Hacken zusammengeschlagen, ihre Freundin an sich gerissen und in Windeseile fort aufs Parkett geschleift hatte. Die hier schaute erschrocken und dann belustigt drein, als wir uns miteinander bekannt machten. Ich verpasste den Moment zum Händeschütteln und nickte bloß und grinste sie wie ein Idiot an, wenn auch wie ein begeisterter.

»Ich nehme an, Sie wollen tanzen«, gab sie sachlich von sich. Von ihrem Namen abgesehen die ersten Worte, die sie an mich richtete.

»Ja. Sie auch?«

Sie warf einen Blick aufs Parkett, wo Tad und ihre Freundin durch die Menge wirbelten. Dann wanderten ihre Augen prüfend an mir herab und wieder hinauf. Als sie lächelte, bildeten sich zwischen ihren Brauen zwei undeutliche senkrechte Falten.

»Ja«, sagte sie.

Einen Augenblick lang sahen wir einander an. Ich schwitzte, wollte aber nicht, dass alles nach ihrem Willen ging.

»Also«, sagte sie schließlich, »fordern Sie mich auf?«

»Ich glaube schon«, erwiderte ich, dann lachte sie, und ich nahm ihre rechte Hand, und ich legte sie zum ersten Mal auf ihre straffe Taille, als wir in den Takt kamen und zu einem Quickstep loslegten.

Stella Gardam gefiel mir – ausgelassen, das Kinn erhoben, hübsch und lustig und gewitzt, das sah man ihr an. Und wahrscheinlich 'ne ganz andere Klasse als ich. Mindestens ein abgeschlossenes Studium und jetzt zu etwas ausgebildet, worüber sie mir nichts erzählen konnte.

»Psst!«, flüsterte sie mir ins Ohr, als wir uns in einer Ecke des vollen Saals nach einem Foxtrott drehten, derweil Tad und ihre Freundin verschwunden waren.

»Ach, red weiter«, sagte ich. »Seh ich wie ein Spion aus?«

Sie lehnte sich in meinen Armen zurück und sah zu mir hoch.

»Du siehst wie ein ehrlicher Mann aus«, meinte sie schließlich. »Aber so was ist heutzutage schwer zu erkennen.«

»Red weiter. Bitte.«

Die Klarinette kreischte, die Geige machte dazu *Aou* und ließ das Ganze beinahe harmonisch klingen.

»Na schön«, sagte sie und streckte sich, um an mein Ohr zu reichen.

»Funkortung«, flüsterte sie. »Bald kann ich sehen, was auf uns zukommt.« Einen Moment lang starrte ich ihr in die Augen – sie standen weit auseinander, waren grau, blickten geradewegs zurück, ruhig und abschätzend.

»Ich weiß nicht, ob das so eine gute Idee ist«, sagte ich, und es kam ernsthafter heraus, als ich es gemeint hatte, und es ließ sie für einen Augenblick wegsehen.

Tad und Stellas Freundin, eine fröhliche stramme Blondine namens Maddy, tauchten wieder auf, als die Kapelle einpackte. Sie schienen durch ein geheimnisvolles Leuchten oder einen Scherz miteinander verbunden. Tad schlug vor, uns so bald als möglich wieder zu treffen. Ich war ganz eifriges Nicken, während er Handküsse austeilte, sich nach allen Richtungen verneigte und allgemein eine gute Figur machte. Zu meinem Erstaunen wurden die Frauen überredet, wir fanden ein Datum, an dem wir alle Zeit hatten, und einen Ort – beide waren bloß zwei Meilen weit entfernt einquartiert. Also: das »Darnley Arms«, zwanzig Uhr, so Gott und Göring wollten.

Draußen in der warmen Dunkelheit küsste sie mich auf die Wange. Als ich dann zögerte, küsste sie mich noch einmal, wenn auch rasch, auf den Mund. Ihre Lippen fühlten sich warm, trocken, leicht an. Sie stellte sich wieder auf die Absätze und sah mich an.

»Manchmal ist gewappnet, wer gewarnt ist«, sagte sie. »Ich hatte keine Ahnung, dass ich das tun würde. Du?«

Ein aufgewecktes Mädchen. Etwas in ihrem Blick war eine Herausforderung, der ich gewachsen sein wollte.

»Das war klar. Brauchte keine Funkortung dafür.«

Sie warf mir ein rasches Grinsen zu, drückte dann meinen Arm und ging davon. Zwei Schatten lösten sich von der Rückseite des Saalbaus ab, und Maddy trat wieder ins Licht und holte Stella ein, wobei sie ihr Kleid zurechtrückte. Nun, Tad hatte seine Absichten deutlich genug geäußert (*Diese Maddy will ich wälzen von hier bis nach Krakau*), und sie schien keinerlei Einspruch zu erheben.

Wir gingen durch die warme Dunkelheit heim und summten dazu »Red Sails In the Sunset«. »Hast du mit Maddy …?«, fragte ich und bekam als Antwort nur sein Lachen.

Er ist nicht das, was ich mir vorgestellt habe. Nicht einmal Offizier, damit fängt's schon an. Kein Schnurrbart (den haben nur wenige von ihnen; das ist was für die Älteren, die auf den Schreibstuben, die noch aus dem letzten Krieg übrig sind). Und er ist gar nicht geschniegelt – hat einen ziemlich dicken West-Country-Akzent, sein Vater arbeitet in irgendeiner Fabrik an der Drehbank, und während meine Mutter ihn zweifellos als »Salz der Erde« bezeichnen würde, glaube ich kaum, dass sie es auf ihren Garten gestreut sehen wollte oder auf ihre Tochter. (Nicht, dass es soweit kommen wird.)

Er ist ein wenig schlaksig und linkisch, dieser Mr. Len Westbourne. Vielleicht mochte ich das an ihm, dass er verlegen war und dastand, als wüsste er nicht, was er tun sollte, als Maddy mich beim Tanz auf ihn zuschob. Denn ich wusste auch nicht, was ich tun sollte, schließlich war ich ja nur mitgegangen, um Maddy Gesellschaft zu leisten, und hielt nach keinem Mann Ausschau. Ich neckte ihn, um meiner eigenen Verlegenheit Herr zu werden. Als ich auf eine Reaktion wartete, fragte ich mich, ob er schwer von Begriff sei, denn das kann ich nicht ausstehen. Aber er hielt durch und brachte mich dazu, ihn zu fragen, ob er mich auffordern würde, denn auf einmal wollte ich doch tanzen. Bloß weil wir Krieg haben, kann ein bisschen Spaß nicht schaden.

Zu meiner Überraschung tanzte er nicht schlecht und legte gute Schwenks hin. Er konnte ohne zuviel Druck führen und überließ es einfach dem Rhythmus, uns umherzuschieben. Er weiß, dass es *Spaß* macht, das Tanzen, und dafür konnte ich ihn leiden. Seit Evelyn hatte mich kein Mann mehr so gehalten, und davor natürlich Roger unseligen Angedenkens.

Wie auch immer, hatten wir zwar die Verabredung angenommen, aber nicht wirklich mit der Absicht, uns mit ihnen im »Darnley« zu treffen. Wenigstens ich nicht. Soweit es mich betraf – falls sich Maddy mit unserem zugegeben gepflegt auftretenden polnischen Freund hinter einer Hecke wälzen wollte –, war es nicht nötig, mich mitzuschleppen. Doch obwohl ich nur genickt hatte, fühlte ich mich irgendwie gebunden, und sein Gesicht hatte ein Leuchten bekommen …

Nein, ich hatte mich auf andere Dinge zu konzentrieren. An der romantischen Front wollte ich noch eine ganze Weile auf Tauchstation bleiben.

Dann hörten wir die Geschütze rund um Gravesend, als sie wieder die Kais angriffen, und brachen das Dartspiel ab, um nach draußen zu gehen und uns den Zirkus anzusehen. Auf die Entfernung machte es nicht viel her, sah eher nach einem Störangriff aus als nach irgendeiner großen Sache. Seit dem Fall Frankreichs warteten wir noch immer auf das dicke Ende, das früher oder später kommen musste. In der Zwischenzeit konnten wir uns nach Herzenslust herumtreiben.

»Und warum seid ihr Jungs nicht da oben und knallt sie ab?«, fragte einer aus dem Ort.

Ich blieb still, sah bloß unseren Suchscheinwerfern nach, wie sie im Dunkeln verebbten. Es ging das Gerücht, die Flak sei reine Zeitverschwendung und könne gar nicht hoch genug schießen. Aber die Kanoniere mussten sich bei Laune halten und die Öffentlichkeit das Gefühl haben, dass etwas getan wurde. Ich fühlte mit diesen Kerls, die herumrannten, während ihnen die Helme in die Augen rutschten, ihre Salven auf unsichtbare Flugzeuge abfeuerten und dabei wussten, dass ihre Granaten zu kurz gingen. Ebenso sinnlos wie menschlich.

»Lennies Mama lässt ihn nachts nicht fliegen«, knurrte Tad. »Hemmt sein Wachstum, wissen Sie. Und ich hatte immer schon was gegen die Überstunden.«

Auf der dunklen Straße schmunzelte ich vor mich hin, obwohl unsere Aggression eine bloße Geste war. Mir war aufgefallen, dass Tad gut englisch sprach, wenn es ihm passte und er es nicht mit einem wütenden Kommandeur zu tun bekam oder die Einheimischen aufzog.

»Hoffen wir, dass deine Würfe besser sind als dein Englisch, Kollege«, sagte einer von ihnen.

Diese Jungs hatten es darauf abgesehen, uns zu schlagen, und da ihre Fangemeinde zuschaute, ging es zwar freundlich zu, war aber zweifellos nicht ganz frei von Sticheleien. Wir zuckten die Achseln, wandten uns ab und kehrten in den Pub zurück; machen konnten wir da nichts. Tad hatte Recht, wir waren keine Nachtjäger.

Ich bin kein Dartspieler, nie gewesen. Zu viel Zeit, um zu verkrampfen und Zweifel an mir aufkommen zu lassen. Als Junge, mit der alten 22er meines Vaters, waren mir bewegliche Ziele stets leichter gefallen. Richtig aufregend war das, Macht über solche Distanzen zu haben, das Krachen zu hören, den Rückschlag zu spüren und das Kaninchen einfach so umfallen zu sehen. Und ich liebte geschmortes Kaninchen. Der Part in der Mitte gefiel mir nicht, die glasigen Augen, das Blut.

Jedenfalls hatte ich es schon immer mit dem Zeichnen gehabt und nicht damit, mich an Frauen ranzumachen. Wobei ich diesmal an mein Glück geglaubt hatte. Aber noch immer keine Spur von Stella und Maddy (ein wilder Feger und für Tad eine passende Partie, schien mir). Ich warf einen Blick auf meine Armbanduhr, als Tad nach den

Dartpfeilen griff. Eine Stunde zu spät. Nicht mehr viel Aussicht, dass sie noch kommen würden. Wieder dachte ich an diese Flakschützen, die Salven abfeuerten und wussten, dass es zwecklos war.

Unsere Gegner, Dave und Tom, zwei Jungs aus dem Ort, die wir an jenem Abend kennen gelernt hatten, als wir uns im »Darnley« an den Tresen drängelten, gehörten, ehrlich gesagt, einer anderen Liga an. Aber wir entschieden zwei Sätze für uns, während wir auf die Frauen warteten, kassierten eine von diesen gnadenlosen Gewinnserien ein, die sich manchmal einstellen, und schlugen uns wacker. Die ganze Zeit sahen ihre Kumpels zu und klopften schlaue Sprüche, sodass uns die Sache bald ziemlich rannahm. So hatte ich mir den Abend zwar nicht vorgestellt, aber was anderes wurde nicht geboten. Also zog ich an meiner Zigarette und trat zur Markierung vor, um zu werfen. Zielte auf die 19, traf die dreifache 17, knallte einen vor den Draht, wechselte dann impulsiv zur 20 und holte ein Doppel rein. So war das schon den ganzen Abend gegangen. Glück bei den Darts, wenn schon nicht in der Liebe.

Den Satz gewannen wir. Drei zu drei. Ein letztes Entscheidungsspiel. Vorher besorgte ich uns noch eine Runde. Kein Grund zur Eile, schließlich hatten wir nichts Besseres zu tun.

Eigentlich eine Schande. Für einen Augenblick hatte ich geglaubt, es könnte passieren.

Aber unsere Verabredung war nie etwas anderes als ein Schuss ins Blaue gewesen. Wir waren keine Offiziere, ich kein Clark Gable und Tad für die meisten einfach zu eigenwillig. Ich sah noch einmal auf meine Uhr. Schon fast anderthalb Stunden überfällig. Das Spiel beenden, ein Bier noch und dann Abflug.

Gleich mit dem ersten Wurf legten sie mächtig los, wir

aber auch, und so jagten wir einander im großen Stil runter von den 501 Punkten Startwert. Auf einmal stand ich da und musste mit drei Pfeilen in der Hand 50 Punkte werfen, und die Lokalmatadore brauchten nur noch doppelte 20, um ihren Sieg in trockene Tücher zu bringen.

»In Gefahr und höchster Not …«, flüsterte Tad. »Du kannst es schaffen, Lenny.«

Ich gab meine Zigarette aus der Hand, tat dabei völlig gelassen, und trat an die Linie. Der Raum fiel in Schweigen, alle Augen waren auf mich geheftet, und ich traf die 10. Zielte dann auf die 20. Verkrampfte gleichzeitig und erwischte die verflixte Wand. Jemand lachte, ich zögerte und fühlte mich im hell erleuchteten Raum allein und gar nicht mutig. Der Niederlage gewiss, holte ich gleichwohl mit dem Arm aus.

Die Tür zur Straße öffnete sich. Ich gewahrte Stellas Augen auf mir, die breite Stirn unter der schwungvollen kastanienbraunen Dauerwelle, und gleich hinter ihr Maddy. Ich warf ihnen einen Blick zu, drehte mich wieder zur Scheibe um und warf.

Kaum dass der Pfeil sich aus meiner Hand löste, war ich meiner Sache sicher. Nichts, keine Bomben und kein verdammter Krieg konnten jetzt noch etwas daran ändern. Er glitt durch die verrauchte Luft und blieb mit dumpfem Schlag in der Doppel-20 stecken.

Tumult, Gelächter, Tads Freudenschrei. Der Wirt gab für jeden eine Halbe aus, während wir Dave und Tom die Hand schüttelten.

»So viel Glück habt ihr nächstes Mal nicht«, murmelte Dave, und ich pflichtete ihm leichthin bei, als wir uns zu unseren Mädchen durchquetschten. Sie lächelte, ich lächelte. In diesem Augenblick schien es keine Aufgeregtheit oder Sorge zu geben. Mochte sie Klasse haben, ich hatte dafür meine lichten Momente, und so könnte es klappen. Zum Henker, das musste es!

»Warum der ganze Trubel?«, fragte sie.

»Wir hatten Glück beim Spiel, obwohl es schlecht für uns stand«, erwiderte ich.

»Verstehe«, sagte sie. »Umso besser vielleicht, dass wir spät dran sind. Hat uns den langweiligen Teil erspart.«

Aber sie nahm mich beim Arm, einfach so, als wir zum Nebenzimmer gingen. Und als wir mit Bier und Gin Platz genommen hatten und sie sich mir wieder zuwandte, schien ich vorherzusehen, was sie als Nächstes sagen würde, was ich sagen würde und was daraus werden sollte, so als hätte just eben ein Scheinwerferstrahl einen Satz aus der Dunkelheit heraus gemacht, und wir wären schon immer sein Ziel gewesen.

Als ich an jenem Abend in mein Quartier zurückkehrte – die mürrische Masse von Mrs. Mackenzie schob wie üblich gleich hinter der Tür Wache –, lag es mir fern, irgendwo hinzugehen, schon gar nicht in einen verräucherten lärmenden Pub. Nach einem Tag vor der Bildröhre war ich müde und hatte Kopfweh vom Versuch, diese verfluchten Echozacken und Senken zu entschlüsseln, und es gab noch seitenweise Einsatzvorschriften durchzuarbeiten. Ich rief Maddy an und sagte ihr Bescheid. Wir stritten uns kurz und rauften uns dann wieder zusammen.

Nach dem Abendbrot – wie immer fast schweigend verzehrt und zum Rhythmus der Kaugeräusche Mrs. Mackenzies und ihrer Klagen, so als sei der Krieg erklärt worden, um ihr persönlich das Leben schwer zu machen – lernte ich eine Weile und legte mich dann hin, starrte die Decke an und dachte über mein früheres Liebesleben nach. Eine Zeit lang hatte ich Mitleid mit uns allen, setzte mich dann im Bett auf und pfefferte das Signallehrbuch in die Ecke. Wär doch bescheuert, wenn ich mir von diesen trübseligen Geschichten die Freude am Leben verderben ließe. Es war sowieso bloß ein Abend lang Spaß und nette Unterhaltung. Und dieser arme Pilot würde richtig traurig sein, sollte ich nicht auftauchen.

Also ging ich nach unten, rief Maddy an und machte mich dann schick – nur etwas, bloß genug, um gut auszusehen, ohne dafür zu dick aufzutragen. Als sie schließlich vorbeikam und wir durch die Verdunklung zwischen nachtschwarzer Straße und dem noch tieferen Dunkel des Wegrandes radelten, das nicht so ferne Dröhnen der Bomber hörten und zuletzt zum Dorf gelangten, hatten wir uns schrecklich verspätet. So sehr, dass wir sogar überlegten, ob wir es wagen sollten, uns noch blicken zu lassen, und ob sie noch da sein würden, und so standen wir, auf einmal verunsichert, draußen im Dunkeln. Drinnen kam schallendes Gelächter auf, und ich fühlte mich ausgeschlossen, wollte weg und mich doch am liebsten dazugesellen.

»Das ist doch lächerlich«, sagte ich. »Nichts kann uns von einem Drink abhalten, bevor wir zurückradeln.«

Und ich stieß die Tür auf in die Helligkeit und sah ihn und er sah mich, dann warf er einen Pfeil, und Lärm und Beifall brachen aus, und ich war froh, dass wir gekommen waren. So davon angetan, dass ich alle Vorsicht vergaß und ihn beim Arm nahm, als wir zum Nebenzimmer durchgingen.

Ich wandte mich den anderen zu und hob mein Glas.

»Auf einen guten Ausgang«, sagte ich.

Bilde dir nicht ein, ich hätte dich nicht dabei ertappt, wie du mich angesehen hast, mein junger Len, während

Maddy und dein exzentrischer Freund – anscheinend muss ich lernen, ihn Tad zu nennen – ihr Programm abspulten. Ich spürte deine Augen wie eine ganz sachte Hand über mich streichen, aber sie waren wenigstens achtungsvoll, amüsiert, fragend, und du hast sie (soweit ein Mann dazu fähig ist) eher über als unter meinen Hals wandern lassen. Aber hingesehen hast du so lange, bis ich mit einem Lachen wieder ins Gespräch zurückfinden musste.

Wir redeten über unwichtigen Kram, und mit ein paar Gin intus machte es Spaß. Sie versuchten uns das Dartspiel zu erklären, wir tauschten kurz unsere Geschichten aus. Er ist Freiwilliger in der Reserve, aus der Gruppe ohne Offiziersrang, wurde erst unlängst zur Royal Air Force versetzt und hat bislang keine Kampferfahrung.

»Kostet mich all meine Zeit, das Ding überhaupt zu fliegen«, sagte er. »Und in Formation zu bleiben. Der Himmel ist so riesig und hell, du hast ja keine Ahnung.«

Während wir redeten, kam ein schwaches Rumoren aus Richtung der Docks, als ob sich jemand räusperte oder hüstelte, und mir fiel auf, wie er für einen Augenblick den Kopf schräg hielt, so verharrte und sich dann wieder der Unterhaltung anschloss, als sei nichts gewesen. Nichts jedenfalls, worum wir uns kümmern müssten, und dafür war ich dankbar und nahm es ihm zugleich übel.

»Stella sagt die Zukunft voraus«, meinte er zu Tad, und ich begriff, dass er einen kleinen Schwips hatte. »Sie sieht, was auf uns zukommt. Also wie viele und auf welcher Höhe.«

Ich zuckte die Schultern, als sei nichts weiter dabei.

»Hätte das dann irgendwas mit den hohen Masten zu tun?«, fragte Tad. »Oder bist du bloß medial veranlagt?«

»Na klar ist sie das«, sagte Maddy. »Und ich ebenso.«

»Beweis es«, gab Tad zurück.

»Nun, ich sag dir, was du denkst.«

Sie beugte sich vor und flüsterte ihm ins Ohr, während Len und ich aneinander vorbeischauten.

»Du *bist* ein Medium«, jauchzte Tad. »Ganz genau! Oder hörst du vielleicht nur deine eigenen Gedanken?«

Da musste ich lächeln und an die flimmernden Zacken denken, mit denen ich die letzten Wochen verbracht hatte, diese unsteten Echos. Der Kniff daran ist, sie lesen zu lernen, dachte ich undeutlich durch den Schleier meines dritten Gins.

Beim Heimweg konnten wir ihre Gesellschaft entbehren. Ich schob mein Fahrrad, das sich zwischen uns als recht nützlich erwies. Tad und Maddy fielen immer weiter zurück und verschwanden irgendwo in der Dunkelheit.

Es war eine milde Nacht, kaum dass der Sommer seine Mitte überschritten hatte, und sie war nicht völlig schwarz, obwohl der Mond untergegangen war. Die Sterne glommen schwach am Himmel, die Suchscheinwerfer waren zu Bett gegangen. Er wechselte vor dem Fahrrad hinüber auf meine Seite und legte den Arm um meine Taille. Schweigend gingen wir eine Weile weiter; beide hatten wir auf einmal die Sprache verloren. Die Luft fühlte sich weich und feucht an. Ich roch die Nesseln im Graben und dann etwas Süßsaures, das Weißdorn gewesen sein könnte. Die Verdunklung schärft den Geruchssinn, dachte ich und merkte dann, dass ich es laut gesagt hatte.

»Verliert man das eine, gewinnt man das andere«, entgegnete er. »So geht das.«

Wir gingen weiter; seine Hand hielt meine Taille nun fest im Griff, anstatt abzurutschen. Und aus irgendeinem Grund ärgerte ich mich darüber, was er gesagt hatte und über das, was er da tat. Hier sollte eigentlich ich die Oberhand haben.

»Was hast du denn unlängst verloren?«, fragte ich.

»Gewissheit«, erwiderte er geradezu. »Wie alle anderen auch. Ich weiß nicht, was morgen geschieht oder nächste Woche oder nächstes Jahr. Es könnte hier zur Invasion kommen. In einem Monat könnten Fallschirmjäger diese Straße hochkommen.«

Mich fröstelte. Es schien so aberwitzig, aber seit dem Fall Frankreichs war es nur zu wahr, und alle wussten es. Und ich muss gestehen, ein Teil des Fröstelns war Erregung.

»Und gewonnen?«, fragte ich.

Eine lange Pause, so lang, dass ich angefangen hatte, wieder in den Himmel zu schauen und bei mir dachte, zu persönlich geworden zu sein. Und, ganz ehrlich, ich hatte nicht auf ein Kompliment gehofft.

»Ein Leben«, sagte er leise, und seine langfingrige Hand drückte sich einen Moment lang fester um meine Taille.

Wir standen an der Kreuzung und warteten auf die Turteltauben, falls es welche waren. Offen gesagt, glaube ich, dass es an jeder Hecke in England passiert. Was kein Grund ist, weshalb ich zur Gesamtzahl beitragen sollte. Schließlich traten sie aus der Dunkelheit hervor. Er schob ihr Fahrrad, das quietschte, sie hakte an seinem freien Arm wie ein williges Anhängsel. Einen Augenblick lang standen wir vier dort herum, während Maddy sich noch immer die Frisur richtete. Die Unterhaltung flammte auf, verpuffte und erstarb. Ich war jetzt sehr müde und bereit, nach Hause zu gehen, die Decke anzustarren und schnell einzuschlafen.

Mein junger Mann – wie ich es doch liebe, gönnerhaft von ihm zu denken, was mir erspart, von ihm beunruhigt zu sein – hatte die Hände in die Hosentaschen gesteckt und war um weitere Worte verlegen. Bohrte die Absätze in den

Boden, sah nach unten und dann über meine Schulter. Er tat mir Leid, ich nahm ihn beiseite und drückte ihm dann spontan einen festen Kuss auf die Lippen, auch wenn keiner von uns dabei den Mund öffnete. Und noch einmal. Diesmal hatte er's kapiert, schien aber etwas aus der Übung zu sein. Dann sagten wir einander gute Nacht und gingen unserer Wege; Maddy befragte mich bereits und war ungläubig, dass ich ihn nicht in einen Graben gezerrt hatte und über ihn hergefallen war.

Ich sagte nichts, sondern lachte mit ihr mit. Es war eine gute, fröhliche, nicht weiter bedeutsame Nacht gewesen, eine wundervolle Art, nach einem Tag mit den Echozacken auszuspannen.

Zugegeben: habe ja gesagt zu einer Verabredung nächste Woche, nur wir beide, meine Bohnenstange von einem Piloten und ich. Hab mich bei Evelyn nicht entschuldigt. Hab Roger nicht betrauert beim Einschlafen.

3. Kapitel

Anfang Juli

Wachte gegen fünf auf, den Kopf noch immer dick von Suff und Zigaretten. Ging ja ziemlich zur Sache letzte Nacht! Dachte an ihr Gesicht in der Tür des Pub, an meinen Wurf, den Augenblick, wenn einfach alles zusammenpasst. Ich fragte mich, ob es bei meinem ersten Abschuss auch so laufen würde, oder ob ich's als Erster abkriegen würde, Granaten in mein kleines Cockpit krachen, das Flugzeug Feuer fängt und mit mir abschmiert, während ich schreie und versuche, die Kanzelhaube zurückzuschieben, bevor –

Ging ganz schön zur Sache. Mindestens zwei Drinks zuviel. Haben wir uns wirklich wie komplette Trottel aufgeführt? Wie weit ist Tad mit Maddy gekommen? Hätte ich die Sache mit Stella weiter auf die Spitze treiben sollen, damit sie sich an mich erinnern würde? Selbst wenn sie gewollt hätte. Ihr Kuss hatte mich auf dem falschen Fuß erwischt, und meine Reaktion war tollpatschig gewesen.

Im Zwielicht meines Quartiers wurde ich rot. Hätte ich noch eine Gelegenheit, was für geschmeidige und schlaue Sachen würde ich dann sagen, mit welcher Sicherheit ich sie dann küssen …

Ihre Lippen waren warm, trocken, weich gewesen. Gar nicht unwillig, dachte ich bei mir. Woher weiß man um die Bedeutung solcher Dinge, oder ob es überhaupt etwas bedeutet außer einen Abend raschen Vergnügens im Krieg? Das Aufglühen einer Zigarette bei Verdunklung …

Seh sie nächste Woche. Das Spiel ist noch nicht vorbei, dieser Krieg hat kaum begonnen.

Dann setzte ich die Füße auf den kalten Linoleumboden und trank ein Glas Wasser, das ich ins Licht des Morgengrauens hielt. Dann noch eins. Ich streifte den Trainingsanzug über, band mir die Turnschuhe zu, ging dann zur Tür hinaus, warf dabei einen Blick auf Johnny Staples, der auf dem Rücken lag, die Arme überm Gesicht, als wollte er sich schützen. Er hatte zwei Abschüsse verbucht und einen wahrscheinlichen in Frankreich und war zum Flankenschutz des Sehr Ehrenwerten Harry St. John befördert worden, obwohl er nur Sergeant war wie ich selbst. Einer von den Eingeweihten, während ich noch der grüne Junge war, der die Witze zu spät kapierte und sich anstrengen musste, um die Position zu halten.

Ich stand draußen vor der Tür und fühlte, wie das kalte Wasser durch meine matschigen Eingeweide schwappte. Tiefliegende Nebelschleier hüllten die Pappeln längs der kieselharten Straße ein, nur die Kronen zeigten sich, still und bewegungslos. Auf der Farm gegenüber führte eine junge Erntehelferin Pferde in den Hof. Während ich versuchte, nicht auf ihre Hose zu starren, und daran dachte, was meine Mutter wohl gesagt hätte, sah sie mich und winkte wortlos.

Ich winkte zurück, machte ein paar Dehnungsübungen und setzte dann zu meinem Ausnüchterungslauf an. Machte Sätze über das Gemeindeland, dann durch einen Zauntritt und den von Weißdorn gesäumten Feldweg hinunter. Rannte dann am großen, vom Blitz getroffenen Baum vorbei, bog auf den Gratweg ein und dann hinauf und über die Äcker. Ich übersprang die Nesseln und wich Kuhfladen aus, die wie plattgedrückte Hüte aussahen, scheuchte Kaninchen und Fasane auseinander und jauchzte ihnen hinterher. Arme und Beine arbeiteten wie Lenzpumpen und leerten meinen Rumpf von der trüben Brühe der vergangenen Nacht.

Hinein ins Gehölz, zwischen die großen Eichen und Buchen. Kühl hier, weicher Waldboden unter den Füßen; machte Fuchslöcher aus aber keinen Fuchs. Ich stieß auf Weggabelungen und wählte dies eine Mal impulsiv, ohne zu zögern, verliebt in den Sommer und meine Jugend und den Ansturm von allem.

Kam den Hügel wieder hinunter, schon stand die Sonne am Himmel und brannte den Tau fort – durchs Dorf, an den Reihen verschlafener Häuser vorbei die Saracen Lane hoch. Hastig eine kalte Dusche, rein in die Montur, griff mir den Rollkragenpulli, denn es würde kalt sein auf 6000 Metern Höhe. Schlang etwas Frühstück runter, zeichnete den Wisch ab, sprang dann in den Laster – der alte Goosey am Steuer, »mit den Frauen rumgemacht, Sohnemann?« –, und wir ratterten den Weg hinunter und nahmen die Abkürzung durch die Obstplantage, wo die Äpfel und Birnen schon anfingen, ins Gras zu plumpsen.

Die Kerls quasselten und lachten, aber ich hörte nicht zu. Dachte daran, wie es sein würde, wenn ich sie nächsten Donnerstag sehe, so Gott will. Diesmal gab es keine Sorgen, keine Angst. Wir sind am Leben, bis wir sterben, so viel ist sicher. Und es wird ein glühendheißer Tag werden, das ist schon jetzt klar.

Die grünen Echozacken sackten nach unten und vibrierten. Der Kopf tat mir weh und die Augen weigerten sich, scharf zu sehen. Meine Uniform juckte, die Bluse klebte auf der

Haut, und ich hatte schon jetzt den warmen, stechenden Geruch aus den Achselhöhlen in der Nase.

Sergeant Farringdon neigte sich tiefer herab und blieb beharrlich. An guten Tagen verkehrten wir gelöst miteinander, aber der heutige gehörte nicht dazu.

»Ablesen, Corporal«, wiederholte sie mit vornehm gedehnter Aussprache. Ich wusste, dass sie auf irgendeinem schneidigen Internat gewesen war, weil sie ständig sagte, dass die Streitkräfte genauso seien, bloß weniger hart. »Entfernung, Richtung, Höhe«, verlangte sie zu wissen. »Geschätzte Anzahl.«

Ich beugte mich noch näher an den Leuchtschirm und versuchte, aus einem gebündelten Gezitter schlau zu werden. Ich bereute jenes letzte Glas Gin vergangene Nacht. Ich bereute auch diesen Kuss und die Verabredung. Für den Augenblick wollte ich, dass man mich möglichst lange in Ruhe ließ. Vielleicht hätte ich Krankenpflege machen sollen wie Maddy, irgendetwas Einfaches. Das Dumme ist, dass ich oft genug unleidlich bin mit den Leuten und ihr Gejammer nicht ertrage. Tatsächlich bin ich nicht eine ausgesprochen nette Person. Anders als Maddy, trotz ihrer losen Sitten.

»Achtzig Kilometer«, sagte ich. »Richtung …«

»*Feindanflug, achtzig Kilometer*«, gab Farringdon zu laut und nah an meinem Ohr zurück. »Sie müssen sie als Feinde identifizieren.«

»Aber es sind keine«, erwiderte ich.

»Zum Zwecke dieser Übung sind sie es, Corporal Gardam. Geben Sie nicht vor, es vergessen zu haben. Und glauben Sie mir«, fügte sie hinzu, während ich an der Skala fummelte, »es werden noch früh genug Feinde sein. Wir sind jetzt auf uns allein gestellt, und Mr. Churchill sucht nicht um Frieden nach, soweit ich mich entsinne.«

»Hätte nichts gegen ein bisschen Frieden«, murmelte ich voll Hass auf sie und ihre ganze Klasse und las dann die Richtung ab. Sie nickte, korrigierte etwas auf der unterteilten Skala.

»Jetzt die Höhe«, sagte sie.

Ich fütterte die Rechenmaschine mit Entfernung und Richtung und wartete, bis die Höhe herauskam.

»Siebentausend«, sagte ich. »Winkel von dreiundzwanzig.«

»Geschätzte Anzahl?«, fragte sie.

Ich blinzelte den winzigen Leuchtschirm an, die abfallenden und aufsteigenden Zacken. Hier konnte mir nur die Erfahrung helfen, und wie mein Pilot hatte ich nicht genug davon.

»Sechzig?«, versuchte ich auf gut Glück. »Vielleicht mehr.«

Farringdon schüttelte den Kopf. »Nein. Sehen Sie, wie sie fallen?« Sie wies mit ihrem Bleistift darauf. »Breitenumfang und Bewegungstempo? Mehr als dreißig, es sei denn, sie staffeln sich in der Höhe, dann wäre aber die Linie dicker. Sagen wir fünfunddreißig.«

»Sorry, Sergeant«, gab ich von mir. »Bin heute nicht in der besten Verfassung.«

Da warf sie mir einen Blick zu. Einen schnellen, festen, durchdringenden Blick.

»Sehen Sie zu, dass Sie früher ins Bett kommen«, sagte sie energisch. »Mein Vorschlag wäre, Sie beschränken Ihren Umgang mit Piloten lieber auf den Funkverkehr als auf den Pub.«

Ich linste zu Jean Finlay und Mo hinüber, die in einer Reihe mit mir saßen, aber sie waren plötzlich sehr von ihren Leuchtschirmen gefesselt.

»Ein anderer Rat von mir, Corporal«, klang es nun sanfter aus Farringdons Mund. Sie legte mir einen Moment lang die Hand auf die Schulter. Ihre Nägel waren lang und vollendet geformt, so wie ihre Zähne. »Wenn Sie mal wieder auf den Putz hauen, dann trinken Sie vorm Zubettgehen viel Wasser, und sehen Sie zu, dass Sie möglichst einen freien Tag vor sich haben. Wenn es hier erst mal ernst wird für uns, müssen Sie hellwach sein. Das wird noch früh genug der Fall sein.«

Dann lächelte sie und wandte sich Jean zu, überließ mich ein paar weiteren Übungen, und für die nächste Zeit war ich viel zu beschäftigt, um an Piloten zu denken und Verabredungen und süße, unbeholfene Küsse.

Die Luftschlacht um England, legte man später fest, brach am 10. Juli aus, einem Mittwoch. Bei Morgengrauen bewölkt und verregnet, klärte er sich zu einem hell strahlenden heißen Tag auf. Hätte man Stella Gardam einen Leuchtschirm anvertraut, der an das Netz zur Langstreckenfunkortung angeschlossen gewesen wäre, hätte sie genug Bewegung gesehen, um einen weiteren schweren Kater zu bekommen.

Der erste große Angriff galt einem Schiffskonvoi im Ärmelkanal. Die Staffel von Len Westbourne gehörte nicht zu denen, die ausgeschickt wurden, um ihn abzufangen. Vielmehr warteten sie in ihren Hütten den Regen ab und stellten die Liegestühle nach draußen, als dann die Sonne durchkam. Sie lasen Zeitung, blätterten die *Picture Post* und den *Lilliput* durch, spielten Karten und stritten sich über Taktiken und Pubs und darüber, was in Frankreich schief gelaufen war.

Einige trugen Hemd und Krawatte und polierte Schuhe, als sei seriöses Äußeres erforderlich, um zu töten oder getötet zu werden. Andere trugen Rollkragenpullis unter ihren »Mae West«-Schwimmwesten und Fliegerstiefel aus Schaffell – das waren zumeist Veteranen aus Frankreich, die zu solch lässiger Kleidung berechtigt waren, geradeso wie Oberstufenschüler auf ihren Internatsbuden. Berechtigt dazu, rumzusitzen und zu schwitzen und das Kitzeln unter den Armen zu fühlen, sobald die Sonne emporstieg.

Man war sich einig, dass Frankreich ein schauderhaftes Chaos gewesen war. Sie waren am Boden zusammengeschossen worden, murksten herum, zogen sich vom Flugplatz aufs Rollfeld einer Fliegerschule zurück und schliefen zum Schluss in Zelten. Befehle fielen widersprüchlich aus und waren mitunter undurchführbar. Ohne Frühwarnsystem hatten sie verschleißintensive Dauerpatrouillen fliegen müssen, die darauf hinausliefen, *überall in der Gegend herumzuschwirren, während die Drecksäcke hinter deinem Rücken den Flugplatz in die Luft jagen* – wie sich St John ausdrückte. Man war sich einig, jetzt viel besser dran zu sein, da man den eigenen Hinterhof verteidigte.

Aber die engen Formationen, an denen sie so hart gearbeitet hatten, erwiesen sich als Nachteil. Manche wurden an dieser Stelle laut und hitzig, besonders solche wie Billy (Shortarse) Madden, der *aus dem Himmel gepustet wurde, weil ich so angestrengt ein Auge auf meiner Nummer eins behalten hatte, dass ich den Saukerl nie zu sehen bekam.* Die stärker gelockerte Rottengliederung der Deutschen, in Spanien ausgearbeitet und dann in Polen, Belgien, Holland und Frankreich fein geschliffen, war für Jäger viel besser geeignet.

Dann kam der Kommandeur vorbeigeschlendert und erinnerte sie daran, dass enge Formationen nach wie vor der offiziellen Vorschrift entsprachen und beizubehalten seien, solange er Befehlsgewalt hatte, indes er ein Auge zudrücken könne bei Einsatz eines »Katschmareks«, der hinten wedeln würde, um Rückendeckung zu geben.

Len saß da und hörte sich das an und wusste, dass er als der unerfahrenste Pilot diesen Katschmarek abgeben würde, und fragte sich, wer ihn dann wohl deckte.

»Das ist reichlich albern«, murmelte Tad. »Wozu Formationen? Wir fliegen, wir gehen ran, wir töten sie. Ist doch schon alles, klar?«

Den Piloten in Hörweite wurde unbehaglich zumute. Besser sich beschweren oder einen Witz reißen. Nicht über das Töten und Getötetwerden reden. *Wir holen ein paar Mühlen runter, und der Pechvogel zahlt die Zeche. Einen Toast auf ihn und Weitermachen, lautet die Parole.* Das hört sich besser an.

Sie mussten tatenlos am Boden ausharren und gingen Mittag essen, obwohl ein paar nervöse Mägen sich von ihrer Last wieder befreiten. Vom Kanal kamen Nachrichten herein über eine Sache, die mit Hurricanes und Me 109 über Me 110 und ganz unten Dorniers zu tun hatte. Der größte Teil des Konvois war durchgekommen, die Verluste wurden mit zehn zu vier angegeben, und zwei davon hatten aussteigen können. Von Billy Higson hieß es, er sei brennend abgestürzt.

Einen Augenblick lang Schweigen, eine Scharte zwischen Klatsch und Mutmaßung. Len wechselte einen Blick mit Tad; der nickte, als habe er das erwartet, und wandte sich dann wieder seinem Patiencespiel zu. Keiner von beiden hatte Billy je richtig kennen gelernt, doch er war nun mal zu einem derjenigen geworden, deren Namen nur auf bestimmte Weise fielen, mit kurzer Pause vorher und anschließend gern einem Witz. *Guter alter Billy! Wisst ihr noch damals in Deauville, als er sich das Taxi winkte und nach Paris wollte – und gefahren wurde!*

Guter alter Billy, dachte Len, tot irgendwo im Kanal. Hatte auch er ein heißes Rendezvous gehabt, bevor die Maschinengewehrkugeln sein Cockpit durchschlugen, und dann die Flammen? Tad scheint das einfach hinzunehmen, aber ich kann's nicht.

Er blinzelte und schüttelte den Kopf, um den lästigen Gedanken zu verscheuchen. Dann blätterte eine weitere Seite von *Mr. Standfast* um, doch das leuchtend reflektierende Papier erschwerte es, scharf zu sehen oder lange aufmerksam zu bleiben.

Sie wissen nicht, was gerade angefangen hat. Sie wissen nichts über die Luftschlacht um England; so wird sie noch nicht genannt. Auf der anderen Seite sollte diese Phase auch als »Kanalkampf« bekannt werden. Während die Piloten der Air Force angespannt im Ungewissen warten müssen, bekommen die Piloten der Luftwaffe am Abend zuvor genaue Befehle, wann und wohin sie fliegen sollen – was eine eigene Anspannung hervorruft, da man stundenlang das Kriechen der Uhrzeiger vor Augen hat. Anders als die Flieger der Royal Air Force können sie Schach spielen oder Tennis oder ein Buch lesen, weil sie die Zeitspanne überblicken, die es zu füllen gilt.

Keiner von ihnen allen kennt von irgendetwas den Ausgang – nicht vom Krieg oder der nächsten Woche, wer überleben wird und wer nicht, ob die Landungsboote, die sich jenseits des Kanals ansammeln, bald ausgeschickt werden. Sie sind die bestinformiertesten Leute auf dem ganzen Planeten, und doch wissen sie nichts.

Das hält sie auf dem Posten. Es macht die Atmung flach und die Mägen nervös. Es macht, dass Len sich nach Donnerstag sehnt, um Stella wieder zu sehen. Erst dann wird er wissen, wohin sich sein Leben wenden könnte.

Nicht vergessen: soweit es sie betrifft, wissen sie so viel von der Zukunft wie jeder, der am Leben ist, technisch auf dem neuesten Stand, aber ohne eine Ahnung von dem, was bevorsteht.

4. Kapitel

Mitte Juli

Schaltet sich der Lautsprecher ein, kommt es immer zu einer knisternden Pause, bis die Ankündigung folgt, und das ruft ein Ziehen in den Eingeweiden hervor, als hätte jemand an einer Leine gerissen. Das Folgende könnte Musik sein oder einer von den Witzen des Kommandeurs, oder es könnte höchste Zeit sein, sich vom Hintern zu erheben und zu tun, wofür man uns bezahlt. *Alarmstart!*

Selbst als wir zu unseren Mühlen hasten und Tad zu meiner Rechten Spielkarten in die Tasche seines Feldanzugs stopft, fühle ich mich erleichtert, dass Schluss ist mit der Warterei, wie ein Kind, das endlich ins Behandlungszimmer des Zahnarztes geht. Ich rieche die Hitze aus dem Rasen aufsteigen, spüre meinen Fallschirm, der mir lästig gegen die Beine klatscht, höre die Rufe und irgendwo dahinter das Gurren einer Ringeltaube im Gehölz, und einen Augenblick lang wünsche ich mich unter die kühlen Bäume, um noch einmal meine Kindheit zu erleben.

Aber ich renne, in der Blüte meiner Jahre, aufgeregt und schießlüstern, den Blick geschärft und die Reflexe auf den Punkt gebracht. Als ich auf die Tragfläche springe und hineinklettere und Fred Tate, der Antriebsmechaniker, den Motor anwirft und die gesamte Flugzeugzelle zu dröhnen und zu beben anfängt, merke ich, wie ich erst richtig zum

Leben erwache. Er hilft mir beim Angurten. Ich zeichne das Formular 700 ab, womit ich diese vollendete Maschine voll flugtauglich übernehme. Der Flugwerkmechaniker Evans, ein hochgeschossener, schweigsamer, mürrischer Mann mit stoppligem Schnurrbart, karrt den Akkumulator zurück. Fred hält den Daumen hoch und springt dann ab. Ich werfe einen Blick hinüber zu meinem Staffelführer; er beginnt schon zu rollen. Man zieht die Bremskeile weg, und ich setze mich in Bewegung.

Leitwerk in die Höhe. Es dröhnt, rumpelt, stößt, als ich über einen Huckel rolle. *Macht schon, macht!* über Funk. Die Instrumente sprechen an. Rumms, bumms, mir wird schlecht, was an den Nerven liegen könnte oder am unebenen Boden, Fahrtmesser ablesen, dann Knüppel sachte zurück, und wir sind in der Luft. Schon besser. Fahrwerk hoch. Surren, Klacken. Okay, schau mich nach meiner Nummer eins um. Kann ihn nicht sehen. *Bist über mich hinausgeschossen, Leonard. Glieder dich ein.*

Das tue ich. Bo Bateson – kerniger Typ, für meinen Geschmack zu viel Geklopfe auf den Rücken und öde Witze, aber andererseits bin ich ja nur der unbeholfene Soundso, und er ist ein guter Pilot und war natürlich in Frankreich, dreieinhalb Abschüsse – fliegt auf der anderen Seite schon Formation. Ich schau in den Spiegel, seh die rote Halbstaffel gleich hinter uns, Tad rechts außen. Der Spiegel zittert, fällt schwer, was zu erkennen, muss lernen, damit klarzukommen.

Wir haben das oft genug geübt, mir wurden sogar zwei Proberunden an den Bordwaffen zugestanden, aber das hier ist keine Übung. Die Stimme des Leitoffiziers prasselt im Kopfhörer. *Auf 6000 Meter steigen. Banditen zu erwarten. Wiederhole, Banditen kommen auf euch zu.*

Ich schaue angestrengt, schwanke zwischen Augenmerk

auf die Flügelspitze von Geoff Prior und dem Blick nach oben und nach vorn. Es ist so verflixt hell, und das Cockpitgehäuse rüttelt. Und so viel Himmel, dass die Flugzeuge einfach darin verschwinden. Dann plötzlich sind es nur Sekunden, bis sie einem an der Gurgel sitzen. Getötet wird man am wahrscheinlichsten bei den ersten paar Malen, sind wir uns alle einig. Viereinhalbtausend. Fünftausend. Frage mich, ob uns Stella auf ihrem Schirm verfolgt. Kann mir nicht mal vorstellen, wie sie aussieht. Nur diese graubraunen Augen, die einen Moment lang meinen Blick treffen.

Ich schüttel den Kopf, schau wieder angestrengt nach draußen. Die Luft ist dünn hier oben, die Maschine schlüpft nur so durch den Himmel. *Banditen! Zwei Uhr. Kiellinie – los geht's!* Kann nichts erkennen. Schüttel den Kopf, kneif die Augen zu, schau wieder hin, und da sind sie. Nicht sehr viele, vielleicht zwanzig. Kleinere Jäger hoch oben, die darunter sehen nach Heinkel aus. Wollen wahrscheinlich Kanalhäfen bombardieren. Damit ist bald Schluss.

Die rote Halbstaffel ist hinter mir ausgeschert. Ich gleite in Kiellinie, gebe Gas bis zum Anschlag, fühle den rauschenden Sog. Denk daran, das Reflexvisier auf die Spannweite von Heinkels einzustellen, bin mit mir zufrieden deswegen, halte dann über mir Ausschau nach sich nähernden Jägern.

Plötzlich, ganz plötzlich bin ich mitten unter den Bombern. Feure auf eine Heinkel, schlenkere, um der nächsten auszuweichen, feure auf eine dritte und sehe die Formation auseinander fallen. Eine Hurri, Tad vielleicht, hat einen Bomber beim Arsch. In alle Richtungen fliegen die Fetzen. Dann ein leuchtender Blitz, und er ist verschwunden. Tads Triumphgebrüll im Kopfhörer.

Ein Rattern quer über meine Tragflächen, als würde jemand einen Stock einen Zaun entlangratschen. Die Maschine rüttelt, torkelt. Verdammt! Hab nicht mehr hingesehen! Werfe den Knüppel in die rechte Ecke, alles wird grau, seh bloß noch eine Me 109 an mir vorbeizischen. Versuche zu wenden, schaff es noch, einen ungezielten Schuss abzugeben, aber er taucht einfach ab und ist weg. Komm mir nicht ausgefuchst genug vor, um rücklings zu wenden und ihm nachzustürzen. Dreh mich nach den Bombern um. Sie haben sich aufgeteilt, einer stürzt brennend ab. Gott, das geht alles so schnell. Welchem hinterher? Sieh dich um!

Da ist einer, unter mir, ein Jäger. Ich werfe mich auf ihn, drücke den roten Knopf, und noch als ich spüre, wie meine Mühle vom Rückstoß langsamer wird, erkenne ich den Flügelumriss meines Ziels und weiß, dass es eine Spitfire ist. Aber ich verfehle ihn, und er ist weg. Ich blicke mich um. Nirgendwo etwas. Schau nach hinten. Nichts. Wohin sind sie? Wo sind sie alle?

Leerer Himmel. Rechte Tragfläche sieht etwas aufgerissen aus, Instrumente sind träge. Glückspilz. Mach dich vom Acker, solange es gut läuft. Ein letzter Blick in die Runde und auf nach Haus. Irgendwie habe ich meine ganze Munition verfeuert, die ganzen fünfzehn Sekunden. Muss das nächste Mal näher ran, aber es geht alles so schnell, so verdammt schnell …

Fühl mich müde beim Heimweg, bin dann froh, als ich über der Umzäunung drossle, die Bäume, diese dunkelgrünen Bäume. Denk an Tee, was zu futtern, 'ne Kippe. Der Appetit auf all das kehrt zurück. Es rummst und rumpelt, mir wird wieder schlecht. Ich rolle aus und stell den Motor ab. Bleibe einen Augenblick sitzen und lausche der Stille. Meine erste Feindberührung.

»Na denn, was zu ballern gehabt?«

Evans, der Flugwerkmechaniker, streicht über die Tragfläche und die weggerissenen Fetzen über den MGs. Ich klettere unbeholfen hinaus.

»Ja«, sage ich. »Hab nichts getroffen.«

Er sieht enttäuscht aus, beinahe angewidert. Sein kleiner Schnurrbart zuckt.

»Ich glaube, zwei Bomber haben wir runtergeholt«, setze ich hinzu. »Unsere Jungs alle okay?«

Er zeigt aufs Rollfeld. »Da kommt der Letzte gerade zurück«, sagt er.

Ich geh über den Rasen, bin erschöpft und doch innerlich darauf brennend über alles zu reden. Prior winkt und wartet auf mich. Ich fühle mich gut, wie ich über das frischgemähte Gras gehe und zum Verein dazustoße.

Komische Vorstellung von einem Treffen. Er stand draußen vorm »Darnley Arms«, und statt einzutreten fragte er mich, ob ich was gegen einen Spaziergang hätte. Ich schmunzelte in mich hinein, konnte mir bildlich ausmalen, was das nach sich ziehen mochte, stimmte aber dennoch zu.

Wir schlugen einen Pfad in den Wald ein, als die Sonne schon tief stand, und folgten ihm aufs nächste Dorf zu. Viel gab er nicht von sich. Nicht deshalb, weil er wenig zu sagen hatte, sondern weil er zu befangen war von dem, was er sich von der Seele reden musste, glaube ich.

Während wir einherschritten, mit schlenkernden Armen, aber ohne einander zu berühren, fragte er mich, wie es mit meiner Ausbildung laufe. Ich berichtete ihm davon, während er sich abmühte zuzuhören. Er spitzte die Ohren, als ich ihm erzählte, dass es in einer Woche mit mir am Empfänger ernst werde.

»Meinen Glückwunsch«, sagte er. »Das ist ja wunderbar.«

Ich nickte bescheiden. »Ist eine große Verantwortung. Man spürt sie. Mein Herz schlägt schneller, wenn ich nur dran denke. Diese Zacken sind dann echt. Echte Flugzeuge, echte Bomben.«

Er nickte und lauschte angestrengt auf etwas in seinem Inneren, hatte ich das Gefühl.

»Ja«, sagte er schließlich. »Ich muss zugeben, dass wir auf dich angewiesen sind, um uns die Richtung zu weisen. Tatsächlich sind wir ohne dich blind. Wir müssten die ganze Zeit auf Dauerpatrouille sein, und dafür fehlt uns das Material.«

Wir gingen weiter durchs dichte Laub. Missmutig trat er danach. Er erzählte mir, dass er ein Junge vom Land sei, ein Bauer, wie sein Freund Tad das nannte. Er wartete ab, ob ich lachen würde, aber ich nickte bloß, und er fuhr fort. Sein Vater war Wildhüter gewesen, bis das Gut ihn freigesetzt hatte, dann Schreiner, und stand schließlich an der Drehbank. Arbeitete jetzt in der Stadt in einer der neuen Flugzeugfabriken, wohnte aber immer noch auf dem Land und fuhr jeden Tag auf seinem Motorrad zur Schicht.

Eine Schwester, von der er nicht viel erzählte. Sie wohnte nicht mehr zu Hause. Sein Vater war dauernd fort auf Arbeit. Der Krieg hatte die Familie zerrissen. Alles hatte sich verändert.

»Aber das hier«, sagte er und umfasste mit seiner großen Hand einen Ast in Kopfhöhe, »das ändert sich nicht. Noch ist Sommer, dann wird es Herbst, dann fallen die Blätter, und der Winter kommt. Im Grunde«, sagte er und lachte entschuldigend, »scheint es mir oft, als wären mir die

Bäume lieber als die Menschen. Sie haben mehr Würde und kappen nicht plötzlich die Wurzeln und verschwinden.«

Er betrachtete mich besorgt, doch weil er gerade etwas von sich preisgegeben hatte, lachte ich nicht.

»Trotz allem dürfte ihre Gesprächigkeit an Grenzen stoßen«, sagte ich. »Ich meine die Bäume. Auch wenn sich ihre Blätter wunderschön färben.«

Er sah mich prüfend an, ob ich ihn auf den Arm nahm, und ein bisschen war mir auch danach. Ich erzählte ihm, dass ich in einer der neuen Straßen draußen am Stadtrand geboren war und daher wisse, wovon er redete und was er empfand. Als Kind hatte ich viel Zeit allein auf den Feldern verbracht. Doch seit der Krieg ausgebrochen war, versuchte ich den Menschen näher zu kommen. Tatsächlich fand ich den Ortsteil, in dem ich einquartiert worden war, eher zu beschaulich. Ich wollte mit meiner Freundin Maddy nach London ziehen. In der Menge fühlte ich mich beschützt.

Unvermittelt setzte er sich auf der Hügelkuppe nieder und lehnte sich an eine große Eiche. Soeben ging die Sonne unter, sandte uns ihre letzten, vom Blattwerk gefilterten Strahlen, und auf einem benachbarten Feld brüllte sich das Vieh heiser zu. Es war niemand zu sehen, und er klopfte mit der flachen Hand neben sich auf den Boden.

Sind wir also soweit, dachte ich und ließ mich trotzdem nieder. Er setzte an, indem er ein großes, schrumpliges Kastanienblatt auflas und es äußerst behutsam mit den Fingernägeln zu zerpflücken begann. Stirnrunzelnd zupfte er daran, bis nur noch das Skelett übrig war. Hielt es gegen den letzten Rest Sonne, warf es dann fort und harkte sich ein weiteres herbei. Auf jeden Fall hatte er es raus, ein Mädchen warten zu lassen. Worauf ich dichter heranrückte und mir selbst ein Blatt angelte, als ich merkte, wie überaus beschäftigt er war.

Er fing zu sprechen an. Leise, während sich der Tau niederschlug. Erzählte von seinem ersten Angriff früher in der Woche. Davon, wie riesig und leer der Himmel vorher und hinterher gewesen war, und was zwischendurch für ein Chaos geherrscht hatte. Wie sich alles viel zu schnell zutrug, wie er Munition verschwendet, wie er aus Reflex beinahe eine Spitfire abgeschossen hatte. (»Zum Glück hab ich sie verfehlt«, sagte er. »Wie üblich.«) Wie er seine größte Chance bei einem Sturzkampfbomber gehabt hatte, aber übers Ziel hinausfeuerte.

»Vielleicht tauge ich einfach nicht dazu«, meinte er und lachte. »Wenigstens kommen wir durch sie nicht aus der Übung. Sie treten noch nicht in ganzer Stärke an und haben es vor allem auf den Schiffsverkehr abgesehen. Schätze, die Navy sähe das anders!«

Sie hatten diese Woche sieben gesicherte und zwei wahrscheinliche Abschüsse verbucht. Ein Mann namens Bentley war beim folgenden Einsatz ums Leben gekommen. Prior wurde abgeschossen, konnte aber aussteigen, hatte eine leichte Gehirnerschütterung, würde aber bald wieder zurück sein. Tad hatte wahrscheinlich eine weitere Junkers 87 erwischt, mit anderen Worten eine Stuka. Tad hasste sie mehr als jedes andere Flugzeug, nannte sie *die miesen Buben*. Anscheinend hatte er sie aus Polen in Erinnerung, wie sie sich kreischend auf die Infanterie stürzten und nur ein paar alte Doppeldecker dagegenstanden. Tad hatte diese Theorie, dass dicht an sie ranzukommen der Schlüssel sei, aber man musste ein hervorragender Pilot sein oder Glück haben, um das zu schaffen, und die MGs waren ohnehin nicht auf kurze Distanz synchronisiert, und es war gefährlich …

Ich redete mit ihm, weil er es nötig hatte. Und ja, auch, weil es mich interessierte. Diese Zacken waren wirklich. Dies Gezitter lief auf tonnenweise fliegendes Metall hinaus, auf Jagdflugzeuge und Bomber und allem voran auf Männer, die darin hockten und schwitzten, nachgiebiges Fleisch und Blut in Uniform, indes sie aufeinander schossen.

Es entsetzte und fesselte mich, denn dieser Mann, der leise neben mir erzählte, dabei Blätter zerpflückte und redete, als tastete er sich auf eine Bestimmung zu, hatte den Krieg zum ersten Mal Wirklichkeit werden lassen. Beängstigende Wirklichkeit, denn ich konnte aus seiner Stimme heraushören, dass er verängstigt gewesen war. Wirklich und beängstigend, denn als ich beim schwindenden Licht neben ihm saß, fing ich an, mir gerade aus diesem Fleisch und Blut etwas zu machen, aus diesen Händen, diesem Stocken in der Stimme, diesem entschuldigenden Lachen, und mich befiel der Gedanke, dass das keine gute Idee war. Überhaupt keine gute Idee, ganz anders, aber ebenso wenig wie bei Roger.

Er hielt inne und spähte durchs Gehölz übers Feld hinweg. Dann wandte er den Kopf und sah mich an, und es schien, als sähe er wirklich mich, nicht bloß eine Frau, sondern *mich*. Er nahm meine Hand und lachte.

»Die beste Zeit zum Trinken verschwendet«, sagte er. »Ziemlich unakzeptabel.« Er kam hoch und zog mich auf die Beine. »Tut mir Leid, so'n Langweiler zu sein«, fügte er hinzu.

Als er lachte, wirkte er ganz verändert, auf einmal so leichten Herzens und jung, wie er es sein sollte.

»Ist schon gut«, meinte ich. »Es interessiert mich, aber ich bin auch ganz schön durstig.«

Er lachte wieder, als hätte ich etwas Entzückendes gesagt. Als ich dann unsicher lächelte, beugte er sich vor und küsste mich, einfach so, und es war sehr akzeptabel.

Es ist wirklich keine gute Idee, sich für diesen Mann zu interessieren. Ich habe Augen und Ohren. Ich lese Zeitung. Selbst wenn die Trefferzahlen stimmen, steht es um seine Überlebenschance schlecht, glaube ich.

Im »Darnley Arms« trank ich zu schnell zu viel Gin, lachte zuviel und küsste ihn zu lange, als wir uns eine gute Nacht wünschten. Was sollten wir sonst tun? Im Bett verloren sich meine schläfrigen Gedanken im Gebet. Lass ihn wenigstens vorher noch leben, dachte ich. Lass uns leben.

5. Kapitel

Mitte Juli

»*Es gibt Grund*«, sagte Tad.

»Einen Grund«, berichtigte ich ihn unwillkürlich.

»Ja«, sagte er. »Es gibt einen Grund, warum wir das hier tun.«

Er lag ausgestreckt neben mir im Gras, und die Rückwand der Abstellplatz-Baracke spendete Schatten. Wir hatten Bereitschaft, nachdem wir bereits zweimal an jenem Tag geflogen waren. Ab und an kam einer von uns hoch und hastete zum Toilettenhäuschen. Es schlug einem auf die Eingeweide, in einer Kabine ohne Druckausgleich auf um die 6000 Meter zu steigen und gleich darauf wieder nach unten zurückzukehren. Die größte Strapaze lag darin, jeden Augenblick erschossen werden zu können, auf Kugeln zu warten, die aus einem wolkenlosen Himmel hereinprasseln. Der ganze Körper verkrampft sich, während man darauf wartet, zu töten oder getötet zu werden. Und dann – nichts. Keine Berührung. Nach Hause fliegen und wieder warten. Das schlaucht. Auch wenn wir selbstredend jung und unsterblich waren.

»Hilf mir auf die Sprünge«, gab ich zurück.

Tad warf einen scharfen Blick zu mir hoch, als wollte er etwas nachprüfen. Seine feurigen schwarzen Augen trafen mich wie ein Schock, als hätte ich als Kind gerade die

Herdplatte meiner Mutter berührt. Er wirkte stets locker und entspannt, aber mir war inzwischen aufgefallen, dass sein Knie beim Sitzen dauernd zuckte. Selbst wenn er wie jetzt da lag, kam er nie vollkommen zur Ruhe.

»Ihr Engländer«, sagte er. »Immer witzig.«

Er nickte und legte seine Patience fertig. Während sich seine Hände unaufhörlich zwischen den Karten bewegten, erzählte er mir seine Geschichte.

Geboren worden war er in Krakau. Die schönste Stadt im traurigsten aller Länder. Als er in seiner Kindheit das Gut seines Onkels besuchte – er liebte seinen Onkel, war aber von den Gesprächen der Erwachsenen und den endlosen Feldern angeödet –, hörte er ein Geräusch wie von einer Kreissäge. Als würde der Himmel aufgerissen. Es wurde lauter und rauschte mit Getöse übers Haus. Er schaukelte – es war ein Doppeldecker, weißt du – mit den Flügeln und flog dann davon. Waagerecht und nah am Boden. Gebannt stand er da, alle Langeweile und Ungeduld wie weggeblasen.

Ein brauner Nebel quoll aus der Unterseite des Fliegers. Schädlingsbekämpfung, erklärte sein Onkel Stephan. Die Familie kehrte ins Haus zurück, nur Tad stand auf der Veranda und sah zu, wie das Flugzeug wendete, wieder näher kam, dicht über das Haus hinwegdonnerte, dann aufstieg und verschwand, und mit einem Schlag waren all seine Gedanken an Ritter und Helden wie ausgelöscht.

»Ich konnte es einfach nicht glauben«, sagte er, während er einen Stapel Karten verschob, »dass unser Nachbar eins davon besaß, in Frankreich gekauft. Dass er es flog, ein Mann, den ich kannte. Ich wusste, wir müssen ihn unbedingt besuchen. Vorher würde ich keine Ruhe mehr geben.«

Ein kleiner Junge, der die Finger nach den Drähten ausstreckt. Über die eigenartige Stoffbespannung fährt. Er wird ins Cockpit gehoben, greift mit beiden Händen nach dem Knüppel, schaut nach hinten und sieht das Ruder sich bewegen. Steht beinahe aufrecht, um nach vorn zu blicken, lehnt sich in die Brise, die über die Felder bläst, bekommt eine Ahnung vom Fliegen. Ja, ich konnte ihn vor mir sehen. Bei mir war es auch nicht viel anders gewesen.

Tad rückte die Karten sorgfältig gerade. »Also lernte ich fliegen, als ich von der Schule ging«, sagte er. »Wie ein kleiner Prinz so glücklich. Mein Vater, er ist Professor, weißt du. Er lehrt Geschichte, und er ist nicht so glücklich mit mir. Such dir einen richtigen Beruf, sagt er. Hol dir Bildung. Aber ich bleibe beharrlich. Mach meinen Flugschein. Fing mit gewerblicher Arbeit an, Fracht, weißt du. Dann lern ich bei einer Flugschau diesen Amerikaner kennen, Tommy. Er führt Kunststücke vor, wie ich sie noch nie gesehen habe. Wir reden, wir können uns leiden. Er zeigt mir Tricks. Ich lerne schnell, ein Pilot wird krank, ich mach mit bei seinem Wanderzirkus, und wir tauchten überall auf, und den Leuten stockt der Atem. Damals lernte ich auch besseres Englisch. Ich spreche außerdem Deutsch, Französisch und etwas Russisch.«

Klare Sache, dachte Len, ich bin ein Bauer und Tad wahrscheinlich der beste Flugakrobat der ganzen Staffel. Nur zeigt er's nicht so oft, damit die Jungs nicht glauben, er würde im großen Bogen spucken.

»Ja, wir tauchten überall auf«, fuhr Tad fort. »Erst die Staaten und Kanada, dann Europa. England natürlich, dann Frankreich … dann Deutschland.« Er hielt inne, drehte eine weitere Karte um, schnitt eine Grimasse und drehte die darunterliegende um. Entweder war das eine neue Art von Patience oder eindeutig gemogelt.

»Das war 1937«, fuhr er fort. »Keine schöne Zeit. Wir

bekamen die neue Messerschmitt zu Gesicht; ich flog sie einmal. War eine ziemlich saubere Sache, diese Maschine, und allem, was wir bisher gesehen hatten, weit voraus. Schnell, wendet rasch, jede Menge Feuerkraft – allerdings ein richtiges Aas, sobald man landen will.«

Er hob eine Reihe Karten ab, legte sie sich als gesonderten Stapel zurecht, drehte dann diejenige um, die er offen gelegt hatte, und spielte weiter.

»In Hamburg, Wien und Berlin hatten wir freie Tage. Was wir da in den Straßen für Sachen sahen …«

Er stockte, blieb bei seiner Patience stecken, mogelte wieder, indem er eine weitere Karte umdrehte, und fuhr fort.

»Als ich in Krakau aufwuchs und dann in Lemberg, hatten wir viele jüdische Nachbarn. Weißt du, es gab da einen alten Mann, den ich gern besuchte, besonderer Freund von mir als Junge. Ein Mädchen, mit dem ich immer spielte – vermutlich sagst du jetzt, ich fand Gefallen an ihr. Andere Kinder in meiner Schulklasse … das waren einfach nur Leute, verstehst du? Viele Polen redeten schlecht von Juden und Zigeunern, aber mein Vater ist Liberaler und sieht das anders. Und darin folgte ich meinem Vater und sah das auch so. Aber in Deutschland sind alle möglichen Leute nicht mehr wie gewöhnliche Leute. Mein Vater …«

Seine Hände wurden ruhig. Er beugte sich zu mir vor und tauchte in den eigenen Schatten.

»Es war schlimm, was wir da sahen«, sagte er. »Prügel, eingeworfene Scheiben, und man zwang sie, sich registrieren zu lassen und zum Tragen des … da wusste ich, dass es Ärger geben würde, Ärger für uns alle. Du kannst es dir gar nicht vorstellen, nicht in diesem schlaftrunkenen Land. Hier passiert nie was, bis heute.«

»Ihre Piloten waren in Ordnung. Du weißt, wie Flieger

sind. Einige waren in Spanien gewesen und hatten viel gelernt. Sie sprechen offen mir uns darüber. Mir fällt auf, dass sie Bomber für 'ne heiße Nummer halten – Stukas, um die Bodentruppen zu unterstützen, und den zweimotorigen Bomber, um Städte zu zerstören und Fabriken und der Moral das Kreuz zu brechen. Der Bomber kommt immer durch, sagen sie.«

»Nur solange wir nichts dagegen unternehmen«, sagte ich. »Scheint mir, man könnte mit einem halben Dutzend Jägern einen ganzen Himmel voller Bomber aufmischen.«

Tad schnippte eine weitere Karte um und ordnete sie einem anderen Stapel zu.

»Das finden wir noch früh genug heraus«, antwortete er. »Aber diese deutschen Piloten, das sind scharfe Hunde. Die wollen dir ans Leder, weißt du? Und ich denk nur: Ärger. Sie sagen, sie haben die besten Maschinen, die besten Piloten, die beste Taktik, und ich glaube, sie haben Recht. Tatsache ist, es sind die Besten. Sieh bloß, was sie in meinem Land anrichten. Dann in Frankreich. Sie vernichten unsere kleine Luftwaffe, zumeist auch noch am Boden. Bomben und Kugeln und Kanonen – keine Abwehr. Wir kämpfen in unseren albernen Doppeldeckern, aber es ist hoffnungslos. Viele mutige Freunde sterben. Ich und andere Piloten fliegen mit unseren Doppeldeckern jeden Tag. Die Stukas zerbomben die Armee. Wir kämpfen hart, ziehen uns aber Tag für Tag zurück. Dann planen wir einen Gegenangriff. Am nächsten Tag marschieren die verdammten Russen ein. Mein Land ist unter zwei anderen verschwunden.«

»Wie bist du rausgekommen?«, fragte ich.

»Ich floh nach Bukarest. Letzter Tag, und ich besuche meinen Vater und die Familie. Ich will bleiben, aber mein Vater sagt nein. Du musst fort und kämpfen. Das ist hart, verstehst du? Er ist Liberaler, und ich habe Angst um ihn. Angst um meine Brüder und meine Schwester. Meine Mutter ist schon lange tot, weißt du? Wir sagen uns alle auf Wiedersehen vor unserem Haus in Lemberg. Es ist ein schöner Herbsttag, Blumen in den Gärten, und die Panzer, sie kommen. Wir umarmen uns. Viele Tränen. Ich sage, ich werde bleiben, aber mein Vater zerrt mich zum Auto. Ich werfe einen Blick zurück und sehe sie zum letzten Mal. Später höre ich, er wurde …«

Eine lange Pause. Er ließ den großen Kopf über seinen Karten hängen, und der Tag schien sich zu verdüstern. Als er fortfuhr, sprach er mit leiser Stimme, als schnürte es ihm die Kehle zu. Wie viel älter er sich fühlen musste als wir Übrigen.

»Die Deutschen kommen, treiben alle Liberalen zusammen. Mein Vater wird aus unserem Haus gezerrt. Sie fesseln ihm die Hände. Sie sagen, er ist ein Verräter. Er sagt nichts, sieht sie bloß an. Alle Liberalen bringen sie zum Marktplatz. Ein Bürgermeister hält eine Rede. Dann werden sie aufgehängt. Dauert lange, weißt du, bis man stirbt beim Hängen. Er versucht zu sprechen, aber keiner versteht, was er sagt. Dann ist er tot. Jeder kriegt eine Kugel in den Kopf, um sicherzugehen. Ende von meinem Vater.«

Er verrückte zwei Stapel, schichtete eine Karte nach der anderen auf die Asse und kam nun rasch voran.

»Ein Bruder entkommt. In die Berge, glaube ich. Der andere mitgenommen von den Russen wegen Inteligencja. Hab gehört, er wurde nach Sibirien geschickt zum Arbeiten. Keine Nachricht. Meine arme Schwester …«

Seine Stimme verlor sich, aber seine Hände blieben in Bewegung, sortierten, stapelten, zwangen das Spiel dazu aufzugehen.

»Glaubst du, ich scher mich einen Deut um britisches

Empire, Lennie? Deswegen hab ich nicht gutes Nachtleben von Bukarest zurückgelassen, bin auf nach Frankreich und stehle Flugzeug – eine Morane, ein Haufen Schrott –, redete mich in eure gottverdammte Air Force hinein. Ich bin hier für meinen Vater und meine Familie, mein zerstörtes Land. Meine Schwester. Ich will dir nicht das Schreckliche erzählen, was ihr zustößt. Aber das alles werde ich rächen.«

Er gab ein zufriedenes Grunzen von sich, als er ein letztes Mal Bube, Dame und König auf den Stapel legte. Dann schaute er hoch und lächelte irgendwie.

»Und Gelegenheit, ein paar hübsche Mädchen zu küssen! Also sage ich, es gibt einen Grund. Es gibt einen Grund, warum wir auf diese vielleicht anständigen Kerle schießen, die zurück auf uns schießen. Weshalb wir sie töten müssen. Ende meines langen Vortrags. Sorry, mein Freund.«

Zwischen uns trat eine lange Pause ein. Ein Teil von mir wünschte, dass er nichts gesagt hätte. Aber er hatte, und das ging mir an die Nieren.

»Du hast gemogelt«, meinte ich schließlich.

»Natürlich«, entgegnete Tad. »Was tun wir denn anderes, wenn wir aus der Sonne angreifen? Alle mogeln. Das ist Ernst und kein Spiel. Ihr Kerle seid ja schon mutig, seid aber zu verliebt ins Amateurhafte. Jetzt lass uns pokern, pro Punkt einen Penny.«

»Ich kann nicht pokern.«

»Umso besser«, grinste Tad. »Hab gelernt vom Amerikaner Tom. Ich zeig's dir.«

Vorher hatte ich ihn noch nie von seiner Familie erzählen hören. Mir wurde unbehaglich dabei zumute, nicht bloß, weil er mit so viel Gefühl sprach, sondern weil es wie eine Art Vermächtnis klang, das er hinterlassen wollte. Damit jemand in diesem fremden Land um ihn wüsste, bevor er starb. Komisch im Magen wurde mir davon, so wie manchmal bei Stella.

»Schön«, sagte ich. »Die Inteligencja schröpf ich doch immer wieder gern.«

Ein paar von uns lagen im Gras und lernten in Tads Pokerschule, wie man blufft. Man muss schon sagen, dass ein paar von den Jungs echte Naturtalente waren, so wie alle guten Piloten bluffen. Ich war auf einen Tee in die Baracke gegangen, als der Lautsprecher klickte. Dann die Durchsage. *Alarmstart!*

Über den Rasen rennen, rein ins Flugzeug. Angurten, Fallschirm prüfen, der Propeller springt an, dreht sich, wird unsichtbar. Und das alles ist unsichtbar, ist Routine geworden. Es zieht uns voran wie die Luftschraube, wenn wir übers Gras hoppeln, zieht uns in die Luft und lässt uns säuberlich in Formation gleiten.

Diesmal laufen wir tatsächlich auf etwa 5000 Metern dem Feind über den Weg und haben die Höhe auf unserer Seite. Ihre Bomber sind von einem Geleit aus Jagdflugzeugen umzingelt. Wir haben unsere Anweisungen: werft euch auf die Bomber. Mit den Jägern sollen es die schnelleren Spits aufnehmen. Bloß keine Heldentaten.

Zum ersten Mal spult sich alles nicht mehr so hektisch ab. Zum ersten Mal ist das Zittern der Spiegel und der Kabine und das Stoßen der Maschine in der Luft nicht mehr so irritierend. Diesmal geht es einem nicht mehr so, als wollte man eine Nadel einfädeln, die in einem hüpfenden Korken steckt. Wir stürzen uns an den Jägern vorbei geradenwegs auf die Bomber und greifen frontal an. Perfekt.

Diesmal ist meine Beute in Schusslinie; eine saftige Dornier mit schlankem Heck will den Konvoi unter uns zur Hölle bomben, und ich bin voll kaltem Zorn. Denke an

Tad, seine Familie, wie der Vater am Ende eines Stricks erstickt … Blick zurück, ich werfe den Knüppel herum und komme näher, bis sie mein Visier ausfüllt.

Sie sieht mich und will abdrehen. Verpass ihr eine Garbe, als sie die Flanke sehen lässt, wende dann und ihr hinterher. Wedele dabei, um den funkensprühenden »Leichenfingern« auszuweichen, den Leuchtspurgeschossen des Heckschützen, stoße dann von unten zu, knall ihr noch eine rein. Anfangs passiert gar nichts. Dann fallen ein paar Stückchen ab, das Flugzeug sackt auf die Seite und geht nach unten. Ich fliege in Rauch hinein. Schere aus, zieh nach oben, um der vorbeirasenden Me 109 zu entgehen, lass sie besser davonkommen. Hab meine Dornier verloren, tauche in eine helle Wolke ein und hab dann alle verloren. Leerer Himmel auf der anderen Seite der Wolke. Kompasskontrolle und ab nach Hause, während ich darüber nachdenke, was ich getan habe.

Ein wahrscheinlicher Abschuss? Auf jeden Fall ein möglicher. Harrison unterstützt mich bei der Einsatzbesprechung, klopft mir auf den Rücken.

»Gut gemacht, mein Sohn«, sagt er.

»Alter Schwede«, tönt St John, während er sich eine ansteckt. »Die halten's für möglich, aber für mich hast du sie runtergeholt.«

Ich sprach an jenem Abend auf dem Weg zum Pub mit Tad darüber, als einige von uns bei leichtem Nebel durch die Obstgärten abkürzten. Klagte über unsere leichtgewichtige Bewaffnung, acht Maschinengewehre, aber keine Kanonen. Ich hatte dieser Dornier für zehn Sekunden Zunder gegeben und herzlich wenig ausgerichtet.

Er nickte, langte nach oben, pflückte einen Apfel und schlug mit breitem Grinsen die Zähne hinein.

»Musst näher ran, Lennie. Geht nicht anders, sag ich doch schon immer. Höchstens zweihundertfünfzig Meter. Wenn ich darum 'ne Maschine treffe, fliegt sie in Stücke.«

»Zweihundertfünfzig!«, begehrte ich auf. »Die MGs sind auf sechshundertfünfzig synchronisiert.«

»Das weiß ich«, sagte er. »Aber Mr. Tate hat meine neu eingestellt.«

»Menschenskind!«, platzte ich heraus. »Das ist bestimmt gegen irgendeine Regel. Wie hast du ihn rumgekriegt?«

»Flasche polnischen Wodka. Damit kriegt man Leute rum! Ich rate dir, es genauso zu machen.«

Ich dachte darüber nach. Es stimmte schon, auf sechshundertfünfzig Metern war eine feindliche Maschine ein kleines hüpfendes Spielzeug, dass man richtig Dusel haben musste, um es zu treffen. Aber zweihundertfünfzig! Falls es möglich war, so dicht heranzukommen, und das Flugzeug explodierte, dann wäre das sehr gefährlich. Andererseits ging es bei unserem Treiben auch nicht sonderlich sicher zu.

»Dreihundert«, sagte ich. »Ich mach's. Hast du noch 'ne Flasche, die du mir borgen kannst?«

Reihum Drinks im »Leather Bottle« an jenem Abend. Ganz kurze Pause, als wir unsere Krüge auf die Abwesenheit von Junior Johnstone erhoben, den die anderen aus Frankreich kannten. Er war in Fetzen gerissen worden, als seine Maschine in die Luft flog. Dann erzählte einer einen Witz, und danach war das Trinken die einzige ernsthafte Sache, der wir uns noch widmeten.

Ich schaute so tief ins Glas wie alle anderen auch und glühte und zitterte noch immer von den Geschehnissen des Tages. Sehnte mich danach, Stella anzurufen und ihr davon zu berichten, überlegte dann aber, dass ich wie ein Aufschneider klingen könnte und überhaupt womöglich jemanden getötet hatte. Wovon man nicht begeistert zu sein brauchte, wie mir auf einmal schien. Dass ich das getan hatte, war sogar ziemlich sicher, denke ich. Ich seh nicht, wie es die Dornier zurück über den Kanal schafft. Ertappte mich bei der Frage, wie groß die Besatzung war – drei Mann? Vier? – und ob sie Aussicht auf Bergung hatte.

Dann wurde es Zeit für eine weitere Runde. Ich schob die Hand in die Tasche und bestellte.

6. Kapitel

Mitte Juli

Ich lag in meinem Zimmer auf dem Bett, machte mir Notizen für meine Signalprüfung und versuchte dabei, die Klagen von Mrs. Mackenzie zu überhören, die von unten her an mein Ohr drangen. Die Verdunklung, die Rationierung, ein unverschämter Luftschutzwart, was die Jugend alles für Sachen treibt, kaum ist sie aus dem Haus. Wenn sie wüsste.

Ich drehte mich auf den Bauch und lauschte dem schottischen Akzent, wie er den stillen Morgen durchschnitt. So hatte ich auch einmal geredet; er war eine Tarnfarbe, die ich während jener zwei Jahre in St. Ninians unwillkürlich angenommen hatte. Der Umzug war einer von Dads glänzenden Einfällen gewesen.

Ich fragte mich, wo sie jetzt wohl alle waren, die ich in meiner Volksschulklasse gekannt hatte. Shonagh und Betty Inglis – steckten sie in Uniform, waren sie Pflegerinnen oder in einer Fabrik? Und zum ersten Mal dann nach langer Zeit erlaubte ich mir die Erinnerung an *diese* zwei: Porky Pig und … Fando Fillamon.

Es war heiß hinter den Scheiben in der Nachmittagssonne, und ich schwitzte, als ich mein Notizbuch umklammert hielt und alles noch einmal vor mir sah.

Fando Fillamon stellte Porky Pig ein sauberes Beinchen, als die beiden vor mir ins Klassenzimmer gingen.

Ich war gleich hinter Fando, beobachtete ihn und sah, wie geschickt das Ganze ablief. Ich sah seinen gebräunten Unterschenkel zur Seite zucken, seinen klobigen Stiefel Porkys Knöchel schneiden, sah die fetten weißen Beine straucheln, dann sich verdrehen und aufschlagen, und Porky krachte in Mr. Dewars Pult hinein. Der hohe Stapel blauer Schulkladden geriet ins Kippen, dann rappelte sich Porky unter Tränen auf die Knie, und noch immer rutschten Bücher auf den Fußboden. Ich streckte die Hand aus und fing das letzte mitten im Fall auf: Patrick Geddes, Englisch, siebte Klasse.

»Paterson! Mensch, sind Sie unter die Möbelspediteure gegangen? Hoch mit Ihnen!«

Fando zwinkerte mir zu.

»Guter Fang«, sagte er.

Ich lief rot an und legte die Kladde aufs Pult.

(Ich spüre noch immer, wie fein aufgeraut sich der blaue Pappdeckel anfühlte. Patrick Geddes' Kladde, ein Klassenzimmer vor Jahren im Juli, Geruch von Schweiß und Kreide. Und von gemähtem Gras und Weißdorn, durchs offene Fenster geweht, und das schwache Klappern des Rasenmähers draußen auf dem Fußballplatz. Ich sehe Shonagh unter den Mädchen besorgt und aufgeregt dreinschauen, und Fando. Natürlich sehe ich jetzt Fando, dessen blaugrüne Augen meinen Fang würdigen, ich spüre meine Freude und meinen Zorn auf ihn und wie mich unter meinen elf Jahre alten Achseln der Schweiß kitzelt – aber Patrick Geddes kann ich nicht sehen. Keine Spur. Ist durch eine Gedächtnislücke geschlüpft, so wie ich wahrscheinlich auch bei ihm. Futsch für immer.)

»Hoch mit Ihnen, Paterson!«

Porky stieß sich mit seinen fetten weißen Knien ab und knallte mit dem Kopf gegen eine Ecke des Pults. Fando hatte die Hände in den Taschen seiner dunkelgrünen Shorts, während er und die ganze Klasse warteten.

»Er hat mir ein Bein gestellt, Sir!«, wimmerte Porky.

Dewar schüttelte den Kopf, schnaubte leise, und sein Atem ließ den dunklen Schnurrbart zittern.

»Haben Sie Paterson ein Bein gestellt, Mister Fillamon?«

Fando sah ihm geradewegs in die Augen.

»Nein.«

»Nein, Sir«, korrigierte ihn Mr. Dewar.

»Nein, Sorr«, sagte Fando in gewollt breitem Irisch. »Unsere Füße verhedderten sich, als wir durch die Tür kamen. Sorr.«

Er war eigenwillig, dieser exotische Zugvogel, den es für jenen Sommer, als die Zigeuner am Fluss lagerten, an unsere Schule verschlagen hatte. Teils Ire, teils wandernder Kesselflicker – ein zwiefacher Außenseiter, doppelt merkwürdig. Ich war bloß einfache Außenseiterin, bloß – obwohl allein schon schlimm genug – Engländerin.

Dewars Schnurrbart zitterte. Er hatte den Blick gesenkt, aber ich konnte seinen verzogenen Mundwinkel sehen und wusste, was das bedeutete. Als Zugereiste hatte ich gelernt, auf Vorzeichen zu achten. Porky schniefte, Fando stand ruhig und locker da, aber ich sah sein rechtes Knie sich nach außen drehen und ahnte schon, dass er gleich Reißaus nähme.

»Wie also lautet Ihre Version, Miss Gardam?«

Die Klasse, diese Hyänen, sie rutschten unruhig hin und her. Porky sah mich mit wässerigen blauen Augen an. Fandos Augen waren heute grün, er war der aufgeschossenste Junge in der Klasse und genau meine Größe.

»Nun? Verheddert oder Bein gestellt, Miss Gardam?«

Ich schwitzte in meinen doppelt besohlten Schuhen und Mums gekürztem Kattunkleid. Alle Augen auf mir, hörte ich meine Mutter zum einen mahnen und Dad zum Gegenteil. Ehrliche Haut gegen Lügenbold.

Ich entschied mich für keinen von beiden.

»Es sah aus wie ein … Tango, Sir.«

»Ein Tango?«

»Ja Sir, so als hätten sie zu tanzen versucht, und Peter ist gestürzt. Sir.«

Gepruste von den Mädchen in der ersten Bankreihe, Gelächter von den Dämlacks ganz hinten. Dewars Hand fuhr über seinen Schnurrbart und schlug dann flach aufs Pult.

»Mit Ihnen werd ich noch Tango tanzen. Ach, fort allesamt und setzen.«

Ich nahm meinen Platz neben Shonagh ein. Fando zwinkerte im Vorbeigehen. Shonagh reichte mir unter dem Pult ein Bonbon, das erste, das man mir anbot, seit ich auf diese Schule gekommen war. Porky schniefte in der Ecke.

Sie holten ihre Bücher hervor, und ich saß eine Weile verwirrt da. Man konnte die Wahrheit sagen oder eine Lüge erzählen, aber es gab auch noch einen dritten Weg. Man konnte sie zum Lachen bringen. Ein Witz war weder Wahrheit noch Lüge.

Ich starrte auf meine Handschrift und lutschte geräuschlos am Bonbon. Bring sie ab und an zum Lachen. Sei einfach irgendwer, egal was. Es war, als hätte ich einen neuen Nachhauseweg entdeckt.

Er saß im Schneidersitz im Schatten des großen Weißdorns am Ende von High Field und fummelte an etwas herum, das in seinem Schoß lag.

»Reife Leistung, Colleen«, sagte er, ohne aufzuschauen.

Ich zögerte. Ich blieb stehen und sah zu ihm hinunter; die Finger hielten die Schnur meines Matchbeutels umschlungen.

»Ich heiße Stella«, sagte ich. »Und es war gemein, auf Porky herumzuhacken, wo das schon alle tun.«

Er sah auf.

»Wir nennen alle hübschen Mädchen Colleen.«

So redete niemand mit mir. Na ja, außer meiner Familie und nun Shonagh redete kaum jemand überhaupt mit mir. Und ich wusste, dass ich nicht hübsch war. Ich war mager und knochig und hatte rötliches Kraushaar.

Er faltete die Beine auseinander, lehnte sich zurück an den Stamm und starrte mich an.

»Ich weiß, warum du's nicht gesagt hast«, sagte er.

Vielleicht tat er das. Er schien sich so sicher, etwas über mich zu wissen, wovon ich nichts ahnte. Ich langte über den Kopf, bekam einen Ast zu fassen, baumelte daran gemächlich hin und her und erwiderte seinen Blick.

»Ich finde es immer noch gemein«, sagte ich.

Er öffnete die Hände. Er hatte ein Messer, ein eigentümliches weißes Messer mit langer dünner Klinge. Ich starrte zurück und hing noch immer träge schaukelnd am Ast. Unter dem Baum roch alles auf einmal kräftig und süß und eklig.

»Stell dir vor, du wärst fett und lahm, und alle würden dir dauernd zusetzen«, beharrte ich.

Er hielt die Klingenspitze des Messers zwischen Daumen und Zeigefinger. Er hob den Arm und kniff ein Auge zu, als wollte er mich zeichnen.

»Klar war das Unfug, Colleen«, gab er zurück.

So redete er normalerweise nicht; ich war ja nicht blöd. Fando grinste und ließ sehr weiße Zähne sehen, dann holte er mit dem Arm aus. Ich hörte zu schaukeln auf und stand stocksteif da, hielt aber weiter den Ast überm Kopf umklammert.

»Ich heiße noch immer Stella«, sagte ich. Sein Arm schnellte ihm vors Gesicht, dann ein Leuchten und ein dumpfer Schlag, und das Messer zitterte im Stamm. Ich blinzelte, rührte mich aber nicht. Selbst im Traum hatte ich noch nie Angst vor Fando Fillamon gehabt, überhaupt nicht.

»Aber wenn sie nicht auf ihm rumhacken würden, würden sie's auf dir oder mir, oder etwa nicht?«

Er rollte auf den Bauch, pflückte das Messer aus der Rinde und rollte schnell wie ein Wolf wieder zurück, gerade so geschickt wie ich beim Auffangen der herabfallenden Kladde.

»Und du weißt, es ist die Wahrheit, Colleen.«

»Sie würden es nicht wagen, auf dir rumzuhacken«, antwortete ich.

»Paddy? Pape? Tinkybum?« Er spuckte aus. »Wären genug von denen da, würden sie's tun.«

»Hab noch nie so'n Messer gesehen. Ist es eins von den Zigeunern?«, fragte ich.

Er grinste, krümmte die Hand, und die dünne Klinge verschwand.

»Nee. Dann schau's dir besser mal an.«

Ich ließ den Matchbeutel fallen und setzte mich neben ihn. Er rückte ab, nur ein wenig, und dann wurde mir schwindlig, und ich fühlte mich ganz und gar von mir eingenommen. Ich nahm den weißen Schaft aus seiner offenen braunen Hand und untersuchte ihn. Der Griff war lang, weiß und kühl, mit zwei silbernen Ringen und an einem Ende einem schwarzen Knopf.

»Es ist ein Schnappmesser. Der alte Herr hat's von einem Gangster in Paris.«

Ich drehte es um. Paris. Gangster. Schnappmesser.

»Der Griff ist aus Elfenbein«, sagte er.

»Aus den Stoßzähnen von Elefanten? Echtes Elfenbein?«

Ich sah das Glitzern in seinen Augen, als er nickte, und wusste, dass wir vom selben Schlag waren.

»Wie geht man damit um?«

Mit den Kuppen streifte er meine Handfläche. Er legte die langen Finger um den Griff, bog dann das Handgelenk von mir weg, drückte zu und ließ das Gelenk vorschnellen, und dann wies die Klinge auf mein Herz.

»Das ist ja toll«, rief ich. »Lass mich mal.«

Er rückte ab, rollte auf den Rücken und spähte durch die Blätter in den Himmel, während er das Messer, die Klinge aufrecht, noch immer umklammert hielt.

»Na schön«, sagte er.

Ich beugte mich über ihn. Er schaute weiter in den Himmel. Es war heiß in der Höhlung unter dem Baum, und in meinem Kleid fühlte ich, dass es mich erfüllte, ich innerlich summte und nach einem neuen Zuhause suchte wie ein sommerlicher Bienenschwarm. Ich nahm die Klingenspitze zwischen Daumen und Zeigefinger, zog sie ihm sanft aus der Hand und rollte mit meiner Trophäe davon.

Bald hatte ich den Bogen raus. Knopf drücken und Klinge einklappen. Handgelenk biegen, Pause, drücken und – Klick! Sooft ich es wiederholte, fühlte ich mich dabei jedes Mal sicherer und innerlich komischer und kribbliger. Es war, als würde man sich immer über dieselbe Stelle streicheln, bis sie einem ganz anders anmutete und gar nicht mehr als Teil von einem selbst.

»Stoß nach oben, wenn du wirklich verletzen willst«, wies er mich an. »Ziel aufs Herz. Willst du schneiden, dann stoß nach unten. Ich habe beide Seiten geschärft.«

Ich stellte mir Porky vor, wie er stürzte, weinte, sich den Kopf am Pult stieß.

»Ich will niemanden verletzen«, sagte ich.

»Ja, wieso solltest du auch?«

Dieses wölfische Grinsen, und braunes Haar fiel ihm in die Augen. Er streckte eine Hand nach mir aus, und ich wusste, was geschehen würde, dass wir uns küssen und herumwälzen würden, und zum ersten Mal konnte ich beinahe begreifen, wieso die Leute so was taten. Aber er nahm das Messer ganz behutsam wieder an sich, ließ es in die Hosentasche gleiten und stand auf. Er reichte mir den Matchbeutel, ich zog den Kleidersaum nach unten.

»Kann ich mit dir ins Lager kommen?«, platzte ich heraus.

»Nee. Der alte Herr wird da sein.«

»Mein Dad trinkt mit deinem Dad«, sagte ich.

»Da ist er aber auch der Einzige hier«, entgegnete er.

»Mein Dad trinkt mit jedem, der ihm zuhört.«

Er warf mir einen Blick zu und kicherte dann.

»Meiner auch. Aber das würde er nicht zugeben. Wir bleiben unter uns.« Er sah zu Boden und zuckte die Schultern. »Sorry, Colleen.«

Dann rannte er den Pfad zum Fluss hinunter, wo die Wohnwagen standen, und ich nahm die Abkürzung nach Hause durchs Korn, das damals viel höher stand. Unterwegs probierte ich verschiedene Arten aus, im Kleid meiner Mutter zu gehen, bis ich auf andere Gedanken kam, mit der Rechten einen Halm abbrach und ihn im Lauf bei jedem zweiten Satz nach oben ins Herz stieß.

Ich stand auf, ging in den kleinen Raum, der durch einen Vorhang von meinem Schlafzimmer abgeteilt war, und spürte das Prickeln in den Kniekehlen, als ich die einzige

Gasflamme entzündete und Wasser aufsetzte. Fällt schwer, das freie, eigenbrötlerische Mädchen mit meinem jetzigen Selbst in Verbindung zu bringen. Ein anderer Mensch, fast eine Fremde, aber eine, mit der ich mein Leben teilte. Nun sollte ich mich damenhaft geben, nun war ich … zurückhaltender. Anscheinend hatte man weniger Möglichkeiten, wenn man groß wurde, und nicht mehr. Darauf wäre ich früher nie gekommen.

Ich goss kochendes Wasser in die Kaffeekanne und stellte sie dann neben das Bett. Ich setzte mich und hielt meine Füße umklammert, wie ich das als Kind getan hatte. Was war dieser körperlichen Freiheit zugestoßen, dieser Keckheit? Vielleicht war sie noch immer da, um auf eine Art, wie ich es noch nie wirklich getan hatte, irgendeinen Mann glücklich zu machen.

Ich dachte an Lens lange Hand, wie sie fest auf meiner Taille ruhte, und fragte mich, ob er dieser Mann sein würde. Ich starrte in den Dampf, der von der Tülle aufstieg, und rief mir in Erinnerung, wie es sich angefühlt hatte.

Ich ließ das Fenster hochgleiten und steckte den Kopf hindurch. Der Mond war eine blasse runde Scheibe wie einer von den Ziertöpfen meiner Mutter für Saatgut, und das Abflussrohr in den Händen schon feucht vom Tau.

Ich schob die Knie aufs Fensterbrett und warf einen Blick nach unten aufs Blumenbeet, wo das Viereck aus Licht vom Küchenfenster Kreuzkraut und Strünke erhellte. Ich zog die Kordel meines Morgenmantels fester um den alten rosa Pyjama und stellte mich dann, ohne vorher darüber nachzudenken – das war der Trick dabei, so wie beim Fangen einer Kladde im Fall –, aufrecht aufs Brett, das Gesicht dem Zimmer zugewandt. Eine Hand war zwischen Rohr und Mauer gezwängt, die andere griff in den Efeu, und ich kletterte nach draußen und setzte die Füße auf den schmalen, abschüssigen Sims, der auf der Höhe des ersten Stocks rings ums Haus verlief.

Der Sims fühlte sich rau an unter meinen nackten Sohlen. In den Efeu geklammert, machte ich drei Schritte seitwärts, und mein Fuß stand auf der bleigedeckten Dachschräge. Ich tastete nach dem First, zog mich daran hoch, machte einen Schwenk, hockte mich rittlings hin und sah mich um.

Unter mir konnte ich das Gemurmel meiner Eltern und Musik von einer Jazzplatte hören. Nach links überblickte ich die Straße und gepflegte neue Gärten. Dann spähte ich zu meiner Rechten über die Mauer hinweg und die Senke hinunter, wo die Bäume und der Fluss und die Zigeuner waren. Die Stimmen schwollen an. »*Tu, wonach dir ist!*«, vernahm ich und dann das kichernde Lachen meines Dads, das manchmal wirkte und manchmal nicht. Meine Mutter sagte noch etwas, was ich nicht ganz mitbekam, worauf ich ein Glas klirren hörte und ein weiteres Kichern. Dann wurde das Fenster heruntergezogen, und die Stimmen waren abgeschnitten.

Ich fingerte die Zigarette, die ich Dad vorher geklaut hatte, aus der Brusttasche meines Morgenmantels. Zog sie unter der Nase durch, ganz glatt und kühl und weiß wie das Elfenbeinmesser war sie, und roch den rauchigen Zigeunerduft. Es stimmte durchaus, ich wollte niemanden verletzen. Ich wollte einfach nicht so viel mit ihnen zu tun haben. In meinen Tagträumen ging es bei den Kämpfen, den Verfolgungsjagden, den Intrigen und geheimen Absprachen immer nur um Flucht. Das war das Aufregende, zu entkommen. Natürlich tat Dad ganz, wonach ihm war, und er war völlig unzuverlässig, und die Leute hielten ihn für einen prima Witzbold. Natürlich wollte er mir helfen und mir Sachen zeigen, aber man konnte von ihm nur das lernen, wonach ihm, und nicht, wonach mir war.

Ich stach mit meiner Zigarette auf den Mond ein und parierte, dann steckte ich sie mir in den Mund. Ich dachte an Porky, wie er als weiße Masse hinfiel.

Ich beugte mich vor und riss auf den Schindeln vorsichtig ein Streichholz an. Der Mond ließ die feuchte Luft dunstig aufscheinen wie einen blässlichen Wasserfall, der sich lautlos vor mir ergoss. Ich sog den Rauch ein und stieß ihn aus. Ich würde in einer Höhle hinter einem Wasserfall wohnen, auf einem Fels hocken und den Vorhang vorbeirauschen sehen und wild und frei sein und tun, wonach mir war.

Ich rauchte geräuschlos, versuchte nicht zu husten, und dachte daran, wie ich morgen die kleine Schule verlassen würde. Und dass ich gehört hatte, die Zigeuner brächen nach Blairgowrie auf zum Himbeerpflücken, und dass ich Fando nie wiedersehen würde. Ich würde größer werden und dazulernen und nichts dagegen tun können. Ich konnte höchstens auf der Hut bleiben und die Kladde im Fall auffangen.

Ich wälzte mich auf dem Bett und wollte eine Zigarette, obwohl ich davon schlechten Atem bekam. Egal, die Hausordnung von Mrs. Mackenzie schrieb in den Schlafzimmern Nichtrauchen vor. Ich würde mir auf dem Weg zur Trainingsschule eine anstecken.

Ich trank den Kaffee und warf dann einen Blick auf die Armbanduhr. Vierzig Minuten. Machmal kam einem das Leben wie eine lange Abfolge von Schulen vor. Erst glaubt man, es hinter sich zu haben, schon kommt die Uni. Dann ist man dort wieder runter, und plötzlich fängt man nochmal ganz von vorn an mit Lernen und Prüfungen. Es hat was für sich, das Leben hinterm Wasserfall.

Diese Phantasie aus Kindertagen war mir so peinlich, dass ich darüber zusammenzuckte. Damals war sie so wirklich und wichtig gewesen. Vielleicht verbarg sie sich heute noch in winzigen Spuren und Echozacken. Ich hatte geglaubt, seither verliebt gewesen zu sein, zumindest in Roger, aber vielleicht hatte mich noch nie jemand gefunden. Vielleicht hatte ich sie nie so weit kommen lassen.

Ich sammelte meine Notizblöcke und die Kladde ein, setzte das Schiffchen auf und rückte es vorm Spiegel gerade, ging dann nach unten und zur Tür hinaus.

»Schönen guten Morgen, Mrs. Mackenzie!«

Heute würde ich zum letzten Mal am Messpult geprüft werden. Als ich zur Bushaltestelle ging, dachte ich an Fando. Ich hatte etwas darüber gelesen, was Zigeunern in Deutschland und den besetzten Ländern zugestoßen war. Hoffentlich war er nicht dort und seine Familie nach Irland zurückgekehrt. Vielleicht war es ja auch nur Propaganda.

Das Mädchen, das ich noch immer gewesen war, flüsterte mir hin und wieder etwas ins Ohr. So wie nach dem Einmarsch in die Tschechoslowakei, als ich in der Zeitung eine Bekanntmachung las, dass Auszubildende in Signalen gesucht würden. Eine leise innere Stimme, vielleicht ein Hass auf alles Schikanöse oder die Erinnerung an Fando, ließ mich die Nummer der WAAF aufschreiben und Air-Force-Helferin werden, anstatt mit der Lehrerausbildung fortzufahren.

Vielleicht hatte ich etwas eingebüßt, als ich aufwuchs, eine Art Freiheit und Keckheit. Doch als der Bus vorbeikam, griff ich nach der Haltestange, sprang auf und freute mich über das Gefühl, wie er davonzog und mich einer Zukunft entgegentrug und all dem, was dort auf mich wartete.

Sonnenlicht teilt sich zwischen den Bäumen in weiße Strahlen wie im Kino, fällt in schrägem Winkel vom Projektor auf die Leinwand des Waldbodens. Später Nachmittag, dienstfreier Müßiggang, und ich trete mitten dazwischen. Ein Geflatter, Aufhuschen, ich zucke zurück. Schwarzweiße Kreuze, Sonne in den Augen: zwei Elstern.

Im Unterholz am Waldrand zwischen Weißdorn, Bärenklau und Nesseln. Ein beißender Geruch im Sonnenglanz. Jeder Blattumriss genau und deutlich gezeichnet. Mein jugendlich scharfes Augenlicht.

Es ist nämlich so: als wäre ich endlich und buchstäblich im Bild, statt bloß auf den Schirm zu starren. Ich bin mittendrin und so lebendig wie nie zuvor, bewege mich unter Helden und Kameraden, ganz zu schweigen von feschen Mädels und qualmenden Schießeisen. Jede Menge Trubel. Alles scharf gestochen bis ins letzte Blatt, bis zum letzten abgekauten Fingernagel. Zum ersten Mal seit der Kindheit ein scharf gestelltes Leben. Was für ein Gefühl.

Ich schau hoch, wohin die Vögel sich verflüchtigt haben, und spüre die Unruhe. Es wird ganz klar: Man hört auf, nur so zu tun, und tut es. Ohne Rücksicht auf Verluste vorgehen, heißt es, wie ein echter Jagdflieger. Unbeschwert. Alles andere ist Unsinn.

Auf die Weise geht's sich doch viel leichter. Wenn ich nur mitgehen könnte.

7. Kapitel

Ende Juli

Jean Finlay nahm den Kopfhörer ab, glitt von ihrem Stuhl und rieb sich die Augen.

»Er gehört dir«, sagte sie. »Viel Glück.«

Ich setzte mich auf ihren Drehstuhl, fühlte die Wärme, die sie zurückgelassen hatte, und den Schweißfilm auf dem Skalenknopf. Einmal tief Luftholen und Kopfhörer auf. Sergeant Farringdon zog sich einen Stuhl neben meinen und nahm Platz, die Hände im Schoß gefaltet. Den Rücken hielt sie vollkommen gerade, den Kopf hoch erhoben. Ich malte mir stundenlange Benimmübungen aus.

»Die morgendliche Welle ist durch«, sagte sie. »Sie dürfen mit einer gewissen Flaute rechnen.« Es war ruhig und matt beleuchtet in der Empfängerbaracke, die zugleich als Einsatzzentrale diente. Dort, am anderen Ende, herrschten unablässig Geplauder und Telefongespräche und Kettenrauchen. An meinem Ende der Baracke gab es nur den hoch aufragenden Klotz des Empfängers mit all seinen Schaltern, Sicherungen, Knöpfen und Skalen, die mir in letzter Zeit vertraut geworden waren. Doch diesmal war das etwas anderes. Diesmal hatte ich die Verantwortung. Mein erster großer Tag.

Lange Zeit saßen wir zusammen und beobachteten die

grüne Linie. Einmal wurde es aufregend, als Zacken ausschlugen und ich im Begriff stand, Meldung davon zu machen, bis ich erkannte, dass die Signale von Freund-Feind-Kennungssendern rührten, mit denen sich unsere Maschinen als die eigenen auswiesen. Ich nahm die Hand vom Skalenknopf, wischte sie am Rock ab und wartete. Und wartete.

Ich rieb mir die Augen und sah die grüne Linie hüpfen. Als ich die Faust sinken ließ, hüpfte sie noch immer. Ich fühlte, wie mir das Herz bis zum Hals schlug, als ich auf der Skala die Richtung einstellte. Ich kniff die Augen zusammen um die Entfernung abzulesen und bereitete mich darauf vor, sie in den Rechner einzuspeisen. Wir steckten mittendrin.

Ich ratterte die Zahlen herunter. Codenummer für Feindkräfte, Entfernung, Richtung, Höhe, Anzahl. Farringdon presste die Fingerspitzen aufeinander.

»Ich glaube, Sie haben sie wieder überschätzt«, sagte sie ruhig. »Aber nur um ein wenig. Sehr gut. Machen Sie so weiter und geraten Sie nicht in Panik, und alles ist in Ordnung, Corporal.«

Sie klopfte mir auf die Schulter und erhob sich zum Gehen. Noch im selben Moment traten neue Zacken auf; ich machte mich an die Arbeit und war sicher, dass die näherkommenden Flugzeuge mich als Schwindlerin durchschauen konnten. Ich bekam Rückenschmerzen. Rechts von mir zog eine unbekannte Kollegin ihren Stuhl heran und fing an, meine Feindkräfte zu notieren. Sie rechnete den Tizard-Winkel aus und gab die wahrscheinlichen Abfangskoordinaten weiter, damit sie die Staffeln erreichten, die schon in der Luft waren. Ihre Stimme klang ruhig und gelöst, fast gelangweilt, als sie in das Mundstück vor ihren Lippen sprach.

Sie fing meinen Blick auf und grinste. Sie war mittleren Alters und erinnerte mich an meine Mutter.

»Jessie Walker«, sagte sie. »Geht kinderleicht, Liebes.«

Lesen ist eine komische Sache. Da sitze ich im Liegestuhl und schwitze in meiner »Mae West« und schau auf eine Seite von *The Three Hostages*, aber eigentlich könnte jeder Buchstabe genauso gut der Dorn einer Sonnenuhr sein.

Denn es passiert nichts weiter, als dass ich der Sonne bei ihrer Wanderschaft über die Seite zusehe und dabei versuche, dem trägen Jargon zu folgen, in dem sich Bunny und Stiffy und Boy und Sailor unterhalten – diese Uni-Fritzen haben alle solche Spitznamen. (Sergeants haben keine Spitznamen.) Dann denk ich an Stella und das letzte Mal, dass ich sie traf, und wie viel wertvolle Zeit zum Küssen ich mit bloßem Spazierengehen unter den Bäumen und Gerede verschwendet habe.

Im Augenblick brüte ich nervös vor mich hin, denn für den Rest des Tages soll ich den Katschmarek abgeben, während wir als Vierergruppe fliegen. Ich, Prior, St John, Bo Bateson. Und jeder weiß, das ist die Position für die Neuen und diejenigen, die bald sterben werden. Der einzige Ausweg liegt in einer Beförderung, weil andere abgeknallt werden, oder indem man selbst ein paar abschießt.

Als Nächstes bin ich im Buch *drin*, als wäre ich durch eine Tür in der Seite gegangen. Ich bin da drin bei Hannay und Dominic Medina, und der Flugplatz ist verblasst und die Stimmen sind nur noch Geflüster hinter den Kulissen. Selbst der Sonnenschein ist kein Licht mehr von dieser Welt, sondern von jener. Und als sich der Lautsprecher räuspert und mein Herz einen Satz macht, fühlt es sich wie ein mächtiges Tau an, das mich von der einen Welt in die andere gezerrt hat, und ich rekele mich noch immer im Tagtraum, als mir aufgeht, dass es nur eine von den bescheuerten Ankündigungen des Kommandeurs ist, um die Moral der Truppe zu heben. Er hat Geburtstag, also wird's heute Abend im »Cock« 'ne kleine Sause geben. Die berühmte Spitfire-Staffel weiter unten an der Straße könnte dazustoßen. Ach, das wäre ja gar zu schön. Ein Haufen tuntiger Angeber, die sich willig begaffen lassen.

Außerdem mach ich mir Sorgen, weil die Unterseite meiner Hurri über Nacht in einem blassen Himmelblau gestrichen worden ist. Das ist kein Scherz, sondern eine gute Idee, die wir endlich dem Gegner abgeschaut haben – umso schwerer ist man von unten auszumachen. Aber mir gefällt das nicht, weil ich abergläubisch bin mit meinem Flugzeug. Könnte Unglück bringen, was daran zu ändern.

Meine Füße fühlen sich in diesen Stiefeln eingeengt und feucht an. Bringt es Glück oder Unglück, endlich die Lederhandschuhe zu tragen, die meine Mum mir geschickt hat? Nur noch drei weitere Tage durchstehen, und ich werde Stella wiedersehen. Was will ich von ihr? Was erwartet sie von mir?

Der Lautsprecher klickt, macht eine Pause, trötet dann mit Macht. Wir müssen hoch, zusammen mit den Blauen. Ich markiere meine Seite mit einem Grashalm, schnapp mir den Fallschirm und renne los.

In der letzten Phase unseres Aufstiegs befiehlt Prior, dass wir uns von den Feindkräften abwenden und weiter Höhe gewinnen, bevor wir wieder auf sie einschwenken. Wir haben die Nase voll davon, den Feind stets auf größerer Höhe anzutreffen, als wir es sind, also legen wir nochmal tausend drauf, wenn es die Zeit erlaubt. Die Leitoffiziere am Boden müssen sich damit abfinden.

Hinten wedele ich hin und her wie ein Besoffener auf dem Heimweg. Dreh ständig den Kopf, schau in den Spiegel, starre in diese blaue Weite des Himmels. Vor allem achte ich auf mein Heck, damit keiner mich runterholt. Es gibt viel zu tun. Den richtigen Abstand zu den beiden Maschinen vor mir halten, prüfende Blicke über, unter, hinter mich werfen, allein das verflixte Ding überhaupt fliegen. Ich kann mir das Buch genauso vorstellen, wie ich es zurückließ, mit dem Deckel nach oben im Gras. Hoffentlich geht mir die markierte Stelle nicht durch den Wind verloren und hebt kein anderer es auf.

»Banditen! Unter uns Banditen, elf Uhr!«

Priors Stimme, etwas höher als üblich, fast schon quiekend. Ich rutsche seitlich ab und schau nach unten, seh sie zuerst nicht. Dann einen, dann mehrere, dann einen ganzen Haufen als Silhouetten vor dem Kanal und den Feldern unter mir.

»Angriff in Kiellinie! Bleib hinten und gib uns Deckung, Lennie.«

Ganz toll. Ich stoß den Knüppel nach vorn und folge ihnen in einiger Entfernung nach unten. Wir pflügen durch ihre obere Schicht aus Jägern. Die Bomber haben uns schon gesehen und verdrücken sich in alle Richtungen wie Elritzen, wenn man den Finger in einen Tümpel tunkt. Weiter unten umkreisen sich ein paar Me-110-Jagdbomber gegenseitig in enger Verteidigungsformation. Dann hör ich ein klapperndes Rasseln, fühle ein paar dumpfe Einschläge irgendwo unter meinem Arsch, als hätte jemand auf meinen Sitz eingehämmert. Ich werf den Knüppel nach links, seh gerade noch die Me 109 vorbeirasen. Scheiße!

Eine Meute Stukas geht in Formation zum Bombenabwurf nach unten. Hinterher! Werf die Mühle auf den Rücken, damit sie nicht überzieht, und tauche ab. Komm näher, such mir den hinten links aus. Immer näher. Das verdammte Reflexvisier einstellen! Näher. Komm auf dreihundert Meter. Er hat mich noch nicht gesehen. Zur Hölle, jetzt aber. Bomben fallen, er zieht in die Gerade, kommt mir genau vor die Kimme …

Ich geb ihm für zwei Sekunden Saures, als ich vorbeirausche. Kurve aus dem Sturzflug heraus ihm hinterher, fühle meine Augen hervorquellen, seh nur noch schwarzweiß und dann grau, spüre, wie der Druck nachlässt, mir schlecht wird, aber er ist immer noch vor mir. Motor drosseln, unter ihm bleiben, raus aus dem Visier des Heckschützen. Okay, steig jetzt auf und hol ihn dir.

Er füllt das Fadenkreuz aus. So groß, so nah. Sein Luftschraubenstrahl rüttelt mich durch. Der feuchte Finger auf dem roten Knopf, ich drücke, fühle, wie die Maschine schüttelt und verzögert. Schmier ab, verdammt! Fetzen lösen sich. Nochmal Feuer. Rauch vom Motor. Er kippt auf die Seite, sackt nach unten. Leichenfinger vom Heckgefechtsstand. Ich folge ihm nach unten, er ist zu langsam, ich kann um ihn herumtanzen. Nicht drüber hinausschießen! Heck prüfen. Eigentlich untersagt, was ich mache, *Nicht nach unten folgen!* die ständige Rede.

Muss ihn kriegen, muss diesen kriegen, dann ziehen sie mich vielleicht von der Katschmarekposition ab. Komm wieder näher, plötzlich das Bild von meiner Buchseite, die im Windstoß umschlägt, Verdruss, und ich drücke wieder den Abzugsknopf. Seh die Funken der letzten Leuchtspursalven umhertanzen, dann – BUMM – fliegt er in Fetzen. Trümmer prasseln an mir vorbei, ich ducke mich, als etwas davon auf die Scheibe schlägt. Jetzt nichts wie weg hier! Weg!

Kehr nach Hause um. Orientiere dich. Immer schön wedeln, nicht nachlassen und nicht entspannen. Egal, was du tust, nicht entspannen. Unter Strom bleiben. Halt nach den

Sprenkeln Ausschau, die größer werden, über dir, am Heck, unten …

Drossele überm Zaun den Motor. Seh die Bäume schwanken. Kriege Kopfschmerzen, als ich aufkomme. Prall hoch, rolle, prall hoch – nicht sonderlich elegant. Aber ich hab ihn erwischt, hab meinen ersten erwischt.

»Wahrscheinlicher Abschuss also?«, fragt der Nachrichtenoffizier.

»Nix wahrscheinlich, verdammt«, geb ich mit kieksiger Stimme zurück. »Der Drecksack ist mir glatt ins Gesicht geplatzt. Sehen Sie sich das Flugwerk an.«

Priors Arm um meine Schulter. »Gut gemacht, Len.« Dann fügt er leise hinzu, »Ich glaube, Bo hat's erwischt. Hab ihn abstürzen sehen.«

Fred Tate ruft mich zurück.

»Schauen Sie mal, Sir.«

Unter meinem Sitz stecken zwei undetonierte Granaten. Er entfernt sie behutsam wie Erbsen aus ihrer Schote.

»Mündungsgeschwindigkeit der 109 ist zu gering. Da sind Sie nochmal glimpflich davongekommen.«

Und ich kann an nichts anderes denken, als ich später mein Buch aufhebe und den Grashalm entferne, als: Gott sei Dank muss ich nicht wieder Katschmarek spielen.

Ich rutschte von meinem Stuhl und fiel beinahe um, so taub waren meine Beine. Sergeant Farringdon lächelte mitfühlend und legte ihren Protokollblock hin.

»Wieder ein Tag rum«, sagte sie. »Jetzt geht's an die Nachtschicht. Lust auf einen Drink?«

Ich legte mir die Hand vor Augen. Noch immer sah ich grünes Gezitter, und ihre Offerte hatte mich verblüfft. Die

Air-Force-Helferin von der Nachtschicht nahm bereits meinen Platz ein, obwohl auf dem Schirm noch nichts vor sich ging. Ich zwang mich, den Blick abzuwenden.

»Ich hätte Lust, mich mit einem kalten Tuch auf den Augen hinzulegen«, sagte ich. »Aber sonst: sehr gern.«

Vor dem Krieg war ich nie ohne männliche Begleitung in einen Pub gegangen. Das hatte sich geändert. All diese jungen Frauen, die auf einmal fern von zu Hause wohnten, auf den Feldern oder in den Fabriken arbeiteten und auf andere Gedanken kamen. Meine Gedanken stammten von vor dem Krieg und verdankten sich der Universität und Roger.

Während wir am Tresen warteten, dachte ich bei mir, wie viel sich doch änderte. Früher hatte ich nie mehr als ein paar Worte mit jemand so richtig Piekfeinem wie Foxy Farringdon gewechselt. Sie kam aus völlig anderen Kreisen als ich – Familie mit einem großen Haus in London, Autos, Anwesen in Buckinghamshire, so was alles.

»Wird man von den Streitkräften dazu ermutigt, Sergeant Farringdon?«, fragte ich. »Bekanntschaften zwischen verschiedenen Dienstgraden?«

Sie schnaubte wie das Pferd, das sie zweifellos besaß.

»Wir haben dienstfrei, und mir ist das völlig schnuppe. Und bitte nennen Sie mich Foxy, das tut absolut jeder. Aber in der Baracke bleibt's bei Sergeant, ja? Wir dürfen die Männer nicht glauben machen, dass wir unfähig zur Disziplin seien.«

»Absolut nicht«, sagte ich.

Sie sah mich misstrauisch an, bestellte aber den Gin, und wir fanden in der Ecke einen Platz. Sie fing an, mich über die Neuigkeiten ins Bild zu setzen, für die ich zu beschäftigt gewesen war. Dass eine der Funkpeilstationen bombardiert und für ein paar Stunden außer Gefecht gesetzt worden sei. Es wurde gemunkelt, die Hälfte der Leute in den Baracken sei umgekommen. Keiner wusste mit Sicherheit, ob es stimmte.

Wir warfen einander einen Blick zu und griffen wieder zu den Gläsern. Unsere Baracke war alles andere als stabil. Sie hätte unterirdisch gebaut werden müssen, aber dafür waren sie zu sehr in Eile gewesen.

»Sieht aus, als stünden wir jetzt in vorderster Front, Stella«, sagte sie.

Auf seltsame Art fühlte ich mich besser deswegen. Ich hatte das Gefühl, Len jetzt eher in die Augen schauen zu können, wenn ich ihn das nächste Mal sähe. Mir gefiel es, ihm in die Augen zu schauen, es lag eine Art beständiges Erkennen darin. Kein verrücktes Sich-Aufgeben wie bei Roger. Keine Kumpels-auf-schiefer-Bahn wie mit Evelyn. Nur ein Erkennen und eine Herausforderung.

»Foxy, ich glaube, wir stehen bald alle in vorderster Front«, entgegnete ich, putzte meinen G&T weg und stand auf, um mich um eine weitere Runde zu kümmern, Doppelte natürlich.

Als wir eines Nachmittags später in derselben Woche dienstfrei hatten und ich mit Tad auf dem Weg durchs Dorf zum Postamt war, sah ich in einer Altershand eine Gartenschere aufblitzen. Sah die früh verwelkten, auf den Rasen geschnipsten Blüten und dachte an die, die schon runtergeholt worden waren. Ich fragte mich, wer wohl als Nächster dran sei. Prior, Tad, St John? Ich selbst? Aber ich war unsterblich, das musste ich glauben.

Tad pfiff vor sich hin, als wir die Straße entlangschlenderten. Er hob die Brauen und lächelte zwei jungen Frauen zu, an denen wir vorbeikamen. Heimste von der einen ein Kichern ein, von der anderen einen Blick, der mich erröten ließ. Sie blieben stehen, wir blieben stehen. Wir unterhielten uns – na ja, Tad jedenfalls – ein paar Minuten lang, lange genug, um festzustellen, dass sie für später auf einen Drink nicht zur Verfügung standen.

»Machst du nie mal 'ne Pause? Was ist mit Maddy?«, fragte ich ihn, als wir weitergingen.

»Das war gestern«, erwiderte er.

»Aber triffst du dich denn nicht mehr mit ihr?«

»Doch«, sagte er. »Aber erst morgen.«

Da wusste ich, dass ich nie ein echter Jagdflieger sein würde. Mir fehlte diese sorglose Eigenschaft, ganz in der Gegenwart, ohne *Rücksicht auf Verluste* zu leben, wie es hieß. Ich nahm alles zu wichtig. Und vielleicht bremste mich das ein ganz klein wenig aus.

Tad blieb draußen vorm Friseurgeschäft stehen.

»Keine Sorge, Lennie. Maddy, die lebt genauso. Dafür mag ich sie. Bloß eine Minute, wirst sehen«, sagte er und ging hinein.

Ich wartete. Die Straße lag in Schweigen und Hitze. In den meisten Läden waren die Rollos heruntergezogen – beim Gemüsehändler, beim Fleischer, beim Apotheker. Eine Glocke klimperte, eine alte Dame in braunem Mantel trat hinaus auf die Straße, wechselte mit den Leuten drinnen ein paar Abschiedsworte. Hinter der Hecke ratterte ein Rasenmäher. Gerade im Krieg ist Rasenpflege wichtig.

Schläfrige Tageszeit, als würde das Leben selbst in der Hitze ausspannen. Die alte Dame ging auf der anderen Straßenseite vorbei und starrte mich an. Dann lächelte sie.

»Schöner Nachmittag, junger Mann.«

Ich nickte, war noch immer von der Hitze und Stille eingelullt. Über den Pappeln, an der fernen Küste, schimmerten die Funkpeilmasten im Glast. Staub stieg von der Straße auf und kitzelte mich in der Nase. Weiter weg fiel ein Benzinmäher brummend ein. Er wurde lauter.

Ich trat hinaus auf die leere Straße und suchte den Himmel ab. Sechs winzige Sprenkel, ziemlich tief, kamen näher. Es klang nicht nach Merlin-Motoren. Zweimotorige Maschinen in unsere Richtung. Ich schaute genauer hin, und ja, Jäger flogen über ihnen Geleitschutz, und ihre Tragflächen hatten die verkehrte Form.

Tad kam aus dem Friseurgeschäft, eine Hand in der Hosentasche, und sah hocherfreut aus.

»Welch gutes Land«, sagte er. »Alle neuzeitlichen Annehmlichkeiten! Hätte ich dir ein paar mitbringen sollen, Lennie? Wusste nicht, ob du und Stella …«

»Vergiss das mal – sie haben's auf den Flugplatz abgesehen. O Gott!«

Ich machte Anstalten zurückzurennen, aber Tad hielt mich am Arm.

»Zu spät, mein Freund. Hierbleiben ist besser.«

Wir standen mitten auf der Straße, als die Bomber über uns hinwegzogen, laut jetzt, sehr laut. Wo zum Teufel blieben die Hurris? Aber die blaue Halbstaffel flog Patrouille, die Roten hatten dienstfrei, die Gelben waren irgendwo über dem Kanal.

Die Bomben begannen, von den Flugzeugen herabzupurzeln, kleine Stäbe, die zuerst ganz langsam fielen. Hinter den Bäumen gerieten sie außer Sicht. Dann trat eine lange Pause ein, bis uns die Geräusche erreichten, das ferne, dumpfe Rumsen. Und ein einzelner gewaltiger Knall. Dann das Jammern und Plärren der Sirene. Die Eskorte aus Me 109 stürzte sich in die Tiefe, und wir hörten das Knattern der MGs. Die Sirene setzte aus.

»Jesu!«, murmelte Tad. »Göring Scheiße. Sie müssen unter der Funkpeilung durch sein.«

Der Gemüsehändler trat aus seinem Laden, besah sich den Himmel über den Bäumen, schaute dann zu uns beiden. Er schüttelte den Kopf und ging wieder hinein.

Nach ein paar Minuten war alles vorbei. Dann kam die Eskorte aus Jägern im Tiefflug auf das Dorf zu, als wollte sie Ärger machen. Wir sahen zu, dass wir von der Straße wegkamen, und warfen uns in die Tür des Fleischerladens. Ein Mann mit großem Schnurrbart und einem Messer in der Hand stand da und sah uns an.

»Ja, meine Herren. Was kann ich für Sie tun?«

Knattern und Rattern draußen auf der Straße. Das Brüllen steigerte sich, wir warfen uns mit dem Gesicht nach unten ins Sägemehl.

Nebenan das Klirren von Glas. Plötzlich ein Jaulen, dem Geräusch nach von einem Hund, abrupt abgeschnitten. Dann wurde es langsam ruhig. Verlegen kamen wir wieder auf die Beine und bürsteten unsere Uniformen ab. Der Fleischer ließ sein Messer sinken.

»Sie haben doch hoffentlich Ihre Lebensmittelkarten dabei?«

Und ich kann mit Genugtuung sagen, dass selbst Tad dies eine Mal um Worte verlegen war.

Als wir zum Flugplatz zurückliefen, bot sich uns ein Bild der Verwüstung. Krater im Rasen, zwei der Baracken geplättet, die Baracke vom Abstellplatz und der Kontrollturm vollkommen eingedrückt. Die Hülle meiner Hurri mit der himmelblauen Unterseite brannte noch immer. Zwei weitere lagen in ihren Behelfsverschlägen auf der Seite, Tragflächen in die Höhe. Die vierte schien völlig unversehrt.

Der Geruch von verschmortem Gummi, Sprengstoff

und brennendem Holz lag in der Luft. Leute kamen aus Splittergräben und Betonbaracken hervor. Einige wirkten wie betäubt, andere zielstrebig. Ein paar fluchten laut und unablässig. Offenkundig gab es keine Verluste, außer dem Flugplatz selbst.

Der Kommandeur kam, ein Gestell voller Spaten in den Armen, aus der Materialbaracke.

»Alsdann, ihr Burschen«, rief er. »Füllt die Krater auf!«

Tad und ich sahen einander an.

»Sollte er uns meinen?«

Wir legten die Spaten beiseite, als wir das erste Dröhnen hörten. Merlin, kein Zweifel. Dann segelten zwei Hurris über die Umzäunung herein. Eine dritte näherte sich steiler und rascher, drehte eine Rolle über dem Flugplatz, wendete dann und ging in den Landeanflug. Es musste St John sein, nur er und Tad trauten sich diese riskante Rolle dicht über dem Boden zu. Der Kommandeur würde ihm eine Zigarre verpassen.

Wir warteten auf eine vierte, aber es tauchte keine auf. Boy wurde vermisst, vielleicht war er ja ausgestiegen. Niemand hatte ihn abstürzen sehen. Gegen Abend müssten wir es wissen. Wir würden nicht darüber nachdenken. Zumindest würden wir nicht drüber reden. Boy war zweimal abgeschossen worden. Beide Male war er abgesprungen, das eine Mal in den Kanal. Ein Überlebenskünstler, darüber waren sich alle einig.

Später am Nachmittag. Die Rollbahnen großenteils instand gesetzt, lagen wir im aufgeheizten Gras und lasen Zeitung. Ersatz für die Hurris war schon unterwegs. Boy war nicht zurückgekehrt, und die Frankreichflieger, besonders die von der University-Flugstaffel, die Offiziere, die mit ihm zusammen Soldat geworden waren, zeigten sich nervös und reizbar.

»Irgendwann in der Zukunft …«, setzte Bo Bateson an.

»Die Zukunft«, lachte der Sehr Ehrenwerte Harold Algernon St. John. »Welche Zukunft?« Er hatte sich das Kreuzworträtsel in der *Daily Mail* vorgenommen. »Acht Buchstaben, *ein anhaftendes Dunkel.* Jemand eine Idee, Jungs?«

»*Schatten?*«, schlug Geoff Prior mit leiser Stimme vor.

8. Kapitel

Ende Juli

Vielleicht hatte ich es ganz einfach auf die Aufregung abgesehen. Wollte meinen Horizont erweitern – und was lag da näher als das hier, auf Streife über England in 6000 Metern Höhe? Als es wahrscheinlich wurde, dass es zum Krieg kommen und ich keine Wahl haben würde, als daran teilzunehmen, fielen mir Dads Erinnerungen an die Schützengräben ein, wie sie immer die Piloten hoch oben über dem Matsch und Gestank beneidet hatten. Mir erzählte er wenig vom Weltkrieg, außer dass es wichtig war, die Füße sauber und trocken zu halten und stets die Socken zu wechseln, aber die Sache mit den Piloten blieb hängen. *Bleib aus den Gräben raus, mein Sohn*.

Einmal nahm er uns zu einer Flugschau mit. Ich war klein und die Flugzeuge furchtbar laut. Ein V-förmiger Verband aus drei Doppeldeckern führte Kunststücke auf, Rollen und Sturzflüge, Kopfüberfliegen und zum Schluss Achterschleifen. Mir blieb der Mund offen stehen, und mein Magen schlug mit den Flugzeugen Purzelbäume. Es war die aufregendste und erlesenste Sache, die ich je gesehen hatte – der Aufstieg, die Rolle auf den Rücken bei verklingendem Motor, dann am Gipfel das Umschlagen, darauf der Sturzflug und das Ausschweben, um in der Waagerechten über unsere Köpfe hinwegzudröhnen.

Das sind Tiger Moths, sagte mein Vater mit einem Blick ins Programmheft. Die beiden Worte summten in meinem Kopf: Tiger … Motten. Wie konnte etwas beides zugleich sein? Und doch waren sie das, diese leuchtend gelben Doppeldecker, ganz leicht und zerbrechlich, ganz drohendes Gebrüll.

In der Tat langweilte ich mich ein paar Jahre später zu Tode, als ich mir bei »Stafford and Meeks« den Hintern plattdrückte und Aufrisse von Gebäuden zeichnete, die ich mir nie würde leisten können. Noch drei weitere Jahre, und ich würde meine Lehrzeit abgeschlossen haben. Noch drei weitere Jahre, und ich müsste mit Christine verlobt sein, denn so was passierte halt, wenn man oft genug im Kino war, Händchen hielt und sich in klebrige Küsserei verwickeln ließ. Ich war erwachsen. Und es ödete mich an.

Als dann Eric Gillard aus dem Büro von der Freiwilligen Reserve zu erzählen anfing und davon, dass man umsonst Fliegen lernte, zog ich mit. Und wenn die Mühlen auch Schrott waren und unsere Ausbilder nicht viel besser und viel zu viel Drill stattfand, war es doch aufregend.

Zuerst hatten sie mich wegen meines Hintergrunds als Konstruktionszeichner für die Bomber-Navigation eingeplant. Doch als der Krieg näher rückte und klar wurde, dass sie alle Jagdflieger brauchten, die sie kriegen konnten, hielt ich die Hand hoch.

Tiger Moth, Anson, Harvard-Schulflugzeug. Deutschland schluckte Österreich. Dann riss es sich die Tschechoslowakei unter den Nagel. Schließlich landete die erste Hurricane auf unserer Kuhweide, die wir Flugplatz nannten. Sie sah wie etwas aus einem neuen Zeitalter aus. Sie sah wie die Zukunft aus, obwohl sie noch den einflügeligen Propeller hatte und auch noch keine Metallhaut. Aber sie verfügte über ein einziehbares Fahrgestell und flog wie der

Wind selbst. So geschmeidig war sie und doch robust, beinahe brutal.

Der Pilot sprang vorsichtig ab und ging auf uns zu. Er war klein und etwas krummbeinig, und sein Akzent stammte aus dem Norden, und er war kein Offizier. Das war genauso neuartig wie die Maschine, und in meinen Gedanken verschmolzen die beiden in eins. Gemeinsam waren sie die Zukunft, eine Zukunft, die ich greifen konnte.

Der Krieg rückte näher, und endlich machten wir Alleinflüge mit Hurricanes. Glaubt mir, wenn ich sage, es war einfach schön. So schnell, so wendig, so kaum noch zu beherrschen. Noch nie hatte ich eine solche Woge von Adrenalin in mir gespürt. Sollte Sex auch nur entfernt so gut wie das hier sein, lohnte es, am Ball zu bleiben (nicht dass ich von Christine vor der Ehe welchen bekommen hätte). Jener Morgen im Jahr 1939, als ich mich zum ersten Mal in einer Hurri Mk I vom Erdboden verabschiedete, war der Morgen, an dem ich mich wirklich ins Fliegen verliebte. Und als ich heftig wieder aufkam, zu den Baracken rollte, den Motor abstellte und hinunter auf festen Grund sprang, fühlte ich mich wie ein zur Erde herabgekommener Gott.

»Meine Güte, Kleiner, Sie fliegen schweinemäßig«, sagte unser Ausbilder Keith Symonds. »Besser gleich nochmal rauf mit Ihnen und das Ganze von vorn.«

»Ja, Sir! Absolut, Sir!«

Ich schätzte, was die Zukunft auch bereithalten mochte, das hier war es wert.

Die Spits waren anders. Sie kamen später, gehörten noch eher der Zukunft an, waren irgendwie von Adel. Art Deco nannte Stella sie. Das Art-Deco-Jagdflugzeug. Ich hatte eine Abneigung gegen sie, obwohl sie schneller und wendiger waren und über größere Gipfelhöhe verfügten. Sie waren zu schick, zu glatt. Sie waren wie überzüchtete Hunde, machten in der Fertigung furchtbare Zicken, waren temperamentvoll, labil und leicht zu versauen.

Dann kamen der Krieg und schließlich Frankreich. Ich war noch in der Ausbildung, meldete mich freiwillig zum Vollzeitdienst und kündigte im Büro. Unbeholfene Verabschiedung von Christine, viel zu viel zu sagen, wofür mir die Worte fehlten. Wir wünschten einander viel Glück. Insgeheim hoffte ich, dass sie jemand anderen fände, der sie ausführen würde. Das war alles angelegt in den Übereinkünften, die wir zu treffen versäumten. Ich ging allein nach Hause, lief in der Verdunklung gegen Mauern und stolperte über Bordsteine, weil ich meine Taschenlampe vergessen hatte und mir schwindlig war vor Schuldgefühl und Erleichterung. Erst später ging mir auf, dass ihr vielleicht ebenso zumute war.

Sie hielten uns davon ab, nach Frankreich zu gehen. Allzu große Sorgen bereitete uns das nicht; der Krieg in Frankreich konnte noch Jahre weitergehen, dachten wir. Sechs Wochen später war alles vorbei, und wir hatten noch immer nicht gekämpft. Nicht dass ich so erpicht aufs Kämpfen war, ich wollte die Fliegerei und das Abenteuer. Etwas anderes als den Alltagsjob.

Ich wartete auf den Frieden. So läuft das ja gewöhnlich. Die Anführer kommen zu geheimen Erörterungen zusammen und verkünden dann den Frieden und seine Bedingungen. Aber irgendwie verstrich die passende Gelegenheit, irgendwie lief es diesmal anders. Irgendwie waren wir noch nicht reif zum Einknicken.

Und jetzt stecken wir mitten drin. Jetzt begreife ich, dass ich mich wirklich aufgerafft und gehandelt habe, so wie ich hier in den zerbombten, notdürftig geflickten Resten unseres Flugplatzes sitze. Wenn sie uns ausradieren, kommt es zur Invasion, und ausradieren könnten sie uns.

Ich hätte nie gedacht, dass es so blutig sein würde, so hautnah oder so regelmäßig stumpfsinnig. Erschreckend. Doch wenn man sich schließlich fallen lässt, eine Stunde lang über Vergangenheit und Zukunft fliegt und unerwartet das Leben zurückbekommt, sieht man auf dem abendlichen Fußweg zum Pub Häuser, Bäume, Gesichter von Mitbürgern, die allesamt scharf und eindringlich plastisch hervortreten, und begreift, dass man sich schon die ganze Zeit genau danach gesehnt hat.

Evelyn rief mich zu Hause an, die Nummer hätte er von meiner Mutter. Er war als Gruppenorganisator zur geheimnisumwitterten Zivilen Reparaturorganisation abgestellt worden mit Standort drüben in Maidenhead. Falls es ihm gelänge, sich einen Laster auszuleihen, könnte er heute Abend vorbeikommen und mich sehen?

Ich stand im Flur, presste den Hörer ans Ohr und dachte, wie gut es sei, von ihm zu hören, ein warmes, vertrautes Gefühl, das daher kam, dass wir viel miteinander geteilt hatten. Sein ungezwungenes Selbstvertrauen, sein Humor, seine Bildung. So ganz anders als die Eindringlichkeit des jungen Len, der damit rang, sich auszudrücken … Und dann war da noch jenes diffuse Schuldgefühl zurückgeblieben, nachdem ich erklärt hatte, dass ich immer noch zu sehr an Roger hinge und ich, da ich jetzt zu den Air-Force-Helferinnen kam, ohnehin woandershin versetzt würde … Dass er mir das nicht vorzuhalten schien, hatte mich so gerührt und erleichtert, dass ich seinem Besuch zustimmte. Komm vorbei, und wir gehen einen trinken.

Schließlich ist mein Pilot nicht richtig mein Freund. Wir sind noch kein festes Paar. Und Evelyn ist bloß ein alter

Freund aus der Vergangenheit, einer mit wahrscheinlich mehr Zukunft als Len.

Ich hängte ein, machte kehrt, um die Treppe wieder hochzusteigen, und bekam Gänsehaut. Gerade geht jemand über dein Grab, hieß es dann immer bei Mutter. Oder über das eines anderen. Und wie so viele andere wusste ich bereits, dass ich zugreifen sollte, wo es was zu kriegen gab, selbst wenn es Mangel an Schlaf und gutem Gewissen bedeutete, in jenen Tagen, die so ausgefüllt und ungewiss und zugleich voller Hingabe waren.

Ich ging nach oben, scherte mich nicht um Mrs. Mackenzies Neugier und Missfallen, ließ mir ein Bad ein und suchte nach meinen guten Strümpfen.

Wir kehrten spät vom »Cock« zurück, trödelten im Zwielicht die Feldwege hinauf und durch die Obstgärten. Ein abendlicher Prahlwettbewerb mit den Spitfire-Musterknaben von weiter oben. Prahlerei im Rückwärtsgang; wir spielen alles Geschehen herunter außer unserer Angst und Unzulänglichkeit und unserem Glück, aber die Tatsachen bleiben doch bestehen. Dies und das haben wir abgeschossen, jenes getan.

Und obwohl die benachbarte Spitfire-Staffel berühmter war als wir, näher an der Küste lag und somit weiter vorn an der Front, hatten wir beide dasselbe erlebt. Wir haben uns alle wie wild in einem leuchtend leeren Himmel umgesehen, der auf einmal mit größer werdenden Sprenkeln gefüllt war, und unsere kompressorbeschleunigten Herzen hämmerten um ihr Leben, befeuert mit einer klopffesten Mixtur aus Entsetzen und Erregung. Wir haben alle die Motoren auf volle Schubkraft gestellt, und sind davon mitgerissen worden, als wir in die Schlacht flogen und unser Alltagsselbst hinter uns ließen. Das ist es, was uns so locker reden und scherzen machte, was uns alle mit den Drinks zusammen durchströmte – ein unausgesprochenes gemeinsames Wissen, über das niemand sonst verfügen konnte.

Es war nicht der Schlag Leute, mit denen ich mich die ganze Zeit unterhalten wollte, doch manchmal schienen sie die Einzigen, mit denen ich mich unterhalten konnte.

Darüber dachte ich nach, als wir in kleinen Gruppen durch den Anflug von Nebel stromerten, heim ins große Haus, das uns als Kaserne diente. Etwas polterte gegen den Baum voraus, dann spürte ich zwischen den Schulterblättern einen Schlag. Ich schnappte mir ein Stück Fallobst vom Boden und stellte mich zusammen mit St John und Tad in enger Formation unseren Angreifern, und wir fochten im Mondschein eine Apfel- und Birnenschlacht, rannten geduckt und im Zickzack den ganzen Weg durch die Gärten und den fahlen, kieselharten Weg zur Parsonage Farm hoch.

Evelyn tauchte spät auf, aber siegesgewiss, und nahm energisch die Stufen, hinterdrein eine murrende Mrs. Mackenzie, die ausnahmsweise mal ziemlich verlegen wirkte, vielleicht weil er kein Jungspund mehr war, sondern ein Mann: gewöhnt, alles im Griff zu haben, ob vorn im Hörsaal oder als Leiter eines Zivilen Reparaturkommandos.

Als ich ihn auf dem Treppenabsatz begrüßte, sah er mir direkt in die Augen, nickte kurz, lächelte, legte die Hand sanft auf meinen Arm und küsste mich auf die Wange.

»Gut, dich wiederzusehen, Stella«, sagte er. »Du siehst immer noch wunderschön aus.«

Ich spürte das Kratzen von seiner Morgenrasur. Ich hatte ganz vergessen, wie fest und gesetzt er war – seine Bewegungen, seine Gesichtshaut, seine Sprache. Vergessen auch sein Alter. Nein, nicht Alter, Reife war das richtige Wort. Er war nur zehn Jahre älter als ich, und obwohl in den zwanziger Jahren aufgewachsen, schien er aus einer gehaltvolleren und ernsthafteren Epoche zu stammen. Zwei seiner älteren Brüder waren im Weltkrieg umgekommen, was ihn in meinen Gedanken mit einer anderen Generation verband. Alles in allem waren dieser Krieg und die ihm folgende Stille Teil dessen, was meiner Mutter und meinem Vater widerfahren war und nicht meinen Freunden.

Ich errötete und gab mir Mühe, nicht mit der Hand durchs Haar zu fahren.

»Wie schön, dich zu sehen, Evelyn«, gab ich zurück. »Du siehst gut aus.«

Er lächelte. Er sah wirklich gut aus, im Anzug, aber ohne Krawatte, reichlich salopp. Trug einen gelbbraunen Mantel überm Arm und einen Hut in der Hand, war ganz Kraft und Bestimmung. Der Krieg hat auf manche Leute diese Wirkung, so als hätten sie endlich ihre Berufung gefunden.

Als wir die Treppe hinuntergingen, verabschiedete er sich herzhaft von Mrs. Mackenzie, klopfte ihr förmlich auf den Rücken, und ich könnte schwören, dass diese nörgelnde Alte lächelte, als wir auf die dunkle Straße hinaustraten.

Ich lag da und lauschte den Atemzügen von Tad und Sniff Burton, die flacher wurden und dann in Schnarchen übergingen, war aber selbst viel zu wach. Vielleicht hatte das Mondlicht etwas damit zu tun, das durch die vorhanglosen Fenster schien. Dazu die Aufregung über den heutigen

Angriff. Ich lag im Bett und sah noch immer die fetten Kugelbomben träge von den Flugzeugen tröpfeln, dann die ausgebrannten Überreste meiner Mühle, die Bombentrichter überall im Gras der Rollbahn, als ob ein paar riesige Maulwürfe am Werk gewesen wären. Und zuvor die schläfrige Nachmittagshitze, das benommene Dahintreiben in einem englischen Dorf, in dem nichts los ist. Die Obstschlacht, als wir im Mondschein heimkehrten …

Ich stand auf, zog mir einen Morgenmantel über den Pyjama, fand eine Zigarette, schob das Fenster hoch und zündete sie in der kühlen Nachtluft an. So spät war es noch gar nicht, nicht mal elf, aber man würde uns um sechs Uhr früh wecken …

Ich drückte die Zigarette auf dem geziegelten Sims aus, verharrte kurz und steckte mir dann noch eine an. Warum nicht? Es könnte meine letzte sein. Nein, das wurde jetzt zu düster. Solche Gedanken sind realistisch, aber sie zu denken, können wir uns nicht leisten. Zuviel Durchblick, und wir funktionieren nicht mehr. Doch wenn wir nicht hinsehen, verpassen wir so viel – und das ist Verschwendung, denn der Augenblick könnte alles sein, was uns bleibt. Das ist auch so seltsam an diesen Jungs, meinen Gefährten – im Himmel sind sie so aufmerksam und am Boden so mutwillig blind. Wir plaudern bloß und witzeln herum, trinken und blättern seichte Illustrierte durch.

Tad aber, der ist nicht blind. Er ist nur sehr auf das fixiert, was er gerade macht, Frauen nachstellen oder seine Familie und sein verschwundenes Land rächen. Er ist immer mit dem Herzen dabei. Er stellt alles, was er tut, in einen größeren Zusammenhang.

Ich stützte mich aufs Fensterbrett und atmete tief durch. Und hatte eine plötzliche Erinnerung daran, wie ich mich als Kind an einem Sommerabend auf ein Fensterbrett stützte, während unser Nachbar Mr. Hartwell seinen Rasen mähte. Und in einer Schulkladde rechnete ich aus, wie lange ich schon gelebt hatte, rechnete die Jahre in Monate um, dann in Tage, Stunden, Sekunden. Daraufhin begann ich auszurechnen, wie viel ich noch vor mir hatte, mal angenommen, ich würde siebzig. Und während der Rasenmäher klackerte, leiser wurde und wendete, traf mich blitzartig die Erkenntnis, dass ich die für diese Berechnung nötige Zeit von der Gesamtsumme abziehen müsste und die für dieses Abziehen nötige Zeit ebenfalls. Und so hatte ich zum ersten Mal erfasst, wie uns die Zeit davonläuft, und brach die Berechnung mittendrin ab und starrte bloß noch in die lange Dämmerung, während mein Kinderherz erschrocken pochte.

Ich sah die Glut meine Kippe emporkriechen, als ich hinaus in die Dunkelheit schaute und mich danach sehnte, dass Stella mir helfen würde richtig hinzusehen. Wartete ab, bis der rote Ring meinen Lippen bedrohlich nahekam, und schnippte ihn dann mit stiebenden Funken fort. Ich zog das Fenster herunter, ging zu Bett und schlief diesmal, bis bei Morgengrauen der Tee gebracht wurde.

9. Kapitel

Ende Juli

Ein gutes Stück des Mythos ist wahr. Diesen Sommer sah man durch Hitzeschleier. Sehr junge Männer flogen und kämpften, töteten und starben über dem Kanal oder englischer Landschaft, und wer nicht getötet wurde, kehrte abends in den Pub zurück. Ernsthaft waren sie selten; Ernsthaftsein war nicht ihr Stil.

Es war eine Zeit der Gerüchte über Fünfte Kolonnen und Fallschirmjäger und einer freiwilligen Heimatwehr aus Ruheständlern, die mit Heugabeln oder einer einzigen Flinte für alle exerzierten. Eine Zeit der Luftschutzwarte, Flugmelder, Erntehelferinnen, Navy-Hilfsschwestern, der Hilfsfeuerwehren, Armee-, Air-Force- und Marinehelferinnen. ARP, VAP, WVS, WAAF und wie sie alle hießen. Als die gesamte erwachsene Bevölkerung für die Kriegsanstrengungen mobilisiert wurde, nahmen die Abkürzungen in Großbritannien überhand. Die Gewerkschaften waren mit der Kriegsregierung übereingekommen, und Männer und Frauen arbeiteten zehn Stunden am Tag, sechs oder sieben Tage die Woche in den Fabriken.

Es war eine Zeit der Ungewissheit, Müdigkeit und Erregung. Es gab jede Menge Partys und Tanzabende, und die Vorkriegsmoral in Geschlechtsdingen verflog wie damals der Tau in der Morgenhitze.

Für die Piloten war jener Sommer eine Zeit ständigen Kopfwendens und Feingespürs für Kleinigkeiten, für größer werdende Sprenkel. Ein Schatten aus dem Nirgendwo, der den Rückspiegel ausfüllt, und dann überholt ein uniformierter Kradfahrer. Der Holzgriff einer Maurerkelle in einem Dorfgarten, zwischen Blumen zurückgelassen. Abgebrannte Streichhölzer im Gras rings um die Liegestühle bei der Baracke vom Abstellplatz, ungezählte Kippen, aus den Fenstern geschnippt und auf neuen Betonrollbahnen zu weißen Flecken zertreten. Weiße Fingerknöchel, die eine *Daily Mail* festhalten, in der noch vor einem Jahr für »Appeasement« getrommelt wurde. Knifflige Stickerei rings um das Abzeichen mit dem Schriftzug *Polen*, während es auf einen Uniformärmel genäht wird, und bei der Arbeit blitzt die Nadel in der Sonne. Solch winzige Einzelheiten bestimmen ihr Leben und ihren Tod.

So war's. Die vielen Unwahrheiten sind weniger augenfällig.

Als der Juli zu Ende ging, beschwerten sich die Piloten in Lens Staffel, dass man sie zurückhielt. Nachschubkonvois und Kanalhäfen wurden noch immer angegriffen, aber das Schwergewicht schien sich auf die Flugplätze zu verlagern. Formationen aus fünfzig oder mehr Bombern mit Me 109 als Jagdeskorte – doch man schickte ihnen nur eine Hand voll Flugzeuge entgegen, die zum Aufreiben des Gegners ausreichten, aber nicht zum Ausschalten.

»Macht euch mal keinen Kopf«, meinte St John in seiner gedehnten Aussprache. »Der springende Punkt ist doch der, wenn wir sie nicht ausschalten können, gilt das auch umgekehrt, klar?«

Schweigen, während sie das zu verdauen suchten. Alle wussten, dass St John einen heißen Draht zur Jagdfliegerflotte hatte, weil sein Cousin dort ein hohes Tier war, und so bekamen sie einen seltenen Einblick in die Strategie des Hauptquartiers. Zumeist bauten sie auf reine Vermutungen und Gerüchte, wie alle anderen auch.

Len lag in einem Liegestuhl in der heißen Sonne mit der *Picture Post* überm Knie. Sein Freund Tadeusz las eine nicht zu entschlüsselnde Zeitung mit dem Titel *Wiadomoscí ze Swiata*. Rechts von ihm schrieb Johnny Staples an einem niedrigen Tisch einen Brief, und Billy (Shortarse) Madden spielte mit Dusty Miller *Mensch, ärgere dich nicht*. Der Kommandeur kam mit einem Fotografen vom Ministerium rausgeschlendert, der ein paar Bilder von den beiden schoss und dann fragte, ob es ihnen etwas ausmachte, ein Schachbrett aufzubauen, weil das wohl … angemessener sei. Eine Aufnahme entstand von den zwei Männern, wie sie sich vorbeugen und die Figuren (die ihnen nichts sagten) angespannt studieren. Noch immer ab und an in Büchern über jenen Sommer wiedergegeben, gehört das Foto bis heute zu den kleinen Unwahrheiten und ist für die verbliebenen wenigen, die damals dabei waren, ein Scherz.

Der Fotograf dankte ihnen, die Schachfiguren wurden durch *Mensch, ärgere dich nicht* ausgetauscht, der Kommandeur ging wieder rein und erneut nahmen Dusty und Shortarse ihren titanischen Zweikampf auf. Ein weiterer Morgen auf dem Höhepunkt jenes Sommers. Die jungen Männer sind allesamt beschäftigt, wenigstens vorgeblich, versuchen alle so zu tun, als zappelten sie nicht im Takt des Klickens aus dem Lautsprecher wie Fische am Haken. Sie warten und warten, lassen die Zeit verstreichen.

»Ich mach mir nichts aus dieser ganzen höheren Strategie«, beklagte sich Prior aufs Neue. »Ich sag nur, höchste Zeit, dass wir in großer Anzahl raufgehen und es mit ihnen aufnehmen.«

Geduldig erläuterte St John, dass sie nicht mal in vorderster Linie standen. Sie befanden sich im hinteren Teil ihres Sektors und wären deshalb nie erste Wahl, um Schwung in die Sache zu bringen.

»Is' aber kein Grund zur Sorge, Junge«, fügte er hinzu. »Kriegst noch früh genug Gelegenheit, kannste mir glauben.«

Wieder spitzten ein paar die Ohren und fragten sich, ob das St. Johns Vermutung war oder Wissen aus geheimdienstlicher Quelle. Er beugte sich vor, schnappte sich Lens Zeitschrift und fing an, die Seiten zu überfliegen.

Tad grunzte und warf seine Zeitung zu Boden. Mit finsterem Blick auf den Rasen saß er da, das rechte Knie zuckte, die Finger trommelten auf dem Schenkel.

»Keine guten Nachrichten?«, fragte Len.

»Sehr schlechte Nachrichten von zu Hause«, sagte Tad. »Deutsche Dreckskerle und russische Dreckskerle. Da sind grässliche Sachen passiert, weißt du.«

»Verrate mir doch nochmal, wer jetzt das Sagen hat nach eurer Kapitulation, alter Junge«, bat Dusty beiläufig.

»Kapitulation? Wir haben nie kapituliert! Niemals!« Tad stierte Dusty giftig an.

»Sorry, alter Bursche«, sagte Dusty und versuchte, eine arglose Miene zu wahren, denn er zog diese Nummer fast jeden Tag ab, und Tad versäumte es nie, ihr gerecht zu werden.

»Wo hast du die Zeitung her?«, fragte Len. Ihm waren Dusty und Tad gleichermaßen peinlich.

»Das ist die Zeitung der polnischen Luftwaffe«, murmelte Tad. »Sie heißt übersetzt ›News of the World‹, ist aber anders als eure. Ernsthaft.«

»Ernsthaft?«, fragte Dusty beim Würfeln. »Für so was ist jetzt die falsche Zeit.«

Len schloss die Augen, während das Hickhack andauerte. Soweit es ihn betraf, passte ihm diese Untätigkeit gut in den Kram. Er hatte am Abend eine Verabredung und wollte sie einhalten können. Halb eingedöst fragte er sich, ob der Krieg ein Rahmenprogramm für Romanzen war oder umgekehrt und wie er es anstellen sollte, beidem jemals *ohne Rücksicht auf Verluste* zu begegnen.

Ich machte eine Pause von der Arbeit am Messpult, borgte mir eine Zigarette und ging zur Barackentür. Das Rauchen gab mir in den Pausen etwas zu tun. Darauf konnte man sich freuen, auf das Anzünden und dann die schroffe Süße, die sich durch Rachen und Nase zieht. Meine Mutter wäre entsetzt, denn sie glaubt, dass nur leichtfertige Frauenzimmer rauchen.

Ich steckte sie mir an und blickte hinaus in den hellen Morgen. Rieb mir die Augen und blinzelte ein paar Mal beim Versuch, die grünen Zacken wegzureiben, ein bisschen aufzuwachen, über Evelyn nachzudenken, über Len.

Stattdessen stand ich in der offenen Tür und schaute den Hügel hinunter, bis das Rauschen der Bäume wie fließendes Wasser klang und ich dorthin zurückgekehrt war, hinter den Wasserfall meiner Kindheit. Jemand näherte sich mir flussaufwärts, ich sah das blasse Aufscheinen seiner Haut, fühlte die Mischung aus Ärger und Erleichterung darüber, dass man mich gefunden hatte. Er war in einiger Entfernung, Wasser floss ihm über Arme und Rücken. Seine Haut war so weiß, das Haar dunkel oder vielleicht auch bloß nass, während er auf mich zukam. Arbeitete sich wie ein Lachs auf dem Weg zu den Laichgründen stetig gegen den Strom, um sich zu mir zu gesellen.

»Ruhig heute morgen, Corporal!«

Ich nickte bloß und war unsicher, ob Major Henley mich oder das Geschehen auf dem Leuchtschirm meinte. Jedenfalls war es zu spät. Mein heimlicher Retter, der Einzige, der meine Einsamkeit aus Kindertagen geteilt hatte, war fort. Er kam sowieso nie dicht genug heran, als dass ich ihn erkannt hätte.

Ich schnippte die Zigarette fort und wappnete mich für die Schmeicheleien des Majors.

Die Sonne brennt heiß, ich bin vom Summen der Stimmen eingeschlafen und wieder jung. Stütze mich im Pyjama aufs Fensterbrett meines Kinderzimmers und sehe unserem Nachbarn vom Landhaus nebenan zu, wie er in der sommerlichen Dämmerung seinen unebenen Rasen mäht. Mein Körper fühlt sich kleiner, leichter und reinlicher an. Gerade bin ich mit der Berechnung der mir im Leben verbliebenen Sekunden fertig geworden. Ich spüre, wie die Sekunden wie Wasser zwischen den Fingern verrinnen.

Der Gedanke schlägt mir heftig und schmerzlich in der Brust. Er macht den Abend zu etwas Besonderem und zugleich Leidvollem. Noch wenn Mr. Hartwell am Ende eines Rasenstreifens schwenkt und kehrt macht, verrinnen die Sekunden, und ich kann nichts dran ändern.

Dann bin ich auf der Außenveranda. Dad hat mich des Lügens bezichtigt, was ich diesmal nicht getan habe, diesmal war's meine Schwester, und ich hab eins hinter die Ohren gekriegt und nochmal was auf den Hintern für mein beharrliches Leugnen. Seltsamerweise bin ich wütender auf meinen Vater als auf meine Schwester.

Durch einen Schleier aus Tränen betrachte ich eine Reihe Marmeladengläser, in denen es von versunkenen oder halb versunkenen Wespen wimmelt. Ein paar davon sind ganz untergetaucht, bewegungslos, hängen wie eingemacht in der Tiefe. Andere versuchen noch immer zu entkommen und staken mit ihren spindeldürren Beinchen aus der zuckrigen Lösung. Noch haben sie nicht hingenommen, was ihnen bevorsteht. Ich kann beinahe das Summen hören und darunter die fiepsigen, entsetzten Schreie. Aber in den Tiefen herrschen Ruhe und Erstarrung.

Alarmstart! Alarmstart! Rote Halbstaffel Alarmstart!

Ich steh aufrecht und renne. Komm zu meinem Flugzeug und merke, dass ich meinen Fallschirm vergessen habe. Lauf zurück, schnapp ihn mir, klettere ins Cockpit, während Fred Tate darauf wartet, mich anzugurten.

»He, Len!«

Ich dreh mich um, und unser Adjutant schießt ein Foto. Ist sein neuer Zeitvertreib. Ich mach das Siegeszeichen und rolle los.

Das Foto gibt es bis heute – ein junger Mann grinsend in seinem Cockpit, auf gewisse Weise kleinmütig, noch am Aufwachen und das Haar ganz zerzaust, so gegenwärtig und so lebendig.

Während er durch leichte Bewölkung und darüber hinaus aufsteigt, gähnt er noch immer. Er klemmt sich die Sauerstoffmaske vors Gesicht und gönnt sich schnell einen Schuss Pressluft aus der Flasche. Schon besser. Sie steigen zur vorgegebenen Höhe auf, legen auf gut Glück nochmal sechshundert Meter dazu und fliegen weiter.

Das Abfangen ist schon im Gang. Weit voraus verteilen sich auf unterschiedlicher Höhe kleine Sprenkel und kreisen träge umeinander. Einen Moment lang betrachtet er eine Ansammlung Wespen, die in einer klebrigen Lösung ertrinken, haufenweise im riesigen klebrigen Himmel sterben. Einen Moment lang sieht er deutlich, dass genau dies geschieht. Dann ist er mittendrin und steuert auf ein Geschwader Dorniers zu.

Es ist ein rasanter Vorgang, ein Wirbel von Reflexhandlungen. Später bei der Einsatzbesprechung wird er ihn für den Nachrichtenoffizier entwirren und melden: »Wir griffen ein Geschwader Dorniers an, die in Verteidigungsformation kreisten«, aber so ist es schon mal gar nicht. Es ist ein Wahnwitz, ein rappelnder Hexenkessel aus Entscheidungen und Reaktionen in Bruchteilen von Sekunden. Es ist eine Welt, für die man mit siebenundzwanzig zu alt ist. Es ist, als würde man auf einem rotierenden Baumstamm stehen, auf fliegende Enten schießen und zugleich durch Stromschnellen schiffen.

Weiß der Nachrichtenoffizier, dass er von den aufgeregten jungen Männern nicht das wirkliche Geschehen vermittelt bekommt, sobald er den Sturzbach ihres Geplappers und Gefuchtels zu bändigen versucht? Bill Raymond bemüht sich, die Geschichten zu ordnen und sie neu zu einem zusammenhängenden Ganzen zusammenzusetzen, zu einer Wiedergabe dessen, was wirklich geschah. Er muss die wahrscheinlichen Zahlen klären: Wie viele Flugzeuge sind abgestürzt? Und von welchem Typ?

Zuweilen kommt es ihm so vor, als sei ein und dieselbe Maschine von allen, deren Weg sie kreuzte, abgeschossen worden. Jeder reißt ein paar Fetzen aus ihr heraus, und jeder ist sich ziemlich sicher, sie zerstört zu haben. Sie ächzen laut und werden ungestüm, als er sich durch ihre Geschichten arbeitet und die Zahlen verringert. Wir sind da gewesen, Kamerad! Wir wissen, was los war! Doch er weiß nur zu gut, dass die deutsche Luftwaffe nicht mehr existierte, träfen ihre anfänglichen Angaben zu.

Gleichzeitig steht er unter einigem Druck, gute Zahlen zu liefern, die in den Abendzeitungen Stimmung machen. Anders als bei den Deutschen treffen die angegebenen eigenen Verluste zu, die Abschusszahlen sind aber fast genauso aufgebläht, um das Zwei- bis Dreifache.

Es scheint in jeder Schlacht Phantomflugzeuge, Phantompanzer und Phantomtruppen zu geben – solche nämlich, bei denen die Beteiligten sahen, dass sie explodierten, zerstört oder mit dem Bajonett erstochen wurden, was aber irgendwie doch nicht geschah. So ist es auch bei Len, als er mit seinem Bericht an die Reihe kommt. Er erzählt von der wahrscheinlich abgeschossenen Phantomdornier, deren rechten Motor er hochgehen, und von der vorbeischlüpfenden Me 109, der er zwei Sekunden lang Zunder gab und darauf Rauch aus ihrer Nase quellen sah. Mindestens ein wahrscheinlicher Abschuss. Dann verfeuerte er seine restliche Munition auf die Bugspitze einer weiteren Dornier und sah die Maschine wegkippen, worauf die Spitfire einer anderen Staffel dazwischenfunkte.

Über die Entfernung, aus der er das Feuer eröffnete, verliert er kein Wort. Die Synchronisation der Bord-MGs so zu verändern, dass deren Geschossbahnen nach einer anderen als der vom Luftfahrtministerium festgelegten Distanz zusammenlaufen, ist noch immer ein Fall fürs Kriegsgericht. Angesichts der Erfolge von Tad lassen sich mehr und mehr Piloten darauf ein, aber keiner redet darüber.

Der Nachrichtenoffizier zögert und notiert dann *halbwegs wahrscheinl. Do.? Prüfen.* Dann ruft er den Nächsten auf, Sniff Burton. Der gibt ganz offen und frohgemut zu, sich an rein gar nichts mehr erinnern zu können, wiewohl er nachts schreiend, mit aufgerissenen Augen und leerem

Blick aus Träumen vom Kampfgeschehen hochfahren wird.

Obwohl die Piloten dienstfrei haben, werden sie noch lange Zeit an der Baracke vom Abstellplatz herumlungern, Tee trinken, Zigaretten paffen und zunehmend ungehalten eine alternative Geschichte zusammentragen, ihre eigene Geschichte, ihre Phantomgeschichte. Sie waren schließlich vor Ort, haben alles getan und haben alles gesehen! Und je mehr sie reden, desto mehr überzeugen sie sich gegenseitig, wird ihre Geschichte einhelliger und runder. Und desto weiter entfernen sie sich davon, was alle im Herzen als wahr empfinden: zwei Minuten undeutlichen, nachhaltigen Erlebens, so unzusammenhängend wie ein Tagtraum.

Der Laster kommt, sie steigen auf, einige müde, andere noch immer zittrig vom Adrenalin. Die heiße Nachmittagssonne scheint auf das Gras, ihre Uniformen, auf ihre braun gebrannten Gesichter, bis die Stimmen verebben. Jene, die sie ablösen, richten sich ihrerseits in den Liegestühlen ein, greifen zu Zeitschriften und Spielkarten und stellen sich aufs Warten ein.

Phantomflugzeuge flammen auf und tauchen unter die Wasseroberfläche des Kanals, während sich die echten nach Hause schleppen, ein einziges Grauen aus zerschmettertem Glas, blutenden Wunden, Toten und dem starren Blick aus den aschfahlen Gesichtern der Lebenden.

Was für ein Gewese in den Jahren nach dem Krieg, als sich die tatsächliche Zahl abgeschossener feindlicher Flugzeuge herausschälte. Die Jagdstaffeln und ihre Fliegerasse mussten zusehen, wie ihnen die Strecke um zwei Drittel gekürzt wurde. Sie protestieren immer noch, die wenigen Verbliebenen. Es kann einfach nicht sein. Sie waren vor Ort.

Sie waren vor Ort, doch die wahren Verluste konnten selbst sie nicht erkennen.

Ich sitze in meinem Drehstuhl, starre auf dem Leuchtschirm die kleinen, nach unten ausschlagenden Zacken an und frage mich zum ersten Mal, ob da auf der anderen Seite des Kanals ein junges *Fräulein* einen ähnlichen Schirm anstarrt. Unseren Ausbildern zufolge müssen wir davon ausgehen, dass die andere Seite über irgendeine Form von Funkwellenortung verfügt, wenn auch wahrscheinlich nicht über die gleiche wie wir, denn sonst hätte sie es von Anfang an auf die Masten abgesehen.

Bei Leerlauf mache ich mir über sie Gedanken. Erhasche einen Anflug ihres Gesichts im schimmernden Spiegel des Schirms. Sie sieht mir sehr ähnlich, ist nur umgedreht. Ihr unordentliches Haar droht ebenfalls ständig, sich gegen die Dauerwelle aufzubäumen; auch sie hält für nichts und wieder nichts ein sardonisches Grinsen bereit, auch sie reibt sich über der Nase die beiden senkrechten Falten, wenn sie besorgt ist.

Was bereitet ihr Sorgen? Sie ist besorgt über die Zacken, die sie auf sich zukommen sieht – nicht so viele, wie ich zu sehen bekomme, aber genügend, um betroffen zu sein. Sie macht sich Sorgen über ihren Freund, der Pilot ist oder, schlimmer noch, vielleicht zur Besatzung eines Bombers gehört. Vielleicht der Heckschütze einer Stuka oder der Navigator und Bombenschütze, der bäuchlings im Buggefechtsstand einer Heinkel liegt, im gläsernen Sarg. In dem Fall hätte sie wahrlich Grund zur Sorge.

Ebenso gut könnte diese Frau meine Kameradin oder meine Schwester sein. Wir bieten einander die Stirn, während wir unsere Schirme beobachten und versuchen, unsere Liebsten zu lotsen oder vorzuwarnen, damit sie sich begegnen können, und wenn sie sich begegnen, kann keine von uns darüber glücklich sein.

Fräulein: mein Zwilling, meine Schwester, mein Spiegel. Meine Feindin, die nicht meine Feindin ist. Ich beuge mich dichter an den Schirm, starre in die flachen Höhlen, die ihre Augen sind, und versuche zu sehen, was sie sehen mögen.

10. Kapitel

Anfang August

Während ich am Ende eines eher ruhigen Tages – nur die eine große Welle – an der Tür der Empfängerbaracke sitze und versuche, die Kraft zum Heimradeln zu sammeln, finde ich endlich Zeit, um über Evelyn letzte Nacht und Len heute Abend nachzudenken.

Warum sollte ich mich schuldig fühlen? Es tat gut, den Abend mit Evelyn in einer Ecke des Lokals zu verbringen, Gin zu trinken und sich über Literatur, Kunst, Theater, die neuen Filme zu unterhalten – den ganzen Kram, der für Len, ha, ein Buch mit sieben Siegeln ist. Oder zumindest kein aufgeschlagenes, aus dem er jede Seite kennt. Es tat so gut, sich noch über etwas anderes unterhalten zu können als dauernd über den verdammten Krieg, und selbst wenn wir das taten, betrachteten wir ihn aus einem anderen Blickwinkel.

Er schien mir verziehen zu haben, dass ich Schluss gemacht hatte – obwohl ich es natürlich nie so ausdrückte –, weil ich nicht in ihn verliebt gewesen war, anders als bei Roger (ganz so drückte ich mich auch dabei nicht aus). Und deswegen fühlte ich mich so erleichtert und ihm zugetan. Dass er so reif sein konnte. Dass er sich noch immer mit mir treffen wollte, weil er mich leiden konnte. Und das machte mich natürlich umso liebenswerter.

Tatsächlich setzte ich mich in Szene und balzte herum und amüsierte mich prächtig. Mithin war es nicht seine Schuld, dass ich seinen Arm nahm, als wir uns die nachtschwarze Straße hochtasteten. Wie es auch nicht seine Schuld war, dass seine Lippen auf meiner Wange verharrten, als wir uns vor meiner Haustür gute Nacht sagten. Und ich kann ihm nicht verdenken, dass er aus dem noch tieferen Dunkel seiner Hutkrempe heraus auf mich herabblickte und ernsthaft und aufrichtig darüber zu reden begann, was er für mich empfand.

Ich legte ihm meine Hand auf die Brust.

»Was du sagst, bewegt mich sehr«, sagte ich. »Aber es ist nicht richtig, gegenüber keinem von uns.«

»Keinem von uns?«, fragte er.

»Ich … treffe mich mit einem anderen. Er ist Pilot und ein wenig jünger als ich.« (Eigentlich nur zwei Jahre jünger, aber mir ist sicherer zumute, wenn ich den Unterschied ein bisschen herauskehre.)

»Ach so«, sagte er. »Danke, dass du's mir gesagt hast.«

Er klang so verständnisvoll und traurig und ohne viel Aufhebens, dass ich einfach den Mund aufmachen und den anderen Teil der Wahrheit sagen musste.

»Aber wir können uns immer noch ab und an treffen. Ich hab es so genossen, mich mit dir zu unterhalten.«

Er umarmte mich behutsam und suchte dann im Licht der Taschenlampe seinen Weg zum Laster, den er sich ausgeborgt hatte. Ich sah ein angedeutetes Winken, dann das blasse Aufschimmern seines Gesichts, dann fuhr er davon. Ich zögerte noch, bevor ich hineinging und leise die Treppe hochstieg.

Und als ich tief in Gedanken meine Strümpfe abstreifte, begriff ich mit plötzlichem Schrecken, dass er mich wirklich liebte. *Mich*, dafür, wer ich bin, und nicht dafür, was er von mir bekommt, und mit leichtem Frösteln wurde mir klar, dass dies in meinem oder sonst jemandes Leben stets etwas Seltenes sein würde.

Ich komme in der Tür der Baracke steif auf die Beine, hole mein Fahrrad von der Rückwand und mache mich langsam auf den Heimweg, während ich an den Mann denke, den ich heute Abend sehen werde, vorausgesetzt, er hat bis dahin überlebt.

Bis zu diesem Zeitpunkt war es nur begrenzt und vereinzelt zu Luftkämpfen gekommen, wenn auch zu heftigen. Beide Seiten hatten die Stärken und Schwächen des jeweiligen Gegners ausgelotet und darauf reagiert. Der richtige Konflikt sollte erst ausbrechen, als der August mit einigen bewölkten Tagen begann. Die Landungsboote für das Unternehmen »Seelöwe« wurden entlang der Kanalküste zusammengezogen; während die Air Force verzweifelt weitere Gräben für ihre Überlandleitungen aushob und an den Lehren feilte, die in den Leitstellen am Boden aus den Erfahrungen der Flieger gezogen wurden, brachte die Luftwaffe in einem Bogen, der sich von Westfrankreich bis nach Norwegen erstreckte, drei riesige Luftflotten in Stellung.

An jenem Wochenende wurden in den englischen Dörfern die Hindernisse gegen Fallschirmjäger von den Marktplätzen geschleppt und Kricket gespielt, wenn auch nur zwischen zusammengewürfelten B-Mannschaften und den gerade am Ort verfügbaren Militärangehörigen. Die Freiwilligen von der Heimatverteidigung exerzierten, patrouillierten und schossen auf ein paar harmlose Autofahrer, die sich seit dem Abbau sämtlicher Wegweiser und Ortsschilder hoffnungslos verfranzten. Es herrschte eine alles in den Bann schlagende Angst vor Fünften Kolonnen (und es wurden tatsächlich ein paar auf ihre Aufträge grotesk schlecht vorbereitete Saboteure angelandet); jeder Fallschirmspringer, der vom Himmel herabschwebte, wurde für einen Deutschen gehalten, und mancher britische Pilot rappelte sich heilfroh, überlebt zu haben, vom Boden auf, um von einer Heugabel oder altertümlichen Flinte bedroht zu werden. Handelte es sich um polnische oder tschechische Piloten, kam es noch schlimmer. Liebespaaren in Heuhaufen und in auf Feldwegen geparkten Autos drohte von der Heimatverteidigung größere Gefahr als durch Bomben.

Die Stimmung war zugleich besorgt und routiniert geschäftig. In den Fabriken wurde die Arbeit von acht Uhr früh bis sieben Uhr abends an sieben Wochentagen zur Regel, und bei besonderen Eilaufträgen waren die Schichten noch länger. Die Leute schliefen in den Kantinen und bei laufendem Radio an ihren Küchentischen ein. Die größten Anstrengungen richteten sich auf die Fertigung und Instandsetzung von Jagdflugzeugen, als immer deutlicher wurde, dass an ihnen das Überleben des Landes hing.

Die ersten Evakuierten zog es in die Städte zurück, da die schweren Bombenangriffe ausgeblieben waren. Schlaf und Spaß wurden zu den wichtigsten Anliegen überhaupt. Die Kinos und Tanzsäle waren drangvoll, und anscheinend lag unter jeder Hecke in England ein Liebespaar, da die Leute sich an ihren womöglich letzten Tagen nach Kräften zu vergnügen suchten.

Also trafen wir uns wie verabredet auf der High Street. Der Abend war warm, und ich schwitzte in meiner Uniform, als ich vom Bus abstieg und sie erspähte. Kastanienbraunes Haar türmte sich nach gängiger Mode, und einige Strähnen machten sich bereits selbständig, dieweil sie ihre Füße musterte. Die Uniform abgelegt, in hellgrauem Rock und ebensolcher Jacke, einen leichten Regenmantel überm Arm, war sie hübsch anzusehen, doch etwas hatte sich unmerklich verändert, und sie sah nicht mehr genauso aus, wie ich es erwartet hatte oder wie ich mich an sie erinnerte.

Ich verdrängte meine Enttäuschung, versicherte mich noch einmal, dass sie es wirklich war, überquerte dann die Straße und begrüßte sie.

Natürlich wusste ich, dass er es war. Ich hatte ihn die Treppe im Bus hinunterkommen sehen und fühlte mich auf einmal seltsam schüchtern, verlegen. Also hielt ich die Augen gesenkt und kehrte ihm mein ansehnlichstes Profil zu. Das Dumme war bloß, dass er selbst auf diesen flüchtigen Blick hin nicht mehr das war, woran ich mich erinnerte, als sei dies Besondere, dies Leuchten von ihm abgeschält worden, und zurück blieb ein gewöhnlicher junger Mann, eingezwängt in eine taubenblaue Uniform. Die Erinnerung an den letzten Abend haftete mir noch immer an und schlug auf mein Lächeln durch, als ich den Kopf hob, um ihn zu begrüßen.

Wir sahen uns so einen Streifen von den Marx Brothers an. Ich war nicht richtig in Stimmung dafür, aber sie schien begeistert zu sein, und außerdem war es halt das, was man bei einem Rendezvous machte. Es ließ einen in der warmen Dunkelheit eng beieinander sitzen, ohne zu reden. Obwohl ich etwas sagen wollte, blieben mir die Worte in der Kehle stecken, als ich sie sah. Es war einfacher, stattdessen ins Kino zu gehen.

Die Wochenschau gab die Abschusszahlen der letzten sieben Tage bekannt. Anscheinend holten wir sie im Verhältnis zwei zu eins runter. Selbst wenn das stimmte, und ich hatte so meine Zweifel, konnten wir noch immer verlieren, indem uns schlicht die Flugzeuge oder Piloten ausgingen, oder wenn sie es sich zur Regel machen sollten, Peilstationen und Flugplätze aufs Korn zu nehmen. Weshalb sie das unterlassen hatten, blieb für alle ein großes Rätsel. Vielleicht war das Ganze bisher nur eine Phase der Vorbereitung, obwohl es uns einige unserer besten Piloten gekostet hatte, und der richtige Ansturm noch kommen sollte.

Mich fröstelte, und ich versuchte, den Gedanken daran loszuwerden. Dann kam ein Schnitt auf einen Haufen Jungs beim Alarmstart, alle ganz Feuer und Flamme und Grinsen und ordentlich gescheitelt, als liefen sie nach alter Väter Sitte aufs Spielfeld. Mit einem Lachen im Gesicht dabei sein … Soweit ich mich erinnerte, hatten wir nichts zu lachen, wenn wir losrannten.

Die Hälfte von ihnen trug weder Fallschirm noch Schwimmweste, und als sie auf die Tragflächen ihrer Spits hechteten – natürlich mussten es Spits sein –, fiel mir auf, dass es sich um die alten Kisten mit einflügeligem Propeller handelte, also war die ganze Sache sowieso bloß für die Kamera getürkt. Da musste ich mich fragen, was man heutzutage überhaupt noch glauben konnte. Dann gab's einen Streifen von Mr. Churchill bei einer Ansprache, und ihm glaubte ich, denn er sagte, es stehe schlimm, richtig schlimm, und wir steckten mächtig in der Klemme, was wir natürlich wirklich taten. Ich nahm ihre Hand oder sie meine, als er dann sagte, dass wir uns am Ende durchkämpfen würden, wenn wir uns nur ranhielten und alles hergaben, aber es würde hart werden. Ja, dachte ich, das glaube ich, und wir lächelten einander in nahezu völliger Dunkelheit rasch zu, und unser Händedruck wurde etwas fester.

Die Jagdflieger stürmten über das sonnenbeschienene Feld, und es wurde einem dabei ziemlich warm ums Herz, obwohl Len leise vor sich hingrummelte. Ich dachte bei mir, das war es, was der Mann an meiner Seite wirklich tat, und dass sie (und mutmaßlich die Navy) alles waren, was zwischen uns und der Invasion stand. Unterdessen versuchte er, etwas über Fallschirme und Propeller zu erklären, bis ihn sein Nachbar anzischte und er verlegen und reuig dreinschaute, so gar nicht wie ein kühner und tapferer Verteidiger.

Ich gab mir Mühe, ihn zu beschwichtigen und ihm zu erklären, dass es bloß ein Film war, bloß ein Propagandastreifen wie die von den Deutschen, nur von unserer Seite gemacht. Dann kam der alte Mann mit der dicken Zigarre, der seine Rolle furchtbar dick auftrug, einen aber wie immer bei der Gurgel hatte, als er uns erst die schlechten Nachrichten auftischte und dann die guten, und alle im vollgestopften Filmtheater hörten auf zu reden und zu knutschen, und einen Augenblick lang waren wir alle in der Dunkelheit vereint.

Vielleicht lag es an meiner Stimmung, aber der Hauptfilm konnte mich nicht aufheitern. Es war zu weit von dem entfernt, was mir durch den Kopf ging.

Aus dem Augenwinkel heraus musterte ich ihr Gesicht.

Sie sah ernsthaft und aufmerksam aus, bloß die Mundwinkel zuckten dann und wann und ließen das winzige Muttermal nahe der Oberlippe in einer kleinen Talfalte verschwinden. Während ich sie beobachtete, diese unsteten Lippen betrachtete, gewann sie im Dunkel Kontur. Ihr Gesicht fing an zu leuchten. Sie lachte, ihre Zähne schimmerten, sie warf mir einen Blick zu, erkannte, dass ich ihr zusah, und sank in sich zurück. Dann ärgerte ich mich über den Film, ärgerte mich über die Zeit, die wir vergeudet hatten, um ihn uns anzusehen, war gereizt, weil er zu den Sachen gehörte, die ich mit Christine gemacht hatte aus keinem besseren Grund als dem, dass man solche Sachen halt machte. Ich rutschte hin und her und fixierte finster die Leinwand. Was einmal rasant und wild gewirkt hatte, erschien nun sinnlos und angestrengt. Ich wollte, Harpo würde aufhören, vor der Kamera Grimassen zu schneiden und vorzutäuschen, dass er stumm sei. Vorgetäuschtes stand mir bis hier.

Ich warf einen weiteren Blick auf Stella. Sie schien in sich gekehrt und völlig vom Film vereinnahmt, während sie verhalten schmunzelnd seinen Albernheiten folgte.

Ich hatte den Film schon mal gesehen, wie der Zufall es wollte mit Evelyn. Damals hatten wir ihn zerpflückt, und er gewann beim zweiten Besuch mitnichten. Er gehörte zu ihren schwächeren Leistungen. Dennoch war er offensichtlich von einer Art, die Len gefiel, also strengte ich mich an, interessiert zu wirken.

Zum Schluss gähnte ich während einer ihrer Slapstick-Nummern. Die Sorte gewaltiges Gähnen mit Kinnsperre. Ich hielt die Hand vor den Mund und tat so, als würde ich mich krümmen vor Lachen, aber es war zu spät. Len war auf den Beinen, hielt meine Hand umklammert und zerrte mich praktisch den Gang hoch und ins Foyer hinaus.

»Du hast dich gelangweilt!«, sagte er.

»Nein, eigentlich nicht. Es war ein bisschen warm da drin, und ich hatte einen langen Tag.«

Er lachte, als würde ich Unsinn reden, und ich fragte mich, ob er wirklich verärgert, ob er tatsächlich gar jähzornig war. Einen jähzornigen Mann konnte ich nicht gebrauchen.

»Was für eine Erleichterung«, sagte er. »Es ist sowieso nicht das, was ich tun will.«

Wir lehnten uns an einer Seite des Foyers ans Filmplakat. Ein, zwei Leute gingen ein und aus.

»Was willst du denn tun?«

Er starrte zurück.

»Das«, sagte er. Dann begann er, mich zu küssen, so hungrig, dass sich mein Mund öffnete und ich allen Gedanken ans Gähnen und an den Umstand, dass wir uns an einem öffentlichen Ort befanden, völlig vergaß. Als wir uns schließlich voneinander lösten, schlug mein Herz einen Trommelwirbel.

»Donnerwetter!«, sagte ich. »Wenn du das tun willst, sollten wir besser woanders hingehen.«

Wir nahmen den Bus zurück in mein Quartier.

»Was ist mit Mrs. Mackenzie?«, fragte Len.

Ich sagte etwas sehr Unanständiges über Mrs. Mackenzie, als wir eintraten und die Treppe hinaufhuschten.

»Das ist mein Zimmer«, sagte sie.

»Ich seh' schon«, erwiderte ich.

Es war mal was anderes, sie befangener zu erleben als

mich selbst; sie wusste nicht, wo sie sich lassen sollte. Das Zimmer machte nicht viel her – ein schmales Bett, ein Sessel, Tisch und Stuhl, Kommode, Kleiderschrank. Ein paar Fotos, einige Bücher, ein Grammophon und auf dem Fußboden ein Stapel Platten. Ich stöberte darin herum, während sie in einem winzigen, durch einen Vorhang abgeteilten Alkoven Tee kochte. Ein Gemisch aus Jazz – Ellington, Basie – und Schlagern, dazu eine Menge Klassik, die mir nichts sagte, Symphonien, Quartette und so. Eine kleine Schachtel mit Stahlnadeln lag neben dem Grammophon.

»Möchtest du gern etwas Musik hören?«, fragte sie.

Sie stand mit zwei Bechern in der Hand im Alkoven, und als ich zu ihr aufschaute, lag ein Glühen auf ihren Umrissen, und es leuchtete aus ihren Lippen und Händen und Augen. Sie sah wie das einzig Gute aus, auf das ich seit Monaten ein Auge geworfen hatte. Geradezu überraschend, dass es mich nicht quer über den Teppich zu ihr hinzog angesichts der wirkenden Anziehungskräfte.

»Ja«, gab ich zurück und setzte mich aufs Fußende des Bettes.

Sie stellte die Becher aufs Nachtschränkchen und kniete sich dann vor den Plattenstapel.

»Jazz?«, fragte sie.

»Ja, bitte.«

Es fiel schwer, nicht in Kichern auszubrechen, so viel lustvoller Frohsinn füllte das kleine Zimmer aus.

Sie kurbelte das Grammophon auf, legte einen ganzen Stapel Platten daneben und schob dann die erste auf die Tellerachse. Das war vielversprechend. Sie knipste die Lampe neben dem Bett an und schaltete das Deckenlicht aus, zögerte, kam herüber und setzte sich neben mich. Erst betrachtete sie ihre Hände, drehte mir dann den Kopf zu und lächelte, als Louis Armstrong zu »Mood Indigo« ansetzte und das Licht aus ihren Augen strömte.

Seit Ewigkeiten hatte ich nicht mehr so geküsst oder war so geküsst worden. Die Art Küsse, bei denen einem das Herz bis zum Hals schlägt. Die Art, die ich mit Evelyn nie ausgetauscht hatte, egal wie nett es war.

Meine Lippen schwollen an. Hin und wieder machte ich Pause, um das Grammophon wieder aufzukurbeln und die Platten umzudrehen. So spielten wir immerfort dieselbe Auswahl. Seit jener Nacht sollte ich »Rhapsody In Blue« nie wieder hören, ohne einmal mehr dies schäbige kleine Zimmer zu erleben, diese Küsse, seine kratzige blaue Uniform und mein wild klopfendes Herz, das sich dagegenpresst.

Ich knöpfte die Uniformjacke auf. Knotete seinen Schlips auf und legte ihm meine Hand auf den Hals.

»Nochmal?«, fragte ich.

Seine Haut war erhitzt, seine Augen leuchteten hell und waren sehr nah. Ich unternahm keinen Versuch, ihn davon abzuhalten, mich zu berühren oder so weit zu gehen, wie es Anstand und gesunder Menschenverstand zuließen.

Ehrlich gesagt glaub ich, ohne die Angst vorm Schwangerwerden wär ich wohl ein leichtfertiges Ding.

Ich ging heimwärts durch die dunkle Stadt und hinaus aufs offene Land, um mit meiner Taschenlampe die Abkürzung über die Felder zu nehmen, wo Kühe fahl schimmernd im Mondlicht standen und der Tau meine Schuhe und Socken aufweichte. Es war sehr spät, ich würde morgen einen kräftigen Schuss Sauerstoff brauchen, um richtig wach zu werden, obwohl das Adrenalin schon viel dazu half.

Ich ging weiter durch hohes Gras, Disteln und Kuhfladen auf die Masse der Gebäude in einiger Ferne zu, die wir beschlagnahmt und zur Kaserne gemacht hatten. Meine Gedanken fühlten sich an, als sei ich sehr betrunken, was aber nicht zutraf. Alles Gewöhnliche schien innegehalten zu haben, außer Sicht geglitten zu sein, und geblieben waren einzig das kühle Geheimnis der Nacht, mein leises Summen und ein paar hochfliegende Gedanken. *Alles, was wir haben, verlieren wir*. Etwas zu wollen, irgendetwas, jemanden, ist deshalb die Quelle aller Tragödien.

Und doch, und doch …

Ich sprang über den letzten Zaun, knirschte den geschotterten Pfad zu unserem Quartier hoch und vermied es gerade noch, von unserer Wache erschossen zu werden, der Fünfte Kolonnen und deutsche Fallschirmjäger im Kopf herumspukten.

Ich zog die zerwühlten Decken glatt, wusch mich und legte mich ins Bett. Obwohl ich hundemüde war, lag ich noch lange Zeit bei Mondlicht wach, das fahl zwischen den Vorhängen hindurchschien und auf das schweigende Grammophon fiel und das Fußende des Bettes, wo wir gesessen hatten.

Der Abend zuvor mit Evelyn schien eine Ewigkeit her zu sein, und alles hatte sich verändert. Jetzt steckte ich mitten drin. Mir fiel die Parole ein, die sich dieser Tage überall angeschlagen fand: Pack's an. Lens Jugend und Verletzlichkeit und seine Küsse hatten mir das Herz übergehen lassen und ich hatte mein Herzblut derart vergossen, dass es mich bald wunderte, weshalb man es nicht im Mondschein funkeln sehen konnte. Und doch war das alles überhaupt keine gute Idee, nicht, weil er kein guter Mann war, da würde ich mit allem dagegenhalten, sondern weil er mit erheblicher Wahrscheinlichkeit sterben würde, und das brächte mich um, sollte ich mir noch mehr aus ihm machen.

Ich lag lange Zeit wach, »Mood Indigo« ging mir immer wieder durch den Kopf, und mein Körper sang leise vor sich hin.

11. Kapitel

Anfang August

Sein Brief steckt immer noch in dem kleinen verblichenen Umschlag. Maschinengeschriebene kleine Bögen, die Falten dunkel geworden und das Papier vergilbt. Fleckig von sechzig Jahre altem Schweiß. Ein schwacher Hauch von Gras, dazu Pomade oder Motoröl. Jener Sommer! Dies wurde von seinen Händen verschlossen und von ihren geöffnet.

Darin blasse Seiten wie staubblinde Fenster, die seine Welt trübe durchscheinen lassen.

Liebe Stella!
Hatte gestern mächtig was um die Ohren – aber keine Panik, mach dir keine Sorgen, mir geht's gut, alles in allem. Gestern hatten wir Alarmstart, um einen Schwarm Bomber über xxxx aufzumischen. Als wir ankamen, hatten die Spits weiter oben die Jäger schon am Wickel, also flogen wir Kiellinie, richtig wie im Lehrbuch (das Buch sollten sie auf den Müll werfen – ist ruckzuck veraltet, wie so manches). Diesmal ging's *Tally-ho!* und drauflosgeballert, 'ne Mischung aus Jagdrevier und Schulhof. Muss trotzdem zugeben, dass ein paar von diesen Unifritzen Traute haben, fliegen rein, wo es zehn zu

eins gegen sie steht und wir nicht anders können als hinterher.
Mordszirkus, würde Billy Madden sagen, 'n echter Knüller. Mehr wie die Hölle und damit gut, würde ich sagen. Johnny Staples holte sich 'ne He 111 und musste dann aussteigen, Tad und Coco Cadbury teilten sich 'ne weitere, ich legte noch eine wahrscheinliche drauf (Me 110, wo ich dich fragen sehe). Dann stürzten sich weitere Me 109 auf uns herab, überall völliges Chaos, grelles Licht durch die Scheiben, im Kopfhörer schreien die Jungs, blaue Bohnen zum Frühstück.
Muss leider sagen, dass George Prior dran glauben musste, sah ihn hochgehen, eine Schande, denn er war ein guter Staffelführer und ein guter Mann auch, denke ich. Und einer von unseren neuen Burschen, kann mich an seinen Namen nicht erinnern, stürzte brennend ab. Dann machte ich Tim Baker aus, der einen von den Arschlöchern ('tschuldige) im Nacken hatte und von ihm verdroschen wurde, und ich ging runter, um meinen Senf dazuzugeben – hab ihn gekriegt, glaub ich, kann's natürlich nicht beweisen –, und muss in der ganzen Aufregung aufgehört haben, mich nach hinten umzusehen, und einer von den Gegnern muss runtergegangen sein, um sich um seinen Kumpel zu kümmern, denn plötzlich setzt dieses laute Knallen ein. Und dann macht er mich nach Strich und Faden alle. Der Steuerbordflügel knickt ein, die Nase kippt nach unten, zwischen meinen Händen schlägt ein Freudenfeuer durch (Gott sei Dank hatte ich Moms Lederhandschuhe an), und meine Mühle geht definitiv k. o. zu Boden. Das Dumme war, dass sie

mich mitziehen wollte. Ich schaltete alles aus und streifte die Gurte ab, aber die Kanzelhaube klemmte, und ich steckte fest, und es wurde verflixt heiß, bis ich plötzlich rausfiel. Schlug unterwegs mit dem Arm auf. Bin 'ne Weile gefallen, dann kam mir der Gedanke, an der Leine zu ziehen, und ich schwebe auf Merry England nieder, klopfe rings um die Beine die letzten Flammen aus, hab einen Stiefel weniger, aber der Fuß ist noch dran, also kein Grund zur Klage!

So landete ich in einem Pflaumengarten irgendwo in der Nähe von Wateringbury und baumele hoch oben in einem Baum mit einem halben Dutzend kichernden Erntehelferinnen unter mir, die sich uneins sind, was sie tun sollen, als dieser schrumplige alte Knabe vorbeikommt, einen Blick auf mich wirft und dann hochruft: »Kurz auf' ne Tasse reingeschneit, stimmt's?«, und sich halb totlacht. Mir fiel keine Entgegnung ein, und ich beließ es deshalb bei einer schlichten Geste.

Soweit dazu. Ich kam runter und wachte dann auf der Fahrt zum Lazarett wieder auf, wo man sich um mich gekümmert hat und von wo ich das hier unter dem Adlerauge der Oberschwester (der Schlag möge sie treffen!) aufgebe. Ich bin wohlauf, wirklich. Ein wackliges Handgelenk, irgendwas Komisches am Ellbogen, und der Rest hat Ähnlichkeit mit deinem Toast letzten Abend – ein bisschen angebrannt, ein bisschen abgekratzt, aber darunter gut in Schuss.

Die frohe Botschaft lautet: Ich habe eine Woche Urlaub, bis ich wieder voll einsatzfähig bin (sie wollen mich daran hindern, noch mehr teures Gerät zu Klump zu hauen), und ich habe einen unbeschei-

denen Vorschlag zu machen. Könntest du, hättest du Lust, ein paar Tage im Landhaus einer Tante draußen Richtung Ludlow zu verbringen (abzüglich Tante, die bei einer anderen Schwester in Wales ist)? Es liegt in einem Tal am Fluss, ganz ruhige Stelle, garantiert keine Luftschutzsirenen.
Könntest du? Kein Haken bei der Sache. Weißt schon. Es wär aber schön, »Mood Indigo« ein paar Mal mehr aufzusuchen, besonders die Stellen, an denen es knistert. Täte gut, könnten wir mehr als bloß ein paar Stunden miteinander verbringen – Sonnenschein, Apfelwein und süße Worte. Ginge das?
In Liebe, Len

P.S. Gefällt dir meine Tipperei? Die Hand ist vorübergehend »snafu«.

Die Wahrheit? Die Wahrheit findet sich eher in seinem Tagebuch. Jene blassen, mit Bleistift beschriebenen, zerfledderten Seiten.

An jenem Morgen war er lahm; selbst ein Schuss aus seiner Sauerstoffflasche vorm Abheben machte ihn nicht munter. Ihr Schwarm ging früh hoch, gegen sieben Uhr. Von Anfang an hatte er Mühe, beim Aufstieg in Formation zu bleiben (Geoff Prior bestand auf einem engen V bis zum Endpunkt, der sich an jenem Morgen als sein eigener erwies). Lens blitzschnelle Entscheidung, zu Tim Baker abzutauchen, war ein Fehler. Just vorm Alarmstart waren sie am Abstellplatz bei einem Becher Tee über ihre Familien ins Gespräch gekommen, und Len hatte sich ihm kurzerhand verbunden gefühlt. Als es dann passierte, musste er Baker hinterher.

Und als die Kugeln und Granaten erst einschlugen, verblüffte ihn das dermaßen, dass er ein paar Sekunden lang gar nichts tat. Was danach kam, war konfus. Dann packte ihn Entsetzen. Brennend abzustürzen war der größte Schrecken aller Piloten. Während er gegen die Haube hämmerte und das Flugzeug abwärts wirbelte, versuchte er, sich von den Flammen wegzudrehen, die in die winzige Zelle hineinbliesen. Die Haube war kugelsicher, sodass Fäuste wenig ausrichten konnten. Gott allein weiß, wie er da rauskam, er *selbst* nicht.

Gleich, was er mühselig mit einer Hand auf der kühlen, fast leeren Krankenstation tippte, hatte ihn die Wirklichkeit tiefgreifend versengt, und seither erinnert er Albträume, in denen er in die Tiefe fällt und brennt. Wenn er es auch für unwahrscheinlich hielt, dass Stella seinen hoffnungsvollen Vorschlag aufgreifen würde, könnte dieser ohne weiteres seine Art gewesen sein, die eigenen Gedanken auf wenigstens eine gute Sache hin auszurichten.

»Ich *bin* aufgeregt«, gestand ich Maddy gegenüber. »Ich hätte nicht geglaubt, Urlaub zu bekommen, aber Foxy Farringdon war bereit einzuspringen.«

»Klingt, als wär sie für 'nen feinen Pinkel ganz in Ordnung.«

»Ich fange an, mich für sie zu erwärmen«, sagte ich. »Aber jetzt, wo ich Len sehen kann und für ein paar Tage mit ihm zusammenziehe, bin ich doch etwas nervös.«

»Nicht halb so nervös wie Len, wette ich«, sagte Maddy. »Ist doch klar.«

»Wie das?«

Maddy brach in ihr tiefes, gurgelndes Gelächter aus und leerte ihr Glas.

»Ich wette mit dir um den Schokoladenabschnitt für nächste Woche, dass es sein erstes Mal ist, aber nicht deines.«

Ich dachte darüber nach, pulte einen Zitronenkern aus dem Mund, ganz gelblich weiß und glitschig war er, und fragte mich, weshalb mich das nicht verlegener machte. Vielleicht lag es daran, dass sie Sex für natürlich und lustig hielt. Kaum noch vorstellbar, aber in jenen Tagen konnten es Freundinnen einander nicht mal eingestehen, wenn sie ihre Regel hatten.

»Ich wette nicht um so was Wichtiges wie Schokolade«, entgegnete ich.

Ihr Lachen war laut und befreit und leicht trunken. Am Tresen drehten sich zwei Männer mittleren Alters um und starrten uns an. Ich starrte zurück, bis sie den Blick abwandten.

»Verführerin von Jugend und Unschuld«, sagte sie. »Ich weiß ja nicht, was deine Mutter davon halten würde.«

»Was meine Mutter davon hielte, weiß ich ganz genau«, erwiderte ich. »Aber sie gehört zu 'ner anderen Generation. Wenn ich es nur vor meinem Vater verheimlichen kann. Trotz seiner ganzen lässigen Art wäre er wohl nicht glücklich darüber.«

»Und wo liegt nun das unsichtbare *Aber*?«, fragte Maddy.

Versonnen betrachtete ich den Rest Gin in ihrem Glas und fingerte die Zitrone heraus.

»Es ist schrecklich, so was zu sagen, aber als ich den Brief bekam, hoffte ich beinahe …« Ich lutschte die Zitrone aus, verzog das Gesicht und sah blinzelnd weg. Maddy legte eine Hand auf meine und wartete ab. Manchmal wusste sie, wann es zu warten galt.

»… Hoffte, dass er schwer genug verletzt sei, um da rauszukommen«, sagte ich schnell. »Ich will, dass er am Leben bleibt.«

»Dann hast du dir jemand mit dem falschen Beruf ausgesucht«, sagte Maddy leise. »Nimm's lieber leicht, oder geh zurück zu Evelyn.«

Während Maddy an den Tresen trat und dabei manchen Blick ignorierte, den sie auf sich zog, saß ich mit gerunzelter Stirn da und fuhr mit dem Finger in einer Lache herum, die von der Zitrone herabgetröpfelt war. Ich malte einen Kreis, hängte eine gerade Linie an und hatte schließlich ein Strichmännchen. Aus dem Mund des Strichmännchens (oder war es eine Frau?) kam eine Sprechblase. Zögernd erst, füllte ich sie mit einem Fragezeichen aus, kniff die Brauen zusammen, fügte vier kleckrige Sternchen und gerade noch rechtzeitig ein Ausrufezeichen hinzu, um lächelnd aufzuschauen, als die Drinks eintrafen.

»Trotzdem«, sagte ich, »könnte ich ebenso gut in den Tag leben. Alle anderen tun's auch. Übrigens, was bedeutet ›snafu‹, Maddy?«

Sie warf den Kopf zurück und hörte nicht mehr auf zu lachen, sah mich dann an und schüttelte den Kopf, als sei ich ein süßes, aber törichtes Kind. Dann lehnte sie sich zu mir hinüber und sprach mir ins Ohr.

»*Situation normal, all fucked up*, Liebes. Das kommt von den Yankees.«

»Oh«, sagte ich. »Na klar. Wie praktisch.« Um meine Verlegenheit zu vertuschen, fügte ich hinzu: »Und mit wem hast du diese Woche rumscharwenzelt, Maddy?«

»Ich war mit einem süßen Matrosen aus, um den ich mich die letzte Zeit gekümmert hatte«, sagte sie. Dann stützte sie den Ellbogen auf, sodass ihr Ärmel nach unten rutschte. Ums Handgelenk trug sie vier Armreifen, blaugrün mit rosafarbenen Glanzlichtern, um die sich eine Kette aus winzigen Fischchen ringelte. Nicht mein Geschmack, sah aber teuer aus.

»Donnerwetter!«, stieß ich aus. »Du musst dich aber gut um ihn gekümmert haben.«

»Oh«, sagte sie. »Hab ich, kannste mir glauben.«

Sie lachte, schüttelte das Handgelenk und ließ die Reifen klimpern. Was aus ihrem »süßen Matrosen« geworden war, erzählte sie nie, die Reifen aber trug sie fast ständig, und das leise Rasseln folgte ihr, wohin sie auch ging, und wurde zu einem der Geräusche jenes Sommers.

Unsere Züge krochen den ganzen Tag hindurch nach Westen, aber es machte mir nichts aus, dass wir stehen mussten. Die Waggons waren vollgestopft mit Soldaten, ein paar Matrosen, Evakuierten und einigen erschöpften, blassgesichtigen Leuten, die nach langen Schichten aus den Fabriken und Werkstätten kamen. Ich hatte meine Pilotenuniform zurückgelassen und erntete ein paar neugierige und auch ein paar feindselige Blicke.

Während wir auf einem zerbombten Nebengleis darauf warteten, dass ein anderer Zug passierte, lehnte sie sich im Stehen an mich. Das Gewicht und die Wärme ihres Körpers schmiegte sich an meinen, und ich spürte zum ersten Mal eine wirklich schmerzliche Zärtlichkeit. Ich fühlte mit ihren müden Füßen, fühlte ihren schweren, schläfrigen Kopf auf meine Brust drücken. Ich legte ihr meinen Arm um den Rücken, um sie aufrecht zu halten, und als ich über den kastanienbraunen Schopf hinweg an ihr hinunterblickte, sah ich ein paar ungezähmte Locken pendeln, Glocken an der weißen Haut ihres Nackens, und fühlte mich einer

Ohnmacht nahe vor beinahe sicherer Gewissheit, sie noch heute Nacht ganz zu kennen.

Sie seufzte, ihr Kopf verlagerte sich auf meiner Jacke, als der Zug einen Ruck machte, und ich hielt sie mit meinem unverbundenen Arm enger umschlungen. Zu ihren Füßen stand ihr kleiner blauer Koffer, gleich daneben meiner. Dazu ein großer Korb mit Essen, für das wir mit Lebensmittelkarten in der Hand angestanden hatten. Eine Zeitung und ein Buch von James Thurber – ein Geschenk für sie, das ihr hoffentlich zusagte – steckten in meiner Manteltasche.

Ich verlagerte das Gewicht und empfand eine Geduld und einen Frieden mit der Zeit, wie ich das seit jenem Abend in meiner Kindheit nicht mehr getan hatte, als ich ermittelte, wie lange ich noch zu leben hätte, und dabei die kostbaren Sekunden verrinnen fühlte, noch während ich Zeit an ihre Berechnung vergeudete. Irgendein unsichtbarer Verschluss klickte, als ich auf ihren Koffer hinunterblickte, und ich wusste, dass dieser flüchtige Moment bleiben würde, beschriftet *Im Urlaub, August 1940*. Der blaue Koffer, ihre neuen braunen Schuhe, die Art, wie die Sonne beides beschien und als kostbar auswies.

Der Tag war lang, und meine Füße brachten mich um, weil ich meine Schuhe zu klein gekauft hatte in der Hoffnung, zierlich darin zu wirken. Wir standen beim Fenster und ließen unsere Körper durch Jacken und Mäntel hindurch schamlos ineinanderschmelzen. Ich dachte daran, dass wir uns noch nicht ganz kannten, es aber sehr bald tun würden, und fragte mich nach meinem Gefühl dabei. Es war eines vorwiegend von Nervosität. Nicht der Sache selbst wegen, sondern darüber, wie sehr ich sie wollte.

Nachmittags im zweiten Zug bot mir jemand einen Platz an. Ich schälte mich von Len ab und nahm dankbar an. Gegen Abend ließ das Gedränge nach, und wir bekamen einen gemeinsamen Sitzplatz, waren Hand in Hand unterwegs nach Westen, hinein in einen Teich goldenen Lichts, in dem ich glückselig ertrunken wäre.

Schließlich stiegen wir auf dem winzigen Bahnhof mitten im Nirgendwo aus und sahen uns nach einem Taxi um. Der Stationsvorsteher schien das überaus komisch zu finden. Ein Taxi, *hier?*

»Also«, sagte ich zu meinem Licht im Dunkel, »wie weit ist es zu Fuß?«

Er zuckte die Schultern und machte auf mich einen leicht verschlagenen Eindruck.

»Ungefähr fünf Kilometer.« Pause. »Vielleicht sechs. Und … es geht zum Teil bergauf.«

Unhörbar verfluchte ich meine Schuhe und meine Eitelkeit. Er nahm die beiden Koffer, ich trug den Korb, und wir machten uns auf den Weg.

Wenn das Landhaus in einem Tal lag, so war es nahe einer Bergspitze. Die Straße führte unablässig aufwärts. Leichter Regen setzte ein, der bald nicht mehr so leicht war. Wind kam auf, trieb den Regen durch meinen dünnen Mantel und klatschte mir Kostüm und Strümpfe an die Beine.

Mehrmals entschuldigte er sich für das Wetter und die Steigung. Ich gab zurück, dass er das besser hätte regeln können. Er entschuldigte sich noch einmal. Ich meinte, es müsse wohl hart sein, die Verantwortung für die ganze Welt auf den Schultern zu tragen.

Er stellte die Koffer ab, schnitt eine Grimasse, spannte die unverbundene Hand an. »Allerdings«, sagte er und fügte hinzu: »Es ist nicht mehr weit.«

»Du hast das so oft gesagt, dass es irgendwann stimmen muss.«

Darauf holte er vorneweg zu großen Schritten aus und summte unmelodiös vor sich hin. Als ich erkannte, dass es »Tipperary« war, musste ich ihn dafür treten.

»Autsch!«, rief mein furchtloser Krieger. »Die Stelle ist wund.«

Der Regen wurde stärker, und wir flüchteten uns für eine Weile hinter einen Baum.

»Dachte, du warst mal so was wie ein Wildfang«, sagte er. »Immer draußen an der frischen Luft und so.«

»›Warst‹ war vor langer Zeit«, erwiderte ich.

Dennoch munterte mich der Gedanke auf, und ich versuchte, ein Abenteuer darin zu sehen, als wir wieder aufbrachen. Schließlich erreichten wir einen Pfad, der nach rechts abzweigte. Er führte bergab, gut so, und war von einem ungezähmten Bach verschlammt worden, gar nicht gut so. Wir stapften durch den Matsch weiter. So sehr hatten mir diese braunen Schuhe eh nicht gefallen, und was ist schon ein weiteres Paar Strümpfe?

Und endlich waren wir da.

»Gut gemacht«, sagte er. »Sorry, dass wir ein bisschen zu wandern hatten.«

»Ach, fandest du?«, gab ich leichthin zurück.

Das Landhaus lag auf halber Strecke eines Hohlwegs, einer Art Rinne mit Bäumen zu beiden Seiten. Es war aus alten Ziegeln erbaut, mit einem Schieferdach und Rautenfenstern. Auf der anderen Seite des Wegs lag ein kleiner Obstgarten, an dessen fernem Ende ein Flusslauf im Zwielicht wässrige Geräusche machte. Der Regen hatte aufgehört, der Wind war abgeflaut, westwärts glühte der Himmel, und ich musste zugeben, das Ganze ließ sich ziemlich hübsch an.

Er ging hinten herum in einen Schuppen, kam mit einem Schlüssel zurück und sperrte uns auf. Das Innere roch ein wenig unbenutzt und war kühl, aber trocken. Wir öffneten ein paar Fenster, er zündete das Feuer an, ich ging daran, die mitgebrachte Hauptmahlzeit aufzuwärmen. Es war ein Abenteuer und fühlte sich irgendwie unartig an, als würden wir Erwachsene spielen. Ich blieb darauf gefasst, dass jemand hereinkäme und uns ins Bett scheuchte.

Was auf den zweiten Blick eigentlich gar keine so schlechte Idee war.

Nachdem wir aufgegessen hatten, standen wir eine Weile in der Tür, schauten ins Tal und lauschten den Rufen der letzten schläfrigen Vögel in den Bäumen. Die wenigen Wolken standen hoch und schimmerten rosa, der Wind hatte sich gelegt. In einiger Entfernung bellte ein Hund, ein Schaf antwortete schwach vernehmlich. Ich lehnte mich an ihn und fühlte, wie sein Arm sich um mich legte, so fest und jung.

»Du musst eine sehr verständnisvolle Tante haben«, sagte ich.

»Tu ich«, erwiderte er. »Und ja, ich hab ihr von dir erzählt.«

»Und was hat sie gesagt?«

»*Viel Vergnügen*. ›Solange es noch geht‹ hat sie nicht angehängt, hätte sie aber ruhig tun können. Das geht hoffentlich in Ordnung?«

»Alles bestens«, sagte ich. »Ich hab's gern, wenn man mich zur Kenntnis nimmt, und sei's als frivoles Frauenzimmer.«

»An dir ist überhaupt nichts frivol«, protestierte er. Mit einiger Überzeugung, schien mir.

»Ach ja? Nimm mich mit rauf und find's heraus.«

Wir gingen die knarrenden engen Stufen hoch. Der erste Raum war das Schlafzimmer seiner Tante; ganz verblasster Chintz und ein paar Fotos und Bücher. Als zweites kam ein kleiner Nebenraum mit einem einzelnen Bett, das schmal aussah, einem entzückenden, aber vorhanglosen Flügelfenster mit Blick auf den inzwischen dunklen Wald, einer Kommode und einem Stuhl.

Ich ging hinüber, öffnete das Fenster und hörte die Wassergeräusche vom Fluss. Er stand unbeholfen im Türrahmen.

»Es ist perfekt«, sagte ich. »Ich werde mich immer daran erinnern.«

»Woran erinnern?«, fragte er.

»Dass wir hier glücklich gewesen sind«, sagte ich und streckte die Arme nach ihm aus.

12. Kapitel

Anfang bis Mitte August

Dieses gelbe Zimmer werde ich nie vergessen. Die schmale, durchhängende Matratze, auf der wir im Schlaf ineinanderrollen. Das vorhanglose Fenster mit seinen Glasrhomben, das im Wind rappelt, bis wir es aufstellen und eine Brise über unsere schlafenden Gesichter weht, Luft, die erfüllt ist von der Sommernacht und Eulen und Wasser und vereinzelt dem Schrei eines Kleintiers, dem im Wald ein Ende bereitet wird.

Ich liebe das alles. Dass wir nachts im Bett liegen und die Sternbilder hinter den Bäumen aufsteigen sehen, später aufwachen und an ihrem Stand ablesen können, wie weit die Nacht schon fortgeschritten ist. Kühl unter meinen bloßen Füßen die blanken, knarrenden uralten Dielen. Der schwache, holzig süße Duft nach Rauch im ganzen Haus.

Und allem voran sie, die schlafend auf meinem Arm liegt, wenn das Licht des Morgens einfällt. Sie schläft, das Gesicht geglättet, sorglos, entrückt. Das Gewicht ihres Kopfes, ihr kräftiges Haar liegen schwer auf meinem Oberarm – wird der kribbeln, wenn sie aufwacht!

Die Augen geöffnet, schaut sie in die meinen. Ihr Blick wird klar, als sie wahrnimmt, wo sie ist.

»Na hallo, Liebster«, sagt sie in bester Filmstarmanier, und der Tag beginnt aufs Neue.

Nach einer Weile werde ich nach unten tappen und in der stillen Küche Tee kochen, das Fenster aufstoßen und der Drossel zuhören, die den Gartenschuppen heimsucht. Ich werde den Tee nach oben tragen, und wir werden ihn trinken, auf die Kissen gestützt. Und später, wenn ich Glück habe – wenn sie Glück hat! –, denn wir sind jung und neu füreinander, werden wir es mit der Liebe wieder aufnehmen und mit mehr Andacht zu den Stellen zurückkehren, an denen wir schon waren.

»Der schönste Sommer, seit ich mich erinnern kann«, sagte Old George, unser nächster Nachbar, ganz ohne Ironie und schnitt dabei seine Stockrosen zurück.

Wird schon stimmen, dachte ich, fast nur Sonne tagein, tagaus, und nirgendwo am Himmel ein Versteck. Sodass Leute sich als flimmernde schwarze Striche vom Glast abheben. Und Tag und Nacht dies gedämpfte Plumpsen um uns herum, wenn wir in den Obstgärten spazieren gehen. Liebespaare kichern auf den Feldwegen, so wie wir, mein Finger legt sich auf seine angeschwollenen Lippen …

Es gab ein Radio im Haus, und wir hörten nur seichte Unterhaltung. Die meiste Zeit schien Len nicht an den Krieg zu denken oder daran, wieder ziehen zu müssen. Aber mir fiel auf, wie er sich bei Kleinigkeiten aufhielt, so eines Morgens beim dünnen, hohen Summen eines einmotorigen Flugzeugs am Himmel. Oder bei der Art, wie eine Wespe von einer Pflaume, die er sich gepflückt hatte, herabkroch, von der Hitze aber zu benommen war, um loszufliegen oder zu stechen, und auch ich mich betäubt von trägen Säften fühlte, als ich mich vorbeugte, um sie von seinem Arm zu schnippen.

»Na dann, treibt keinen Unfug, Kinder.« Old George warf uns einen lüsternen Blick zu und brach dann in wieherndes Gelächter aus, als er weiterschlurfte und mich zurückließ, in den Fingern ein Stück Fallobst, das an den frischen Bisskanten noch schäumte. Ich schleuderte es ins Unterholz, hakte bei Len ein, und wir brachen auf, bevor die Hitze aus dem Tag wich.

Im Hochmoor machten wir uns auf dem kurzgeweideten Rasen lang und schauten nach Wales hinüber.

»Da werden wir eines Tages mal hinfahren, wenn wir ein Auto haben«, sagte ich. »Dann können wir uns ausgiebig in Tintern Abbey umsehen und spazieren gehen. Übrigens, kannst du Auto fahren?«

»Nö«, antwortete er. »Aber wenn ich fliegen kann, kann ich sicher auch fahren lernen. Und eines Tages das Geld für ein Auto auftreiben.«

Ich streckte mich, gähnte und angelte nach einem weiteren Sandwich, als herrschte an Zeit kein Mangel.

Nach dem Mittagessen in einer flachen Senke, außer Sicht und im Windschatten, führte eine Berührung zu einem Kuss, der zu einer Liebkosung und die zu Liebe. Wir hatten es eilig und deshalb nur das Nötigste abgestreift. Es war ein Einheimsen von Erfahrung, damit wir sagen konnten, wir hätten's draußen getrieben. Das wurde nicht ausgesprochen, hing aber über uns wie ein Mückenschwarm: Reue, bedingt durch die Gier, bedingt durch die Angst.

Trotzdem war es für uns beide eine neue Erfahrung, die sich bezahlt machte schon durch das Gefühl des Luftzugs, der dort kühlte, wo seit Jahren kein Wind mehr hingelangt war.

»Wir können uns ein Haus auf dem Land zulegen und rings um den Garten eine dichte Hecke wachsen lassen«, sagte er. »Dann können wir's draußen tun, wann immer uns danach ist.«

»Wenn es nicht regnet und die Kinder in der Schule sind«, erwiderte ich, und dann trat eine lange Pause ein. Ich glaube, wir fragten uns, ob wir zu schnell zu weit gegangen waren.

»Schlafen denn Babys nicht am Nachmittag?«, murmelte er. »Also dann.«

Es ist Mittag, und ich gehe einen Forstpfad zurück zum Landhaus. Die Sonne ist heiß, meine Turnschuhe sind weiß auf dem erdbraunen Pfad, die Eichen und Buchen zu beiden Seiten ein kräftiges Dunkelgrün. Ich schwitze und summe frohgemut vor mich hin, hab mich bis aufs Hemd ausgezogen und die Ärmel hochgekrempelt, trage die Jacke überm Arm. Über der Schulter hängt ein alter Matchbeutel mit ein paar zusätzlichen Lebensmitteln aus dem Dorfladen für unser Abendessen. Zwei Weißdornsträucher stehen am Rand des Pfads, und rechts im Entwässerungsgraben wachsen, herb und fast reif, wilde Erdbeeren.

Ich denke an ein kaltes Bier aus der Speisekammer, wenn ich zurück im Landhaus bin. Ich frage mich, ob das Wetter bis morgen hält für den Picknickausflug, den wir uns vorgenommen hatten. Eigentlich ist mir das ziemlich egal. Sollte es regnen, bleiben wir halt drin, wäre mir schon recht.

Ich denke darüber nach, wie sich der Sex nach dem ersten Moment heftigen Herzklopfens, da ich mich nach ihr ausstreckte, angenehmer und interessanter anlässt, als ich mir das je vorgestellt hatte, und weniger unheimlich. *Fast besser als fliegen*, meinte ich hinterher zu ihr. *Ach, weiß nicht recht*, sagte sie. Sie ist gerissen.

Dann ertappte ich mich dabei, an ihrem Hals *Ich liebe dich* zu hauchen. Vielleicht war das Kopfkissengeflüster und nur die Wahrheit des Augenblicks. Sie drückte meinen Kopf fester an ihren Hals, und wir redeten nicht mehr darüber.

Was wir im Bett machen, einmal sogar im Moor, ist wunderschön, wenn es passiert, und peinlich, denkt man darüber nach. Wenn ich darüber nachdenke, sehe ich es von außen. Aber wie es sich innen anfühlt, ist der springende Punkt.

Das muss ich mir merken, bevor die Zeit anfängt, meine Bilder im Kopf nachzukolorieren. Daran muss ich mich erinnern können, und an die weiche, glatte Beschaffenheit ihrer Haut, die an den intimen Stellen fast weiß ist. Die Erinnerung daran möchte ich mir bewahren für den Fall, dass ich alt werden sollte. Drängender ist aber im Augenblick dies Gefühl, auf dem Pfad durch den grünen Wald zu mir zu kommen, und dass sich die Wilderdbeeren nur auf der südwärts weisenden Flanke des Grabens verteilen, und der harzige Geruch der Bäume.

Jetzt denke ich nicht mehr. Es gibt nur noch den erdfarbenen Pfad vor mir und das Grün rings herum und die weißen Turnschuhe in Bewegung und den Schweiß, der in der Furche am Rücken kitzelt.

Ich bin für meine Sinne so dankbar. Der Boden ist trocken und warm, ich bekomme am großen Zeh eine Blase, und die Haut juckt unter dem Verband meiner rechten Hand, die Luft unter den Bäumen ist blassgrün, und ein Spinngewebe spannt sich zwischen zwei Ästen vor den

Himmel. Jetzt biege ich in eine Kurve, und unter mir strömt der Fluss langsam und glitzernd durch das Tal.

Dann sehe ich beinahe in der Mitte des Pfades den Knochen liegen. Ich bleibe stehen und hebe ihn auf. Er ist leicht und ganz glatt. Und sauber, so wie die Sachen, in denen kein Leben mehr ist, sauber sind. Um sein breites Ende krümmt sich eine Kerbe, die ich mit dem Daumen entlangfahre. Hellgrau ist er und so dünn, dass die Kanten fast durchsichtig sind. Ein Schulterblatt von einem Hasen, denke ich. Oder von einem Lamm. Anatomie ist nicht gerade meine Stärke. Ich fahre mit dem Daumen über den Knochen und sehe die Knöchel unter meiner Haut durchscheinen. Eines Tages wird diese Hand auch verrotten.

Ich drehe mich um und werfe einen Blick zurück: der Pfad schlängelt sich durch die Bäume. Ich schau nach vorn. Da ist auch niemand, nur weiterer Pfad und weitere Bäume und darunter das Flusstal. Und doch fühle ich mich … bemerkt.

Aus großer Höhe blicke ich auf mich herab.

Ich sehe mich, die geröteten Arme und den Hals, das weiße Hemd und den Schatten des Matchbeutels, den mein Atmen sachte bewegt, und die Welt um mich herum.

Jetzt sehe ich mich, so wie die Sonne es tut, sehe die weißen Turnschuhe regungslos auf dem Pfad und den Kopf, der anstarrt, was ich in der Hand halte, sehe die Kleider auf der Haut über dem Skelett rings um die weichen Organe. Überall ist Licht. Die Bäume atmen aus, und ich atme ein, und die Blumen wenden sich der Sonne zu.

Und dann ist es weg und alles wieder normal. Ich schlenze das kleine Stück Knochen zwischen die Bäume und mach mich auf den Weg zu Essen und Trinken, Schatten und einer Frau.

Jenseits des Flusses auf einem grünen Feld, leicht flirrend in der Hitze, hüten zwei Männer und ein Hund eine Schafherde. Einen Augenblick lang bin ich wieder außer mir. Ich sehe, dass sie der Mittelpunkt der Welt sind, so wie ich. Ich forme mit den Händen einen Trichter und rufe. Die Männer rühren sich nicht, vielleicht schnellt der Kopf des Hundes herum, dann kehrt das Echo schwach zurück.

Wieder schreite ich ohne einen Gedanken aus, obwohl ich alles wahrnehme – diese der Sonne zugewandten gelben Blumen, den Ruf der im Wald verborgenen Taube, meinen Schatten neben mir, der über den holprigen Boden stuckert, diese im Luftzug ausgestreckten Finger, einen Stich im rechten Knie, das leicht verschwitzte, angenehme Sich-Wiegen des Körpers, der mein eigener ist. Jung. Lebendig. Jetzt.

Der Pfad endet, und ich tauche unter das Laubdach ab und in die Kühle des engen Hohlwegs. Überm Landhaus dann durch das Distelfeld, und Stella hockt draußen auf dem Torpfosten wie ein Reiher mit rotem Kamm. Ich pfeife, und sie schaut auf und winkt. Und ich lächle, denn durch die letzten Disteln auf sie zuzueilen ist weit besser, als ein trockener Knochen zu sein.

»Hast du alles gekriegt?«, ruft sie.

Ihre Augen sind geweitet, ihr kräftiger Arm, die Haut straff, ruht auf dem Gatter, aber ich bin noch nicht ganz soweit, sie zu berühren. Ich sehe die weißen Knochen unter ihrem Handgelenk, so viele und so ausgeklügelt untereinander verbunden.

»Einfach alles«, sage ich.

Dann springt sie vom Pfosten und legt einen Arm um meine Taille, und es fühlt sich natürlich und richtig an, dass ein Körper auf einen Körper trifft, nachdem er durchs Distelfeld gekommen ist und all das.

Er hat Albträume. Für ein Kind zu alt, für einen Mann zu jung, um schlecht zu träumen. Es ist verkehrt.

In der Nacht wachte ich auf und traf ihn zappelnd an, während sein Körper glühende Hitze abstrahlte. Er versuchte, die Arme zu befreien, aber das Laken hatte sich eng um ihn gewickelt. Aus tiefster Kehle löste sich ein Wimmern. Als es anschwoll, nahm ich ihn in die Arme und rüttelte ihn wach, schnitt den gellenden Schrei ab, indem ich ihn mit einem Ruck von jener Welt in diese zerrte, und einen Augenblick lang frage ich mich, ob so das Sterben sei, ob es einen mit einem Ruck von einer Welt in die andere zerrt.

»Flammen«, murmelte er in meine Achselhöhle. »Ging runter in Flammen.« Und dann sagte er recht deutlich: »Fremde haben den Flugplatz eingenommen.«

»Was?«

»Was?«, entgegnete er.

»Was hast du gesagt?«

»Weiß nicht mehr«, sagte er. »Bin froh, dass du mich geweckt hast.«

Er schlug die Laken zurück, und ich hätte schwören können, dass sein schlanker Körper im Mondschein dampfte. Lange Zeit lag er so da und blickte starr auf den Mond in unserem Fenster, bis ich spürte, dass er Gänsehaut bekam.

»Ich glaube, ich mach einen Spaziergang«, sagte er.

»Was – um vier Uhr früh? Du bist verrückt!«

Er sah mich geradeheraus an.

»Nicht unbedingt«, sagte er. »Kommst du mit?«

Draußen ist es wie bei Verdunklung, bloß schlimmer. Es ist hier so düster auf dem Land. Er nimmt mich an die Hand und führt mich den Hügel hinunter. Er scheint Eulenaugen zu haben und bewegt sich ziemlich mühelos, während ich ihm nachstolpere. Hinter einer Wolke taucht der Mond auf, und ich fange an, etwas zu erkennen, doch dann führt die Ahnung des Pfades, der wir folgen, unter die Bäume, und es ist wieder schwarz.

Es liegt Jahre zurück, dass ich nachts auf dem Land war. Beinahe habe ich Angst, und mich fröstelt beim Gedanken daran, wie es gewesen sein muss, als es noch Bären und Wölfe gab. Schließlich hält er inne und führt mich dann, langsamer jetzt, nach links bergauf. Sein Kopf drückt sich eng an meinen.

»Leise jetzt«, flüstert er. »Wir sind fast da.«

Wo fast?, rätsele ich, sage aber nichts. Womöglich ist mein Liebster jetzt komplett übergeschnappt. So zuversichtlich habe ich ihn noch nie gesehen.

Er schiebt mich sanft gegen einen großen Baum. Ich kann das fahle Schimmern seiner Hand sehen, als er nach vorn zeigt.

Da ist nichts, jedenfalls vermag ich nichts zu sehen. Wonach suchen wir – nach Fünften Kolonnen? Vor uns liegen eine kleine Lichtung, ein Fleck Mondlicht, etwas Unterholz und ein paar weitere dicke Stämme. Schon bilde ich mir ein, bedeutsame Umrisse auszumachen, blinzele und erkenne, dass ich gar nichts sehe. Dann begreife ich, dass wir warten.

Da es nichts zu sehen gibt, fange ich an, die Geräusche zu hören. Ich hätte es für ebenso still gehalten, wie es dunkel schien, aber beides trifft nicht zu. Da ist klar wie nur etwas das Geräusch von Wasser. Und ein Windhauch in den Bäumen. Und nahebei ein schwaches scharrendes Geräusch in Laub und Gras. Seine Hand schließt sich fester um meinen Arm.

Und da sind sie. Als ob soeben erst Stoff geworden, steht

eine gedrungene dunkle Gestalt wie eine Mischung aus Hund und kleinem Eber, einen blassen Streifen auf der Stirn, reglos im Mondschein und hält ein Bein in der Schwebe. An ihrer Seite zwei, nein drei ferkelartige Jungtiere. Während sie zwischen den Blättern wühlen, bekomme ich das Gefühl, Einblick in eine andere Welt zu haben mit ihren eigenen Gesetzen, die nichts mit uns zu tun haben. Mir stockt der Atem, mein rechter Fuß tritt auf trockenes Laub – ein Scharren, und sie sind fort. Nicht, dass ich sie flüchten sah, sie sind einfach weg.

Ich höre ihn ausatmen, dann nimmt er mich beim Arm und führt mich schweigend den Hang hinunter zum Pfad.

»Neulich sah ich den Bau«, sagte er auf dem Rückweg über das Feld. »Fragte mich, ob sie nachts unterwegs sind. Hast du schon mal Dachse gesehen?«

»Nein«, sagte ich. »Niemals. Vielen, vielen Dank.«

Hinter seinem Kopf konnte ich die Dämmerung anbrechen sehen. Er schien unbeschwerter, von einer Last befreit, und ich war gerührt, dass er mir nicht allein die Dachse gezeigt hatte, sondern was sie ihm bedeuteten. Etwas Ungesagtes, Unaussprechliches vielleicht, aber ich spürte die Erleichterung in seinem schlaksigen, müden, federnden Körper.

»Danke fürs Mitkommen«, sagte er. »Jetzt habe ich wirklich Lust auf ein Frühstück.«

Hand in Hand wanderten wir den Pfad hinauf, hungrig, dem Morgengrauen entgegen, seine Albträume für eine Weile vergessend.

Es war Zeit von dieser Welt, Zeit, die wir schlafend im Bett hätten verbringen sollen, befreite Zeit. Im Rückblick war es so seltsam und beziehungslos zu allem anderen, dass ich mich manchmal frage, ob es überhaupt stattfand oder bloß ein eigenartiger überhitzter Traum war, die täuschende Einbildung einer anderen Welt, einer künftigen Welt oder einer, die hätte sein können, in der wir Liebende wären und die Welt unschuldig.

13. Kapitel

Mitte August

An unserem vorletzten Abend gingen wir das Distelfeld hoch und den Feldweg hinunter in den Pub. Len hatte beschlossen, in einem nahe gelegenen See oder Staubecken Forellen zu angeln, redete fast die ganze Strecke über davon, beschrieb in groben Zügen die notwendigste Ausrüstung, die er sich leihen musste, und die Herausforderungen und Freuden der Sportfischerei im Hochsommer. Doch als wir uns im Pub erkundigten, hieß es, die Fischerei sei kriegshalber ausgesetzt worden. Keine Boote zu haben und keine Angelscheine. Ein gedrungener Mann mit dem Gesicht eines Trinkers meinte, es tue ihm Leid, aber so stünden die Dinge nun mal.

Wir saßen am Fenster, durch das abendliches Licht einströmte.

»Was für eine Schande«, sagte ich. Tatsächlich war ich gar nicht ungehalten darüber und dachte bei mir, dass es Besseres mit unserem letzten Tag anzufangen gebe, als kleinen schlüpfrigen Kaltblütern nachzustellen.

»Hm«, sagte er. »'tschuldige mal 'ne Minute.«

Es dauerte eher fünf, die er vor allem vorn am Tresen verbrachte, wo er mit dem Rotgesichtigen redete. Ich dachte, dass er Zigaretten kaufen wollte und sich Zeit damit ließ. Ich nippte an meinem Apfelwein und zerbrach mir den Kopf, wie Mutter wohl zurechtkam, wo Dad an den meisten Abenden als Luftschutzwart außer Haus war. Vielleicht war es ja für beide eine Erlösung, und sie brauchten nicht länger so zu tun, als seien sie noch groß ein Paar.

Len eilte zurück an unseren Tisch.

»Geritzt«, sagte er. Er setzte sich und trank von seiner Halben, worauf seinem Mundwinkel ein breites Grinsen entschlüpfte.

»Was?«

»Wir gehen morgen angeln. Mr. Mannion da fährt uns hin und leiht uns seine Ausrüstung. Ist der Gewässeraufseher.«

»Wie hast du das geritzt?«

Er wischte sich den Mundwinkel ab, sah mich freimütig an und grinste erneut. Er hatte den Körper eines Mannes, und doch sah er genau wie ein Junge aus, der es soeben geschafft hatte, mit etwas ungestraft davonzukommen. Manchmal schaute er mich so an, so natürlich und ohne Bedacht, und wenn er es tat, streckte mein Herz die Waffen.

»Gewerkschaft der Wildhüter«, sagte er. »Er hat von meinem Dad gehört, sie haben 'n paar gemeinsame Kumpels. Also …«

»Also habt ihr die Regeln ein wenig gefälscht?«

»Es gibt keine Regeln«, erwiderte er, »wegen des Krieges. Hier geht's mehr um einen Gefallen. Braune Wildforellen!«

»Willst du wirklich, dass ich mitkomme?«

Er sah so verblüfft aus, dass ich ihm verzieh. Zumal mich eine innere Stimme daran erinnerte, dass dies seine letzte Gelegenheit zum Fischen sein könnte und es gemein wäre, sie ihm vorzuenthalten.

Es war ein heißer, sonniger Morgen, unser letzter Tag. Sandwiches und eine Thermoskanne, dann rechtzeitig für Mr. Mannion und seinen alten Wolseley rauf zum Anfang des Feldwegs. Er bekam eine Benzinzuteilung für seinen Job und fuhr uns einige Kilometer weit über halb vergessene Landstraßen, bis wir einen langen, schmalen, glitzernden See erreichten mit kleinen baumbestandenen Inseln wie auf einem chinesischen Gemälde.

Er gab uns den Schlüssel zum Bootsschuppen, meinte dazu, dass wir darin die Ausrüstung fänden, nannte uns eine Abholzeit und fuhr davon.

»Na gut«, sagte Len, als ich dem entschwindenden Auto hinterherstarrte. »Er ist keine Schönheit, aber er tut uns einen großen Gefallen. Ein Lächeln für ihn ginge schon in Ordnung.«

»Ich kann's nicht ändern, ich mag keine Trinker«, sagte ich. »Sie erinnern mich zu sehr an meinen Vater. Es lässt die Leute so nachlässig werden bei allem, was sie umgibt.«

Aber meine Laune hob sich, als er den Bootsschuppen aufsperrte und wir ein überraschend neues Ruderboot herauszogen. Ich hatte damit gerechnet, stundenlang bewundernd am Ufer stehen zu dürfen und dabei von den Insekten aufgefressen zu werden. Ein Boot war etwas ganz anderes. Also wuchteten wir es hinunter ans Wasser und verstauten Mittagessen, Schwimmwesten, Ruder und Angelzeug. Ich stieg ein, er schob und sprang hinterher, schnappte sich die Ruder und begann, auf die Inseln zuzuhalten.

Der Tag war heiß. Draußen, auf der Mitte des Sees, herrschte eine schwache Brise, die ausreichte, um die Insekten zu verscheuchen. Ich überließ ihm nur zu gern das Fischen, streckte mich auf meinem Mantel aus und ließ, Sonne in den Augen, die Finger durchs kühle Wasser gleiten.

Lang und verträumt waren sie, die dort verbrachten Stunden. Ich wurde wie in Trance versetzt von der lässigen, rhythmischen Weise, in der er die Angel auswarf, eine Art schwungvoller Ruck mit dem Arm, und die Schnur flog weit hinter seinen Kopf, ein Schnappen des Handgelenks, den Arm wieder ausgestreckt, und der Köder peitschte voraus, um federleicht unter die glänzende Wasseroberfläche zu tauchen. Ich sehe jedem gern dabei zu, worin er gut ist, so wie ich Roger verfiel, wenn er seine gewandten und vernichtenden Analysen der Dramatiker aus der Spätzeit Jakobs I. abgab, und Len war eindeutig hierin gut. Er schien seinen Platz gefunden zu haben und dies eine Mal mit sich selbst und der Welt im Reinen zu sein. Einiges von dem, was er da machte, erläuterte er, so wenn er auswarf, um die vermutliche Route des Fisches zu treffen, und sich dabei nach den seltenen Malen richtete, da dieser an die Oberfläche kam.

Er fing einen, ganz glänzend und muskulös war er. Ich fühlte mich mies, als ich ihn so auf dem Boden des Boots liegen sah, wusste aber, dass ich gierig genug war, um ihn zu essen. Zwei weitere warf er zurück, und ich war froh, sie zurück ins Leben zucken, aufschillern und verschwinden zu sehen. Eine zweite Chance, dachte ich unbestimmt. Was für ein Glück, dass ich nicht Gott war, der Gott spielen muss. Entscheiden muss, welcher Flieger und welcher bombardierte Zivilist lebt und welcher stirbt. Es gibt keinen Grund dafür. Es geht weder nach irgendwelchen Tugenden noch immer nach Geschicklichkeit. Das Glück ist klein und Schicksal dafür ein zu großes Wort. Es geschieht einfach.

Ich beobachtete ihn, indes sein gebräunter Arm sich gleichmäßig vor und zurück bewegte, wie er die Wasserfläche längsseits zugleich anlächelte und darüber die Stirn runzelte. Ernsthaftes Spiel, dachte ich. Er spielt, nimmt das aber ernst wie ein Kind. Liebe machen wir auch so. Es ist ein Spiel, und wir können lächeln und lachen, aber es ist nichts Beiläufiges dabei. Das wäre beleidigend. Hier gibt's manches zu lernen.

Er ruderte wieder dicht ans Ufer, und wir ließen uns in der schwachen Brise treiben. Ich lehnte mich zurück, rauchte eine Zigarette und schaute in den Himmel mit seinen wenigen weißen Wolken, die aufgeplustert waren wie Gefieder. Ich hörte ihn grunzen, dann riss er den Arm zurück, der gleich wieder nach vorn schnellte. Ich setzte mich rechtzeitig auf, um sein Handgelenk schnappen zu sehen, sah sein ganzes Gesicht in Aufruhr, als sich die Rute bog.

Er zog ihn heran, ich hielt das Netz bereit. Ein großer Brocken, so viel konnte ich sehen. Ich betete für Len, dass er nicht vom Haken springen würde. Ich beschloss, sollten der Haken halten und wir den Fisch kriegen, würde Len überleben.

Immer näher kam er dem Boot, dann zog er wieder davon. Len zwang ihn erneut herbei, jetzt sah er angespannt aus. Ich streckte mich aus, so weit ich konnte, und stieß zweimal mit dem Kescher zu, traf aber daneben. Die Rute beschrieb einen aberwitzigen Bogen. Er holte den Fisch wieder dicht heran, ich beugte mich vor und stieß zu, bekam den Kescher unter den Fisch und schaufelte ihn an Bord.

Er war groß und wunderschön. Was hatte ich für gemischte Gefühle, als er mir zappelnd gegen die Fußknöchel klatschte. Dann bekam Len ihn zu fassen und knüppelte ihn tot, just bevor ich Verstand genug sammeln und ihn darum bitten konnte, es nicht zu tun, ihm zu sagen, dass das Schicksal des Fisches irgendwie mit seinem verknüpft sei. Alberne Vorstellung. Er wusch sich das Blut von den Händen und sah mich an.

»Dachte, wir könnten vielleicht auf einer der Inseln zu Mittag essen«, sagte er.

»*A fine and private place*«, sagte ich und schmunzelte vor mich hin, weil ich wusste, dass er das Zitat von Herrick nicht erkennen würde, dann schämte ich mich für meine billige Überlegenheit. Fühlte er sich denn überlegen, weil er einen solchen Fisch fangen konnte und ich nicht? Ich verfluchte meine Eitelkeit oder Unsicherheit, was es auch sei.

Er grinste zurück, ganz Jugend und Offenheit. »Zu schade, dass ich die Pariser vergessen habe«, sagte er. »Hinter den Bäumen können wir aber trotzdem auf Adam und Eva machen.«

»Wir können mehr als das machen«, gab ich zurück, stöberte dann in meinen Manteltaschen und brachte das Päckchen zum Vorschein, das ich vom Nachttisch mitgenommen hatte.

Wir lagen nackt im Schattenmuster auf unseren Kleidern. Träge streichelte ich die wenigen schwarzen Haare rings um seine Brustwarzen, er scheuchte die Fliegen fort, die auf mir landen wollten. Mir schien, dass wir so vollendet entrückt waren, wie wir nur konnten.

Dann murmelte er: »Frage mich, wie's den Jungs geht.«

Ich lag ganz still und wunderte mich über den Stachel des Zorns, den ich verspürte, etwas Ähnliches wie Eifersucht.

»Tut mir Leid«, sagte er schließlich. »Ich bin so froh, hier zu sein, aber ich kann nicht anders, als mich das zu fragen.«

»Frag dich das, wenn ich nicht da bin«, sagte ich. »Nein, das war jetzt ungerecht.«

»Es erinnert mich an die Schulferien«, fuhr er fort. »Ich wollte nicht, dass sie je aufhörten, aber gleichzeitig freute ich mich manchmal darauf, zurück zu sein und wieder bei den anderen zu sein. Dazuzugehören.«

»Mir war nicht klar, dass du dich dazugehörig fühlst«, entgegnete ich.

Ich stützte mich auf einen Ellbogen und nahm ihn in Augenschein. Lange gerade Nase, breiter Mund, geschwungene Brauen, als sei er beständig überrascht. Braune Augen mit nussbraunen Sprenkeln. Mein Mann. Ein vollkommen Fremder. Neben mir und zweihundertfünfzig Kilometer weit weg.

»Len, *wofür* machst du das?«

Er runzelte die Stirn ein wenig und schien sich das ernsthaft zu überlegen.

»Sex«, sagte er. »Der Sex ist irre.«

»Nein, Dummkopf! Die Air Force, diese ganze Jagdfliegernummer. Du musstest das nicht tun. Es ist viel zu … gefährlich. Und wehe, du reißt jetzt einen Witz, oder ich drück dir die wehe Hand.«

Er grinste, nahm seine bandagierte Hand fort und legte sie hinter den Kopf.

»Die Fliegerei«, sagte er. »Ich liebe das Fliegen – hab ich das noch nicht erwähnt? Es ist mit nichts zu vergleichen, das Gefühl im Moment, wenn du vom Boden abhebst. Oder wenn ich in dreitausend Metern Höhe bei Reisegeschwindigkeit auf Wolkengebirge und Schluchten oder ganz tief unten auf Hecken und Flüsse und Felder hinabschaue. Es ist so ruhig und doch so aufregend. Ich fühle mich so … Von da oben sieht die Welt so …« Er hielt inne und zuckte dann die Achseln. »Na egal, jedenfalls hat es mich vor den Schützengräben bewahrt.«

»Aber es gibt in diesem Krieg keine Schützengräben.«

Er kicherte. »Ich weiß, mein Dad hat da was missverstanden. Er dachte, dieser Krieg wäre so wie der vorige – völlig sinnlos und in Gräben festgefahren.«

»Und das ist er nicht, oder?«

Zwischen uns senkte sich eine lange Pause herab, und der sonnige Nachmittag wurde auf einmal ernst.

»Nein«, sagte er. »Das ist er nicht, nein. Es muss getan werden, und wir können uns nicht davor drücken.«

Er setzte sich auf und sah sich um.

»Was, kein Beifall? Ich dachte, wir seien olympisches Maß! Lass uns 'ne Runde schwimmen.«

»So etwa?«

»Wieso nicht? Es ist niemand in der Nähe. Und selbst wenn, wird man sich nie wieder sehen, wie meine Mutter zu sagen pflegte.«

»Ich wollte, meine Mutter würde solche Sachen sagen.«

Als ich dann in gleichmäßigen Zügen sein Gezappel und Gespritze umrundete, dachte ich wieder daran, was er über das Fliegen geäußert hatte. Dass es ruhig und aufregend zugleich sei. Und ich dachte an meine Kindheitsphantasie von der Höhle hinter dem Wasserfall. Wenn das Fliegen für ihn dasselbe war, wunderte es mich nicht mehr, dass sich seine Stimme änderte, sobald er darauf zu sprechen kam. Dann wunderte mich auch sein Widerwille nicht mehr, überhaupt davon zu sprechen. Das konnte ich verstehen – was einem besonders ans Herz gewachsen ist, möchte man sich nicht verderben, indem man darüber quatscht.

Trotzdem waren wir noch nicht zum Kern der Sache gelangt. Wenn er sich vor der Armee hüten wollte, hätte er sich auch freiwillig zum Bodenpersonal der Air Force melden können. Und wenn ich Sicherheit hätte haben wollen, hätte ich bei Evelyn bleiben können.

Ich blies alle Luft aus den Lungen, sah mich ein letztes

Mal um, klappte zusammen, schwamm in die Tiefe und berührte kurz mit ausgestrecktem Arm den Boden, weichen, schlammigen Modder, bevor ich wieder an die Oberfläche schoss und zurück ans Tageslicht.

Licht auf Wasser, Wasser auf Licht, ich wollte, ich könnte bleiben und tagelang darauf starren. Doch lächerlicherweise sehnte ich mich schmerzlich danach zurückzukehren. Zur Baracke vom Abstellplatz und den Frohnaturen, so nervtötend sie auch sein mochten. Zurück zu den Kartenspielen um Pennyeinsätze, zurück zur Messe, um angebrannten Speck und hart gewordenes Rührei mit Bergen von Brot und Butter zu vertilgen, während es draußen hell wurde, zurück zu den albernen Witzen und gereizten Bemerkungen und dem nervösen Magen, wenn es im Lautsprecher klickte.

Ich fragte mich, was mit mir nicht stimmte, dass mich nur noch die Verheißung von Tod und Töten und Sex erregen konnte. Ich war schon zu lange dabei, und es hatte kaum angefangen. Deshalb hatte ich angeln wollen, um zu einer Unschuld zurückzufinden. Und eine Weile lang klappte das auch. Doch nachdem ich den Fisch gefangen und wir uns geliebt hatten, kam die Ruhelosigkeit wieder hoch.

Aberwitzig, denn zugleich wusste ich, dass ich die Aussicht auf Rückkehr zum Flugplatz fürchtete und dass ich mit ihr für immer dort hätte bleiben können.

Mr. Mannions Wolseley traf ein, als wir das Boot zurück zum Schuppen schleppten. Einen Augenblick lang war seine derbe Gestalt in der absteigenden Sonne zu sehen, und er zeichnete sich kohlschwarz und flimmernd vor ihren grellen Strahlen ab, als würden sie ihn aufzehren.

Ich schüttelte den Kopf, um das Bild zu verscheuchen, schüttelte seine Hand und kletterte hinein.

Auf der Rückfahrt sagten wir nicht viel, müde von Luft und Sonne und Licht auf Wasser, wie wir es beide waren. Am Anfang des Feldwegs setzte er uns ab. Wie winkten dem Gewässeraufseher, den wir nie wieder sehen würden, ein Lebewohl zu und wanderten den Weg hinunter zu unserem inzwischen vertrauten Landhaus.

Der Schlüssel unterm Blumentopf, der rauchige Geruch nach Holzfeuer, hinten in der Küche der tröpfelnde Hahn. Oben legten wir uns auf das schmale Bett und schliefen eine Weile. Ich wachte jählings auf und schaute auf die Tapete, die im Flug eingefrorenen blauen Vögel. Das Tageslicht schwand. Stella hatte den Kopf abgewandt und atmete flatternd im Schlaf.

Ich legte die Hand auf ihre atmenden Rippen, fühlte das Aufsteigen und Absinken unter ihrem Hemd. Die Vögel waren vollkommen und bewegungslos, wir aber waren unvollkommen und lebendig. Und ich war hungrig. Ich glitt davon, um den Fisch zuzubereiten, und ließ sie noch etwas schlafen, obwohl es der letzte Abend unseres Urlaubs war und wir höchstwahrscheinlich nie wieder herkommen würden.

Der Zug brauchte auf dem Rückweg fast den ganzen Tag, kroch vollgestopft dahin und hatte lange Verspätungen. Wenigstens bekamen wir diesmal Sitzplätze. Wir lasen gemeinsam den Thurber und lachten über Männer und Frauen, die aberwitzige und doch wiedererkennbare Rituale durchliefen.

Seine Hand juckte unter dem neuen leichten Verband,

den ich an jenem Morgen angelegt hatte. Ein gutes Zeichen, vermutete ich. Zeichen der Heilung. Er dehnte die Finger, sie schienen voll funktionstüchtig. Gut genug für die Liebe. Gut genug, um zu fliegen und den roten Knopf zum Töten zu drücken.

Er schlief ein, den Kopf auf meiner Schulter, als wir auf einem Nebengleis bei einer zerbombten Brücke standen. Ich schaute zu ihr hinaus, dem in dünner Luft hängenden Bogen. Er sah haarsträubend aus.

Ich blätterte weitere Seiten meines Buches um, doch meine Aufmerksamkeit war dahin. Der Sitzplatz war unbequem, der Zug überfüllt, zumeist mit Soldaten. Machmal scheint es, als sei das ganze Land unterwegs, dachte ich. Nichts wird wieder so sein wie früher. Der Krieg ist nichts, was andere ausfechten. Er ist jetzt der unsrige – einer der Heimatwehr, der Luftschutzwarte, der Leute, die diesen Zug führen, in den Rüstungsfabriken arbeiten und das Land bestellen.

Ich sah mich im Waggon um, blickte in die müden Gesichter, die blassen, die sonnenverbrannten, die schlafenden, die wartenden und lebhaften. Erntehelferinnen, Evakuierte, Truppen und Verwaltungsbeamte. Da wurde ich zum ersten Mal gewahr, dass die Umwälzungen zu groß gewesen waren für einen jeden, um hinterher einfach wieder an den alten Platz zurückzukehren. Bislang hatte ich den Krieg für eine Unterbrechung des normalen Lebens gehalten. Es würde nie wieder zur alten Weise zurückkehren.

Eine Art Erdrutsch war im Gange, der ein paar Dinge zerstörte und dafür neue erschuf. Es war zumindest eine ereignisreiche Zeit.

Lens Kopf rutschte an meiner Schulter ab. Er grunzte, kam hoch und schlug die Augen auf, die völlig leer waren.

Dann sah er mich und lächelte, als sei gut, was er sah, und fiel wieder in Schlaf.

Wie können wir im Krieg nur jemanden lieben, dachte ich. Es ist zu dumm. Dann sah ich mich wieder im Zug um, sah, dass jeder darin sterben würde, früher oder später. Wie können wir angesichts des Todes lieben? Doch wie ist es uns möglich, nicht zu lieben?

Krieg ist wie eine Steigerung des wirklichen Lebens.

Spätnachts und hundemüde kam ich zurück zur Kaserne. Ich ging in die Messe und sah, dass am Tresen einiges los war und Sniff Burton auf dem geschundenen Klavier Rags spielte. Doch ich konnte kein anderes Gesicht erkennen, nicht einmal diejenigen, die rings um die Tischtennisplatte durcheinanderriefen. Es waren jede Menge von ihnen da, und die meisten waren jung. Jetzt war es passiert: Fremde hatten den Flugplatz eingenommen.

»Hi, Lenny«, sagte Sniff. Er sah gealtert und müde aus. »War 'ne wilde Zeit, seit du fort bist.«

Das Herz schlug mir bis zum Hals.

»Mit Tad alles in Ordnung?«, fragte ich.

»Tad? Klar«, gab Sniff zurück. Er hielt inne und rieb sich die Nase am Ärmel. »Aber die meisten aus der alten Garde sind auf nach Westen, und wir wurden dreimal zur Hölle gebombt. Schöne Zeit gehabt?«

Ich schaute hinüber zu den vielen frischen Gesichtern, die am Tresen herumstanden. In dem Augenblick konnte ich mir Stella überhaupt nicht vorstellen; sie schoben sich dazwischen.

»Ja«, sagte ich. »Das hatte ich.«

14. Kapitel

Mitte August

Wachgerüttelt im Dunkeln, Becher Tee, Wisch abzeichnen. Wolle, Baumwolle, Schaffell, Leder – ich streife Schichten von Tieren über und habe kein Gefühl dabei. Frühstück, der Laster, das erste Licht des Morgens, Nebel unter den Baumkronen, Gras vor Nässe glitzernd. Kaltes Metall unter meiner verbundenen Hand, die Welt so grau, wie ich mich fühle, als ich in die Maschine steige.

Ein Schuss Sauerstoff zum Aufwachen, während wir aufsteigen – ich, Tim Baker und ein Sergeant Mackay, einer von den Neuen. Zwei Wochen Training seit seinem ersten Alleinflug. Zu meiner Zeit war das ein Jahr. Der Junge hat schon Mühe, das Ding überhaupt zu fliegen. Wenigstens geht Tim mit der Formation ziemlich lässig um, und wir fliegen zu dritt in einem lockeren V-förmigen Verband, während wir an Höhe gewinnen.

Patrouille fliegen über der Themsemündung, die Häfen und vorgeschobenen Flugplätze schützen. Während wir aufsteigen, denke ich an meine schlafende Stella. Was hat das Denken für einen Sinn? Es hat mit Berührung nichts zu tun. Berührung ist das, was wir brauchen, so viel habe ich gelernt.

Gott, ist das kalt hier oben. Alles glasiert, nichts zu tun, Küste patrouillieren in 6000 Metern Höhe. Sehe das

Sonnenlicht sich auf dem Wasser unter mir ausbreiten. Wie kommt es, dass die Sonne noch aufgeht, während wir uns abschlachten? Soll wohl zeigen, dass an uns nicht viel dran ist, auch gut so. Würde unsereins die Welt schaukeln, prallte sie als Pingpong-Ball hin und her zwischen Himmel und Hölle, bis sie so einen Knacks hätte wie wir selbst.

Vergangenen Abend hatte man mich auf den neuesten Stand gebracht. Während ich fort war, hatte der Feind mächtig draufgesattelt und griff nun in großer Zahl die Flugplätze an. Die ganze Stimmung im Horst hatte sich gewandelt, war verdüstert. Alles Gewitzel war verflogen, und es fühlte sich an, als seien wir dem Zusammenbruch nahe.

Der Kommandeur war tot, ebenso Johnny Staples. Und der herrschaftliche St John, den ich am Ende mochte, obwohl wir nie groß über irgendetwas Wichtiges geredet hatten, getötet beim Abheben während eines Luftangriffs, der es auch dem fröhlichen Fred Tate besorgt hatte und vier anderen aus der Bodenmannschaft. Das tat weh, denn ich empfand Wärme für Fred, der keinem je ein Leid getan hatte. Dann erwischte es Shortarse über Portsmouth am selben Tag wie Bo Bateson nahe Dover. Jetzt weiß ich, wie sich die Überlebenden von Frankreich fühlten – alt, abgesondert, von Leuten umgeben, die nie die Gesichter derer gekannt hatten, die nicht mehr da waren.

Wir spähten umher, so viel wir konnten, und versuchten Mackay in den Grundlagen zu unterweisen, aber wir trafen auf nichts als Licht. Und jetzt Motor über den vertrauten Bäumen drosseln und an Bratspeck denken, während der Appetit endlich erwacht. Beim Aufsetzen streckt sich die Erde nach mir aus und murmelt unter mir etwas so wie Stella, als ich vor zwei Morgen und tausend Jahren wieder zu Bett ging. Ich fühle mich beschwingt und bestätigt, als ich vom Cockpit zu Boden rutsche.

Der Leuchtschirm wimmelte an jenem Morgen von Zacken, die einbrachen, nach unten ausschlugen und wieder anstiegen wie grüne bewegliche Stalaktiten. Anfangs war ich langsam und schwerfällig, als hätte ich nach ein paar Tagen schon wieder alles vergessen. Dann wurde es automatisch und mechanisch. Richtung, Entfernung, Höhe, Anzahl, Tizard-Winkel zum Abfangen.

Ich las ab, hörte im Ohr den Leitoffizier meine Angaben hochschicken und wusste doch dank Len genau, dass die Piloten immer ihre sechshundert Meter drauflegten, wenn sie konnten. Es hatte höheren Ortes Streitgespräche deswegen gegeben, denn Leitoffiziere behielten gern die Leitung inne und mochten keine Piloten, die eigene Entscheidungen trafen.

Ich war froh, dass ich nicht Lens Sektor überwachte. Keinesfalls wollte ich den Zacken meines Geliebten auf dem Schirm verfolgen. Es war schon schlimm genug mitzuhören, wie die Stimmen der Piloten (bei Kampfhandlungen war ihre Sprache haarsträubend) heller wurden, sie erst riefen und dann *Pass auf! Pass auf!* schrien, dann ihr Kreischen, plötzlich abgeschnitten, barmherzigerweise, wenn der Peilfunkzacken vom Schirm verschwand.

Der Leitoffizier hatte uns gefragt, ob wir während der Kampfhandlungen abgelöst werden wollten, damit wir die Sprache nicht hören mussten. Sprache!, dachte ich. Wir hören viel Schlimmeres als Sprache. Wir hören Schreie. Wir sagten: Nicht nötig. Alles schon im Ohr gehabt.

»Falls wir jemals zarte Pflänzchen gewesen sind«, murmelte ich Jessie Walker zu, die neben mir saß, »jetzt sind wir's nicht mehr.«

Ich bat um meine vormittägliche Vertretung, setzte mich draußen vor der Baracke in die Sonne und rauchte eine Zigarette. Ich dachte an Len, wollte mir ausmalen, was er gerade tat, und es gleichzeitig lieber sein lassen. Es war beinahe sicher, dass er heute kämpfen würde; am Himmel war jede Menge los. Er konnte bereits tot sein, und ich würde es bis zum Abend nicht erfahren, bis das Telefon von Mrs. Mackenzie klingelte und einer seiner Freunde mir wie verabredet die Nachricht mitteilte.

Mir schauderte, und ich zog noch gieriger an der Zigarette. Dann zwang ich mich dazu, mir eine Insel in einem See vorzustellen oder dass ich nackt in der heißen Sonne lag oder den Schock von kaltem Wasser auf meiner Haut beim Eintauchen. Und ich lächelte, denn das konnten sie mir nicht wegnehmen. Das hatte ich gehabt, und nichts würde mich dazu bringen, etwas davon zu bereuen.

Ich drückte die Zigarette auf dem Beton aus und trat wieder ein ins trübe Licht. Jean Finlay zeigte mir die Zacken, als sie von meinem Stuhl glitt: sehr nahe, buchstäblich im Begriff, über unsere Köpfe hinwegzufliegen. Danach würden wir sie verlieren, denn die Funkpeilmasten waren nur nach vorn ausgerichtet. Jean ging auf eine Kippe nach draußen, und ein Anruf vom Beobachtungsposten kam herein – eine kleine Gruppe Me-110-Bomber plus Stukas und einer Eskorte aus Jägern kam auf uns zu. Ungewöhnlich, dachte ich. Normalerweise nutzten feindliche Maschinen unser Gebiet nicht als Einflugschneise.

Dann hörten wir das Dröhnen der Motoren. Major Henley drehte sich im Stuhl, den Kopf angewinkelt, die Brauen hochgezogen, angestrengt lauschend. Ein eigenartiges heulendes Jaulen ertönte. Dann erlosch der Schirm, der Fußboden bäumte sich auf, die Wände sackten nach innen, und ich rutschte bereits unter den Tisch. Ich sah den Major vom Boden abheben und quer durch den Raum fliegen. Plötzlich implodierte die Luft, und ich war taub und sah den Raum völlig ohne Geräusch von Rauch und Staub grau werden. Ich spürte einen weiteren dumpfen Schlag gegen die Brust wie von einer riesigen Faust; der Tisch tanzte. Dann wurde ich über den Boden geschleudert und stieß mit dem Kopf äußerst schmerzhaft gegen einen Metallschrank. Ich kroch zurück unter den Tisch und klammerte mich an ein Bein. Der Raum wurde erneut gewaltig erschüttert und mein Kopf zusammengepresst, bis es sich anfühlte, als würden die Augen aus den Höhlen springen.

Danach Stille. Der Staub legte sich, und der Rauch fing an, durch die fehlende Wand abzuziehen. Jemand kniete über der zerknüllten Gestalt von Major Henley. Es war Jessie, und sie weinte.

Ich kroch unterm Tisch hervor und kam auf die Knie. Ich stand auf, ging langsam dorthin, wo einmal die Tür gewesen war und trat hinaus in die blendende Sonne. Ich stolperte und stürzte fast, dann sah ich nach unten. Sah die WAAF-Uniform, das lange wallende schwarze Haar von Jean Finlay. Ihre Beine lagen auf der anderen Straßenseite. Ich blinzelte und wandte mich dann ab, aber ich hatte schon alles gesehen. Gestalten kletterten aus den Splittergräben, irgendwo wurde ein Schluchzen laut, und in der Nähe fluchte jemand heftig und anhaltend.

»Was ist los?«, hörte ich jemanden sagen. »Noch nie eine Leiche gesehen?«

Das muss ich mir nicht ansehen, dachte ich. Ich weiß darüber Bescheid, aber ich muss es mir nicht ansehen.

Ich setzte mich auf den Erdboden und fischte eine Zigarette hervor. Füße rannten umher und Leute waren in Bewegung, kamen aus dem Splittergraben bei den Masten und zerrten an den eingedrückten Wänden der Baracke Nr. 3. Ich sollte besser mithelfen, dachte ich. Wenigstens meinen Schirm überprüfen. Kann nicht zulassen, dass noch einer von den Dreckskerlen durchkommt.

Ich warf die Zigarette fort und kam auf die Beine.

Wir hatten nach der morgendlichen Patrouille zwei Stunden dienstfrei. Mir war nicht danach, mit irgendwem zu reden, also schlenderte ich über die Rollbahn und trat zwischen die Bäume. Ich holte mein Taschenmesser hervor und begann, säuberlich meinen Namen in eine große Buche zu ritzen. Unter der grauen Rinde wurde es hellgrün, dann gelblich weiß wie die Farbe des Verbands um meine Hand. Der neue Kommandeur hatte sich dafür entschuldigt, mich sofort wieder zum aktiven Dienst abzustellen.

»Du siehst ja, wie es steht, Len. Wir pfeifen hier auf dem letzten Loch, seit sie sich unsere Funkpeilstationen rannehmen.«

»Tausend Dank«, sagte ich.

Er hatte gelacht, mir für nachher ein Bier versprochen und mir dann gesagt, dass ich morgen wieder bei Dämmerung Patrouille fliegen würde. Netter Mann. Höflich.

Ich arbeitete langsam und sorgfältig und sah zu, dass ich durch sämtliche Rindenschichten glatt hindurchschnitt, damit meine Schnitzerei erhalten bleiben würde. Ich wollte wiederkommen, wenn das hier alles vorbei war, und sie noch finden können. Mit meinen Kindern wiederkommen und sie ihnen zeigen, selbst wenn sie gähnten und an meinem Arm zerrten, um hier wegzukommen. Ringeltauben gurrten über meinem Kopf, Kaninchen huschten durchs Unterholz. Eine halbe Stunde lang verlor ich mich beglückt – oder vielleicht *fand* ich mich – in meinem Treiben.

Len Westbourne
August 1940

Danach setzte ich mich an den Rand des Gehölzes, steckte mir eine Zigarette an und fühlte mich wohl. Da erst fiel mir wieder ein, was der Kommandeur gesagt hatte, als er uns dienstfrei stellte, und auf einmal nahm es Bedeutung an. *Sie nehmen sich unsere Funkpeilstationen ran.*

Herrje!, dachte ich. Gottverdammt.

Ich kam auf die Beine, hastete zwischen den Bäumen zurück, über das ausgedörrte Gras auf die Baracken zu, dies eine Mal verzweifelt bestrebt, wieder abzuheben.

Wir wurden aufgerufen. Beinahe hetzte ich meiner Hurri entgegen, insoweit man hetzen kann mit einem Fallschirmbündel, das einem gegen die Schenkel klatscht. Ich bekam den Gedanken an die Angriffe auf Funkpeilstationen nicht aus dem Kopf. Ich wusste, dass Stella rund fünfzehn Kilometer entfernt in einer Holzbaracke am Fuß der Masten arbeitete; die Zeit hatte nicht gereicht, um ordentliche Schutzräume zu bauen. Ich wollte feindliche Bomber finden, irgendwelche feindlichen Bomber, und sie vom Himmel blasen.

Als wir dann aufstiegen, leuchtete das rote Licht in meiner Öltemperaturanzeige auf. Ich haute ein paar Mal drauf, aber es blieb an, und die Anzeigenadel wanderte über die

Skala hinaus. Ich fluchte und funkte, dass ich zum Stützpunkt zurückkehrte, ging in einen langen Gleitanflug und legte eine anständige Landung hin.

Als ich aufsetzte, wurde gerade eine neue Hurri angeliefert. Man hatte sie mir versprochen. Eine kleine Gestalt sprang herunter, als ich näher kam. Sie grinste mich an, und ich gab mir Mühe, nicht verblüfft dreinzuschauen.

»Wissen sie, wie die MGs eingestellt sind?«, fragte ich.

»Auf sechshundertfünfzig, glaube ich«, sagte sie. »Keine Sauerstoffflasche, aber sonst richtig schön. Ich, äh, hab sie unterwegs auf Herz und Nieren geprüft.«

Ich winkte einen Waffentechniker heran und bat ihn, die MGs auf dreihundert zu synchronisieren und jemandem aufzutragen, Sauerstoff einzubauen. Dann ging ich mit dieser unverhofften Pilotin über den Rasen zurück. Sie überführte Flugzeuge, zumeist von der Zivilen Reparaturorganisation instand gesetzte. Das war der Verein, für den Stellas ehemaliger Freund arbeitete, fiel mir wieder ein.

»Fliegen Sie auch Spits?«, wollte ich wissen.

»Darauf können Sie wetten«, antwortete sie. »Es sind die Besten!«

Beeindruckend. Von allen Maschinen in der Air Force ließen sie sich am schwersten fliegen, landen und vor allem starten.

»Das ist Meinungssache«, sagte ich. »Zu hochgezüchtet, wenn Sie mich fragen.«

Sie warf mir einen raschen Blick zu.

»Sind Sie schon mal eine geflogen?«, fragte sie. »Und haben sie wirklich auf Herz und Nieren geprüft?«

»Ich hatte gehofft, Sie würden das nicht fragen«, erwiderte ich.

Sie lachte, und ich fiel ein. Es war Pilotengerede, und überall auf der Welt hört es sich gleich an. Vermutlich erörterte der Feind die jeweiligen Vorzüge von Me 109 und Me 110, wobei ich schon wusste, in welcher ich lieber fliegen und sterben würde.

Als wir zum Abstellplatz kamen, waren wir rasch von einem Mob umzingelt, vielmehr war sie es. Ich hielt mich draußen auf, bis Tad mit der blauen Halbstaffel wieder eintraf. Ich war erleichtert, ihn zu sehen. Über dem Flugplatz drehte er in Bodennähe eine langsame Rolle, was schwierig, gefährlich und verboten war, aber da es nur geschah, wenn er einen Volltreffer gelandet hatte, schien er damit durchzukommen. Dann wackelte einer von den neuen Jungs unsicher über die Umzäunung. Er prallte hart auf, ging wieder in die Luft und plumpste erneut nach unten.

»Trotzdem«, sprach neben mir eine ruhige Stimme, »ist die Hurri zäh und unbeirrbar, da geb ich Ihnen Recht. Eine Spit hätte sich vielleicht überschlagen, wäre sie so gelandet worden.«

Dann streckte sie die Hand aus.

»Machen Sie guten Gebrauch von ihr«, sagte sie und war fort, von unserem eifrigen Adjutanten im Auto mitgenommen. Wäre ich nicht schon verliebt gewesen, hätte ich mich verliebt.

15. Kapitel

Mitte August

Nach etwa einer Stunde hatte jemand den Strom wieder angeschlossen, und der Schirm erwachte neuerlich zum Leben. Von einem Aufkommen jenseits meiner Reichweite sah ich nur Wirrwarr. Sie lernten dazu, fingen an, große Angriffsflotten erst weit draußen über dem Kanal zusammenzuführen, und flogen Scheinattacken, um uns Rätsel aufzugeben. Noch ein paar solche Angriffe wie der letzte, und wir wären außer Gefecht gesetzt. Nicht so sehr wegen der Masten, die schienen schwer zu beschädigen, und ich vermute, dass die Druckwellen einfach durchschwappten, sondern der Baracken wegen, die fast völlig schutzlos waren, wie ich soeben gelernt hatte.

Der Angriff hatte neunzehn Tote und zehn Verletzte gefordert, von denen die meisten in einem Splittergraben Zuflucht gesucht hatten, den zufällig eine Bombe traf. Es war der Splittergraben, den man eigentlich auch für mich vorgesehen hatte. Alles in allem, dachte ich, blieb ich wohl besser an meinem Tisch. Ein paar von den Männern waren noch immer in einem unterirdischen Bunker und weigerten sich herauszukommen. Ich konnte es ihnen nicht verübeln.

Aber ich war zornig, wütend, wie man es auch nennen will. Endlich also hatte auch ich einen Geschmack davon abbekommen, was Bomber anrichten konnten, was neuerdings den Leuten in den Städten zustieß, was den Soldaten und Zivilisten drüben auf dem Kontinent zugestoßen war. Das entstellte Häuflein Elend, das einmal Jean Finlay gewesen war, ihre bestrumpften Beine säuberlich abgetrennt auf der anderen Straßenseite, konnte ich nicht vergessen.

Ich starrte unter heftig pochenden Kopfschmerzen auf den Schirm und drehte am Skalenknopf, als sich die hüpfende grüne Linie scharfstellte. Der stellvertretende Leitoffizier las Zahlen ab, die ihm von der frisch gebackenen Auszubildenden an meiner Seite zugetragen wurden. Wir hatten die Arbeit aus demselben Grund wieder aufgenommen, aus dem Len unbeholfen zu seinem Flugzeug laufen und abheben musste.

Zum ersten Mal sah ich in Lens Fliegerei nicht ein Ärgernis, das sich unseren Treffen in den Weg stellte. Er tat, was getan werden musste, und hoffentlich tat er es gut. Ich glaube, dass ich für sein Überleben betete, doch, das muss ich getan haben, aber an dem Tag betete ich darum, dass er und seine Freunde Bomber abschossen und die Leute darin, selbst wenn es mein *Fräulein* Tränen kostete.

Ich schluckte noch zwei Aspirin und machte weiter.

Draußen vor der Baracke vom Abstellplatz redeten Tim Baker und ich auf Mackay, den Neuen, ein und versuchten, ihm die Grundregeln des Luftkampfes einzubläuen: behalte die Sonne im Auge, fliege nie länger als zwei Sekunden auf derselben Höhe, halte den Kopf in Bewegung, geh nah ran, bevor du schießt. Flieg deinen zweiten Angriff auf einen Bomber von unten, um tief genug unter dem Heckschützen zu bleiben.

Er sah uns an und nickte ernsthaft. Keine Ahnung, was er sah oder dachte, er behielt seine Meinung für sich, dieser Sergeant Mackay. Ich mochte ihn wegen seiner Ernsthaftigkeit. Er tat nicht so, als sei dies irgendein Spiel, das man auf dem Sportplatz austrug. Er wollte siegen und wusste, dass er furchtbar unzureichend ausgebildet war. Mithin stellte er Fragen und hörte gespannt zu.

Wir waren gerade beim Mittagessen (seit dem letzten Angriff teilten wir uns alle dieselbe Messe und das auch ziemlich gleichzeitig), als der Alarmstart für alle kam. Ich zauderte, fluchte und stellte mir dann Stella an ihrem Messpult vor, eingekreist von Bombern. Also legte ich Messer und Gabel hin und rannte mit flauem Gefühl im Magen los. Am anderen Ende des Flugplatzes stieg auch die neue Spitfire-Staffel auf, und wir hatten die blaue Halbstaffel hinter uns, Tad vorneweg und Sniff Burton als sein Flankenschutz. Sie sangen *Banks of the Ohio*. Vermutlich waren sie wie füreinander geschaffen. Wir hoben vom Boden ab, zogen die Fahrgestelle ein und stiegen auf. Hinter Tim fühlte ich mich zuversichtlich. Er war ein sehr fähiger Pilot und hatte es weder mit dem Ruhm noch mit dem Sterben eilig. Und es gab ein besonderes Band zwischen uns seit dem Tag, als ich abgetaucht war, ihm hinterher, und ihm eine Me 109 vom Hals geschafft hatte. Ich wusste, er würde für mich dasselbe tun.

Sie schickten uns nach Dover. Am Gekreische im Funkgerät konnten wir ermessen, dass da oben ein großer Zirkus im Gang war. Wir trafen ziemlich auf dem Höhepunkt ein, über uns gingen die Spits auf die Jäger. Ich gönnte sie ihnen, denn zum Gegner für einen guten Piloten in einer Me 109 fühlte ich mich nicht berufen.

Schon entleerten sich die höhengestaffelten Bomber über dem Hafen, der Stadt und den Schiffen. Tim schmetterte der Form halber das alte *Tally-ho!*, und wir flogen Kiellinie. Schnitten glatt mitten durch die Bomberformation wie eine Schere durch Seide. Ich schoss ein paar Mal, traf nichts, fragte mich, ob die Synchronisierung korrekt vorgenommen worden war. Dann wendeten wir und gingen von unten erneut durch sie hindurch, irgendwo über meinem Rücken trällerte mir Sniff noch immer sein *Then only say that you'll be miinne* in die Ohren. Wenn er Angst habe, singe er, hatte er mal erzählt. Da er jetzt sehr laut sang, nahm ich an, dass er große Angst hatte.

Ich für meinen Teil dachte an diese Kerle, die Funkpeilstationen bombardierten, und hängte mich an eine Me 110, näherte mich, wartete, bis sie mein Visier ausfüllte, drückte den roten Knopf und ... Nichts. Ein sehr kurzes Rattern, und dann nicht die Bohne, nicht ein Schuss Leuchtspurmunition. Ich fluchte und scherte aus, war wütend auf die Waffentechniker. Drehte ab und sah Sergeant Mackays Hurri frontal auf einen Bomber zusteuern. Ich beobachtete das, rief ihm zu auszuweichen, und der Ruf blieb mir in der Kehle stecken, als beide Maschinen in letzter Sekunde ausscherten, aber in dieselbe Richtung. Sie flogen geradenwegs ineinander, hingen einen Augenblick lang in der Schwebe, dann gab es eine furchtbare gelbrote Stichflamme, und sie stürzten als Knäuel gen Erde.

Ich kehrte nach Hause um, und mein Kopf drehte sich noch immer wie wahnsinnig in alle Richtungen, während ich unablässig fluchte. Ich hatte den Mann gemocht. Hatte gedacht, dass wir Freunde werden könnten.

Dann machte ich unter mir eine einzelne Me 110 aus. Auf dem Heimflug und hinter sich eine Rauchfahne aus dem Backbordmotor. Ich dachte: die holst du dir. Prüfte noch einmal meine Bordwaffen, aber noch immer nichts. Verdammt. Trotzdem scherte ich nach unten aus und näherte mich, um sie eingehender zu mustern.

Der hintere Gefechtsstand sah übel zusammengeschossen aus, der Lauf drehte sich mir nicht entgegen, daher hielt ich den Schützen für tot. Also flog ich über ihren Bug hinweg und hielt mich dabei sorgfältig fern von den nach vorn gerichteten Maschinengewehren. Ließ den Piloten einen langen Blick auf mich werfen. Vielleicht konnte ich ihn soweit einschüchtern, dass er niederging.

Ich überholte ein weiteres Mal, diesmal so nahe bei, dass ich ihn hochblicken sah. Ich bedeutete ihm runterzugehen, wendete dann und kam wieder auf ihn zu. Das Flugzeug war in einem wahrlich schlechten Zustand; mich wunderte, dass es überhaupt noch flog. Teile eines Flügels fehlten, und das Seitenruder war von Geschossen zerpflückt. Als Pilot würdigte ich den Mut des Mannes und seine Entschlossenheit heimzukehren. Er behielt seinen Kurs bei. Das war schon ein tapferer Haufen, kein Zweifel.

Ich warf meine Mühle auf den Rücken und wieder zurück. Drückte den roten Knopf, und diesmal ging alles wie geschmiert. Ich rückte dem Bomber wieder auf den Leib, war fest entschlossen, wenigstens diesen an der Heimkehr zu hindern. Gab ihm auf ganzer Rumpflänge Saures und sah Stücke davonfliegen. Das Flugzeug taumelte, drehte sich und verlor an Höhe. Einer aus der Besatzung sprang ab, dann ein weiterer, ich sah ihre Fallschirme sich öffnen und freute mich.

Aber dieser verflixte Pilot steuerte immer noch auf den Kanal zu. Jetzt war ich wütend. Alles klar, dachte ich, dich kauf ich mir.

Ich schloss auf und verpasste ihm eine weitere Ladung. Der andere Motor geriet in Mitleidenschaft, ich sah Öl herauslaufen. Das Flugzeug verlor weiter an Höhe und drehte schließlich landeinwärts ab. Gut. Ich folgte ihm nach unten und wartete darauf, dass der Pilot absprang, solange er noch konnte, doch er tat es nicht. Vielleicht hatte er ein verletztes Besatzungsmitglied an Bord. Auf jeden Fall flogen sie jetzt zu tief, um noch auszusteigen.

Bewaldete Landschaft, ein paar Felder und dahinter ein Hügel. Jetzt war er wirklich tief abgesackt und torkelte nur noch so durch die Luft. Und ich feuerte ihn an, wünschte inständig, er könne seine Maschine ruhig halten. Ein erleichterter Seufzer, als er gerade noch über die Baumkronen glitt, derselbe Mann, den ich noch vor einer Minute zu töten entschlossen war. Er bereitete sich auf eine Bruchlandung vor, und ich verkrampfte mich, als er über das Feld hinauszuschießen begann.

Das Flugzeug schlug auf, ich sah Erde hochspritzen, dann schlidderte es seitwärts und blieb stehen. Sah den Piloten die Kanzelluke öffnen, indes drei Männer übers Feld gesetzt kamen, und fühlte mich erleichtert.

Dann machte ich kehrt für den Heimflug und fragte mich, was zum Henker ich eigentlich wollte.

Ich landete und sagte dem Ersatz für Fred Tate, dass meine MGs Ladehemmung gehabt hätten, und würde er das bitte richten lassen, aber sofort. Dann hing ich herum, und fünf Minuten später kam Tad über die Umzäunung eingeschwebt. Sein Höhenleitwerk sah etwas zerpflückt aus, aber er warf seine Mühle trotzdem auf den Rücken und drehte über dem Flugplatz eine langsame Rolle. Mir schien sein Flugzeug ein wenig zu taumeln, doch irgendwie drehte er es mit einem Ruck wieder auf den Bauch, ganz dicht über der Erde, dann kreiste er und landete.

Er ging zu mir herüber, und seine dunklen Augen strahlten vor Glück. Seine Trefferzahl hatte er um eine weitere gesicherte Me 110 und eine wahrscheinliche Heinkel erhöht.

»Sah Mr. Baker abschmieren«, fügte er hinzu, »ist aber ausgestiegen. Hab seinen Schirm aufgehen sehen, also kein Problem.«

Ich fühlte mich mies, weil ich Tim im Kampf aus den Augen verloren hatte. Eigentlich hätte ich in seiner Nähe bleiben sollen, aber das war nicht immer möglich.

Dann fragte er nach Mackay. Ich sagte es ihm. Er fuhr sich mit der Hand übers Gesicht und nickte ernsthaft, so wie es Mackay getan hatte.

»Frontalangriff ist nur was für verflucht gute Piloten oder Verrückte«, sagte er. »Wahnsinnig gefährlich. Nicht so gut, wenn man verrückt ist.«

Jemand aus der Baracke vom Abstellplatz winkte nach uns. Wir traten ein und fanden sie alle als Traube um das Radio vor.

»Hört euch das an«, rief der Adjutant. »Ihr Jungs wart live auf Sendung!«

Und so war's. Ich stand da, war auf einmal sehr müde und hörte zu, wie der Rundfunksprecher, der irgendwo in Dover stand, den Luftkampf beschrieb, seine verschiedenen Ebenen, die weit unten einfliegenden Sturzkampfbomber, die Me 110 höher und schließlich die Jäger, die sich alle noch erbittert beharkten. Er klang sehr aufgeregt, als sei er Zeuge einer atemberaubenden Vorstellung. Höllenspektakel nannte er das. Das war es zweifellos. Ich fragte mich, ob er das Ende des jungen Mackay gesehen und darüber berichtet hatte.

Ich warf Tad einen Blick zu, aber er wirkte wie abwesend. Es war eine ganz seltsame Sache, unser Krieg wurde jetzt beobachtet und geschildert, noch während er im Gang war. Hätte ich ein Radio bei mir im Flugzeug gehabt, hätte ich kämpfen und den Kommentar dazu hören können. Ich fühlte mich merkwürdig dabei und von mir selbst abgelöst.

Ich schüttelte den Kopf und ging fort, um etwas zu Mittag zu essen. Tad rannte mir hinterher und legte mir den Arm um die Schulter. Ich war erstaunt, Tränen in seinen Augen zu sehen.

»Sorry wegen Mr. Mackay«, sagte er. »Er schien ein netter Kerl zu sein, weißt du.«

Ich klemmte mich fast den ganzen Nachmittag dahinter, bis meine Ablösung von der Abendschicht eintraf. Drückte mir mit den Fingerknöcheln die Augen, drehte mich vom Messpult fort, stand auf und knickte sofort ein. Dann lag ich auf dem Boden, der mir dringend den Besen nötig zu haben schien. Jemand zerrte an meinem Ärmel, ich versuchte, darauf einzugehen, damit sie mir meine Bluse nicht zerrissen, und kam auf die Knie.

Mit etwas Hilfe stand ich dann auf. Arme legten sich mir um die Schultern, und es sah so aus, als sollte ich zurück in mein Quartier gefahren werden. Ich erhob Einspruch wegen meines Fahrrads, und man lud es hinten in den Stabswagen. Ich saß vorn und wurde von unserem Adjutanten chauffiert, der vorher noch irgendeinen Auftrag erledigen musste. Wir fuhren kilometerlange Straßenzüge und Alleen entlang, ich saß glotzäugig auf dem Beifahrersitz und starrte die nicht enden wollenden, von *Daily-Mail*-Abonnenten bewohnten Häuserreihen an, die mir immer so nichtssagend erschienen waren. Doch auf einmal kamen mir der rasselnde Rasenmäher trotzig, die Gartenzwerge seltsam anrührend und der Köter der Familie lebenswert vor. Ich hielt die wenigen Leute auf der Straße, die bis aufs Pflaster reichende Schlange für rationierte Lebensmittel, den Trupp der Hilfsfeuerwehr, der ein brennendes Haus umschwärmte, für gleichermaßen mutig und notwendig.

Andererseits hatte ich, wenn ich so zurückblicke, eine leichte Gehirnerschütterung.

Der Adjutant setzte mich schließlich vor meinem Haus ab und schellte sogar noch. Mrs. Mackenzie kam an die Tür. Selbst sie schien auf ihre Weise einnehmend zu sein. Der Adjutant erzählte ihr vom Bombardement.

»Oh, ich weiß«, sagte sie. »Schrecklich, was die für einen Schaden anrichten. Eine Bombe ist in der Straße um die Ecke eingeschlagen. Dieses Durcheinander! Dagegen sollte man ein Gesetz erlassen, finde ich.«

Sie nahm mich mit in ihre Küche, setzte den Kessel auf und förderte dann aus dem Geschirrschrank eine dunkle, verstaubte Flasche zutage. Sie stellte zwei Gläser auf den Tisch.

»Schlehengeist«, sagte sie verschwörerisch. »Es heißt, der sei sehr gut gegen Schock. Ich denke, wir sollten besser einen zu uns nehmen, nicht wahr? Oh, Ihre Mutter hat angerufen.«

Mein Blick riss sich von ihren weißen und gelben Rosen draußen im Garten los.

»Meine Mutter?«, sagte ich blöde. »Warum?«

»Ich weiß nicht, aber sie hat diese Nummer hinterlassen. Anscheinend die eines Nachbarn.«

Ich leerte ratlos das Glas. Meine Mutter hatte mich hier noch nie angerufen. Mr. Jenkinson von gegenüber hatte Telefon, aber sie würde nie so weit gehen, ihn darum zu bitten, es benutzen zu dürfen, weil sie sich ungern verpflichtet fühlte.

Ich wählte und bekam Mr. Jenkinson an den Apparat. Er bat mich zu warten, während er meine Mutter holte. Er klang durcheinander und betroffen, beinahe verlegen. Schließlich hörte ich, wie sich im Hintergrund eine Tür schloss, dann kam meine Mutter ans Telefon.

»Es ist wegen deines Vaters, Liebes«, sagte sie.

»Sergeant Polarczyk!«

Der Kommandeur zeichnete sich in der Tür der Baracke vom Abstellplatz als Silhouette gegen die grelle Sonne ab. Tad ließ schläfrig die Zeitung sinken, die polnische *News of the World* der laufenden Woche.

»Ja?«

»Ja, *Sir*, Sergeant.«

Tad sagte nichts und sah ihn bloß an. Der Kommandeur trat in die Baracke, baute sich auf und fuchtelte mit seiner geschwungenen Pfeife herum, ein schlechtes Zeichen. Er war blass vor Zorn.

»Also«, sagte er, »wozu tun Sie das? Um anzugeben? Um besonders witzig zu sein?«

Tad stand langsam auf. Er blinzelte ein paar Mal. Dies eine Mal salutierte er weder, noch schlug er die Hacken zusammen.

»Sir, nicht wissen, was Sie meinen. Nicht angeben?«

Der Kommandeur stocherte mit dem Pfeifenstiel in seine Richtung.

»Verschonen Sie mich mit diesem Nicht-sprechen-Englisch-Mist, Polarczyk! Ich rede von der Siegesrolle über meinem Flugplatz. Sie wissen, dass ich das verboten habe. Und heute war es das zweite Mal! Das ist nicht drin.«

Tad sah ihn mit Unschuldsmiene an.

»Zweimal, zwei Siege, Sir. Ist das nicht gut? Sie ziehen vor, dass ich schieße nichts?«

Unser neuer Kommandeur war von Natur aus milde, doch jetzt fing er langsam an zu schäumen.

»Ich zöge es vor, Sie gehorchten meinen Befehlen! Und für die gibt es verdammt gute Gründe. Sollte irgendetwas – *irgend*etwas – mit Ihrer Maschine nicht stimmen, ein wackliges Ruder, Löcher in den Tragflächen, labile Landeklappen, und Sie versuchen das in Bodennähe, haben Sie verdammt gute Chancen, sich umzubringen. Das lasse ich nicht zu!«

Er stocherte mit seiner Pfeife zwei weitere Male in Tads Richtung, steckte sie sich dann in den Mund und schwenkte um, damit er durchs Fenster schauen konnte.

»Ein Freund von mir kam auf diese Weise ums Leben, kurz vor dem Fall Frankreichs«, sagte er in leiserem Ton. »Guter Mann, großartiger Jagdflieger. Bull Durham – Sie haben von ihm gehört? Er versuchte eine langsame Rolle und bohrte sich ins Grab. Ich musste helfen, ihn zu beerdigen. Ich lasse das nicht wieder zu – verstanden?«

Er wandte den Kopf und fixierte Tad. Der nickte und schien zerknirscht.

»Verstehen, Sir, denke ich. Keine langsame Rolle in Bodennähe.«

Der Kommandeur sah ihn misstrauisch an. Nahm die Pfeife aus dem Mund und steckte sie dann wieder zurück.

»Gut«, sagte er. »Oh, und das Oberkommando hat in seiner unendlichen Weisheit endlich zugestimmt, dass Bordwaffen auf geringeren Abstand synchronisiert werden können, ihr alle braucht also nicht länger so zu tun, als hättet ihr das nicht schon längst getan.«

Damit stampfte er aus der Tür. Jemand pfiff die ersten

Takte von »Stardust«, Sniff kicherte im Sessel. Tad ließ sich langsam nieder und hob seine Zeitung wieder auf.

»Durham war ein sehr guter Pilot«, sagte er leise. »Hat aber die Rolle vielleicht zu tief unten versucht.«

Es war spät am selben Nachmittag, als wir nach einer über Gravesend ausgebliebenen Feindberührung zurückflogen. Die Deutschen hatten uns getäuscht und den wirklichen Angriff auf den Fliegerhorst von Manston geflogen und dort ein Inferno angerichtet, sodass wir uns nicht besonders fähig vorkamen. Ich flog dicht neben Sniff eingereiht, als ich eine weitere Maschine gewahr wurde, die auf der anderen Seite in Position glitt. Ich schaute hinüber und gleich noch einmal hin.

»*Down beside where the waters flow ...*« Ich hörte das akzentbehaftete Trällern im Kopfhörer und dann Sniffs fast hysterisches Gelächter. Denn niemand anderes als Tad flog da seine Maschine seelenruhig auf dem Kopf und hatte eine Pfeife im Mund stecken, die jener des Kommandeurs bemerkenswert ähnelte.

So wie ich es sah, hatte mein Dad immer getan, was ihm beliebte. Er war auf seine gelassene Art zugleich der liebenswürdigste und selbstsüchtigste Mensch, den ich je gekannt habe. Er tat rein gar nichts, was er nicht tun wollte, und selbst zu dieser späten Stunde, als ich auf der Rückbank von Mr. Mackenzies kleinem Ford saß und wir zum Auswachsen langsam auf das Krankenhaus zurollten, konnte ich mich nicht entscheiden, ob die Haltung vernünftig oder unverzeihlich von ihm war.

Er hatte etwas Geld von meinem Großvater geerbt, einem Überlebenden des Weltkriegs, der dann prompt Opfer der anschließenden Grippeepidemie wurde. Dad hatte schon immer billig gelebt und arbeitete somit nur, wenn es sein musste. Zumeist baute und reparierte er kleine Boote. Segeln war seine große Leidenschaft, also war das eine angenehme und vergnügliche Art, über die Runden zu kommen. Doch er heiratete eine Frau, die zu Besorgtheit neigte und nach Plan arbeitete. Wurde ihm das Planen und Sich-Sorgen einmal zu viel, zog er einfach aus. Er hatte eine Tochter (in die er von Anfang an abwechselnd vernarrt war und sie vernachlässigte) und vermochte bald abzusehen, wie sehr ein Kind seine Bewegungsfreiheit einengen konnte, worauf er keine weiteren zeugte. Zumindest vermute ich darin den Grund. Es gehörte nicht zu den Fragen, die ich meiner Mutter stellen konnte. Außerdem war er von Frauen ziemlich angetan.

Als ich noch Kind war und zu Hause wohnte, verbrachte er seine Abende meistens in der Werkstatt oder trank auswärts in geselliger Runde. Er verfügte über einen unerschöpflichen Vorrat an guter Laune, Witzen und Räuberpistolen und war ein echter Könner darin, schöpferische Lösungen für kleine mechanische Probleme rund ums Haus und bei Autos, Garagen und Schuppen von Bekannten zu finden. Er war recht oft alkoholisiert, aber selten betrunken. Er war einer von denen, die einfach allen viel Spaß wünschten und nicht einsahen, weshalb sie den nicht hatten. Ein gewöhnlicher, nicht alltäglicher Mann. Mein Vater.

Dann kam der Krieg. Wir saßen alle in der Küche und hörten uns die Rundfunkübertragung an. Am Ende von Chamberlains Ansprache stand meine Mutter auf, räusperte sich abfällig, stellte das Radio auf leichte Unterhaltung um und fing an zu kochen. Ich blieb benommen sitzen und fragte mich, wie sich das auf mich auswirken würde und ob ich dafür oder dagegen war. Immerhin hatte ich das Friedensgelöbnis unterschrieben und sollte Pazifistin sein.

Nach und nach ging mir auf, dass mein Vater noch immer in seinem Sessel saß und unüblich schweigsam war. Genauer gesagt, starrte er quer durch die Küche, als läge die gegenüberliegende Wand ein gutes Stück abseits, als sähe er zu, wie etwas in der Ferne davonsegelte. Dann hob er die gefalteten Hände ans Kinn und ließ die Fingergelenke knacken, wie er das als Auftakt zu einem Job machte.

»Wird auch verdammt Zeit«, sagte er.

Ich sah ihn an, war aufgeschreckt von etwas Ungewohntem in seiner Stimme. Und er erwiderte meinen Blick, und ich habe lange Zeit darüber gerätselt, was ich in seinen Augen sah.

Dann griff er nach seiner Jacke und lächelte verschmitzt. »Ich geh vorm Tee nur mal kurz raus auf 'nen Schluck, May«, sagte er und war von dannen.

Als er wieder nach Hause kam, verkündete er, sich zum Luftschutz gemeldet zu haben. Beinahe gelang es ihm, sich während des Sitzkriegs unbeliebt zu machen, indem er mit Eifer die Verdunklung durchsetzte. Nun, da die Bombardements der Küstenstädte eingesetzt hatten, sah man die Luftschutzwarte als Helden anstatt als Nervensägen. Ich erfuhr so viel, dass er die Nächte auf Kontrollgang in den Straßen verbrachte oder während der gelegentlichen Angriffe in die Schutzräume abtauchte und wieder hervortrat, sobald die Sirenen Entwarnung heulten. Er arbeitete Tag und Nacht in den Trümmern, den aufgesprengten Lagerhäusern und Fabriken, und machte die Gasrohre, Wasserleitungen und Hauptstromkabel ausfindig. Keiner war so nützlich und verständig darin, Mauern abzustützen, Keller zu öffnen, Leitungen zu finden und diejenigen zu trösten und aufzuheitern, deren Leben sich auf einmal aufgelöst hatte.

Er hatte wenig Zeit für Pubs, verlor Gewicht, fuhr aber fort, zu singen und zu erzählen. Sehr rasch bekam er die Leitung des Trupps übertragen. Die wenigen Male, die ich ihn in den letzten Monaten gesehen hatte, schien er derselbe Mann zu sein, bloß hagerer und irgendwie konzentriert, als habe er zuletzt einen Zweck für seine Begabungen gefunden. Zum ersten Mal, seit ich aufgehört hatte, ein Kind zu sein, empfand ich wieder Achtung vor ihm. Und das Klima zu Hause wurde besser – jetzt, da Mum sich wirklich über etwas Sorgen machen konnte, machte sie sich weniger Sorgen. (Außerdem waren Mum und Dad selten zur selben Zeit wach und zu Hause, was vermutlich etwas damit zu tun haben könnte.)

Das Auto fuhr langsam durch die dunkler werdenden Straßen. Leute waren auf dem Weg nach Hause oder in die Schutzräume und fragten sich, was die Nacht bringen mochte. Ich fragte mich, weshalb ich jetzt schon insgeheim für mich sein Leben aufrechnete. Ich hielt den Kopf in Händen, als sei er eine brüchige, schmerzende Kugel, die entzweigehen könnte.

Mr. Mackenzie fing leise zu sprechen an, als er sich der Stadtmitte näherte. Er erzählte mir, was ihm sein jüngerer Bruder berichtet hatte, der zum Trupp meines Vaters gehörte.

Der Angriff war einer jener vereinzelten auf eine Flugzeugwerft gewesen. Zunächst über Tage, um sich dann an den Bränden zu orientieren, wenn sie nachts wiederkamen. Ein schweres Ölfeuer wütete, und die Wasserversorgung brach immer wieder zusammen. Vier Feuerwehrleute starben, als ein Tank explodierte. Beinahe einhundert Arbeiter aus der Tagschicht waren umgekommen.

Jim Gardams Einheit hatte sich gerade noch glücklich geschätzt, nicht zu den Aufräumarbeiten in der Fabrik abgestellt worden zu sein. Stattdessen waren sie in die Straßen hinter den ausgebrannten Fertigungshallen geschickt worden. Sie suchten Schutz, als weitere Bomben fielen, und kamen anschließend wieder hervor. Ein paar verirrte Bomben hatten das Haus gegenüber zerstört, von dem nur mehr eine einzelne Wand aus einem Haufen Schutt ragte. Unter dieser Wand, sagte ein Nachbar, lag der Eingang zum Keller, in den sich die Familie bei einem Angriff flüchtete.

Sie fingen an, mit Brecheisen, Spitzhacken und bloßen Händen die Trümmer beiseite zu schaffen. Einer aus dem Trupp stemmte unter der Wand ein paar Ziegel empor und sah das stumpfe Glänzen einer großen Bombe. Behutsam ließ er die Ziegel sinken und wich, plötzlich weich in den Knien, zurück. Ein Blindgänger mit Zeitzünder, der jeden Moment hochgehen konnte.

Während sie auf das Räumkommando warteten, gewahrten sie schwache Geräusche, die aus den Trümmern drangen. Ein Kratzen und darauf ganz leises Weinen. Ein Wimmern. Noch einmal. Es klang wie das Schreien eines Säuglings.

»Wir holen sie am besten da raus«, sagte mein Vater, stieg über den Blindgänger hinweg und ging daran, ein paar Dielenbretter herauszuhebeln.

Nach kurzer Pause folgten ihm zwei, drei weitere Männer. Sie zerrten die Trümmer los und waren sich dabei über die Bombe zwei Meter hinter ihnen sehr im Klaren. Sie gruben ein Loch aus, das Jim Gardam im selben Zuge abstützte. Sie drangen zum Keller vor und schafften es schließlich, die Tür aufzubrechen. Jim kroch hinein, verschwand und tauchte mit einem kleinen Hund im Arm wieder auf. Sonst war da unten nichts gewesen. Er stand mit einem breiten Grinsen im geschwärzten Gesicht und dem Hund in den Armen mitten im Schutt und schickte sich an, wieder über die Bombe zu steigen.

Da brach die Mauer über ihm zusammen.

Mr. Mackenzie fuhr am verdunkelten Krankenhaus vor. Ich nahm seinen Arm, als er mir beim Aussteigen half, und wir tasteten uns gemeinsam zur Eingangstür und traten hindurch.

16. Kapitel

Mitte bis Ende August

Ich saß lange Zeit da, bevor ich ihn richtig ansehen konnte. Immer wieder musste ich unwillkürlich die Augen von ihm abwenden. Sein Gesicht war noch immer von Staub und Öl verschmiert, aber er sah ziemlich friedlich aus. Ausnahmsweise ohne zu lächeln.

Die Verletzungen hatte er am Rücken und an der Brust. Der Arzt offenbarte uns, dass sein Rückgrat gebrochen und seine Rippen eingedrückt seien. Selbst wenn er überleben sollte, wäre er gelähmt. Wie ein Schmetterling an der Nadel, die ihn aufspießt, hing ich an diesem »selbst«.

So viele Witze, so viel Seemannsgarn, so oft allen Schwierigkeiten aus dem Weg gegangen. Auf so vielen Booten, Rahen und Flüssen herumgetrieben. So viele Halbe durch diese geöffneten Lippen. Eine verfehlte Ehe, aber ihretwegen gab es mich, und die meiste Zeit war ich sehr froh darüber.

Wie zeichnet man die Form und Bedeutung eines Lebens nach? Da schlug er die Augen auf und sah mich an, erst mit leerem Blick und dann, als komme er ein Stück des Weges von sehr weit weg zurück. Ich spürte, dass er wieder anwesend war. Er gab keinen Laut von sich, schaute mich nur an.

»Du hattest einen Unfall, Dad«, sagte ich. »Eine Wand

ist auf dich gestürzt. Du bist im Krankenhaus. Mum kommt bald wieder.«

»Gut«, sagte er so heiser, dass ich ihn kaum verstehen konnte. Eine Pause, dann sprach er erneut. »*Es ist alles gut*.« Darauf schloss er wieder die Augen und war weg.

Gut? Dachte ich. Was war gut – dass die Wand eingestürzt war, dass er im Krankenhaus lag, dass Mum kam? Das Leben als solches oder sein eigenes Leben, diese Angelegenheit aus Witzen und Bier und sinnreichen Tüfteleien und fröhlicher Kumpanei?

Mum traf ein. Nun, da das Schlimmste eingetreten war, blieb sie ruhig und vernünftig, war weder bitter noch hysterisch. Sie nahm seine Hand und sah ihn lange Zeit an. Ich wollte so viele Fragen über ihre Ehe stellen und konnte nicht. Selbst wenn ich das getan und sie geantwortet hätte – etwa, ob sie ihn liebte und wie sie über seine anderen Freundinnen dachte, was sie von ihm hielt –, ich hätte es doch nicht begriffen. Wie ich da im Sessel saß und sie beide betrachtete, fühlte ich, dass eine Ehe ein Geheimnis war, das sich von außen niemals angemessen begreifen ließ, nicht einmal von jemandem wie mir, die ihr Leben die längste Zeit gleich daneben verbracht hatte. Gut? Schlecht? Schrecklich? Ich hatte keinen Schimmer.

Er starb in derselben Nacht, während ich im Sessel schlief. Sie weckte mich auf und sagte mir, dass er dahingegangen sei, was ihr sehr ähnlich sah. Er sah aus wie immer, und doch fremd in seiner Würde, ohne zu lächeln. Sehr weit entfernt von mir. Innere Blutungen, meinte der Arzt, nichts zu machen.

Ich nahm seine Hand. Vielleicht bildete ich mir ein, dass sie bereits auskühlte. Ich beugte mich vor und küsste seine Stirn, wie ich das in Filmen gesehen hatte. Der Arzt und die Schwestern wurden geschäftig, vermutlich brauchten sie das Bett.

An der Tür hielten wir beide inne und blickten zurück. Ich weiß nicht, was sie sah, aber ich sah einen würdevollen Fremden, einen Mann, der einmal mein Vater gewesen und wie so viele vom Krieg verändert worden war. Hatte er sich selbst in jenen letzten paar Monaten gefunden? Hatte er ein Anliegen gefunden, um seinem schwachen und bequemen Leben Bedeutung zu verleihen, oder war es bloß sein letzter und abenteuerlichster Jux gewesen?

Ich nahm meine Mutter beim Arm, und wir verließen das Gebäude. Als wir draußen in der sommerlichen Dunkelheit vor Tagesanbruch auf den Wagen warteten, der uns nach Hause bringen sollte, wandte sie sich mir zu.

»Es ist schon gut so«, sagte sie mit fester Stimme. »Er hätte es *gehasst*, gelähmt zu sein.«

Ich war mir ihrer Stimmung nicht gewiss. Ich war mir auch meiner eigenen völlig ungewiss. Ich war betäubt, zugleich eigentümlich hellwach und spürte, dass die nächsten Sekunden und Minuten meines Lebens entscheidend waren.

»Kann ich mir vorstellen«, sagte ich vorsichtig. »Vermutlich wäre er ein grässlicher Patient geworden.«

»Grässlich!«, sagte sie, und sie brach über den Klang ihrer Stimme in Gelächter aus, und ich tat es ihr gleich, und wir lachten beide immer noch, als das Auto ihres Nachbarn vorfuhr.

Erst als wir zu Hause waren und ich noch einmal in meinem eigenen Kinderbett lag, drang es zu mir durch. Er war für immer fort. Es war die Schuld dieser Bomber. Ich klammerte mich derart daran fest, dass ich mich Zähne knirschen hören konnte. Einen Augenblick lang sah ich Jean Finlay, eine zerbrochene Puppe, den Kopf unmöglich abgewinkelt, von ihrem langen schwarzen Haar umspielt und ohne Beine.

Ich glaube wirklich, dass ich so sehr zu hassen lerne wie zu lieben.

Man möchte das verblichene Tagebuch für ein Fenster halten, so klare Sicht bietet es auf die Baracke vom Abstellplatz. Sie sitzen in voller Montur herum. Es ist heiß, die Tür steht weit offen, und sie schwitzen in ihren »Mae Wests«. Wie besessen spielt einer mit wirbelnden Fingern Himmel und Hölle. Sniff Burton und Tadeusz klopfen Karten und schröpfen zwei Offiziere. Zwei weitere pennen in ihren Liegestühlen. Der Teekessel siedet vor sich hin, gelegentlich raschelt eine Zeitschriftenseite.

Len sitzt an einem kleinen Tisch und schreibt sein Tagebuch, mit der Linken fährt er sich bis zu den Knöcheln ins Haar. Die Füße liegen über Kreuz, den rechten Ellbogen hält er merkwürdig abgespreizt. Die Bleistiftspitze ist am Fuß der Seite stumpf und breit geworden. Er schreibt. Erstens: Vergiss diesen ganzen Quatsch von wegen »Ritter der Lüfte«. Das ist alles in Frankreich zum Teufel. Selig sind die Sanftmütigen, denn sie werden fürwahr das Erdreich besitzen, kommen nämlich im Handumdrehen zwei Meter tief unter selbiges. Die Wasserflugzeuge, mit denen der Feind seine Besatzungen birgt, darf man als legitime Ziele ansehen – er nutzt sie zur Aufklärung. Man schere sich nicht um die roten Kreuze, richtig? Ja, so weit ist es schon gekommen.

Zweitens: Wir greifen Bomber an, Me 109 sind tabu. Alles klar? Überlass sie den Spits. Drück dich ja vor ihnen, geh wieder auf die Bomber, spritz ab und verpiss dich nach Hause. Ist nicht gerade prächtig, ist aber Krieg.

Drittens: Hier geht's um den Hinterhalt, nicht um ein Duell. Wann immer möglich, haben wir beim Angriff Höhe und Sonne auf unserer Seite. Pick dir den Bummelanten raus, nagele ihn fest und mach, dass du wegkommst. Vergiss die tollen Kunststücke und die engen Formationen, die bei den hohen Tieren und der Damenwelt so gut angekommen sind. Die Tage der Flugschauen sind gezählt.

Viertens: Zu den Air-Force-Helferinnen auf diesem Horst ist Zutritt strengstens verboten, und das offiziell. Also Pfoten weg!

Fünftens: Bleib am Leben. Wir können hier siegen, wenn wir am Leben bleiben. Solange wir noch fliegen, sind wir nicht geschlagen, und mehr wird von uns nicht verlangt. Das kommt vom Jagdflieger-Hauptquartier, so sehen die das. Trink, wenn's sein muss. Schlaf, wenn du kannst. Und an die Neuen: schafft ihr's durch die erste Woche, habt ihr hier eine Chance.

Sechstens: Die Runde geht auf mich. Was darf's für dich sein – verwässerter Scotch oder Bier, das nach Kartoffeln und Hafer schmeckt?

Der neue Kommandeur lässt immer dieselbe anfeuernde Rede vom Stapel, wenn Neue eintreffen, und die kommen und gehen inzwischen ziemlich rasch. Ich kann's schon auswendig aufsagen.

Er hat natürlich Recht. Gegen die ungleichen Chancen können wir nichts ausrichten, also muss kaltblütige Methode zu unserem Wahnsinn gehören. Berechnend, wohlüberlegt, unheroisch.

Ich bin so müde. Mein schlimmer Ellbogen schmerzt. Schon vier Feindflüge heute. Alle sind gereizt. Schlimmer noch, alle versuchen, höflich zu bleiben, damit nicht die womöglich letzten Worte an jemanden im Zorn fallen.

Ich wollte, ich wäre in einem Zimmer ohne Vorhänge, und das Morgenlicht fiele durch spitze kleine Glasrauten auf ihr Gesicht. Das wäre schön.

Datiert auf den 18. August, den Tag eines weiteren Großangriffs. Am fünfzehnten hatte die Luftwaffe den heftigsten Einzelangriff während der gesamten Luftschlacht geführt. Dieser weitere Großangriff besaß nahezu diesselbe Kraft, welche die Air Force nicht auffangen konnte und es auch erst gar nicht versuchte. Die Strategie Luftmarschall Dowdings blieb eine begrenzten Eingreifens, um seine kostbaren Piloten zu schonen.

Der Himmel war wolkenlos, die Angriffe setzten früh ein und zogen sich bis in den Abend hin. Weitere Flugzeugwerften wurden in Trümmer gelegt und wieder Frontflugplätze bombardiert, bis sich auf einem die Bodenmannschaft weigerte, die unterirdischen Bunker zu verlassen. Ein besonders diensteifriger Offizier konnte gerade noch daran gehindert werden, in die Bunker zu feuern, um die Leute hinauszutreiben.

Die vielen Feindflüge von ungeschützten Flugplätzen aus machten die Piloten sehr müde und gereizt. Sie stritten sich mit ihren Leitoffizieren, zogen die Taktiken ihres Oberkommandos in Zweifel und gerieten unter sich aneinander. Nach dem fünften Feindflug des Tages kam Tads Hurricane sicher auf, doch als sie ausgerollt war, stieg er nicht aus der Kanzel. Die Bodenmannschaft rannte hinüber und fürchtete das Schlimmste. Sie fanden ihn fest eingeschlafen vor, den Kopf auf die Steuerung gesunken.

Len überstand jenen Tag, war aber am Ende zu müde, um Tagebuch zu führen, zu müde selbst, um einen Waldspaziergang zu machen. Stattdessen ließ er sich zurück in die Kaserne mitnehmen, aß etwas und starrte dann eine

Halbe Bier an. Hinten in der Ecke wurde er einer leisen Unruhe gewahr. Er schaute hin und sah Tad in einem Sessel sitzen und ganz offen weinen.

Len ging hinüber und setzte sich unbeholfen auf die Armlehne. Niemand sonst traute sich nahe zu kommen. Tränen gehörten nicht zur guten Form.

»Was ist los, Tad?«

Tad nahm die Hand aus dem Gesicht. Ein feuchtes Papier lag darin.

»Mein Cousin Ludwik«, sagte er. »Freund aus der Kinderzeit, weißt du.«

Dann fiel er wieder in lautstarkes Schluchzen. Len zögerte, ging dann an den Tresen und ließ sich einen doppelten Whisky geben, brachte ihn zurück und drückte ihn Tad in die Hand. Tad sah das Glas an, sah Len an und leerte es in einem Zug.

»Noch einen?«, fragte Len.

Tad schüttelte den Kopf.

»Fliege früh«, sagte er. »Muss klar sein.« Er richtete sich auf und rieb sich mit der Hand das Gesicht. »Ich geh jetzt spazieren.«

Er stand auf, ging an den schweigenden Piloten vorbei zur Tür hinaus und hinein in die Nacht. Nach einer Weile kehrte Len zu seiner Halben zurück, trank sie rasch, schwankte seinem Bett entgegen und fiel bäuchlings, noch voll bekleidet, in Schlaf.

Ich sprang vom Stabswagen des Adjutanten und winkte, als er weiterfuhr. In der Dämmerung überquerte ich die Straße und wartete einen Augenblick vor der vertrauten Tür. Es war nicht der Moment, in dem ich mich beeilen wollte. Die letzten paar Tage hatte ich für nichts anderes gelebt. Ich atmete den schweren Duft der Rosen ein und den schlichteren der Mauerblümchen und des Geißblatts oben am Spalier vor der Haustür. Irgendwo auf der anderen Straßenseite spielte ein Radio »I'll Be Seeing You«, und die Melodie und der Text schnürten mir die Kehle zu.

Ich fühlte mich nervös, aber ziemlich wohlauf. Wohlauf, weil mehrere wolkige Tage hintereinander uns eine Pause gegönnt hatten und Gelegenheit auszuruhen. Schon merkwürdig, dass wir selbst in unserem unglaublich modernen Krieg noch von so etwas Flüchtigem wie Wolken bestimmt werden. Und meine neue Haut wuchs nach, weich und rosa. Nervös war ich, weil ich sie seit dem Tod ihres Vaters nicht mehr gesehen hatte. Wir hatten uns am Telefon gesprochen, und ich konnte nicht weg, um mich mit ihr zu treffen oder zur Beerdigung zu gehen. Dass ich das nicht hatte tun können, war einfach nicht richtig.

Jetzt war es wie bei meinem ersten Alleinflug, als ich keine Ahnung hatte, ob ich den Vogel wieder sicher zur Erde zurückbringen konnte, aber niemand sonst in der Nähe war, der es gekonnt hätte.

Ich drückte die Klingel. Mrs. Mackenzie kam an die Tür, war ganz *Armes Kind* und *Schreckliche Nachrichten*, und sie hätten den ganzen Nachmittag lang einen Stromausfall gehabt, als sie gerade am Kochen gewesen sei, was alles ziemlich furchtbar war, mich aber wenigstens an ihr vorbei und die Treppe hochschlüpfen ließ.

Stella legte die Arme um mich, küsste mich zwar nicht, schmiegte sich aber an, als hätte man sämtliche Knochen aus ihr entfernt. Wir hielten uns lange Zeit auf der Türschwelle umschlungen, und unsere Körper wiegten einander. Ich rief mir einfach in Erinnerung, wie sie sich anfühlte und roch, ihr von der Spange befreites Haar federte, die Schlankheit ihres Rückens und der kräftige Schwung ihrer Hüften.

»Möchtest du ins Kino?«, fragte ich schließlich. »Oder einen heben?«

»Hab keine Lust auszugehen«, murmelte sie an meinem Hals. »Tee und Musik?«

Und so verbrachten wir den ganzen Abend. Sie kochte einen ausgefallenen aromatisierten Tee, den wir mit Zitrone tranken, dann legte sie etwas Klassisches mit einer Klarinette auf. Wir lagen zusammen auf dem Bett, und sie fing an, über ihren Vater zu reden. Mir fiel auf, dass sie jetzt ein kleines Foto von ihm auf dem Nachttisch stehen hatte. Er segelte ein Boot und grinste wie verrückt in die Kamera. Sie erzählte mir ihre Kindheitserinnerungen an ihn, wie viel Spaß es machte, wenn er da war, wie sie als Heranwachsende seine Unzulänglichkeiten erkannte, wie sie sich großenteils von beiden Eltern abgenabelt hatte, als sie auf die Universität ging, und von der Reue, die sie darüber empfand.

Sie redete immerfort in meinen Armen, während sich die Komposition für Klarinette entfaltete. Als das Stück zu Ende war, fragte ich sie, was sie hören wollte.

»Dasselbe nochmal«, sagte sie, also kurbelte ich das Grammophon auf, wechselte die Nadel, und wir fingen von vorn an. Sie lag da und drückte einen Knopf an meinem Hemd, während sie mir von seinem letzten Einsatz erzählte, dem Blindgänger und der einstürzenden Wand, dem Warten im Krankenhaus. Es wurde davon gesprochen, ihm das Georgskreuz zu verleihen, was gut wäre, aber sie zöge es vor, wäre er noch am Leben.

Sie schwieg, und wir lauschten beide eine Weile lang der melancholischen und schönen Musik. Dann versuchte sie, mir zu erklären, wie zornig sie sei, dass sie die Leute umbringen wolle, die Bomben abwarfen, und ich erzählte ihr von Mackay und den übrigen toten Neuen, deren Namen ich schon wieder vergessen hatte. Und gab zu, dass ich mich in diesen Tagen manchmal einzig dann noch erregte, wenn ich auf den roten Knopf drückte, mein Flugzeug vom Rückstoß durchgerüttelt und verzögert wurde und Leichenfinger um einen Rumpf zu tanzen begannen.

Da umarmte sie mich fester, und wir hielten einander umschlungen.

»Was wird aus uns?«, murmelte sie.

Ich wusste, wovon sie sprach, und darin wenigstens standen wir uns nahe. So war es denn natürlich, sie zu küssen. Und sie küsste mich zurück, ziemlich wild, und als ich so weit war, kletterte sie auf mich und holte sich, was sie brauchte.

Als sie in der Stille mit verschwitztem Kopf auf meiner Schulter lag, spürte ich Feuchtigkeit im Nacken und hielt sie enger umschlungen, und mein Herz war so offen und schmerzend, dass sie es gleich an Ort und Stelle hätten operieren und zu heilen versuchen können, und ich hätte keinen Widerstand geleistet.

»Was war das für Musik?«, fragte ich, als wir uns wieder zurechtmachten.

»Mozarts Klarinettenkonzert in A-Dur«, sagte sie. »Ich sorge schon noch für deine Bildung. Oh, Len.«

17. Kapitel

Ende August

Sie gehörte mir, kein Zweifel. Eine schwerfällige Do 17, der »fliegende Bleistift«, zu tief, um abzutauchen, zu langsam, um auszureißen. Ich hatte Befehlen und Vernunft zum Trotz eine Me 109 im Sturzflug verfolgt, aber sie war mir entwischt und hatte sich mit einer dünnen Rauchfahne, die aus ihrer Motorverkleidung wehte, zurück nach Frankreich verpisst. Aber hier war jetzt dieser Bomber auf Heimatkurs. Der würde keine Bomben mehr auf irgendwelche Väter abwerfen, das beschloss ich jetzt.

Ich prüfte nochmal, ob mir was im Rücken saß, dann ging ich ran. Ganz dicht, bevor ich den Heckschützen ausschaltete. Danach konnte ich mir Zeit lassen. Ich spähte aufs Neue über die Schulter und flog wieder dicht auf.

Meine erste Garbe zertrümmerte die Verglasung. Dann saß da nur noch der Pilot, der sich mir mit Kopf und Oberkörper zuwandte, um etwas zu sehen. Als er sich drehte, erwischte ihn meine zweite Garbe und riss ihm den Kopf ab.

Glaubt mir, ich war sehr nahe und hatte beste Sicht.

Ich sah, wie der Luftschraubenstrahl den Hals erfasste, den Halsstumpf, aus dem das Blut weiter herausspritzte, um in mäandernden Rinnsalen den Rumpf entlanggeschmiert zu werden – wie Regentropfen über ein Zugfenster, dachte ich. Hellrot auf grau, bis ganz nach hinten zum Leitwerk, dort tröpfelte es über das Hakenkreuz.

Sie flog volle dreißig Sekunden lang präzise geradeaus, neigte sich dann langsam und stürzte ins Meer. Ich dachte, das Flugzeug ist so unbeirrbar, wozu überhaupt noch Piloten? Bleibt man doch lieber am Boden und steuert sie fern. In Zukunft werden wir überflüssig sein.

Ich fühlte mich danach etwas taub und hungrig, kehrte um und flog nach Hause zum Mittagessen. Nummer vier. Bin ein rechter Teufelskerl.

Was hab ich getan?

Nichts. Gar nichts.

Einen Tag nach der Beerdigung ging ich schon wieder zur Arbeit. Meine Kopfschmerzen hatten sich gelegt, nur in den Ohren klingelte es zuweilen noch. Am Messpult saß ich diesmal nicht wie eine nervöse Tagträumerin, die hoffte, keinen Fehler zu machen, und darauf wartete, dass ihre Schicht vorüberging. Vielmehr las ich den Schirm voll Tatendrang ab und beugte mich dicht an ihn heran, als attackierte ich die Flugzeuge höchstselbst. Wann immer Signale von Freund-Feind-Kennungssendern von unserer Seite kamen, fieberte ich mit.

Zum vielleicht ersten Mal in meinem Leben, abgesehen von der Uni, die ohnehin eine Übung in Absonderung ist, war ich voll eingebunden. Ich stand nicht länger außen vor, war ironisch oder bloß Zuschauerin.

Noch als ich die Einzelheiten der anfliegenden Feindkräfte ausgab, ging mir durch den Kopf, dass ich aus einer vagen Abneigung gegen Schikanerie beigetreten war und weil es sich um die angesagte Sache handelte. Ich hatte gehofft, es könne aufregendere Arbeit werden als zu unterrichten. Das käme noch beizeiten. So wie Lens Kameraden war es mir peinlich, über hehre Anliegen zu reden, weil ich wahrscheinlich gar keines im Herzen barg. Mir missfiel, was mit Polen und der Tschechoslowakei, dann den Küstenanrainern und Frankreich geschehen war. Ich missbilligte es, aber es hatte eigentlich nichts mit mir zu tun. Mit achtzehn hatte ich mich dem Friedensgelöbnis angeschlossen, denn Frieden schien eine gute Idee zu sein für jemanden, der in Frieden gelassen werden wollte.

Selbst diese spätere Kriegsphase, die Funkzacken und so weiter, hatte mich mit Len zusammengebracht (gut) und dann verhindert, dass ich ihn so oft sehen konnte, wie ich gern gewollt hätte (schlecht). Aber eigentlich hatte sie nichts mit mir zu tun, denn andere Leute an sich hatten nichts mit mir zu tun.

Ich hielt inne, die Hand auf dem Skalenknopf, weil es mich entsetzte, wohin ich meine Gedanken abschweifen ließ. Als ich dann Richtung und Höhe, Entfernung und geschätzte Anzahl abspulte, wurde mir klar, dass es die Wahrheit *gewesen* war, und auch, dass sie aufgehört hatte, eine zu sein. Etwas im Zusammenhang damit, selbst bombardiert worden zu sein, mit dem Tod Jean Finlays und meines Vaters, hatte mich mit anderen Leuten verbunden. Selbst mit denen, die mir nicht besonders lagen, war ich verbunden, allein weil sie am Leben waren und auf unserer Seite.

Ich starrte auf den Schirm und sann dem geisterhaften *Fräulein* auf der anderen Seite nach, das mich anschaute. Meine blasse Schwester, mein Gegenstück. Ich wusste nicht, ob ich mit ihr verbunden war. Ich wusste nicht, ob ich mir leisten konnte, es zu sein, oder ob ich mir leisten konnte, es nicht zu sein. Das war doch das Dilemma, oder?

Ein armseliger Krieger zu sein oder ein armseliges menschliches Wesen.

Eine Weile lang blieb ich einem Geschwader auf den Fersen, das in südwestliche Richtung flog. Dann begradigten sie den Kurs und kamen auf uns zu. Unmittelbar auf uns zu. Das kannte ich schon und gab die Warnung weiter. Ich war darauf gefasst, sitzen zu bleiben und alles zu verfolgen, was danach kam, das empfand ich als meine Pflicht und persönlichen Wunsch, aber der neue Major befehligte uns alle nach draußen, als die Feindkräfte bis auf zwei, drei Kilometer herangenaht waren.

Als wir zur Tür hinausrannten, blickte ich hoch und sah sie, zuerst die kleinen surrenden Jäger und danach das tiefere Brummen der Bomber, und spürte diesen heftigen Krampf im Magen. Dann stieß mich Major Astley in den Splittergraben zu den anderen, und ich kauerte mich zusammen und versuchte dabei verzweifelt, mir den Heldendeckel umzuschnallen. Das war das Schlimmste, das Gesicht ins kalte Erdreich zu drücken und zu warten, als liege man schon im Grab. Bevor ich mich beim letzten Mal abwandte, hatte ich gesehen, was geschah, wenn eine Bombe in einen Splittergaben fiel, und ich bekam entsetzliche Angst, dass mein Körper verstümmelt würde. Er war alles, was ich hatte.

Dann fing die Erde zu beben an, und der Lärm setzte ein. Zuerst eine Reihe gewaltiger Donnerschläge weiter links bei den Masten. Dann unmittelbar hinter uns, und Erde prasselte mir auf den Rücken. Eine Hand klammerte sich an meinem Ärmel fest. Der Major lag halb auf mir und entschuldigte sich mehrmals, während er mit aller Kraft davonzukriechen versuchte. Ich traktierte ihn in einer Art Panikattacke mit dem Ellbogen.

Ich sah aus meinem privaten Schrecken auf und nahm

Foxy Farringdon wahr, die meinen Blick erwiderte. Sie lächelte äußerst merkwürdig, hob die Brauen zugleich reuevoll und der Reue spottend. Dann wechselte sie die Miene, als es einen besonders lauten Knall gab und Erde auf sie zu rutschen begann. Die Erde kam zu stehen, und sie sah mich wieder an, ganz weiß im Gesicht und die Zähne zusammengebissen. Und auf einmal war ich nicht mehr so verängstigt, weil ich heraus war aus meinem privaten Schrecken. Ich war verbunden. Ein ganzer Haufen von uns lag in einem Graben, alle waren verängstigt, alle hofften und kämpften ums Überleben. Ich war nicht allein. Wir waren alle gleich.

Zwei weitere Explosionsserien, von oben das Rattern von Maschinengewehren, irgendwo ein plötzlich ersterbender Schrei. Dann sank der Lärmpegel ab, und die Motoren verstummten allmählich. Ich lag mit dem Gesicht nach unten in der Erde, beinahe bequem, und versuchte noch immer zu verstehen, was mir gerade widerfahren war. Mit Sicherheit etwas Großes, ich konnte den Unterschied irgendwo tief drinnen unter den Rippen fühlen. Es war fast wie Verliebtsein, genauso subtil, so unzweifelhaft, so unumkehrbar.

Dann kam Major Astley von meiner Schulter herunter, und ich setzte mich auf und schaute über den Rand. Unglaublich, aber die Masten waren noch da, alle sechs davon. Eine der Baracken hatte schwere Schlagseite, von unserer war die Antenne weggeblasen worden, und zwei der Fenster waren verschwunden. Ein bizarr verbogenes Fahrrad, nicht meines, lag da. Schon wurde jemand aus dem benachbarten Graben getragen.

Ich stemmte mich den Rand des Grabens hoch und kletterte hinaus. Taumelte erst noch etwas und fing mich dann wieder.

»Sind Sie in Ordnung, Corporal?«, fragte Major Astley.

Ich sah an mir herab und warf dann einen Blick zurück zu Foxy, dem Adjutanten und einer Sekretärin, mit der ich öfters Zigaretten austauschte, wie sie alle aus dem Graben gekrochen kamen.

»Ja, Sir.«

Die Dreckskerle haben meine Strümpfe ruiniert, dachte ich. Dann begaben wir uns alle zurück zur Baracke, um die Ausrüstung zu überprüfen.

Eine Menge Glas lag auf dem Boden, Splitter hatten sich in die Wand gespießt, aber zu meinem Erstaunen funktionierte das Messpult noch immer. Ich konnte frische Zacken jenseits des Kanals anwachsen sehen, also streifte ich den Kopfhörer über und machte mich wieder an die Arbeit, indes ich an diesem seltenen und kostbaren Empfinden festhielt. Ich spürte es durch die Baracke ziehen, dieses Gefühl von Verbundenheit, als jemand die Scherben auskehrte, neben mir Jessie Walker nach ihrem Notizblock griff, Foxy Farringdon mit ihrer neuesten Schülerin Platz nahm, Major Astley sich am Telefon bemühte durchzukommen und der Adjutant für uns alle Tee kochte. Es drang durch alles hindurch wie die Druckwelle einer zärtlichen Bombe, die Leben spendet, und ich dachte bei mir, dass von all dem hier wenigstens etwas Gutes gekommen war, etwas wie Len und ich in größerem Maßstab.

Hoffentlich vergesse ich das nicht, dachte ich. Hoffentlich werde ich das nie verlieren. Hoffentlich sterben wir nicht, bevor wir es miteinander teilen können.

Eine Stunde später saß ich draußen auf eine Zigarette, während meine Vertretung, eine neue, stille Frau namens Millie, für mich einstand. Es war ein schöner Morgen, schwach dunstig. Ein V-förmiger Verband Spitfires preschte im Tiefflug dahin und jagte Banditen nach Norden, und als ich winkte, wackelte der Pilot, der am dichtesten an mir vorbeiflog, mit den Flügeln. Ich dachte an Len, wünschte ihm alles Gute und Waidmanns Heil.

Endlich kam ich dazu, Tim Baker im Lazarett zu besuchen. Etwas blass war er ja, aber was sollte ich schon erwarten? Er dankte mir für die mitgebrachten Zigaretten und wollte »einen gemütlichen Schwof mit der Püppi« buchen, worunter ich einen Tanz mit Stella verstand. Meinte, er sei wohl ein bisschen steif, aber da könne sie ja vielleicht was für tun. Zwinkerte. Das Schwein!

»Ich kämpfe, um mein Mädchen vor solchen Ferkeln wie dir zu beschützen«, sagte ich.

»Alter Junge«, erwiderte er, »ich lass doch jede Entschuldigung gelten« –, dann dies verhaltene Lächeln, ziemlich im Widerspruch zu seinem gedehnten Oberklassenakzent und dem anmaßenden Schnurrbart.

Wir standen im Dunkeln am Fenster und rauchten, während die Bomber über uns hinwegdröhnten. Seine Hand auf der Krücke zitterte, und ich half ihm auf einen Stuhl. Es stand schlimmer um seine Hüfte, als ich gedacht hatte, er würde nicht wieder fliegen.

»Hast es hinter dir«, sagte ich.

Schweigen. Ich bin ein Idiot. Wir haben zusammen einen Batzen Feindflüge hinter uns. Ich habe den Mann auf gewisse Art gern. Das entfernte Wummern der Schnellladekanonen war zu hören – Schüsse ins Dunkel, aber es galt, irgendeine Schaueinlage zu bieten, so wie ich und Tad mit den Darts vor so langer Zeit.

Er schüttelte den Kopf, steckte sich noch eine an, ließ kein weiteres Wort fallen.

Ich brach mit der Entwarnung auf und wurde vom Burschen unseres Kommandeurs mitgenommen, der seinen Sohn besucht hatte. Wir redeten wenig. Die Nacht war klar, und es waren eine Menge Sterne zu sehen wie so oft bei Verdunklung. Ich dachte: die funzeligen sind nicht immer weit weg und die hellen nicht immer nahebei. Ein paar sind Planeten, diese unscharfe Angelegenheit ist eine Milchstraße.

Es kam mir wichtig vor, ich hielt mich damit auf, während der bittere Rauch meiner Gold Flake mir in den Augen brannte.

»Kerl neben Eddie ist über Nacht gestorben«, sagte der Bursche. »Zigarette übrig?«

Wir fuhren etwas auf der Straße an.

»Was war das?«

»Weiß nicht«, sagte er. »Was Kleines.« Wir hielten nicht an. »Hat's hinter sich, schätze ich.«

Ich schüttelte den Kopf, zündete zwei auf einmal an und reichte eine weiter.

Rein in den Bunker, da kommen die Flieger. Sie sind silbern und haben keine Flügel. Sie werfen ihre Last ab. Nichts explodiert. Ein Geräusch wie von hüpfenden Fußbällen.

Ich schau aus dem Bunker, und die Rollbahn ist von abgetrennten Köpfen übersät, als wären es Rüben oder riesige braune Hagelkörner.

Einer kugelt mir vor die Füße. Er ist für mich persönlich bestimmt. Ich hebe ihn auf. Das Haar schlingt sich um meine Finger, sodass ich ihn nicht loswerde. Ich weiß, dass ich etwas erkennen werde und es zu schrecklich sein wird, um es zu ertragen. Das Gesicht fängt an, sich zu drehen –

Ich wachte schreiend auf und versuchte, die Decke über meinem Gesicht zurückzuschlagen. Ich entschuldigte mich bei den anderen, während ich mich anzog und auf eine Zigarette nach draußen ging. Es war stockdunkel, kein Mond, aber frisch genug, um den Schweiß auf der Haut abzukühlen. Ich behielt die Augen weit aufgesperrt und heftete sie auf den blassen Schatten meiner Hand, als ich sie an die Lippen führte. Weiter wollte ich nichts sehen.

Ich dachte an meine heftige Erregung kurz vor dem Töten und meine Taubheit danach, und dann sagte ich laut wie Stella: »*Was wird aus uns?*« Die Nacht gab keine andere Antwort als den tiefen Schrei einer Eule. Ich malte mit der Glut im Dunkel vor meinen Augen, steckte mir dann das gute Ende zwischen die Lippen und sog die kratzige Schroffheit tief in die Lunge.

18. Kapitel

Anfang September

Wir gingen zu viert auf einen Tanzabend: ich und Len mit Tad und Maddy. Es war eine Sause des Flugmeldediensts, und fast alle trugen Uniform. Beim Tanzsaal handelte es sich um eine lange Holzbaracke mit gestrichenen Wänden und einer erhöhten Bühne, auf der eine kleine, aber wild entschlossene Swingkapelle aus einigen Glenn-Miller-Stücken herausholte, was sie konnte. Es gab ein paar Luftschlangen und Ballons, und irgendwie fand ich das alles unendlich anrührend, diesen Wunsch, mitten im Krieg zusammen ein wenig Spaß und gute Laune zu haben. Wenn es auch keiner von uns ahnte, war dies die kritischste Woche, in der wir dem Zusammenbruch so nah standen wie nie.

Meine visionäre Sicht der Dinge aus dem Splittergraben war schon ein bisschen verblasst – wie das solche Sachen an sich haben, fing ich zu begreifen an –, aber sie war immer noch da, und ich fühlte ungewöhnlich wohlwollend mit den übrigen Sterblichen ringsum. Besonders galt das für meinen Geliebten, dem ich buchstäblich am Arm hing, denn ich wusste, dass es ihm gut tat.

Wir hatten also ein paar Drinks, dann verschwanden Maddy und Tad eine Weile nach draußen, und Len und ich drehten ein paar Runden auf dem Parkett, zumeist

Quicksteps und Foxtrotts. Beim Tanzen brachten wir einander aufs Laufende. Ich schilderte ihm die Bombardements und blieb dabei so unterhaltsam wie möglich, und er hielt mich um das verbliebene Quäntchen fester. Er schien gealtert zu sein, als sei die Müdigkeit wie Wasser in ihn eingesickert. Er erzählte mir, endlich seinen Freund Tim im Lazarett besucht zu haben, ging aber nicht groß darauf ein, und ich war hin und her gerissen zwischen der Achtung vor seinem Privatleben einerseits und andererseits dem Bemühen, keine Fremdheit zwischen uns aufkommen zu lassen.

Wir tranken und tanzten noch etwas und wurden bei den Schwenks wärmer miteinander und kamen uns näher. Eine Weile küssten wir uns in einer Ecke im Schatten abseits der Bühne. Maddy und Tad tauchten wieder auf und sahen zerzaust und gerötet aus. Ich meinte zu Maddy, sie könne sich wenigstens die Gräser vom Kleid zupfen und was für ein Flittchen sie doch sei. Sie lachte und entgegnete, dass ich auch nicht gerade prüde wirkte, so wie ich an diesem Mann hing, als bettelte ich um etwas von ihm, und sie wisse genau was.

»Wenn das so ist, dreh ich doch mal 'ne Runde mit deinem Süßen«, sagte ich, schnappte mir einen ziemlich überrascht dreinschauenden Tad und zerrte ihn aufs inzwischen dicht bevölkerte Parkett.

Zu meinem Erstaunen war er ein großartiger Tänzer. Rhythmisch und, tja, gewitzt. Gefasst darauf, zu führen und mich etwas von seinem Takt fühlen zu lassen, aber ohne den Chef rauszukehren. Kleiner und stämmiger als Len, konnte er Schwenks auf einer Briefmarke hinlegen.

»Wenn du so fliegst, wie du tanzt, musst du sehr gut sein«, sagte ich.

Er verzog das Gesicht.

»Fliegen gefällt mir schon ganz gut«, erwiderte er. »Dass man auf mich schießt, kann ich schlecht ab.«

Ich brach in Gelächter aus und konnte nicht mehr aufhören. Es schien mir so komisch und wahrhaftig und bescheiden zu sein. Es war das erste Mal, dass wir richtig miteinander redeten.

»Du bist bombardiert worden, habe ich gehört«, sagte er. »Das muss doch furchtbar Angst machen.«

»Ja«, sagte ich. »Das Schlimmste daran ist, bloß warten zu können und hilflos zu sein.«

Er nickte, während wir im Foxtrott in eine schmale Lücke hineinschoben und behende wieder hinausschlüpften. Irgendwie steuerte er mich durchs Gewühl, ohne irgendjemanden dabei anzustoßen. In der Luft muss er ausgezeichnet sein, dachte ich.

»Ja«, sagte er. »Hilflos sein, das hasse ich auch. Sachen geschehen mit meiner Familie, meinem Land, und ich bin hier und kann sie nicht aufhalten.«

Er sah so verloren aus, dass ich nichts darauf zu sagen wusste, was nicht töricht geklungen hätte. Ich stellte mir vor, wie es wäre, kein Zuhause mehr zu haben, zu dem man zurückkehren oder von dem man fortlaufen konnte. Es fühlte sich gar nicht schön an. Ich hielt ihn etwas enger umschlungen.

Der Tanz ging vorüber. Ich schaute mich um und konnte Len und Maddy nirgendwo sehen. Die Kapelle hob zu »Night And Day« an, Tad verbeugte sich und fragte, ob ich wieder mit ihm tanzen würde. Er gab mir einen Handkuss, als ich ja sagte, und betrachtete mich mit offenem Wohlgefallen. Ich fing zu verstehen an, weshalb er und seine polnischen Landsleute in den anderen Fliegerstaffeln solch einen Schlag bei den Frauen hatten. Len mochte da eine Ausnahme sein, doch bei den übrigen Mitgliedern seiner

Staffel konnte man sich des Gefühls nicht erwehren, dass sie sich zurück in die Messe und männliche Gesellschaft wünschten.

Zu meiner eigenen Überraschung begann ich beim nächsten Tanz plötzlich über meinen Dad zu reden und wie er starb und über das Hassen und dass es unvermeidlich war und schlecht für uns. Und er hörte zu und lachte nicht. Er erzählte von Lens Überlegung, wer daran glaubt, wofür er kämpft, könne das ohne Hass oder Zorn tun und allein, weil es getan werden müsse. Er selbst aber brauche den Hass.

Er sah mich fest an. Buschige dunkle Augenbrauen und ein schwerer Schädel, der mich an einen Habicht denken ließ. Er war ziemlich beeindruckend, stellte ich fest.

»Es ist keine Frage des Fliegens, sondern des Schießens«, sagte er. »Für mich geht das Schießen am besten mit Hass. Ist wie Kerosin. Ist es alle, stürze ich vielleicht ab.« Worauf er die Achseln zuckte und lächelte. »Ist aber den Mund-Vollnehmen? Eigentlich tanze ich lieber mit reizenden Damen, weißt du.«

Ich betrachtete ihn mit neuem Interesse. Als dann »I've Got You Under My Skin« vorüber war, erzählte ich ihm, dass ich vor zwei Tagen den Mann mit der dicken Zigarre von ihnen – den Piloten – reden gehört hatte und er gesagt hatte, dass so viele so wenigen so viel schuldeten.

»Er muss an unsere offenen Rechnungen in der Messe gedacht haben«, sagte Tad. »Ich schulde so viel.«

Wir lachten noch immer, als Len mit Maddy vorbeikam, die ihn wie Efeu umrankte. Er sah ein wenig verlegen aus, mein Schatz, also löste ich ihn aus Maddys Umklammerung, indem ich sie zur Damentoilette mitnahm.

»Tad ist ein wunderbarer Tänzer«, sagte ich.

»Er ist in vielem ziemlich gut«, erwiderte sie und kicherte, während sie ihre Lippen nachzog und die Armreifen dabei klimpern ließ. Sie warf mir einen Seitenblick zu.

»Ich mag Len«, sagte sie. »Er ist irgendwie ernst und dann auf einmal wieder wie ein Kind.«

»Ich weiß«, antwortete ich. »Er ist schon recht süß.« Ich lüpfte den Lippenstift, der ohnehin mir gehörte, aus ihrer Hand und beugte mich zum Spiegel vor, um meinen Mund noch unwiderstehlicher zu machen. »Es ist mir ziemlich Ernst mit ihm.«

Ich war überrascht von der Weise, in der es herauskam. Sie sah mich wieder an.

»Ziemlich ernst«, wiederholte ich.

»Gut«, sagte sie. Sie legte eine Hand auf meinen Arm. »Ich glaube, das ist sehr tapfer von dir.«

Wir gingen in den Saal zurück und nach hinten zum Tresen. Ich machte Lens Kopf aus, sein etwas zu langes braunes Haar. Um ihn hatte sich eine Traube aus Leuten gebildet, und ich witterte Ärger, als hätten Drüsen ihn ausgeschwitzt. Ein großer stämmiger Mann in der Uniform der Flugmelder stieß Tad den Zeigefinger vor die Brust. Ich konnte nicht verstehen, was er sagte. Tads Gesicht war steif und blass, doch er gab keine Antwort.

Ich drängelte mich dichter heran mit Maddy im Schlepptau. Ich sah, dass zwei weitere Männer dem großen den Rücken stärkten und ein dritter den Friedensstifter zu spielen versuchte. Len bemühte sich, etwas zu erklären, aber seine Faust war geballt.

Der Große stieß Tad erneut vor die Brust.

»Ihr verdammten Ausländer glaubt, euch würde hier alles gehören! Und unsere Frauen dazu! Wieso geht ihr nicht nach Hause, anstatt eure Nasen überall reinzustecken?«

Tad ließ ein Grinsen aufblitzen.

»Mein einziges Zuhause ist hier«, sagte er. »Und ich glaube nicht, dass Madeleine irgendwem gehört.« Dann fügte er hinzu: »Am wenigsten dir, mein Freund.«

Darauf schnellte die Faust hoch, und Len warf sich dazwischen. Der Schlag erwischte ihn glatt an der Schläfe. Er taumelte zur Seite, kam zurück und sprang dem Mann mit beiden Händen an die Gurgel. Dann mischte Tad sich ein, ebenso die beiden Kumpels des Großen, und ich wurde zurückgestoßen, fort vom Handgemenge. Ich hatte noch nie erwachsene Männer miteinander kämpfen sehen, und es war grauenhaft. Maddy kreischte und winkte zwei weitere Piloten aus der Staffel herbei, die mitmischten. Dann tauchten weitere Flugmelder auf.

Es war so, wie Len die Luftkämpfe beschrieb: ein Chaos. Schläge ins Gesicht, Arme um die Gurgel, Tritte und Hiebe, Leute, die umfielen und ausrutschten. Es war die Gewalt dabei, die plötzlich ausgebrochene Raserei, die mich entsetzte. Und mein Unvermögen, irgendetwas dabei auszurichten.

Es war anders als in den Filmen. Weder heldenhaft noch lustig, nicht mal anständig. Ich sah Len einknicken, als er einen Ellbogen in die Magengrube einsteckte, und ich versuchte, mich in den Kreis zu drängeln, um ihn da rauszuholen. Ich sah, wie er von den Knien hochkam, sich mit einem entsetzlichen Schrei auf den rotgesichtigen Dickwanst stürzte, der ihn geschlagen hatte, und ihm den Kopf abzureißen versuchte. Beide fielen rücklings zu Boden, der Fette zuoberst. Tad war der Mittelpunkt einer Prügelei mit Fäusten und Schultern. Die Kapelle spielte immer noch »Smoke Gets In Your Eyes«, aber keiner tanzte mehr.

Dann platzte die Militärpolizei herein und trieb alle auseinander, und binnen Sekunden war der ganze Vorgang beendet. Männer hielten sich ihre Wunden oder wichen kleinlaut zurück an den Tresen. Len war von einem Militärpolizisten in den Schwitzkasten genommen worden. Ihre genauen Befugnisse kannte ich nicht, hatte aber das deutliche Gefühl, dass sie jeden Uniformträger verhaften konnten, und das bedeutete Ärger. Mit etwas Glück bedeutete es, nicht zu fliegen. Nicht ohne Wohlgefallen sah ich, dass auch Tad in Gewahrsam genommen wurde, wenn es auch drei Männer brauchte, ihn festzuhalten.

Dann kam der Kommandeur der Staffel dazu und redete mit den Militärpolizisten. Er nahm sie beiseite und flüsterte ihnen ins Ohr. Als Nächstes wurden unsere Männer auf freien Fuß gesetzt, vorher gab's nur rasch der Reihe nach eins auf die Nüsse (wie sie die Standpauke geschmackvoll umschrieben), und wir nahmen sie mit nach draußen.

»Worum ging's dabei überhaupt?«, fragte Maddy.

»In erster Linie um dich«, antwortete Len. Er schien sauer zu sein, und mir war nicht klar, ob es an seinem Kontrollverlust lag oder daran, sich nicht besser geschlagen zu haben.

»Glaub ich nicht«, sagte Tad. »Diese Jungs haben was gegen meinen Akzent, das ist alles.« Er legte den Arm um Maddy, blickte dann hoch in den dunklen Himmel und lachte. »Juchhei! Vielleicht lassen wir mal etwas Dampf ab.«

»Was hat der Kommandeur zu dir gesagt?«, fragte ich Len.

Er massierte sich das Auge.

»Wir sollen morgen bei ihm Meldung machen. Oh, und er sagte, wir sollten beim nächsten Mal besser aufpassen, dass die anderen nicht in der Überzahl sind.« Er zuckte die Achseln und lachte still vor sich hin. »Na, so wie das Spiel gerade steht, ketten die uns bestimmt nicht am Boden fest.

Momentan sind erfahrene Piloten in etwa ihr Gewicht in Gold wert.«

»Also könnt ihr Schlägereien anzetteln?«

Er sah mich lange Zeit an, während Tad und Maddy am anderen Ende des Vordachs herumknutschten.

»Ja«, sagte er schließlich. »Wir können uns schlagen. Aber ich hab versucht, es aufzuhalten, bis dieser Kerl Tad beleidigte, weil er Ausländer ist. Der Mann riskiert sein Leben, indem er hier bei uns ist, Stella.«

Ich wusste, ich hätte es darauf beruhen lassen sollen, konnte aber nicht. Ich war noch immer bestürzt von der körperlichen Gewalt so nahe bei mir. Dem bloßen, aufdringlichen und persönlichen *Zorn* dabei, weit größerem als bei Kugeln oder Bomben, die alle aus Distanz ausgelöst werden. Ich war mir nicht sicher, ob es dadurch besser oder schlimmer wurde.

»Kämpft er denn, weil es das Richtige ist oder weil er das Fliegen und Kämpfen gern hat? Und was ist mir dir?«, fragte ich.

Langes Schweigen, dann schaute ich zu seinem Gesicht auf, seitlich beschienen vom Licht, das aus dem Saal strömte, als ein weiteres Paar nach draußen gestolpert kam. Er sah müde und abgespannt aus, sonst aber recht gut erhalten. Sein rechtes Auge schwoll bereits an.

»Ich weiß nicht«, sagte er schließlich. »Aber ist das nicht gerade jetzt egal? Sobald es Ernst wird, bin ich nicht mehr sicher, wie viel die Beweggründe dann noch bedeuten. Vielleicht zählt ja nur, was man macht und nicht das Warum. Vielleicht ist das *Warum* ja nur ein Spiel, das man auf der Uni spielt.«

Dabei dachte ich an Roger und seine wunderschöne, elegante Art, mit einer Begründung zu verfahren. An die Art, mit der er Anliegen abzufertigen pflegte wie Stierkämpfer einen Bullen. Roger begleitete nun die Konvois nach Nordamerika, und irgendwo in einem Winkel meines Verstandes oder Herzens war eine stete Furcht zugegen. Hatte er das Warum hinter sich gelassen wie ein kindisches Spielzeug aus unseren Studententagen, oder musste er sich keine Gedanken mehr darüber machen, weil er zu eigenen Schlüssen gelangt war? Worauf ich zugeben musste, dass es mir wichtiger war, ob er mich, ob er uns hinter sich gelassen hatte. Das bedeutete mir mehr als alle hochfliegenden Mutmaßungen. Mein schlichtes Ego, wie üblich. Ich, ich, ich.

Ich zog Len zum anderen Ende des Vordachs und schmiegte mich an ihn. Wir küssten uns ausgiebig, denn das ist häufig besser als Nachdenken.

Irgendwann nach Mitternacht wurden wir zurückgefahren. Die Nacht war sternklar und mild. Während wir im Fond auf den Knien der Männer saßen, kurbelte jemand die Scheibe herunter, und die Nachtluft blies uns ins Gesicht. Hinter mir fing Tad leise zu singen an: »*I'll be seeing you in all the old familiar places / that this heart of mine embraces all day through*«, und Maddy fiel ein. Ich spürte, wie sich mir Lens Gesicht in den Rücken drückte, spürte den Wind um die Nase, sah eine Handvoll Sterne am Nordhimmel und hatte einen langen Augenblick das Gefühl, mit einem bunten Haufen auf Heimreise durch die Nacht zu sein, so wie ich mir das schon immer gewünscht hatte.

Mögen wir doch lernen, die uns bleibenden Tage ohne Furcht zu nehmen.

19. Kapitel

Anfang September

Im Zwielicht wachgerüttelt, Becher Tee in die Hand gedrückt, Wisch abzeichnen. Mein rechtes Auge pochte und war angeschwollen, als ich durch einen Spalt hinaus ins Morgengrauen linste. Nicht gerade die beste Vorbereitung, um einen weiteren Tag zu überleben.

Richtung Flugplatz saß Tad auf dem Lastwagen neben mir. Er sah vergnügt aus, war rasiert und gepflegt und pfiff vor sich hin. Das Wort von den Umtrieben der letzten Nacht hatte die Runde gemacht, und wir kamen deswegen eine Weile ins Kreuzfeuer, aber das allgemeine Gefühl ging doch dahin, dass wir uns für die Ehre der Staffel stark gemacht hätten. Ich war mir da weniger sicher. Ich fühlte noch immer den Ansturm mörderischer Wut, der mich wie ein Buschfeuer durchfahren hatte. Ich hatte dem Mann den Kopf abreißen wollen. Die Vorstellung machte mich frösteln.

Ich sagte leise zu Tad, es tue mir Leid, dass der Mann gesagt hatte, er sei hier bei uns ein Ausländer. Ich sagte, es würde uns allen Dampf machen, dass er und ein paar andere es für richtig hielten, herzukommen und mitzuziehen. Alle wussten, dass die neue polnische Staffel 303 kürzlich sechs weitere Flugzeuge runtergeholt hatte; es waren großartige Kämpfer.

Er legte mir den Arm um die Schulter, woran ich mich immer noch nicht gewöhnt hatte, und lachte.

»Danke, mein Freund«, sagte er. »Ich hätte wissen müssen, dass Maddy mich in Schwierigkeiten bringt, so wie sie sich überall breit macht. Aber sie ist ein tolles Mädchen, ganz toll!«

Er pfiff auf den Fingern – seine Hände waren erstaunlich klein –, schlug dann die Zähne in den Apfel, den er aufgelesen hatte, und warf ihn in hohem Bogen in die Pappeln, an denen wir vorbeieilten.

»Sag mal, Tad«, rief Dusty Miller, »wie kommt's, dass du nicht in die Staffel 303 eingetreten bist zu den übrigen Polen?«

Tad starrte ihn erst an und setzte dann ein breites Lächeln auf.

»Um euren Haufen blind zurückzulassen ohne mich?«

Und es brach Gelächter aus, denn das stimmte. Wie auch andere polnische Piloten, von denen wir gehört hatten, verfügte Tad über fabelhafte Sehkraft, und weil er ohne Bodenkontrolle durch Funkpeilung ausgebildet worden war, hatte er sich immer darauf verlassen. Stets aufs Neue war er der Erste, der ein Flugzeug erkannte.

Jetzt fuhren wir an Hopfengärten vorbei, die dunkel und feucht von Tau funkelten, der schwerer herabsank, je länger sich der Monat hinzog. Wir holperten in einer bleichen Staubwolke die Piste hinunter, und ich dachte daran, wie sehr ich diese morgendlichen Fahrten liebte, so wie ich diese lastende Übelkeit im Magen hasste, die anschwoll, je näher wir dem Flugplatz kamen. Vom klaren kühlen Morgen überflutet zu werden, der mir ins Gesicht blies und mich aufweckte, das liebte ich, und dazu die genügsame Gesellschaft meiner Freunde. Glücklich hätte ich mich geschätzt, wären wir nie angekommen, sondern für immer über die bleichen, kieselharten Feldwege von Südengland gerumpelt.

Es musste jemand Mist gebaut haben, oder der Feind wurde einfach schlauer. Wir erfuhren gerade, dass Biggin Hill einmal mehr Dresche bekommen hatte, als sich dicht über den Bäumen am Horizont ein Summen bemerkbar machte. Lauter wurde. Falsches Motorengeräusch. Dann rannten wir alle auf unsere Maschinen zu, versuchten unser Glück lieber in der Luft als hilflos am Boden in der Falle.

Ich wurde angegurtet, da tauchte über der Umzäunung der erste Flieger auf. Der Motor sprang an, die Bremsklötze wurden weggezogen, und ich kam ins Rollen. Es ging alles viel zu langsam, der Bomber raste näher, während ich allmählich beschleunigte. Ich schaute nach links und sah das Spornrad von Sniff Burton hochkommen. Dann nach rechts, wo Tad sich im Cockpit vorbeugte, als machte ihn das schneller. Meine Mühle eiste sich los, als ich schon die ersten Blitze aus der Nase des Bombers kommen und unten dann die fetten Kugelbomben herauspurzeln sah.

Ein höllischer Knall, und meine Frontscheibe war von Erde bedeckt. Dann überschlug sich das Flugzeug, und rücklings ging's unter fürchterlichem Dröhnen und Rütteln weiter. Ich unterbrach die Zündung und betete, dass die Kanzelhaube hielt, denn sie allein bewahrte meinen Kopf davor, vom Erdboden, über den wir schlitterten, abgerissen zu werden. Ich versuchte, mich festzuhalten und so klein wie möglich zusammenzuquetschen. Ich hab wohl *nein, nein* geschluchzt, dann kam es zu einem gewaltigen Stoß, mein Kopf rammte das Instrumentenbrett, und aus war's.

Stille, als ich zu mir kam, aber alles schaukelte. Jemand drückte die Tragfläche auf und nieder, als würde das etwas helfen. Ich hatte den ausgeprägten Wunsch, raus aus dem Flugzeug zu kommen, aber keine Aussicht dazu, solange die Kabinenhaube vom Gewicht der Hurri an den Boden genagelt blieb. Ich spürte das Kitzeln und den Geschmack von Blut, das mir aus der Nase, über Wange und Stirn lief. Kopfüber zu liegen war sehr unbequem. Ich fühlte meinen Schädel anschwellen und war der Panik nahe.

Neben meinem Ohr pochte es an der Verglasung. Ich drehte den Kopf und sah Evans in der Hocke, der sorgenvoll zu mir hereinschaute. Dann reckte er den Daumen hoch und ließ mich etwas sehen, was einem raschen Grinsen merkwürdig ähnelte. Er schien beinahe belustigt. Seine Lippen bewegten sich, aber das Glas war dick, und die Ohren klingelten mir noch immer.

Es muss eine halbe Stunde gedauert haben, bis ich befreit war und seitlich aus der Kanzel rutschte. Ich lag auf dem Gras, schnappte nach Luft und fühlte meinen Kopf hämmern. Am liebsten hätte ich mich nie wieder bewegt.

Tad setzte mich auf und nahm mich in die Arme, als ich wieder zurückfallen wollte.

»Bist du hochgekommen?«, fragte ich.

Er grinste voll Ingrimm.

»Kommt drauf an, was du hoch nennst«, sagte er. Er zeigte westwärts zur Umzäunung, und jenseits der Hecke sah ich den Flügel einer Hurri senkrecht in den Himmel ragen.

»Und Sniff?«

»Der ist entwischt. Dummerweise haben ihn dann die Me 109 erwischt.« Tad nickte in Richtung der Bäume. Dahinter kräuselte sich eine träge schwarze Rauchsäule in der Windstille. »Ich weiß, dass er tot ist. Die Spits am anderen Ende sind alle zum Teufel.«

Ich schüttelte den Kopf und versuchte aufzustehen. Der

Boden benahm sich wie auf hoher See. Immer noch wunderte mich die Stille ringsum, jenes Schweigen, dass auf großen Lärm folgt.

»Ich setz mich wohl besser eine Weile hin«, sagte ich.

Da saß ich ein, zwei Stunden lang, und mir war ganz komisch zumute. Dann sprach der Kommandeur mit mir. Ich wurde nicht recht schlau aus ihm, bekam aber für den Rest des Tages dienstfrei, und das war gut so, denn ich fühlte mich recht müde.

Ich legte mich ins hohe Gras abseits der Baracken, konnte aber nicht schlafen, sondern glitt immer wieder zurück in dieses Getöse rings um meinen Kopf. Ich dachte an Sniff, dass ich nicht viel von ihm im Gedächtnis behalten hatte außer seinem Namen und sein Schniefen vom Heuschnupfen, das alle verrückt machte, und wie er am Klavier in der Messe in die Tasten haute und damit die blonde Tolle zu verzücken schien, die auf seiner Stirn hüpfte, und schon war's um ihn geschehen, Vergangenheit auf einmal. Fort. Er muss Eltern und vielleicht Brüder und Schwestern gehabt haben, eine Freundin. Genau wie derjenige, der ihn abgeschossen hatte. Den wir im Gegenzug töten müssen.

Ich stand auf, schlüpfte durch die Umzäunung und machte einen Spaziergang durchs Gehölz. Kühl und grün war es dort. Ich fand den Baum, in den ich meinen Namen geritzt hatte, aber es sah zu sehr nach Grabstein aus, also nahm ich mir zehn Minuten Zeit, um darunter eine Faust mit hochgerecktem Daumen in die Rinde zu schnitzen, und zog dann meines Weges.

Ich hatte höllisches Kopfweh und fühlte mich gereizt und gehässig. Am Rand des Flugplatzes blieb ich stehen, brach einen trockenen Ast entzwei und war auf einmal den

Tränen nahe. Dann ging ich ins Dorf und setzte mich in die Teestube, um eine anständige Tasse Tee und Kuchen zu bekommen. Die Frau hinter der Theke erzählte mir, dass die Air Force Boote voll mit deutschen Truppen versenkt habe und der Kanal mit Leichen übersät sei. Sicher werde es bald zur Invasion kommen – ob ich irgendwas wisse? Ich versicherte ihr, dass ich keine Ahnung hätte, und widmete mich meinem Kuchen.

Ich fand mich auf dem Flugplatz wieder – anscheinend kann ich ihm nicht fernbleiben. Ich hab sonst nichts zu tun, was mich interessiert, nirgendwo hinzugehen. Ich setzte mich auf einen Liegestuhl in die Sonne und dachte nach. Wir sehnen uns alle verzweifelt danach, dass das hier aufhört, aber wozu sonst sind wir jetzt noch gut? Wir sind wie ein überdehntes Gummiband, das nicht mehr zusammenschrumpft, wenn der Zug nachlässt. Das macht der Krieg mit einem, und keiner hat es uns gesagt. Unsere Väter hätten es uns sagen können, aber die wollten nicht darüber reden.

Ich sah mich nach den Jungs um. Sah ihnen beim Kartenspielen zu, wie sie Zeitschriften durchblätterten, das Für und Wider einzelner Taktiken und Kneipen erörterten, in der Sonne dösten oder in der Baracke Tee kochten und darauf warteten, dass die blaue und die gelbe Halbstaffel knatternd über die Umzäunung einschwebten. Sonst hatten sie immer so gelöst auf mich gewirkt. Jetzt konnte ich die Anspannung sehen, die wie ein Hitzeschleier von ihnen abstrahlte. Sie hatten furchtbaren Schiss. Er saß in den kleinen Dingen – Streichhölzern, die beim Anreißen zerbrachen, dem unmelodischen Pfeifen von Tad, während er eine weitere Seite seiner polnischen Luftwaffenzeitung umblätterte, dem nervösen Zucken im Mundwinkel seines Nachbarn, den ich nicht mal mit Namen kannte, den vergebenen Spielkarten, dem Schreck, der allen in die Glieder fuhr, als es im Lautsprecher klickte. Ganz klar trat es mir auf einmal vor Augen: diese Männer sind zum Untergang verurteilt, und sie wissen es.

Dann dachte ich: das sind wir doch alle. Es geht im Krieg nur etwas schneller vor sich.

Ich saß da in der Sonne, von der Hitze benommen, ohne Antworten, fühlte nur die halb formulierte Frage mich wie einen Schwindelanfall durchfahren. Nur Coco Cadbury schien wirklich die Ruhe weg zu haben, rauchte Pfeife und las ein Buch, als hätte er noch das ganze Leben vor sich. Was war sein Geheimnis? War er einfach besonders dumm? Die paar Male jedenfalls, die ich mit ihm geredet hatte, wirkte er nicht dumm.

Ein Flugzeug kam über die Bäume gedröhnt. Dann zwei weitere. Dann noch eins, das trunken schlingerte und rings um die Höhenflosse zerschossen war. Damit standen noch zwei aus. Eine lange Pause trat ein. Alle zählten mit, aber keiner redete darüber. Sie kehrten zu ihren Zeitungen und Karten und unruhigen Nickerchen zurück.

Dann kam der Kommandeur mit so was wie einem Sanitäter herüber, einem Mann mit sehr hellen Augen und einer leisen Stimme. Er fuhr mich zurück zur Kaserne, stellte ein paar Fragen darüber, was am Morgen mit mir passiert war, und leuchtete mir mit einer Lampe in die Augen. Er klopfte verschiedene Stellen an mir ab, schaute mir mit etwas Kaltem in die Ohren, fragte nach dem Datum (bei dem ich mich irrte), dem Wochentag (richtig), dem Namen des Premierministers.

»Tommy Handley«, sagte ich. Der Radiokomiker. »Nur ein Scherz«, setzte ich nach. »In Wirklichkeit ist es Ernest Bevin.« Ein Labourpolitiker.

Er zögerte und schmunzelte dann. Gewissermaßen. Er

fragte mich nach meinen Kopfschmerzen, ob es in meinen Ohren klingelte, ob ich mich normal fühlte.

Normal! Ich antwortete ihm, wenn das hier normal sei, dann sei die Welt verrückt geworden. Den ganzen Sommer über sei nichts mehr normal gewesen. Würde er das hier normal nennen? Sollte ich mich normal fühlen, *dann* würde etwas mit mir nicht stimmen.

»Nur die Ruhe, alter Junge«, sagte er. »Ich muss diese Fragen stellen.«

Darauf fühlte ich mich plötzlich den Tränen sehr nahe. Ich denke, das sah er, und er fragte mich, wann ich zum letzten Mal Urlaub gehabt hatte. Ich antwortete ihm: nach meinem letzten Unfall (dieses Wort habe ich benutzt, eigentlich dämlich). Ich sagte, dass ich für ein paar Tage mit meiner Freundin weggefahren sei, mich aber wirklich nicht mehr recht entsinnen könne, wann das gewesen war.

Er nickte und stellte noch ein paar weitere Fragen, wie ich schliefe und so. Dann schüttelte er mir die Hand, stand auf und sagte, dass er weitermachen müsse. Er werde zurück zum Stützpunkt fahren und sich weitere Piloten ansehen. Er trug mir auf, mich auszuruhen, denn ich hätte eine Gehirnerschütterung. Wahrscheinlich würde ich ein paar Tage lang nicht fliegen. Dann brach er auf. Ich hatte so ein Gefühl, dass er ziemlich weit oben stand.

Ich saß in der Messe, schluckte Aspirin und brachte mein Tagebuch auf den neuesten Stand, als die Nachricht durchkam. Wir sollten für eine Weile nach Schottland abgezogen werden, irgendwohin in die Nähe von Aberdeen. Ich vermutete, dass der Sanitäter etwas damit zu tun hatte, und das zu Recht. Es ging nicht nur um mich, die ganze Staffel war in ziemlich schlechter Verfassung. Zu viele Jungs waren gekommen und gegangen. Alle waren nervlich zerrüttet, und wenigstens zwei von den Jungs hatten einen Feindflug frühzeitig abgebrochen und den Heimflug angetreten. Mutig genug waren sie, nur einfach zu müde, um sich der Sache gewachsen zu fühlen.

Ich hatte ein paar Tage Urlaub wegen meiner Gehirnerschütterung, und ich hoffte, Stella zu sehen, um dann meine Eltern besuchen zu fahren. Irgendwas wollte gesagt sein, nur wusste ich nicht, was. Dann würde ich nach Norden fahren, um zur Staffel zu stoßen und mal ganz gehörig auszuspannen.

Ich schrieb eine kurze Notiz an Stella, klebte den Umschlag zu und adressierte ihn. In der Ecke ließ ich mich in den hohen Ledersessel plumpsen, während es am Tresen ausnahmsweise einmal nicht hoch her ging. Bloß stilles, gleichmäßiges Trinken fand statt, während die Nachricht von unserer Versetzung die Runde machte. Ich schaute hoch, als jemand meinen Namen rief, grinste und schob den Brief in meine Uniformtasche. Dann stand ich auf, trotz des eigenartigen hohen Klingelns im Kopf, um mich zu ihnen an den Tresen zu gesellen, eine Halbe dünnes Kriegsbier zu leeren und in Gesellschaft von Männern zu sein, die zum ersten Mal das Gefühl hatten, sie könnten das hier vielleicht überleben.

Als ich zu guter Letzt in unser Zimmer strauchelte, traf ich Tad beim Packen seiner Sachen an. Er schien mir in schlimmerer Verfassung als ich zu sein. War er am folgenden Morgen zum Fliegen eingeteilt, betrank er sich vorher nie schwer, doch jetzt konnte er sich gehen lassen, und ein steter Strom Wodka war an jenem Abend durch seine Kehle gerauscht.

»Ab nach Norfolt, um polnische Freunde aus der Staffel 303 zu sehen«, sagte er. »Sollen wissen, dass sie gar nicht so heiße Nummern sind. Danach fahren wir nach London zum 400-Club, stürzen uns ins Nachtleben. Massig Polen, massig Frauen, massig Gelächter und Lügen.«

»Klingt gut«, meinte ich. »Eine Heimat fern der Heimat.«

Er zurrte die Zugschnur seines Matchbeutels zusammen und ließ sich schwer aufs Bett plumpsen.

»Wir tun unser Bestes«, sagte er, »und General Sikorski ist ein guter Armeeführer. Aber in Wirklichkeit haben wir keine Heimat, und ich glaube, wir werden vielleicht nie wieder nach Polen zurückkehren.«

Damit sackte er zurück, schloss die Augen und war weg.

Ich zog seinen Beutel an die Wand und bemerkte das Paar braune Schuhe unter dem dritten Bett. Alle übrigen Habseligkeiten von Sniff Burton waren bereits eingesammelt worden. Es war das ausgetretene alte Paar, das er nie polierte, weil er behauptete, allergisch gegen Schuhwichse zu sein. Nun, sein Schniefen, das einen ganz wahnsinnig machen konnte, sollte uns nun nicht länger wach halten.

Ich nahm die Schuhe hoch, stellte sie hinaus in den Flur und schloss vorsichtig die Tür. Dann putzte ich mir mit schwindligem Kopf und wässrigen Augen die Zähne. Ich schaffte es, mich auszuziehen, wenn das auch meine ganze Aufmerksamkeit erforderte, legte mich hin und war weggetreten.

Ich hab's Maddy gesagt, damit es offiziell wird: Ich bin echt spät dran. Glaube nicht, dass ich jemals so spät dran gewesen bin. Len und ich sind ein bisschen unvorsichtig gewesen, idiotisch bei intelligenten Leuten. Wir geben uns solche Mühe, dass ich nicht schwanger werde, aber gleichzeitig versucht ein anderer Teil von uns denkbar alles, um unsere Pläne zum Teufel zu jagen und mehr Leben zu zeugen.

Vielleicht geht es bei all der Unzucht in Kriegszeiten um nichts anderes. Die Leute haben nicht nur weit mehr Gelegenheiten, sondern auch größere Veranlassung dazu. Inmitten dieser Zerstörung wollen wir Leben zeugen.

Aber das gehört nicht zu meinen Absichten. Ich bin hin und her gerissen zwischen Panik und einer Art törichtem Stolz, einer Vision davon, dick und rund zu werden, als sei ich die Welt selbst, rund und ganz. Ich überlege, es Len zu sagen, aber ich fürchte seine Reaktion, wie sie auch ausfallen mag, und dann sehe ich auch keinen Sinn darin, ihm unnötige Sorgen zu bereiten. Also wache ich jeden Morgen auf und spüre dem vertrauten Schmerz nach, aber es gibt ihn nicht. Stattdessen liege ich da und stelle mich jenem anderen Schmerz. Ich vermisse meinen Dad so sehr, wie ich das zu seinen Lebzeiten nie tat.

Wie muss es dann erst sein, den Verlust jemandes zu erleiden, von dem man weiß, dass man ihn zu Lebzeiten geliebt hat und schon vermisste, als er noch da war, um vermisst zu werden. Unter den Laken zittere ich und spüre, wie ich mich ein wenig zurückziehe. Besonders tapfer bin ich nicht.

Ich stehe auf und ziehe mich im Licht des frühen Morgens an. Die Hände auf den Hüften, die Jacke offen und ein breites Grinsen im Gesicht, blickt mein Vater auf seinem Foto hinaus in die Welt, als sei sie ein Jux. Als erschallte ein Lied oder ein Witz gerade eben außer Hörweite, aber von ihm vernommen. An Morgen wie diesem, gleich wie schön sie sein mögen, vernehme ich gar nichts.

Lens Brief wartet auf der Fußmatte. Ich lese ihn rasch und schäme mich. Schäme mich über meinen innerlichen Rückzug. Dann werde ich zornig: Was gibt ihm das Recht, so aufrichtig und offen zu sein? Es ist nicht fair, denn ich bin anders. Ich dreh mich wie ein Wetterhahn. Mal liebe ich, mal nicht. Ich will ein Kind und bin davon entsetzt. Manchmal denke ich an Evelyn, der so viel weniger von mir verlangt hat. Dann kommt lange niemand, bis ich an Roger Whitticombe denke, den Klugscheißer, unerträglich gut aussehend, mit Verstand und Zynismus, mein erster Liebhaber, der in diesem Augenblick irgendwo auf dem Atlantik das graue Meer durchpflügt.

Dann schreibt Len, dass er abgezogen wird, und mir kommen die Tränen. Hoffentlich Tränen der Erleichterung, statt darüber, dass ich ihn auf ungewisse Zeit nicht mehr sehen werde. Würde mir doch nur ein einziger selbstloser Gedanke zuteil. Ich stelle ihn mir vor, wie er mit hundertsechzig Sachen auf dem Rücken schlittert und ihn nur die Kanzelhaube vor einem raschen, aber schauerlichen Tod bewahrt, und die Vorstellung dreht mir glatt den Magen um, ein scharfer Schmerz, der mich ahnen lässt, dass wir letztlich doch einander verbunden sind oder ich gerade meine Tage bekomme.

Und die bekomme ich. Ich werde nichts zur Weltbevölkerung beitragen. Neunzig Prozent Erleichterung und zehn Prozent Enttäuschung. Wir müssen unbedingt vorsichtiger sein.

Dann radle ich über Nebenstraßen zur Arbeit, habe alle möglichen gemischten Gefühle, erwäge, heute Abend meinen leicht bekloppten Schatz zu treffen und am Wochenende meine Mum, um die beängstigende Stille in diesem Haus ausfüllen zu helfen. Mir fällt auf, dass die Blätter schlaff, dunkel und staubig werden. Nicht einmal Kriege halten die Jahreszeiten auf, und das hilft, diese Katastrophe auf ein Muss zurechtzurücken.

Ich lehne mein Fahrrad im Schattengeflecht der Sendemasten an die Baracke. Drinnen schließen sie Wetten ab, ob wir heute bombardiert werden. Tatsächlich ist die Lage bis zum Zerreißen angespannt. Die Sendeketten zur Kurz- und Langstreckenortung sind beide durchlöchert worden, wenn auch schon wieder geflickt. Es scheint so, als bombardierten sie uns und die Flugplätze, die uns beschützen sollen, vor allem jene, von denen aus die Einsätze geleitet werden.

Es sieht sehr schlecht aus, aber ich nehme kurz Notiz davon, dass es ein schöner Morgen ist, selbst als ich im Inneren der Baracke Platz nehme. Hätten wir keinen Krieg, könnten wir uns daran erfreuen, würden aber auch nicht so viel wahrnehmen. Es würde uns nicht so schmerzlich danach verlangen.

Ich bekomme all diese Sachen nicht unter einen Hut, aber es tröstet mich, das Knistern seines Briefs zu fühlen, als ich meine Uniformjacke lockere und mich zum Leuchtschirm vorbeuge.

So verbrachten wir einen weiteren Abend auf dem Bett mit Küssen und harrten des Augenblicks, da sie, ganz sanften Gesichts und mit geweiteten Pupillen, auf mich herabblicken und lächeln und sich dann auf die Bettkante setzen und anfangen würde, ihre Bluse aufzuknöpfen. Ich würde derweil daliegen und mich fühlen, als öffnete sich das Tor zum Paradies.

Noch nie ist jemand so gut zu mir gewesen. Er reizt mich doch sehr zu Tränen, dies Ziehen in der Brust, wenn ich ihr zu geben suche, was sie mir gibt.

Und sie streckt die Hand aus, hebt einmal mehr die Nadel an und schwenkt sie von der Innenrille der Platte nach außen, und dann das Knistern und die Anfangstakte, und wir kehren zu unserer eigenen Melodie zurück.

Noch wenn dieser Krieg schon zwanzig Jahre vorüber ist und wir am Ende eines weiteren Tages Eheleben nach dem Abendbrot müde herumsitzen, die Kinder endlich im Bett sind und eingeschlafen, weiß ich, dass ich dieses Klarinettenkonzert nie werde hören können, ohne alles wieder vor mir zu sehen. Die Nacht ist warm, ebenso das kleine Zimmer, sodass wir selbst bei offenem Fenster wohlig nackt auf dem Bett liegen. Und die ganze Zeit, da unsere Hände sich bewegen und ich mich dann bewege, langsam und behutsam, damit kein Geräusch nach unten zu Mrs. Mackenzie dringt, lassen unsere Lippen nicht nach, einander Schönes zuzuflüstern, während die Musik abgespielt wird – schwermütig, fröhlich, unabwendbar.

Wir hatten gerade noch genug Zeit, um Sniff zu beerdigen, bevor unsere Staffel aufbrach. Ich gehörte zu denen, die seinen Sarg trugen. Als wir ihn auf die Schultern hoben, strauchelten wir einen Moment. Er war schwer, sehr schwer. Aber Sniff Burton war ein leichter, drahtiger Mann gewesen. Während ich starr geradeaus blickte und wir in direkter Linie von der Kirche zum Grab zu gehen versuchten, hörte ich ein gedämpftes Rappeln durch das Holz, an das ich mein Ohr presste.

Es dämmerte mir. So wenig von ihm musste in dem ausgebrannten Wrack übrig geblieben sein, dass sie Steine dazugelegt hatten, um uns das Gefühl zu geben, mehr als nur ein paar verkohlte Knochen und Zähne zu tragen, und dabei hatte jemand übertrieben. Noch ein Schwindel, so wie das *Mensch, ärgere dich nicht*, das zu Schach wurde. Und mir wurde dabei schlecht, weil ich mir vorstellen musste, was sich wirklich in der Kiste befand, die wir trugen.

Lügen und Schwindel haben diese Wirkung – sie machen die Wahrheit schrecklicher.

20. Kapitel

Anfang September

Ich stieg aus dem Überlandbus, schulterte den Seesack und ging zwischen den Zäunen den Feldweg hinunter, wobei ich die kleinen Anzeichen wahrnahm – da hing ein Zaun durch, hier schoss ein Bankett ins Kraut, zu viele Kaninchen liefen umher. Mum zufolge litt das Gut, selbst mit den Erntehelferinnen, noch an Arbeitskräftemangel. Es mangelte an Geld, und der Abstieg hatte im Weltkrieg eingesetzt, als zwei von Wakecliffes Söhnen umkamen und der Alte den Mut verlor. Aus dem Busfenster hatte ich die leerstehenden und die mit Evakuierten vollgepferchten Landhäuser gesehen.

Ich querte auf der kleinen Fußgängerbrücke den Fluss, hängte den Sack über die andere Schulter und kam den rückwärtigen Weg zwischen den Bäumen hoch. Ein trockener Wind blies und drehte die Blätter der Pappeln von grün zu silbern. Darunter hing die verrostete Schaukel, auf der meine Schwester stundenlang in einem gelben Kleid zu sitzen pflegte und mich nie drankommen ließ. Auf der Leine bauschte sich Wäsche, aber nirgendwo draußen ein Zeichen von Mum; schließlich setzte ich den Seesack ab und hockte mich vorsichtig auf die Schaukel. Sie knarrte, hielt aber.

Ich stieß mich mit den Füßen ab und schaukelte sachte.

Es machte ein knarzendes, quietschendes, ächzendes Geräusch. Dieser Tage wohnte Joanna in der Nähe der Werkhalle, wo sie Radar- und Funkgeräte montierten. Sie widmete Mum zufolge jede gottgegebene Stunde der Arbeit und war zu beschäftigt, um zu schreiben. Ich hatte eine Karte aus einem Wochenende bekommen, das sie mit ihrem Joe in Brighton verbracht hatte (»mein Joe« hatte sie mehrere Male geschrieben, und ich rätselte, ob sie mit ihm ähnlich besitzergreifend verfuhr wie damals mit der Schaukel).

Ich ließ die Schaukel ausschwingen, die Füße über den Boden scharren und saß niedergeschlagen und verloren da, so als ob alles zerbrochen sei. Meine Kindheit schien sehr weit zurückzuliegen, als sei nichts Gutes an dessen Stelle getreten außer Stella, die weit weg war. Ich hatte noch immer dumpfes Kopfweh. Ich wollte furchtbar lange schlafen. Schon waren meine Handflächen fleckig von Rost und abgeblätterter grüner Farbe.

»Leonard! Was machst du denn hier?«

Und da kommt meine Mutter, klein und rund, lächelnd, müde anscheinend, mit flatternder Schürze auf mich zugeeilt, vorbei an den Johannisbeersträuchern. Sie umarmt mich, und einen Augenblick lang ist etwas wieder hergestellt, fühlt sich etwas gesichert und unwandelbar an, bis ich im Vorbeugen, um sie oben auf den Kopf zu küssen, das Grau bemerke.

Ich hatte den Geruch des Hauses vergessen, und er machte mich fast weinen. Der Sanitäter hatte mich vor Stimmungsumschwüngen gewarnt und mir geraten, sie nicht allzu ernst zu nehmen. Speisekammer und Küche haftete derselbe Geruch an. Unter den Kochdünsten und dem Bohnerwachs lag ein feuchter Hauch Landluft. Etwas, dem zu entkommen ich mich gesehnt hatte und wohin ich doch sehnlich wieder zurückkehrte.

Einen Moment lang tauchte der Gedanke an ein Leben mit Stella in den neuen Vororten auf, abends die Heimkehr aus dem Zeichenbüro, dann eine alte Hose anziehen und hinaus in den Garten. Das war es, was ich wollte, Normalität in kräftigen Zügen, aber meine Normalität, nicht die meiner Eltern. Etwas Neueres, wo es mehr zu sagen gibt. Wir hätten mehr Ehrlichkeit, mehr offenkundige Liebe zu teilen. Das war's, was ich mir für unsere Kinder wünschte. Und um ehrlich zu sein, wünschte ich es mir für mich selbst.

Ich fragte nach Dad. Anscheinend lag er noch im Hinterzimmer und holte an seinem einen freien Tag in der Woche Schlaf nach. In der Fabrik lag ein weiterer Eilauftrag vor, wie immer. Ob ich schon wisse, dass er auf Flugzeugteile umgesattelt hatte? Dann kam er herein, gähnend und unrasiert, in seinem alten Pyjama. Wir schüttelten uns die Hände, ein kurzer, schnell gelöster Griff. Er wandte sich ab, als sei er verlegen, und stellte den Kessel auf den Herd.

Ich setzte mich. Er setzte sich. Wir wussten nicht, was wir sagen sollten. Er war mein Vater, wir hatten uns so viel zu sagen, und ich wusste nicht wie anfangen.

»Also«, sagte er, »wie läuft's mit der Fliegerei?«

»Gut«, sagte ich. »Ziemlich zu tun. Letzte Woche hab ich einen Bomber abgeschossen.«

Einen Moment lang trafen sich unsere Augen. Seine waren ein blasses Blau. Ich weiß nicht, was er sah. Ich sah meinen Vater Ende mittleren Alters. Ich konnte ihn auf keine andere Art sehen. Ich konnte ihn nicht als jungen Mann vor mir sehen, der zur Army ging, hinein in die Gräben, die Hosen voll hatte vor Angst oder von patriotischer

Inbrunst erfüllt war. Ich konnte ihn mir nicht als jemand vorstellen, der nicht wusste, wen er heiraten oder wo er wohnen und wie viele Kinder er haben würde und dass ich eines davon sein würde. Das war der junge Mann, über den ich etwas erfahren musste, und ich konnte mich zu keinem Anfang bewegen. Nicht in der trüb erhellten Küche, während er sich am Kinn kratzte und über seinem Tee gähnte und meine Mutter am Hantieren war und ihm Toast machte.

»Also macht's dir Spaß«, sagte er.

»O ja«, entgegnete ich. »Das reinste Vergnügen. Phantastisch. Noch nie so viel erlebt.«

Darauf sah er weg, und eine Pause trat ein, bis meine Mutter einwarf, dass die Erdbeeren dies Jahr früh reif gewesen, die Johannisbeeren und alles andere aber wegen Wassermangel klein geblieben seien. Und dann nahm die Unterhaltung ihren Gang, indem wir uns im Einzelnen auf den neuesten Stand brachten, bis wir draußen zu Mittag aßen, die Wespen vom Salat wedelten und über die Neuigkeiten vor Ort und Kleinigkeiten redeten, die entweder unberührt oder verändert waren vom Krieg.

Am Abend schickte uns Mum hinunter in den Pub. Wir fuhren mit Dads Motorrad, auf dem er in die Stadt zur Arbeit kam. Zuerst klammerte ich mich an seine Jacke, bis er rief, ich solle ihm die Arme um die Taille legen. Was ich mit einer Mischung aus Freude und Verlegenheit tat. Aber es machte Spaß, sich gemeinsam im späten Licht in die Kurven zu lehnen und zu spüren, wie die Fliegen und Mücken von Händen und Jacke abprallten. Die unvermittelte Wärme, als wir an einer Steinmauer vorbeizogen, die feuchte Kühle, als es unter Bäumen weiterging.

Er bog in den Hof ein und stellte den Motor ab. Die Art,

wie das Schweigen und die Ruhe wieder Einzug hielten, erinnerte mich daran, dass es wie Fliegen gewesen war, bloß am Boden. Er warf mir einen Blick zu, nickte, lächelte fast, wandte dann den Kopf ab, und wir gingen hinein.

Wir redeten über Kricket und Fußballspieler, dann über Ernten und das Wetter. Ich ging die zweite Runde Halbe holen. Als ich zurückkehrte, schaute er auf.

»Deine Mutter sagt mir, dass du eine neue Freundin hast.«

Ich nickte eifrig und wollte ihm alles über Stella erzählen.

»Das stimmt, Dad. Sie ist …«

»Hab kürzlich Christine getroffen. Sie arbeitet noch immer für die Stadtverwaltung. Sie schien nicht sehr glücklich zu sein, mich zu sehen, und sie hat nicht nach dir gefragt. Ein Jammer, dachte ich so bei mir, ist ein gutes Mädchen.«

Ich senkte den Kopf und trank den Schaum vom Bier.

So war es mit ihm. Immer dann, wenn wir Gelegenheit hatten, wirklich miteinander zu reden, fand er einen Weg, die Sache kurzzuschließen. Jetzt endlich hatte ich die Nase voll davon und versuchte es mit dem Kopf durch die Wand.

»Dad. Du weißt, als du in den Schützengräben warst …«

»Glatte Zeitverschwendung«, sagte er abrupt. »Das haben wir alles getan, und kaum mehr als zwanzig Jahre später müssen wir von vorn anfangen. Bloß dass diesmal alle mit drinstecken.«

Seine Stimme klang erstickt und bitter. Er redete ebenso mit sich selbst wie mit mir.

»Aber es ist doch gewiss eine gute Sache«, erhob ich Einspruch.

»Das dachten wir damals und all so was«, sagte er. Er starrte weiter auf die Tischplatte. »Eine Menge Leute sind gestorben, Sohn«, sagte er schließlich. »Am besten denkt man gar nicht darüber nach. Am besten macht man weiter wie gewohnt.«

So machten wir weiter wie gewohnt und redeten über nichts von Belang. Wir hatten drei Halbe, womit er mir um eine Nasenlänge voraus war, wie üblich. Vielleicht hat er Recht, dachte ich. Vielleicht sollten wir einfach weitermachen wie gewohnt und nicht groß darüber nachdenken und reden wollen. Das war es, was seine Generation tat.

Sollte ich einen Sohn haben, machen wir es hoffentlich anders, es könnte aber ebenso gut wie gehabt laufen. Kurz malte ich mir aus, wie ich in Dads Alter hier sitzen und mit meinem Jungen Bier schlürfen würde und der Krieg, mein Krieg, uns in die Quere käme. Ich begriff, wie schwer es mir fallen würde, so viele Jahre später noch irgendetwas Sinnvolles darüber zu sagen. Zu solch einem Zeitpunkt würde es eine ferne, unwirkliche Erfahrung geworden sein, obgleich sie alles Folgende nach sich gezogen hätte. Vielleicht sollte ich ihm einfach mein Tagebuch geben und damit wissen lassen, wie es war, obwohl selbst das zweifellos Ausflüchte und Halbwahrheiten enthält. Sollte ich meinem Dad irgendwie ähneln, würde ich ihm das Tagebuch erst nach meinem Tod zukommen lassen, wenn es zu spät wäre, von der Liebe zu erzählen, die zwischen uns war.

Ich kicherte vor mich hin bei der Vorstellung eines Sprösslings, der hier auf der Bank neben uns säße. Zweifellos übte das Bier seine Wirkung aus. Zweifellos sollte ich meinen Vater als den nehmen, der er war. Wenn er nicht darüber reden wollte, welches Recht hatte ich dann, ihn reden zu machen? *Weil ich sein Sohn bin und er mein Dad*, beharrte ein Teil von mir im Stillen. Ich dachte an Stella und ihren Dad und all das, was sie bedauerte, nicht gesagt oder gefragt zu haben. Ich machte den Mund auf.

»Schön!«, sagte er. »Dann mal besser los.«

Er stand auf und blickte zu mir herab.

»Schön«, sagte ich. »Okay, Dad. Rauf auf unsere Mühle, hm?«

Ich lag in meinem Kinderzimmer auf dem Bett. Meine Mutter war nebenan in ihrem Zimmer mit dem Radio als Gesellschaft, und durch die Wand drang das beständige Gemurmel des BBC-Inlandsdienstes. Wenigstens hat sie schon etwas Übung, dachte ich, weil Dad die Jahre über so oft fort war. Früher pflegte Mum Musik einzustellen, jetzt hört sie bloß noch den freundlichen Stimmen zu. Mir scheint, sie ist zutiefst erschrocken darüber, wie sehr sie ihn vermisst. Ich auch. Es macht einen Unterschied, ob jemand oft fort ist oder tot.

Ich verschränkte die Arme vor der Brust und starrte die Decke an. In Zeiten wie unseren ist es kein süßer Schmerz, jemanden zu vermissen. Er ist verzehrend.

Ich spürte den feinen Rissen an der Decke nach und beobachtete meine Gedanken dabei, sich zu verästeln und auszubreiten. Ich stelle mir Len für immer fort vor, schrecke dann davor zurück und werde zornig. Nichts sollte mich so sehr verletzen können. Wie meine Mum das lernt, muss auch ich lernen, wieder für mich selbst zu leben. Ich kann in meine eigene kleine Seifenblase ausweichen, in die Höhle hinter dem Wasserfall, wo mich keiner findet. Dann muss ich nicht an ihn denken. Manchmal hab ich am Telefon nicht viel zu sagen, und er beklagt sich, dass ich zurückhaltend klinge. Nun, das bin ich, und ich kann's wirklich nicht ändern.

Zu andern Zeiten dann kann ich ihn so deutlich sehen, als wäre er anwesend und wir einander wieder verbunden.

Ich schob die Hände hinter den Kopf und rollte ihn hin und her, um die Halswirbel zu lockern. Nach all den Jahren, die meine Mutter ziemlich unverändert geblieben war, hatte sie sich nun verändert. Ich wusste nicht, ob es am Krieg lag oder an Vaters Tod. Aber früher am Abend hatte ich über mich und Len geredet, ganz vorsichtig. Ich hatte angedeutet, dass wir es machten, Geschlechtsverkehr hatten.

»Du musst tun, was du für richtig hältst, Liebes«, hatte sie gesagt. Statt den üblichen Satz darüber zu verlieren, was die Nachbarn denken könnten, was andere Leute täten. Ich war verblüfft. Wenn es so weiter lief wie jetzt, würde meine Mum eines Tages aufhören, konservativ zu wählen.

Aus dem Fenster gelehnt, rauchte ich eine Zigarette, sah meinem Atem zu, wie er in die kühle Nachtluft aufstieg und verschwand, und fragte mich, wo Len genau in diesem Augenblick sein mochte und ob er so mit seinen Eltern hatte reden können, wie er es sich gewünscht hatte. Ich hoffte es. Alles in allem, dachte ich, als ich in die Nacht hinein ausatmete, hat jeder nur zwei Elternteile, und eins von meinen vermisse ich mehr, als ich das jemals für wahrscheinlich oder möglich gehalten hätte. Len vermisse ich auch, wenn mein Herz offen genug ist, um das zuzulassen, so wie jetzt. Das Dumme ist, dass ich ihn warnen und anleiten kann, aber nicht beschützen. Das Beste, was wir tun können, ist aufeinander aufpassen.

Ich drückte die Zigarette auf dem gekieselten Zementsims aus, versteckte den Stummel im Efeu, blieb aber aufs Fensterbrett gelehnt und starrte ins Leere, bis das

Frösteln mir die Arme emporkroch und ich wieder hineinging.

Noch ein Sanitäter untersuchte mich und leuchtete mir in die Augen, bis ich halb erblindet war. Meinte dann, ich könne zurück zur Staffel, aber noch nicht gleich wieder fliegen. Darauf sagte ich Mum und Dad auf Wiedersehen – Mum zumindest, da Dad schon zur Arbeit in der Fabrik für Flugzeugteile war – und fuhr mit einer Kette von Zügen nach Norden.

Die Reise dauerte zwei Tage, die Züge waren vollgestopft und hielten oft. Am zweiten Tag machte das Gerücht die Runde, die Invasion habe eingesetzt. Bei jeder Zugverspätung wurden alle folglich sehr nervös, und die Dame neben mir suchte immer wieder sorgenvoll den Himmel nach Fallschirmjägern ab. Mir war aufgefallen, dass Gerüchte, gemeinsam mit dem Tod, Haupterzeugnisse des Krieges sind. Es war unmöglich zu wissen, was glaubwürdig war, also glaubten wir zumeist nichts außer dem, was unmittelbar vor uns lag. In der Nähe von Carnoustie sah ich ein Paar Adler, aber keine Fallschirmjäger, und konnte es damit gut sein lassen.

Am Abend des zweiten Tages traf ich an unserem neuen Stützpunkt nördlich von Aberdeen ein. Unser Kommandeur, George Davies, mittlerweile als Onkel Davies bekannt, weil wir festgestellt hatten, dass er echt in Ordnung war, holte mich mit seinem Wagen am Bahnhof ab. Durch seinen Pfeifendunst hindurch berichtete er, ja, die erwartete Invasion sei stellenweise vermeldet worden, die Heimatwehr habe draußen große Feuer entfacht, und überall im Land hätten die Kirchenglocken geläutet, um uns zu warnen, aber bislang sei noch nichts gesehen worden. London habe als Vergeltung für unseren Bombenangriff auf Berlin eine Tracht Prügel bezogen. Bombardiert den ganzen Tag und fast die ganze Nacht über, die Docklands in Flammen, Mordszirkus, höllisches Chaos. Und heute wieder. Bomber in Massen.

Aber die Jagdfliegerflotte war im siebenten Himmel, und selbst Luftmarschall Stuffy Dowding persönlich hatte sich eines Lächelns bemüßigt, denn die Funkortung und die Sektorflugplätze seien in Frieden gelassen worden, gerade als alles im Begriff stand zusammenzubrechen. Sollte es der Feind weiter auf London abzielen, blieben wir funktionstüchtig und könnten unser Bestes tun. Die von Dowding bislang zurückgehaltenen Einheiten wurden nun in die Schlacht geworfen, eine weitere polnische und eine tschechische Staffel waren einsatzbereit und erhöhten die Abschusszahlen. Die einzige Frage war, ob die Stadt das aushielt? Aufregende Zeiten, und uns entgingen sie. Onkel George schien ehrlich betrübt. Konnte ich von mir nicht behaupten.

Es war beinahe dunkel, als er in eine Auffahrt bog und vor einem großen viktorianischen Steinhaufen anhielt. Massenhaft Zinnen und Schnörkel.

»Von ein paar Zigarettenfabrikanten erbaut«, sagte er, »aber im Augenblick gehört es ganz allein uns. Soll drin spuken. Tolles Billardzimmer. Nicht schlecht, was?«

Ich stieg aus dem Wagen und sog die kühle, fremde Luft ein. Sehr dünn und erdig und dazu ein unangenehmer Farngeruch. Keinerlei Beleuchtung im Hintergrund, und überall kamen die Sterne zum Vorschein. Der Klang eines Klaviers wehte über den Schotter, jemand holperte durch eine kummervolle Version von »My Funny Valentine«. Klang wie das Spiel von Tad, mit genauso dick aufgetragenem Akzent und so exzentrisch wie seine Sprache. Dann dachte ich an Sniff Burton, seinen leichten Anschlag auf die Tasten, und hörte wieder die Steine in seinem Sarg rappeln. Und ich dachte an Stella und daran, dass sie bei der Arbeit wenigstens nicht mehr bombardiert wurde.

»Nicht schlecht«, sagte ich. »Erste Kanone, Sir.«

21. Kapitel

Mitte September

Wie immer ist das Tagebuch mit Bleistift geschrieben. Die Schrift stetiger als zuvor und die Mine nach Art der Zeichner immer wieder angespitzt. Aber es ist an manchen Stellen ziemlich beschmuddelt, anscheinend mit Erde oder Pflanzensaft. Und die Einträge sind nun länger und ausführlicher.

Es war seine einzige Auszeit während der Wochen jenes Sommers, in denen alles drunter und drüber ging, Zeit für ihn, nachzudenken und seine Lage zu erkennen, falls er das beabsichtigte. Derlei findet sich aber wenig. Den meisten Platz beansprucht die Aufzeichnung dessen, was er getan hat. Die physische Einzelheit scheint wichtig für ihn gewesen zu sein, als sei sie ein Griff, an den er sich klammerte über einem Abgrund, der zu tief reichte, um Betrachtungen darüber anzustellen.

Durch die sauber geschriebenen, aber verschmierten Seiten, die noch heute gültigen Kartenangaben, die Eselsohren und Fettflecken hindurch fällt es nicht schwer, ihn zu sehen, wie er allein für sich in den Cairngorm-Bergen wandert.

Zügig ging er den holprigen Pfad von Linn of Dee nach Forest Lodge. Es war später Nachmittag, und die Wolken hingen tief. Nebelschwaden hafteten an den unteren Hängen und schnitten weiter oben die Bergspitzen ab. Selbst mit Karte und Kompass ein nicht gerade idealer Tag, um in die Wildnis aufzubrechen.

Er ging weiter und fiel allmählich in einen gleichmäßigen Schritt, während sich der Pfad bergauf schlängelte. Der große Militärrucksack, vollgestopft mit Kleidern, Kochgeschirr, Essen, Schlafsack, Notizbuch und Karten, schnitt ihm in die Schultern und drückte ins Kreuz. Er fing zu schwitzen an und beschleunigte seinen Gang.

Nach etwa einer Stunde fiel der Pfad nach Forest Lodge ab, das sich als zugesperrte Jagdherberge erwies, umgeben von einem angeschlagenen Bestand Waldkiefern, deren rote Stämme im Streulicht glühten. Er streifte den Rucksack ab, legte sich bäuchlings an den Fluss und trank.

Der Nebel teilte sich, eine Brise blies die Mücken fort. Er lehnte den Rucksack gegen einen Fels und ließ sich, die Sonne im Gesicht, darauf zurücksinken. Nach einer Weile langte er in die Brusttasche, holte ein neues, in Braemar gekauftes Zehnerpäckchen hervor und steckte sich eine an, wobei er die Flamme mit der Hand gegen den Wind schützte.

Die Kälte des Wassers, der kratzig-süße Rauch, der Sonnenschein auf den Ringen unter seinen Augen, alles gegenwärtig und unmittelbar. Das Getöse in seinem Kopf, über das er den ganzen Weg den Pfad hoch gemurrt hatte, fing an, etwas abzuklingen. Er wollte mehr davon, mehr Schweigen.

Er kam auf die Beine, füllte die verbeulte Blechflasche mit Wasser, schulterte den Rucksack und brach wieder auf.

Der Pfad wurde ebener, wies weniger loses Gestein auf, bestand vorwiegend aus trockener Erde und Matsch. Er fand Genugtuung in der Weise, wie sich sein Körper voranarbeitete und im Schleier gelblichen Staubs, der von seinen Stiefelspitzen stob, der absteigenden Sonne entgegen. Es tat gut, den eigenen Körper das Seinige tun zu fühlen, ohne dabei in einer Maschine festgegurtet zu sein.

Er fragte sich, ob Dusty Miller in seinem Auto ihr Quartier schon wieder erreicht hatte. Er hatte angeboten mitzukommen, schien ziemlich erpicht darauf, aber das hier wollte Len für sich allein. Er hatte mehrere Tage mit der Staffel verbracht, geschlafen, sich ausgeruht und war auf zwei ungestüme Nächte nach Aberdeen gefahren, da es im Dorf keinen Alkohol gab. Jetzt machte das Wort die Runde, dass sie in ein paar Tagen wieder zum Frontdienst abberufen würden, denn die Bomberflotten strömten weiterhin nach London hinein. Einige der Jungs hatten sich Flinten geliehen und waren fort, um vom Angebot einer Moorhuhnjagd Gebrauch zu machen. Er wusste, dass er genug getötet hatte, und bat ohne Umschweife um Erlaubnis, drei Tage lang in die Berge zu gehen. Genehmigt, aber mehr Zeit bleibe ihm nicht.

Er überquerte einen Fluss, nahm Notiz vom niedrigen Wasserstand durch den trockenen Sommer, sprang von Fels zu Fels und zog dann weiter, während der Pfad steiler wurde. Seine Fußknöchel wurden müde, die Fußsohlen waren heiß gelaufen, und sein Verstand gab ihm ein Bündel zu tragen, das noch immer so angefüllt und beschwerlich wie der Rucksack war. Die Sonne versank in einem Spalt zwischen den Bergen, als er um eine Ecke bog und der Pfad sich gabelte. Er holte die Karte hervor und nahm sie in Augenschein, um festzustellen, ob er dort war, wo er zu sein meinte, und welchen Weg es voraus einzuschlagen galt.

Er fand den Fluss, den er überquert hatte, die ansteigenden Höhenlinien und dann die Gabelung. Ja, da war die

Schlucht, eine lange Passage entlang eines Bachs, und linker Hand war die Corrour-Schutzhütte eingezeichnet. Der Pfad lief unmittelbar daran vorbei, selbst in der Dämmerung dürfte er sie nicht verfehlen.

Er verstaute die Karte und hielt inne. Es war sehr still, nur das kurze *Zurück! Zurück!* eines Moorhuhns und das schwache Rascheln der Brise über dem farnigen Grund wurden laut. Es gab kein entfernt brummendes Flugzeug und keine Menschenseele weit und breit. Er hoffte, dass die Hütte leer sein würde. Er warf einen Blick die Schlucht hoch, schöpfte tief Luft und drückte das Kreuz durch, dann setzte er einen Fuß vor den anderen und wieder und wieder, bis er ankam.

Er hatte vergessen, dass er so lange dafür brauchen würde. An der Tür setzte er seinen Rucksack ab, zog den Sperrhaken hoch und trat ein. Gut, sie war leer. Eine Dose Milchpulver, beim offenen Herd etwas Feuerholz, auf der provisorischen Trockenleine eine einzelne Socke. Das Gedächtnis lässt die Mühsal außen vor, dachte er. Außerdem war ich mit Leslie zusammen gewesen, und wir hatten fast die ganze Zeit über gesungen und uns den Rest des Wegs unterhalten und die Gewissheiten von Heranwachsenden ausgetauscht. Ich hatte mich leidenschaftlich für das Friedensgelöbnis ausgesprochen. Les wollte zur Army gehen und ins Ausland, hoffentlich in den Osten. Wie jugendlich das jetzt alles erscheint.

Er ging nach draußen und stand ein paar Minuten herum, lauschte dem Bach und bekam ein Gefühl für den Ort. Abgeschiedenheit ist Sicherheit, und heutzutage gibt es keine Bären und Wölfe. Angst brauchte er hier im Umkreis nur vor sich selbst zu haben.

Als könnte Bewegung das Erinnern an einen von den

Schultern gerissenen Kopf wegwischen, hob er rasch seinen Rucksack hoch und ging hinein.

Er fand die Taschenlampe und richtete sich häuslich ein. Breitete den Schlafsack auf dem Lehmboden aus, machte aus seinem Ersatzpullover ein Kopfkissen und legte Tagebuch und Bleistift daneben. Er packte den Kocher aus, füllte aus seiner Flasche den kleinen Blechbehälter und zündete den Spiritus an. Die Flammen waren gelb und richtungslos und warfen seinen Schatten riesenhaft an die Wand.

Er füllte aus seiner Wasserflasche den Kessel und setzte ihn aufs Feuer. Er zögerte, dann ging er hinunter zum Flüsschen und hockte sich hin, um die Flasche wieder aufzufüllen. Einen Augenblick lang sah er dort sich selbst, ganz klein im Schlund der Schlucht, wie er geduldig und mit gesenktem Kopf an einem Bachlauf hockt, klein genug, um kaum vorhanden zu sein. Aber nichtsdestoweniger vorhanden.

Er kam zurück zur Schutzhütte und zog die Tür hinter sich zu. Er legte seine Nahrungsvorräte aus, fand seinen Teebeutel und gab daraus etwas in den zischenden Kessel. Er zog die Stiefel aus, faltete die Hose, legte sie unter die Kapuze des Schlafsacks und schlüpfte dann hinein, mehr aus Bequemlichkeit denn weil es nötig war. Er stellte Versuche an, die Taschenlampe auf seinem Stiefel auszurichten, bis er den richtigen Winkel heraushatte, dann drehte er sich auf die Seite, schlug das Tagebuch auf und fing an, die Wanderung zu beschreiben.

Zuletzt schrieb er *Man kann nie wieder der Alte sein – Tötet man – Vielleicht verdienen wir es zu sterben*. Dann lag er eine Weile auf dem Rücken und sah das Licht der Taschenlampe eine Fratze an die Decke malen, während ihm der harte Lehmboden gegen die Hüftknochen drückte. Er dachte daran, was Stella in ihrem letzten Brief geschrieben hatte, dass man umso mehr zu verlieren hat, je mehr man sich aus jemand macht. Dagegen war nur schwer etwas einzuwenden. Doch welche Alternative bot sich an? Die Alternative hieße sich verschließen, und sterben musste man sowieso. Was ist daran so großartig?

Johnny Staples. Shortarse, St John, Bo Bateson und der gutaussehende, sanfte Geoff Prior. Bunny, Junior Johnstone, Sniff und der alte Kommandeur. Alle fort. Sergeant Mackay, der bei seinem dritten Feindflug die falsche Wahl traf und frontal in einen Bomber flog. Sie schienen schon seit einer Ewigkeit tot. Sie würden noch weitere Ewigkeiten tot sein. Nicht »fort nach Westen«, sondern einfach fort. Für die Familien musste ihr Tod noch so frisch sein wie sein eigener in den Baum geritzter Name, und so wie jener würde er allmählich undeutlich werden und schließlich verweht sein, und das wäre dann sein Ende. Vergessen auf dieser Erde in alle Ewigkeit.

Er schaltete die Taschenlampe aus. Er ließ ab. Er schlief.

Der Morgen brach grau und kalt an. Seine Hüften taten weh, als er sich auf dem Boden umdrehte. Er wälzte sich herum, tastete nach Streichhölzern, zündete den Kocher an und setzte den Kessel auf. Dann kam er hoch, ließ den Schlafsack an sich herabrutschen und tappte zur Tür. Sie öffnete sich auf eine graue Wand.

Über Nacht war der Nebel aufgezogen. Er konnte gerade noch den Bach sehen. Nicht der schlaueste Tag für die Berge. Er erwog aufzustecken, zurückzuwandern und per Anhalter wieder zum Stützpunkt zu fahren. Womöglich hielten ihn nur Stolz und eine Art Dickköpfigkeit davon ab. Gewiss lockten ihn die Rückkehr zu Wärme und Gesellschaft, die Gesellschaft seinesgleichen, Bier und Gelächter oder ein gutes Groschenheft, was auch immer.

Stattdessen pinkelte er draußen an die Wand, kam wieder herein, stieg zurück in den Schlafsack und fing an, nach Haferflocken zu stöbern.

Etwa eine Stunde später war er bereit aufzubrechen. Thermoskanne, Sandwiches, Karte, Kompass, Pullover zum Wechseln – wenigstens wog der Rucksack heute wesentlich weniger. Er studierte eingehend die Karte und fand den kleinen Flusslauf, der den Teil des Hangs herunterkam, den er sehen konnte. Ihn konnte er als Anhalt nutzen; sah so aus, als ob er fast bis zur Hochebene führte und kurz davor im Erdreich verschwand. Dort würde er entscheiden müssen, ob er sich bis zum ersten Gipfel durchfinden konnte, zum Angel's Peak. Klare Sache. Ran an den Speck.

Er steckte die Karte zurück in die Tasche seiner Wachstuchjacke, zog den Hut – schon feucht, mit kleinen Wassertropfen an der Krempe – tiefer in die Stirn und setzte sich dann den Hang empor in Bewegung.

Unbestimmte Zeit später, da er völlig von seinem beschleunigten Puls in Beschlag genommen war und davon, auf dem unebenen Untergrund einen Fuß vor den anderen zu setzen, kraxelte er den letzten Teil des Hangs empor und trat auf die Hochebene hinaus. Der Wind war hier oben kräftiger und kälter. Der Nebel bewegte sich in dichten Schwaden, dazwischen waren dünnere Büschel gesponnen. Anfangs schien bessere Sicht zu herrschen, dann wieder nicht.

Mehrere Minuten lang stand er da, ihm wurde kälter, er untersuchte die Karte auf Merkmale, die seine Orientierung zuließen, doch solche gab es eigentlich nicht. Die Hochebene, die er von damals mit Leslie als großartiges Wanderterrain in Erinnerung behalten hatte, als festen, weit offenen Grund, war das Ende der Welt. Allenfalls konnte er sich anhand der Karte auf den Gipfel ausrichten und darauf vertrauen. Den Rand der Hochebene musste er halbwegs rechts liegen lassen, was dann eine Art Anhalt wäre.

Er orientierte sich und nahm dann mit dem Kompass in der Hand einen Boden unter die Füße, der, wie die Zukunft selbst, erst beim Eintreffen in Erscheinung trat. Es gab eine Vielzahl kleinerer Höhenunterschiede, die auf der Karte fehlten, und verschiedene Stellen mit Torfmoos, die ihn allesamt mehr oder weniger vom Kurs abbrachten. Er sah zu, dass er den Blick auf etwas in Ziellinie heftete wie ein bestimmtes Grasbüschel, verlor solche Wegmarken beim Näherkommen aber immer wieder aus den Augen. Darauf hielt er sich lieber an die Kompassnadel und versuchte, ihrer ungefähren Richtungsvorgabe zu folgen.

Die Entfernung war in dieser ausgelöschten Welt gewaltig vergrößert, und die Zeit verstrich anders, genau wie im Gefecht, wirkte zugleich ausgedehnt und sehr kurz. Er wünschte, er hätte am Rand der Hochebene auf die Armbanduhr geschaut, um nun eine Vorstellung davon zu haben, wie lange er sich schon auf dieser Strecke befand. Jetzt schaute er nach der Zeit und musste einiges später feststellen, dass sie ihm wieder entfallen war. Zumindest war er sich unsicher, ob die erinnerte Zeit stimmte, und da er im Umkreis niemand sonst fragen konnte, wurde ihm klar, dass sie unmöglich herauszufinden war.

Eine Weile hielt ihn das ziemlich beschäftigt, und er versuchte, ein System von Zeitnotationen auszuarbeiten oder eine bewegliche Skala auf einer Uhr oder einem Kompass zu erfinden, mit der man den letzten Zeitpunkt markieren konnte, da man auf die Uhr geschaut hatte. Würde das funktionieren? Doch was war, geriete man in Zweifel darüber, *wo* man zuletzt auf die Uhr geschaut hatte?

Fest stand, um ein gewisses Maß an Gewissheit und geistiger Gesundheit zu wahren, musste man sich notwendig entweder seiner sehr sicher sein und keinerlei Zweifel hegen oder andernfalls für eine Gegenprobe jemanden bei sich haben, mit dem man sich dann schlimmstenfalls zusammen verfranzte. Und worin lag der springende Punkt, ein Tagebuch zu führen, wenn nicht im Festhalten von Dingen, um sich ihrer später nicht falsch zu erinnern?

Er bemerkte, dass der Boden zur Rechten jäh abzufallen begann, und machte dort nur noch Geröll statt Grasnarbe aus. Er prüfte es auf der Karte. Entweder handelte es sich um den letzten Hang vor dem Gipfel, oder … oder eben nicht, und er war glatt dran vorbeigelaufen.

Er wich in spitzem Winkel vom Rand ab, eilte den Hang hinauf und spürte die Klaue der Furcht auf der Brust. Falls er nicht dort war, wo er sich wähnte, hatte er keinerlei Ahnung, wo er sich befand. Dann trat ein dunklerer Schatten aus dem Nebel hervor, und der Schatten verwandelte sich in einen Steinhaufen. Ein Gipfelmal. Er musste annehmen, dass dies Angel's Peak war. Falls nicht, hatte er sich übel verlaufen.

Er lehnte sich an das Mal, fühlte sich durch dessen Solidität bestätigt und trank einen halben Verschlussbecher voll Tee. Ein Ausblick war nicht vorhanden. Welchem Zweck der Ausflug auch dienen mochte, Weitsicht konnte es nicht sein.

Nächster Halt: Devil's Point. Vom einen Extrem zum anderen, dachte er. Er ermittelte die Richtung und brach ins Nichts auf.

Dieser Abschnitt brachte verzwicktere Orientierung mit sich. Der seitliche Abhang drängte ihn beständig vom Kurs ab, und es fehlte der Rand einer Hochebene, um darauf zurückzufallen. Es ging mitten durch die bucklige Wildnis des Plateaus. Unter gewöhnlichen Bedingungen einfach ein angenehmer, frohgemuter Spaziergang. Aber dies waren keine gewöhnlichen Bedingungen. Tatsächlich war er so gut wie blind.

Diesmal sah er auf die Uhr, bevor er aufbrach, und wiederholte immer wieder in Gedanken die Zeit. Auf der Karte hatte er die Entfernung abgeschätzt und rechnete die unter den gegebenen Verhältnissen wahrscheinliche Marschdauer bis zum Devil's Point aus. Er konnte nichts weiter tun, als vorzugehen wie bisher und am Vertrauen in die Karte festzuhalten und am Glauben, den er in sich selbst setzte, wie groß der auch sein mochte.

Er musste aus Furcht schneller gegangen sein, denn als er neuerlich auf die Uhr schaute und überschlug, dass er in etwa fünf Minuten ankommen müsste, sah er zu seiner Linken die Masse eines Schafs. Daraus wurde ein untersetzter Mann. Er wollte gerade winken, als der Mann sich in ein gedrungenes Mal verwandelte. Er eilte hin und berührte die Spitze. »*Danke*«, flüsterte er wem oder was auch immer laut zu, und seine Stimme klang absonderlich und ungeübt.

Angenommen, es handelte sich um Devil's Point – großartiger Blick, besten Dank –, so ginge es fortan etwas einfacher. Beinahe genau in südlicher Richtung zu einem kleinen See in einer Senke. Sollte sein Weg diesen kreuzen, wüsste er mit Sicherheit, wo er war, denn es gab auf diesem Teil der Hochebene keinen weiteren See. Von dort aus hätte er die Wahl, dem Bachlauf vom Plateau hinunter zu folgen oder hinauf auf den dritten Gipfel weiterzuziehen, zum Monadh Mor.

Diesmal hielt er nicht inne, um etwas zu essen oder zu trinken. Er war zu bestrebt, den See zu finden, klammerte sich an die Vorstellung, an dessen steinigem Ufer einzutreffen und mit Sicherheit zu wissen, wo er sich wirklich befand. Er ermittelte die Richtung und eilte los.

Der Hang war langgezogen und wellig; er kam bergab rasch voran und bemühte sich, nicht in Panik auszubrechen.

Als er in den wabernden Nebel spähte und nach dem leisesten Anzeichen für irgendetwas suchte, verfing sich sein rechter Fuß, während sein Gewicht ihn weitertrug, und er stürzte der Länge nach unglücklich hin. Verkrümmt lag er da und fühlte sich erschrocken und töricht. Dann befreite er den Fuß behutsam aus dem Kaninchenloch, rutschte auf die Knie und versuchte aufzustehen.

Sein Fußknöchel hielt. Er machte ein paar Schritte, spürte einen Schmerz, doch der ließ nach. Ein Riesendusel. Hätte er sich hier oben einen Knöchel ausgerenkt oder gebrochen, im Nebel und womöglich ohne eine Menschenseele in dreißig Kilometern Umkreis, wäre er in Not. Oben auf der Hochebene konnte unter diesen Bedingungen von Sommer keine Rede sein.

Er ging weiter, allerdings weit umsichtiger.

Der Hang wurde zur Rechten steiler, und er traf auf einen Bach. Er blieb stehen und überprüfte die Karte. Es konnte einer von zwei Wasserläufen sein. Befand er sich an Stelle A, musste er knapp vierhundert Meter weit nach links schwenken. Befand er sich andererseits an Stelle B, war er übers Ziel hinausgeschossen, musste umkehren und dem Bachlauf zurück zum See folgen. Er war sich wirklich nicht sicher, brach nach links auf und zauderte dann. Es fühlte sich wie die falsche Wahl an. Er schaute zurück, und im selben Augenblick blies der Wind einen langen Tunnel in den Nebel, und er konnte den Bach ein gutes Stück tief hinunterblicken. Es sah nicht so aus, als würde er aus einem See abfließen. In dem Fall bewegte er sich darauf zu, oder? Er überprüfte den Kompass und setzte seinen Weg ins Grau fort.

Er fühlte sich sehr allein. Es schien Tage zurückzuliegen, dass er einen anderen Menschen gesehen hatte. Der Sinn für Verbundenheit, den er bei Stella empfunden hatte und selbst bei den Jungs zuweilen, der war noch da, noch wahr. Doch nun lernte er die gegenteilige Wahrheit, dass man auf andere Art und zu anderen Zeiten wirklich allein war. Nur er allein blieb übrig, genau wie am Himmel. Nicht anders als bei Stella vor ihrem Leuchtschirm.

Es traf ihn mit ähnlicher Wucht wie der plötzliche Überschlag des Flugzeugs, als er beim Abheben bombardiert wurde, dass sie wirklich jemand völlig anderes war. Sie existierte für sich, nicht für ihn. Wie liebevoll sie auch sein mochte, war sie der Mittelpunkt ihrer Welt.

Er wurde langsamer und geriet ins Stocken. Aber das macht sie so wertvoll, dachte er. Genau darum ist es so der Mühe wert. Weil sie nicht ich ist. Weil ich nicht sie bin. Weil wir uns nicht entsprechen.

Dann waren durch den Nebel die gedämpften Laute von Wasser zu vernehmen. Noch ein paar Schritte, und er stand am Ufer, wo sich das Wellengekräusel vor seinen Zehen brach. »*Danke*«, sagte er wieder. Er hatte den kleinen See gefunden.

22. Kapitel

Mitte September

Foxy Farringdon hatte mich die Woche zuvor unvermittelt gefragt, als ich gerade von der Arbeit aufbrechen wollte. Ihre Eltern hätten was zu feiern. Hochzeitsjubiläum. Ob ich Lust hätte, das Wochenende auf ihrem Anwesen im Stadtteil Hampstead zu verbringen?

Ich starrte sie an, war gerührt und überrascht. Ich stand im Begriff, ja zu sagen, als es mir wieder einfiel.

»Ich fürchte, ich habe mich schon mit meiner Freundin Maddy verabredet«, sagte ich.

»Macht nichts«, erwiderte Foxy fröhlich. »Bring sie einfach mit. Wir haben jede Menge Platz, und es klingt, als sei sie ein lustiges Mädchen.«

»Das ist sie«, pflichtete ich ihr bei.

Also sagte ich es Maddy, und zu meiner Verblüffung war sie völlig davon eingenommen. Ein Ausflug in den Londoner Nebel, Einkaufen, hemmungslos anderer Leute Schnaps wegtrinken. Und *Männer*! Fuhrenweise Männer, und zwar die gewandten mit den dicken Brieftaschen. Es würde doch Musik geben, oder nicht?

»Nach dem, was Foxy erzählt, haben sie einen Ballsaal und wollen ihn auch benutzen«, räumte ich ein.

»Das wird die Wucht. Die Wucht«, wiederholte sie. »Oh, komm schon, wir fahren!«

Anders als ich schien sie nicht im Mindesten von der Aussicht in Verlegenheit gebracht, bei einer Familie vornehmer Fremder zu übernachten. Denk nur, die haben vielleicht sogar einen Butler. Zum Schreien.

Man hatte uns vor den Bombenangriffen gewarnt, die nun schon seit Tagen anhielten, aber so, wie wir es sahen, war London eine große Stadt und die Gebäude erheblich solider als dünnwandige Baracken. Wahrscheinlich hatten wir es dort sicherer als andernorts. Mrs. Mackenzie war ganz überschwängliches Gefühl und umarmte mich sogar zum Abschied auf steife Art und Weise, wenn sich auch der Anflug von Feuchtigkeit in ihren Augen womöglich dem Gedanken an die Einkommenseinbuße verdankte, sollte ich nie wieder zurückkehren.

Wieder ein warmer Morgen, doch der Hochsommer fing an zu verklingen, es lag in der Luft. Als wir zum Bahnhof gingen, hakte Maddy bei mir ein, und wir stolzierten die Straße lachend und kichernd hinunter wie zwei x-beliebige Ladenmädchen. Ich trug ein grünes Kleid, um mein Haar hervorzuheben, und Maddy ging in Gelb, dieweil ihre Armreifen den ganzen Weg über Klickklack machten. Ihr zur Dauerwelle aufgetürmter goldener Schopf ließ mich zusammen mit dem Kleid mehr denn je an den Löwenzahn denken, der in jenem Sommer allgegenwärtig, frech, nicht kleinzukriegen war.

Der Zug war langsam, vollgestopft und verraucht, wie sie das im Krieg immer waren. Einmal hielten wir eine Ewigkeit lang mitten im Nirgendwo. Der Schaffner kam vorbei, Maddy zog ihn am Arm und fragte, was uns aufhalte, denn wir hätten dringende Geschäfte in London. Ich hätte schwören können, dass er »*Schwäne auf der Strecke, Miss*« sagte. Ich schüttelte den Kopf, um die Ohren frei zu bekommen, und dann sagte er es wieder, riss den Ärmel los und eilte weiter den Gang hinunter. Schwäne auf der Strecke! Ich konnte sie mir über die Schienen drapiert ausmalen, wie sie die langen Hälse traurig hängen ließen, die Schwingen weit ausgebreitet, aristokratischen Suffragetten gleich, die sich einem Pferderennen in den Weg legten und diesen ganzen Zug menschlicher Ängste und Hoffnungen, Sehnsüchte und Enttäuschungen aufhielten.

»Ich dachte, er hätte *Häme aus der Ecke* gesagt«, meinte Maddy. »Oder vielleicht *Schäme dich der Säcke*. Wie bin ich doch auf abgedrehtes Zeug gefasst.«

Darauf kicherten wir und kabbelten uns darüber, bis der Zug schließlich anfuhr, doch den ganzen Tag über kam das Bild in Abständen immer wieder in mir hoch. Unvergesslich, erhaben, lächerlich, sollten mich diese Schwäne stets aufs Neue daran erinnern, wie jung, verängstigt und ausgelassen ich war in den Anfangstagen dieses Krieges.

Diesmal nahm er sich Zeit. Ging rund um den See, um seinen Umriss kennenzulernen und somit genau zu wissen, wo er sich aufhielt. Dann setzte er sich hinter einem Fels in den Windschatten, aß sein erstes Sandwich und trank vom Tee.

Er hatte Glück gehabt. Der flüchtige Blick durch den Nebel im entscheidenden Augenblick hatte den ganzen Unterschied ausgemacht. Und sein sechster Sinn hatte ihm eingeflüstert, dass er in die falsche Richtung laufe. Soweit also zum sechsten Sinn.

Er dachte an Stella und fragte sich, wo genau sie in diesem Augenblick sein mochte. Was sie dachte und fühlte. *Ich liebe dich*, sprachen seine Lippen stumm in den Becher der Thermoskanne. Zum ersten Mal spürte er das volle Gewicht jener Worte und verstand, dass dies »dich« nicht bloß irgendeine Projektion war wie die Silhouetten von Flugzeugen, mit denen sie die Erkennung übten. Das *dich* war greifbar und echt. War sein eigener Mittelpunkt. Und doch waren sie verbunden. Das ist das Aufregende.

Er hob den Becher und brachte einen stillen Toast auf sie aus.

Er überlegte, ob er sich von der Hochebene absetzen sollte. Dazu brauchte er nichts weiter zu tun, als dem Gewässerlauf zu folgen, der vom kleinen See abfloss, über den Rand hinaus, die Hänge hinunter und ins Tal. Doch war er nun schon so weit gekommen und sich jetzt sicher, wo er sich befand. Nur noch ein weiterer Gipfel auf geradem Weg. Solange er das Mal nicht verfehlte. Sollte er es verfehlen, stünden ihm weitere Kilometer bevor.

Er schwang sich auf. Überprüfte die Marschrichtung auf der Karte und stellte den Kompass neu ein. Er wollte den ganzen Aufwasch, alles leisten, was er sich vorgenommen hatte, alle Gipfel in diesem Teil der Cairngorm-Hochebene stürmen, woran Leslie und er vor so vielen Jahren gescheitert waren. Zeit und Tageslicht waren knapp geworden – schlechte Planung und kein wirklicher Begriff von den Größenordnungen hier –, und sie mussten auf den letzten Gipfel, auf den Monadh Mor verzichten. Das hatte ihn damals gewurmt und wurmte ihn auch jetzt. Diesmal würde er alles schaffen.

Anfangs war sein Fußknöchel steif und sein Körper von der Rast ausgekühlt. Der Boden stieg an, fiel ab und stieg erneut an, während er die eingeschlagene Richtung beibehielt. An dieser Stelle würde der Rand der Hochebene von Osten her auftauchen. Ja, da war er.

Einen Augenblick lang setzte er sich auf einen der seltenen Findlinge gleich am Rand des Plateaus. Noch als er die Karte überprüfte und die Richtung korrigierte, begann der

Nebel zu zerreißen. Vor sich sah er den Hang, dann konnte er zurückblicken auf den kleinen See. Nun richtete er den Blick nach links, und als die Wolke sich zerteilte, trat die gesamte Schlucht hervor. Er konnte bis hinüber zur anderen Seite sehen, wo die Hänge wieder anstiegen, zu den Gipfeln des Braereich, des Ben Macdui und zur Schulter des Cairngorm selbst. Nun kam die Sonne durch, binnen einer Minute saß er hoch oben auf der Welt, und Sonnenschein flutete ihm über Hände und Gesicht.

Zum dritten Mal an jenem Tag sagte er *Danke* und kam wieder auf die Beine, da ein großes Gefühl in ihm aufwallte. Verteufelt schön, das war es. Ein Jammer, dass Stella nicht hier war, um den Genuss mit ihm zu teilen. So musste er wohl oder übel die Aussicht doppelt würdigen.

Er stand da und würdigte. Stundenlange sinnliche Entbehrung hatte dies rauschhafte Entzücken vorbereitet, ebenso wie die Nähe des Todes ihn das Leben als Kitzel auf der Haut hatte spüren lassen. Wenigstens solange ihm nicht übel war vor Furcht. Zu so viel Furcht war es gekommen und so viel Hochstimmung. Einiges davon war krank, so wenn er tötete. Einiges daran gut und gesund, so wenn er auf dem Bett lag und zu Stella aufschaute, während sie auf ihn herabblickte. Oder als er auf dem Pfad stand über dem Landhaus, wo sie für ein langes Wochenende zusammen gewohnt hatten, und auf einmal seiner selbst gewahr wurde, seiner Atemzüge in der Hitze inmitten seiner Welt.

Es fühlte sich an, als lebte er in einer Woche mehrere Monate, in einem Monat mehrere Jahre. Die Zeit im Landhaus schien eine Ewigkeit zurückzuliegen, und er hatte sich selbst auch weit zurückgelassen. *Weit zurückgelassen*, wiederholte er leise.

Jenseits des großen Tals sah er eine Herde Rotwild; die grauen Formen strömten gemächlich in einen kleinen Talkessel. Er legte die Hände um den Mund und brüllte, obwohl keine Hoffnung bestand, dass sie ihn wahrnahmen. Die eigene Stimme befremdete ihn, klang fast aberwitzig nach Stunden, in denen er nur seine Schritte, das schwache Zischen dunstigen Sprühregens auf Gras und Heidekraut oder gelegentlich das Krächzen einer vorbeiziehenden Krähe gehört hatte. Vielleicht wollte er Wirkung auf ein anderes Lebewesen ausüben, um sich des eigenen Daseins zu vergewissern.

Mit einem Schulterzucken beförderte er den Rucksack höher den Rücken hinauf und zog guter Dinge wieder los, den Hang hoch, wo der Gipfel sein musste. Es drängte ihn nach oben, undeutlich pfiff er vor sich hin, war glücklich und leer, spürte die Sonne und den Wind, der seine feuchten Kleider austrocknete. Und ja, da war der Gipfel. Er schlenderte hinüber und legte die Hand auf einen der großen grauen Steine, als begrüße er einen Lieblingshund. Geschafft, dachte er. Drangeblieben und durchgehalten. Ich allein. Tut gut.

Er fand eine windgeschützte Stelle, auf der er sich niederließ und seine Sandwiches verzehrte. Dann legte er sich in die Sonne, rauchte und lauschte den Böen und dem Gezirpe einer unsichtbaren Lerche. Während die Sonne die Mulden rings um seine Augen ausfüllte, erlahmten seine Gedanken und blieben schließlich ganz aus, und er war einfach nur noch da.

Unten im East End nahe beim Fluss sah es aus, als wäre ein Riese willkürlich an ein Wohngebäude oder einen Laden mitten in einer Häuserzeile herangetreten, hätte mit seinem riesigen Stiefel ausgeholt und dann einfach Dach und Fassade eingestampft. Rauch kräuselte noch von dem einen oder anderen verkohlten Balken empor, und die Einschlagsstellen dampften von Löschwasser. Gewöhnlich war ein Polizist auf Posten, um Kinder fern zu halten und neugierige Passanten zum Weitergehen anzuhalten.

Maddy und ich gingen weiter. Die nächste Straße war unberührt und die nächste auch. Die folgende hatte einen kleinen Trichter im Pflaster, und alle Ladenfenster waren zerschmettert. Wir blieben vor einem Gemüsehandel stehen, hinter dessen nicht vorhandener Scheibe eine Frau wie sonst Blumenkohl auftürmte. Das handgeschriebene Schild über ihrem Kopf besagte GEÖFFNETER ALS SONST.

»Sieh dir das an«, sagte Maddy. Nebenan war ein Tabakladen, und im fehlenden Schaufenster hing ein weiteres Schild, auf dem nur DURCHGEKNALLT! stand.

Darüber musste ich noch die ganze Straße hinunter schmunzeln und mich fragen, ob Witze ein Zeichen dafür sein konnten, dass wir am Ende siegen würden. Oder es hingen vielleicht ähnliche Schilder in Berlin in den Geschäften. Ins Auge fiel, dass sich der Schaden überraschend in Grenzen hielt, obwohl die Stadt die vergangene Woche über Tag und Nacht beinahe anhaltend bombardiert worden war. Den Gerüchten zufolge lag hier alles in Schutt und Asche, aber das stimmte einfach nicht. Läden und Büros waren geöffnet, Busse und Tramlinien fuhren, Züge wurden von Schwänen auf der Strecke aufgehalten – mehr oder minder der übliche Trott also.

Wir machten uns zur Oxford Street auf, denn wir wollten dort ankommen und noch einen Einkaufsbummel machen, bevor die Mittagsangriffe einsetzten. Und auf unserem Weg dorthin passierte etwas Seltsames.

Maddy stand neben mir vor einem Schaufenster und gierte beim Anblick eines Paars Schuhe, die ich ehrlich gesagt nuttig fand, die von ihr aber als elegant bezeichnet wurden. Von der Seite trat eine Verkäuferin in die Auslage und schaute dann zu uns hoch. Sie war beinahe unseren Alters, hatte nichts Besonderes an sich, aber Maddy machte einen Satz zurück wie von einem Fausthieb getroffen. Sie war weiß im Gesicht. Der Verkäuferin stand der Mund offen, und sie sah ebenso entsetzt aus wie Maddy. Tatsächlich hatte sie bemerkenswerte Ähnlichkeit mit ihr, war vielleicht etwas älter und schlanker.

»Komm weiter!« Maddy griff nach meinem Arm und zerrte mich die Straße hinunter von dannen. Ich blickte zurück und sah die Verkäuferin noch immer mit einem grünen Schuh in der Hand dastehen und uns hinterherstarren.

»Das erste Mal, dass ich dich vor einem Schuhgeschäft davonlaufen sehe«, sagte ich. »Wer war denn das – eine lange aus den Augen verlorene Kusine?«

Maddy lächelte nicht.

»Schwester«, presste sie aus dem Mundwinkel hervor. »O Gott!« Und sie zog mich in den nächstgelegenen Ladeneingang und wandte den Kopf ab. Sie schien in fürchterlicher Angst zu sein. Ich warf einen Blick zurück und sah eine Frau mittleren Alters vorbeigehen. Etwas in ihrer Kopfhaltung und der entschlossenen Art, weiter geradeaus zu sehen, als sie an der Türöffnung vorbeikam, ließ mich rätseln, ob sie uns bemerkt hatte. Ich schaute ihr hinterher, bis sie das Schuhgeschäft betrat, vor dem wir davongelaufen waren.

»Ist sie weg?«, fragte Maddy mit zittriger Stimme.

»Ja. Aber –«

»Frag nicht«, sagte Maddy. »Stella, bitte nicht.«

Dann gingen wir Arm in Arm unseres Wegs, ohne etwas zu sagen. Als wir in die Oxford Street einbogen, kam die Sonne wieder hervor, und Maddy blieb stehen und sah mich schließlich an.

»Meine Ma«, sagte sie. »Wir können uns nicht in die Augen sehen.«

»Scheint mir so, als sähet ihr euch überhaupt nicht«, gab ich zurück. Ein schwacher Scherz, für den ich mich im selben Moment hasste, da ich ihn gemacht hatte. »Was hat das alles zu bedeuten?«

Eine lange Pause trat ein. Maddy betrachtete den Himmel, die Ladenzeilen entlang der Straße, das Pflaster. Sie hatte nie von ihrer Familie erzählt und meine Fragen stets mit einem Witz abgebügelt.

»Ich hab Ma und meine Schwester seit fast zwei Jahren nicht mehr gesehen«, sagte sie zuletzt. »Es gab … Zoff zwischen uns.«

»Und dein Vater?«, fragte ich. »Was ist mit ihm?«

»Du machst wohl Witze?«, sagte sie, und ihre Stimme klang keineswegs milde.

Einen Augenblick lang sahen wir uns an. Dann schüttelte sie den Kopf.

»Bist ein feiner Kerl, Stell«, sagte sie, »aber es ist etwas, worüber ich nicht reden kann. Eines Tages vielleicht …«

Dann schaute sie auf die Uhr und schenkte mir ein breites, wenig überzeugendes Lächeln.

»Wir vergeuden wertvolle Zeit zum Einkaufen«, sagte sie. »Packen wir's an!«

Sie ging über die Straße, und ich konnte nichts weiter tun, als ihr zu folgen und darüber nachzudenken, wie man glaubt, jemanden zu kennen, um dann zu begreifen, dass man keine Ahnung hat, und mich zu fragen, wann ich wohl endlich etwas herausfinden würde.

Natürlich lautete die Antwort: Niemals.

Als er sich erst wieder über unebenen Grund die Talsohle hocharbeitete, zurück zur Schutzhütte, war es später Nachmittag geworden. Sein wunder Knöchel versetzte ihm Stiche, und seine Stiefel wurden ihm schwer. Der Bachlauf kam ihm immer wieder in die Quere, bis er ihn schließlich durchwaten musste. An der seichtesten Stelle, die er finden konnte, lief er hinüber in der Annahme, wenn er nur schnell genug liefe, bekäme er keine nassen Füße.

Nass und lachend erreichte er das andere Ufer, setzte sich, streifte die Stiefel ab, goss das Wasser aus, wrang seine Socken und ließ sie zehn Minuten zum Trocknen liegen, derweil er sich auf der Heide räkelte.

Zeit, zurück zum Stützpunkt zu kommen. Er zog die nassen Stiefel an und schleppte sich weiter die Schlucht hoch.

Aus einiger Entfernung sah er zwei Gestalten, die sich vor der Schutzhütte zu schaffen machten. Er zögerte und ging dann weiter.

Der Mann im grauen Pullover winkte, als Len langsam das Gefälle vom Bach zur Schutzhütte emporstieg. Er stellte sich als Alec Watson vor und streckte die Hand aus. Len fiel auf, dass er hinkte und etwas schief dastand. Der andere Mann hustete im Inneren der Hütte, es war ein rauer, zerdehnter Klang. Leichter blaugrauer Rauch stieg von einem sauber steingefassten Feuer aus trockenen Heidewurzeln und ein paar Holzstücken auf.

»Der Kessel ist fast am Kochen«, sagte Alec Watson. »Trinken Sie einen Tee mit uns?«

»Danke«, sagte Len. »Bin schon ein paar Liter im Rückstand.«

Der Hustende kam barfuß und mit der Hand vorm Mund aus der Hütte. Er stellte sich als James MacIver vor.

Wie Alec schien er in den Fünfzigern zu sein, sah aber weitaus abgespannter und blasser aus.

Der Kessel kochte, es wurde Tee zubereitet, Len bot aus dem Rucksack Kekse an. Sie machten es sich vor der Hütte im warmen Sonnenschein gemütlich, während Wind und Rauch die Mücken fern hielten. Sie verglichen ihre Tage miteinander – die beiden Männer waren den längsten und wildesten Pass in den Highlands heruntergekommen, den Lairig Ghru, und auf dem Weg nach Braemar. Len bedauerte es, dass sie am nächsten Morgen weiterziehen würden, und fühlte sich zugleich erleichtert.

Der Rauch wirbelte zur Seite, und Jimmy hustete wieder, ein tiefes, flaches, zähes Husten, bei dem Len zusammenfuhr. Er hustete, bis er rot im Gesicht war, aber blass um die Schläfen. Er stürzte Tee hinunter, steckte sich zwei Pastillen in den Mund, und schließlich hörte der Husten auf.

»Tut mir Leid deswegen«, sagte er. »Der Nebel heute morgen ist mir auf die Brust geschlagen. Hätte eigentlich gar nicht rauskommen dürfen.«

Er stand auf, ging in die Hütte und schloss die Tür. Len hörte das Husten wieder einsetzen. Er sah zu Alec. Der streckte sein schlimmes Bein aus, hob einen Zweig auf und stocherte damit im Feuer.

»Gas«, sagte er leise. »Im Weltkrieg. Jimmy ist das peinlich – am besten achtet man gar nicht darauf. Darf ich Sie fragen, was Sie so tun?«

»Air Force«, antwortete Len. »Pilot.«

»Oh, ah ja. Jäger oder Bomber?«

»Jäger.«

»Hurricanes oder Spitfires?«

»Hurris«, sagte Len und starrte in die Flammen, die jetzt, bei helllichtem Tag, beinahe unsichtbar waren; nur ihre Hitze ließ den Boden dahinter zittern. »Wir sind zur Erholung hierhin abkommandiert worden. In ein paar Tagen geht's in den Süden zurück.«

»Verstehe.« Eine lange Pause, in der beide das Feuer betrachteten. Alec Watson wickelte sich sein Taschentuch um die Hand und hob den Kessel hoch, um beiden mehr Tee einzugießen. Der Husten in der Hütte hatte sich wieder gelegt.

»Ein Neffe von mir – naja, mein einziger – flog Hurricanes«, sagte Alec. »Der Sohn meiner Schwester. Mehr Kondensmilch?«

»Danke.«

Er pustete in seinen Becher und betrachtete das Zittern des Bodens, während er über die Vergangenheitsform nachdachte. So viele Leute waren jetzt Vergangenheit. Das Schlimmste war, dass man sich fast daran gewöhnte, als sei es etwas Natürliches.

»Und?«, fragte er. »Ich meine, was ist passiert?«

»Oh, er ist nicht tot«, sagte Alec. Er hielt inne und warf Len einen Seitenblick zu. »Aber er hat schreckliche Verbrennungen. Der Chirurg hat wahre Wunder an seinem Gesicht und den Händen vollbracht, aber trotzdem. Es ist furchtbar, das zu sagen, aber vielleicht wäre er besser dran, wenn … Sie wissen schon.«

Len nickte. Darauf saßen sie beide eine Weile schweigend da, tranken brühend heißen Tee und starrten ins Feuer.

23. Kapitel

Mitte September

Die Angriffe hatten am frühen Nachmittag eingesetzt und hielten seither an. Anfangs war ich sehr verängstigt. Dann nervös. Dann einfach nur wachsam.

Ich stellte fest, dass es unmöglich ist, stundenlang wie versteinert zu sein. Selbst wenn sich bloß zwei, drei Kilometer weit weg schlimme Sachen zutragen, ist das fern genug. Als wären unsere Furcht und unser Mitgefühl, so wie unsere Funkortung, in ihrer Reichweite begrenzt. Was jenseits davon geschieht, wird unterschiedslos zu Brei.

Ich zuckte zusammen, wenn es andere erwischte, sah mich aber in erster Linie vor, dass ich selbst nichts abbekam. Und diese Angriffe richteten sich allesamt gegen den Fluss, die Docks, das East End.

Die Sirenen legten also los, die Leute zögerten, wichen von den mit Klebeband gesicherten Fensterscheiben zurück und setzten ihre Einkäufe fort. Je länger es dauerte, ohne dass etwas Schreckliches geschah, desto normaler wurde es. Man vernahm in der Ferne dumpfe Einschläge, Donnergrollen, schwache Sirenenklänge von Krankenwagen und Feuerwehren, alles aus Richtung der Docks. Solange die Bombenabwürfe zielgenau blieben, hatten wir es in der Oxford Street sicher genug. Kein Vergleich mit den

Angriffen auf die Empfängerbaracken, als wir die Zielscheiben abgaben.

»Stell dir vor, wir säßen bei ›Debenham and Freebody's‹ in der Falle«, sagte Maddy. »Obwohl es hier nicht gerade viel zu kaufen gibt.«

»Ich weiß«, entgegnete ich. Ich denke, wir flößten uns gegenseitig Mut ein und wussten irgendwie, dass wir mit Witzeleien den richtigen Ton trafen. »Furchtbar, oder?«

Schließlich wählte ich eine blassgrüne Kombination mit der Begründung, dass sie meine Haarfarbe hervorhob, und dazu ein Paar Schuhe, die meine Mutter unvernünftig schelten würde. Es kostete mich alle meine Bezugsmarken. Wir gingen die Treppe hinunter – die Fahrstühle waren sämtlich außer Betrieb –, schoben uns durch die Drehtür und standen draußen vorm Eingang.

Die Straßen waren fast menschenleer. Hin und wieder ging jemand im Eilschritt vorbei, den Kopf gesenkt, als wäre man sicherer, wenn man das Geschehen am Himmel nicht zur Kenntnis nahm. Ein Polizeiwagen fuhr durch, dann eine Ambulanz. Drei Luftschutzwarte hasteten die Straße entlang, einer hielt seinen Helm fest umklammert und starrte in den Himmel. Dieser Augenblick, diese Geste blieb mir für den Rest des Krieges im Gedächtnis haften – seine lange, knorpelige Nase, der Schimmer in den Augen, als er herumschwenkte, um nach oben zu schauen, die Art, wie er seinen Helm festhielt, seine zusammengekniffenen Lippen. Fragt mich jemand wie mein Sohn nach den Bombenangriffen im Krieg, ist das eines der beiden Bilder, die mir kommen. Das andere versuche ich so lange wie möglich zu verdrängen.

Sobald die Luftschutzwarte vorüber waren, traten wir auf die Straße hinaus und blickten hoch. Der Himmel sah aus wie von einem Schwarm Mücken erfüllt, die dort scheinbar zu Hunderten ihr Unwesen trieben, zumeist sehr weit oben. Ein paar Kondensstreifen gehörten dazu und gelegentlich eine absteigende Rauchfahne, die sich mit den aus Richtung der Docks aufziehenden Qualmwolken vereinte. Die Luft roch nach Gummi und etwas Süßlichem, Verbranntem wie Karamel.

Es dröhnte schwach, aber unablässig. An manchen Stellen waren die langen gleichmäßigen Bomberreihen in Aufruhr versetzt, als hätte jemand mit einem großen Stock im blauen Himmelsteich herumgestochert, und ich wusste, dass dort die Jäger sein mussten. Zum ersten Mal hatte ich die Unterlegenheit, mit der sie antraten, unmittelbar vor Augen, und mein eigenes Herzklopfen schallte mir in den Ohren. Es war unmöglich. Es waren einfach zu viele. Nie würde ich Len das sagen können.

Doch jetzt gerade müsste er noch in Schottland sein und damit ein paar Tage länger in Sicherheit, also konnte ich mir Ruhe gönnen und etwas Vergnügen.

»Komm schon, Stella! Machen wir, dass wir von der Straße runterkommen!«

Maddy zog mich am Arm.

»Das ist gefährlich! Sie sind zu nah!«

»Ich weiß«, antwortete ich leise und ließ mich bereitwillig zur Untergrundstation führen. Falls die Züge verkehrten, würden wir einen hinaus nach Hampstead zum Haus der Farringdons nehmen. Vielleicht kämen wir zu spät, aber dafür hätte man Verständnis. Verabredungen waren jetzt alle ziemlich vorläufig. Unsere Entschuldigung war der Krieg, und der entschuldigte eine Menge – wieviel genau, galt es noch herauszufinden.

Als Maddy und ich draufloseilten und dabei weiter auf den Himmel Acht gaben, musste ich zugeben, doch, auf seine Art war es ziemlich spannend, bombardiert zu werden.

In jener Nacht lagen die drei Männer Seite an Seite in ihren Schlafsäcken auf dem harten Lehmboden der Schutzhütte und unterhielten sich. Jimmy war beim Flugmeldedienst, Alec in der Heimatwehr, und das zusätzlich zu ihrer Fabrikarbeit tagsüber in Clydebank. Len tat es gut, daran erinnert zu werden, dass er nicht auf sich allein gestellt war. Vielmehr schien jeder Erwachsene im ganzen Land auf irgendeine Weise in diesen Krieg eingebunden zu sein, und jeder hatte eine Meinung dazu, wie er geführt wurde. Es war anders als im Weltkrieg. Jetzt ergriffen die Leute gewissermaßen eher Besitz, als sei es ihr Krieg und ihr Land. Es schien unwahrscheinlich, dass sie zum alten Lauf der Dinge zurückkehren würden, wie auch er das nicht könnte.

Als er neben ihnen lag und den leisen Stimmen lauschte, die das übliche Einerlei aus den Schützengräben erzählten, spürte er die wachsende Entfernung, die ihn seit Ausbruch des Krieges von sich selbst trennte, und die unbekannte Strecke, die noch bevorstand. Als lägen da links von ihm in einer langen Reihe frühere Ausgaben seiner selbst in Schlafsäcken, und eine weitere, schattenhaftere Reihe künftiger Ausgaben wartete rechts von ihm und verlor sich im Zwielicht, da wo seine Taschenlampe nicht hinreichte.

Er lächelte im Halbdunkel vor sich hin. Dass Alec und Jimmy ihn nicht nach der Fliegerei und den Gefechten fragten, dankte er ihnen. Ihre Geschichten aus ihrem Krieg schienen eine Art mitfühlende Geste zu sein, um ihn wissen zu lassen, dass sie sowohl den Schrecken wie das Alltägliche, den Jubel wie die Verstörung verstanden und die belastende Erkenntnis, getötet zu haben.

Jimmy erzählte, wie wichtig es war, die Füße sauber und trocken zu halten. Eines sonnigen Nachmittags hatten die Kameraden seines Zugs ihre Socken zum Trocknen an eine Feldfernsprecherleitung gehängt, worauf sie die deutschen Scharfschützen als Übungsziele benutzten, und er hatte in der Sonne gelegen und ein Einschussloch in der Ferse gestopft, und es war der glücklichste Augenblick des ganzen Kriegs gewesen, glücklicher selbst als dessen Ende, als sie zu müde gewesen waren, um noch viel zu empfinden.

»Natürlich musste man daran glauben, dass es einen selber nicht erwischen würde«, sagte Alec nachdenklich. »Selbst wenn man wusste, dass es wahrscheinlich war. Wie hätte man sonst weitermachen können?«

In der Tat, dachte Len.

Er lag bewegungslos in seinem Schlafsack, während Alec fortfuhr und erzählte, wie er jene Illusion eines Tages einbüßte. Ein grauer, nebliger Morgen nach Stunden und Tagen Sperrfeuer von den Geschützen in ihrem Rücken. Dann das Schweigen. Dann wurde den Männern befohlen, über den Rand zu steigen, und sie brachen langsam aus den Gräben hervor wie eine Welle, die sich auf ganzer Länge eines Strandes bricht. Und als ihre Kompanie an die Reihe kam, befahl ihnen der Offizier, ein Captain Grey, anzugreifen, den Graben zu verlassen und auf den Feind vorzurücken. So stand Alec im Graben am Rand, und zum ersten Mal begriff er, dass er sterben würde, wenn er da hinaufkletterte. Eine Kugel würde ihn treffen, mehrere vielleicht, und er wäre tot. Er war nicht anders als die anderen. Sein Körper war weich, er würde getroffen werden – er konnte hören, dass die Maschinengewehre eingesetzt hatten, hörte die lauten Rufe und plötzlich abreißenden Schreie – und würde sterben.

Er stand bewegungsunfähig im Graben, während sich seine Kameraden über den Rand stemmten und loszogen. Wie angewurzelt verharrte er und schüttelte den Kopf. Oben am Grabenrand richtete Captain Grey seinen Revolver auf ihn. Befahl ihm, den Graben zu verlassen. Alec stand da, schaute auf seine Füße, seine kostbaren verschlammten Füße, und schüttelte, mehr aus Verwirrung denn aus Verweigerung, den Kopf.

»Zum letzten Mal, Corporal!«

Er sah hoch zu Grey, zur Waffe, die auf sein Herz gerichtet war, und schüttelte langsam den Kopf. Captain Grey runzelte die Stirn, als stünde er vor einem Rätsel, wirbelte auf einmal zur Seite und stürzte in den Graben. Alec starrte in die offenen, brechenden Augen, auf das Blut, das sich von der Gurgel her ausbreitete, und mehr Blut, das durch die Uniformbrust sickerte. Dann kreischte er, sprang aus dem Graben und rannte schreiend seinen Kameraden hinterher. Eine Kugel traf ihn im Oberschenkel, und er ging zu Boden und blieb dort liegen, die Wange im Matsch. Er verfluchte den heftigen Schmerz und murmelte *Gott sei Dank, Gott sei Dank*, denn er war noch am Leben. Nach einer Weile begann er, das kurze Stück zum Graben zurückzukriechen. Er kam durch, und sein Krieg war vorbei.

»Ich weiß nicht, was da anders wurde«, schloss Alec. »Oder warum. Ich wachte an dem Morgen einfach auf und erkannte, dass ich keine Ausnahme war. Du denkst, weil du gerissen bist oder 'n Glückspilz oder bloß, weil's um *dich* geht, schaffst du's da raus. Aber ich begriff, dass ich wie jeder andere auch war. Es würde mich erwischen, und ich würde sterben. Naja, beim letzten Teil hab ich mich dann geirrt!«

»Warst schon immer ein großer Schwätzer«, sagte Jimmy in schottischem Dialekt, und dann lenkten beide die Unterhaltung auf Witze und Anekdoten und kamen schließlich ganz vom Krieg ab. Doch noch lange, nachdem sie verstummt und die Taschenlampen erloschen waren, lag Len im Dunkel der Schutzhütte wach und starrte hinauf, wo die Decke sein musste und dahinter der ferne, gleichgültige Nachthimmel, für den auch er keine Ausnahme war.

Wir trafen gegen fünf am Riesenkasten der Farringdons ein und wurden von Foxy, ihren Eltern und Brüdern, ihrem Freund John Goldsmith und diversen, beunruhigend wachen (wenn auch nicht allzu intelligenten) Tanten begrüßt. (Zu Maddys Enttäuschung kein Butler; aber zwei Dienstmädchen nahmen uns die Mäntel ab.) Auf den ersten Blick missfiel mir John G. wegen seiner hohen Stirn, dem welligen Haar und der langen, vornehmen Nase, aber er wirkte derart beschwingt und so vom Leben und sich selbst (und, das muss gesagt werden, von mir) angetan, dass ich mich für ihn erwärmte. Ich bin seicht und leicht zu beeinflussen, aber es *ist* auch schön, mal wieder zu lachen und zu flirten.

Unterdessen amüsierte sich Maddy prächtig und nahm sich unerhört viel bei Foxys Bruder Gerald heraus, der in seiner Army-Uniform ziemlich schnittig aussah und auf ein Wochenende Urlaub zurück war, bevor er nach Malaya geschickt würde.

»Ich rechne mit Gincoktails und Polopartys und der Gelegenheit, mein Golfspiel zu verbessern«, sagte Gerald. »Dürfte ziemlich ruhig zugehen, nicht so wie hier.« Und tatsächlich, noch während er sprach, hörten wir in der Ferne die dumpfen Einschläge und etwas näher Sirenengeheul.

Das Haus war riesig. Wir wurden nach oben zu unserem Zimmer geführt, badeten rasch, wechselten dann in unsere neuen Kleider und gingen nach unten. Reichlich nervös betraten wir einen herrlichen Gesellschaftssaal mit einer von Charles Adams entworfenen Decke, wo wir zuhauf neue Leute trafen, Cocktails tranken und plauderten.

Ich versuchte, eine ironische Beobachterin abzugeben, und sagte mir, dass ich schlauer und gebildeter war als die meisten Anwesenden. Trotzdem kam ich mir linkisch vor, wie ich trank und lachte und John G. bei seinen fragwürdigen, aber lustigen Geschichten zuhörte.

Es kribbelte am ganzen Körper, und mein Verstand schien voller Sektbläschen. Ich spürte die Hitze und Wärme, als Johns breite Schultern an meinen vorbeistreiften, während wir Platz nahmen zum Abendessen. (Foxy war weiter oben zwischen zwei steife Tanten gekeilt, was mich über die Haltung ihrer Eltern diesem Paar gegenüber spekulieren ließ.)

Das Menü schmecke ich noch heute im Geiste nach. Ein jeder hatte eine handgeschriebene Speisekarte vor sich.

Austern oder geräucherter Lachs oder Pampelmuse
Gebundene oder klare Suppe
Gedämpfte Seezunge
Glasiertes Huhn an Gemüse
Geeiste Puddings
Pikante Häppchen
Kaffee

Das wurde von Sherry, trockenem Weißwein und Champagner begleitet, und John und ich widmeten uns alldem mit Eifer. Er erklärte mir, wie der Alkohol jene oberen Zentren betäube, von denen aus die Hemmungen gesteuert werden, und somit allen unteren Zentren freies Spiel verleihe. Ich machte geltend, keine solchen Hemmungen zu haben, und somit würde der Alkohol keinen großen Unterschied bei mir bewirken.

»Wir werden sehen«, sagte er und füllte mein Glas erneut. »Das sehen wir noch.«

Über meinem Glas erhaschte ich Maddys Blick; sie zwinkerte mir zu. Bar jeglichen Anstands zwinkerte ich zurück. Dann legte jemand im Ballsaal Platten auf, und er ging auf den ersten Tanz mit Foxy hinüber, indes die Tanten ein scharfes Auge hatten. Dann kam er zurück und tanzte mit mir.

Er war ein hinreißender Tänzer, aber oho! sinnlich bis in die Fingerspitzen. Er hatte so eine Angewohnheit, jemandes rechte Hand auf seine Hüfte zu legen und dann gedankenvoll damit zu spielen. Außerdem berührte er mich mit den Lippen oben am Kopf (wenigstens fühlte es sich so an). Auch seine Konversation war ausgezeichnet – das Beste daran die Stimme, tief und sehr langsam und überlegt, ganz anders als Lens Drängen. Er klagte darüber, dass wir uns nicht schon früher begegnet waren statt erst kurz vor seinem Aufbruch. Er tadelte meinen Versuch, am Ende eines Dreiviertelschwenks zu schassieren. Ich tat so, als würde ich ihm vors Schienbein treten, und meinte zu ihm, dass ich schassierte, wann es mir gefiel, und es seine Aufgabe sei, mit mir mitzuhalten.

Immer wieder merkte ich, dass Foxy und ihre Tanten hersahen, aber was konnte ich tun? Außerdem vergnügte ich mich blendend. Bei einem Schwenk nah an einem verdunkelten Fenster dachte ich kurz an Len irgendwo in den Bergen, aber er wirkte verblasst und weit weg. Außerdem hatte er oft genug gesagt, wie wichtig es sei, das Hier und

Jetzt zu genießen, also beschloss ich, Raffinesse zu beweisen und genau das zu tun.

Es war, muss ich sagen, ein sehr schneller und leidenschaftlicher Foxtrott. Am Ende bestand er darauf, meinen Puls zu zählen, und erzählte voll Stolz, einmal den eines Mädchens auf 130 gebracht zu haben. Meiner lag bei 100, seiner bei 90, doch da seiner gewöhnlich 60 betrug, hatte ich mich ganz gut geschlagen, schien mir.

Dann wollte ich mich setzen, aber er hielt mich zwei weitere Tänze lang auf den Beinen und zum Schluss dann auf einen Reel für acht, der mir zuerst ziemlich kompliziert vorkam, aber wie bei allem anderen auch sieht man den Leuten zu, kriegt dabei was mit und fängt an, den Sinn zu begreifen. Der Sinn liegt darin, Spaß zu haben, und nirgendwo sonst.

Ich nahm Foxy wahr, flankiert von bewachenden Tanten, und bekam Mitleid mit ihr. Aber im Ernst, wenn sie es zulässt, dass ihr Leben von alternden Verwandten gesteuert wird, wundert mich nicht, dass sie nicht besonders glücklich ist.

John G. fühlte noch einmal meinen Puls – 110. Er meinte, noch nie einer Frau mit solch bewundernswerter Ausdauer begegnet zu sein. Er verharrte länger als unbedingt nötig über meiner Handfläche und fragte dann nach meiner Körpergröße. Ich nannte sie ihm.

»Gut«, sagte er. »Genau die richtige Größe für einen Walzer.«

Und zweifelsohne harmonierten wir ausgezeichnet, als wir im Saal herumwirbelten (der offen gestanden anfing, um mich herumzuwirbeln). Und er mochte auch noch die richtigen Bücher – »Cold Comfort Farm«, »Pooh« und »Pygmalion« und »Vom Winde verweht«.

Die meiste Zeit schien ich mit ihm zu verbringen, tanzte aber auch mit einem Derek, noch einem John und einem mondgesichtigen Kalb namens Anthony, das mich fragte, mit welcher Meute ich auf die Jagd ginge.

Dann setzte ich mich eine Weile hin und unterhielt mich mit Maddy und Gerald (sie hockte auf seinem Knie, ziemlich betrunken, glaube ich; ihre unteren Zentren liefen prima). Sie wies quer durch den Saal auf Anthony.

»Der fette Kerl«, sagte sie. »Der hat mich gefragt, mit welcher Meute ich auf die Jagd gehe. Hab's ihm gesagt – samstagnachts mit meinen Freundinnen. Da bekam er ganz rote Ohren. Oh, sagte ich, Sie bekommen ja die Farbe einer Reitjacke.«

Dann setzte sich John G. neben mich, und wir tauschten uns über das Leben aus – wozu man, wie er mir beipflichtete, nach Mitternacht verleitet wird. Und wir gaben alles Erdenkliche von uns darüber, wie kurz und seltsam und ungewiss es sei und dass man spät aufbleiben und alle Erfahrungen so weit als möglich genießen müsse. Dann gingen wir zum Abkühlen raus in den Garten.

Der Garten war riesig, ummauert und am unteren Ende mit großen Bäumen bestanden. Wir setzten uns auf eine Bank in so etwas wie einer Laube, tranken Champagner aus der Flasche (der mir deshalb in die Nase stieg) und bewunderten den Mond. Ein schöner Vollmond, tief am Himmel und noch immer gelb. Ein Mond zur Erntezeit. Ein Mond für Bomber – oder wäre der bewölkt, fragte ich mich. In der Ferne glomm es rötlich, und dann und wann leuchteten Funken am Himmel auf und es rummste dumpf und leise. Es war auf seine Art sehr schön.

»Ihr Puls ist noch immer erhöht«, sagte er. »Weshalb denn nur?«

Er hatte die Hand sanft auf meinem Gelenk ruhen. Er schaute mich an und lächelte im Mondschein. Ich sah seine Zähne im fahlen Licht des Mondes und der brennenden Docks schimmern, und seine Augen lagen dunkel im Schatten. Ich wusste, dass er mich küssen würde, und wollte es in dem Moment von ihm. Ich wollte jemand anderes Lippen spüren, jemand anderes Mund schmecken und seine Arme um mich. Er neigte sich mir zu. Ich neigte mich ihm zu.

Maddy kam in die Laube gepoltert mit Gerald im Schlepp.

»Hallo, ihr zwei! Noch was übrig in der Flasche?«

Dann landete sie irgendwie zwischen uns auf der Bank, und wir schwatzten eine Weile, bis die Flasche ausgetrunken war. Sie sagte, dass wir ins Haus gehen und noch eine holen würden, aber kaum waren wir drin, steuerte sie mich die Treppe hoch zu unserem Zimmer.

Ich stand am Fenster und versuchte, mein Kleid aufzuhaken. Aus dieser Höhe konnte ich das Glühen rings um die Docks viel besser sehen und sogar einzelne Flammenzungen und Suchscheinwerfer, die auf Sperrballons trafen, und Flakgeschosse, die am Himmel zerknallten.

»Maddy, wieso geht es für dich in Ordnung, gewisse Sachen zu machen, und nicht für mich?«

Sie lag in ihrem kastanienbraunen Pyjama auf dem anderen Bett. Sie hob den Kopf und sah mich an.

»Kannst manchmal ganz schön dumme Fragen stellen, Stella«, antwortete sie.

Darauf legte ich mich hin, lauschte den fernen Einschlägen und Sirenen und versuchte, den Tag an mir vorüberziehen zu lassen; dann schlief ich ein und sehnte mich immer noch nach etwas gerade eben außer Reichweite.

24. Kapitel

Mitte September

Als er am nächsten Morgen zum Pinkeln nach draußen ging, war der Nebel wieder herabgesunken. Also lag er im Schlafsack, während Alec und Jimmy ihr Frühstück zubereiteten und für den Aufbruch packten. Jimmy ging zum Husten vor die Tür, und Alec reichte einen Becher Tee weiter.

»Sorry, falls wir letzte Nacht ein bisschen ausführlich wurden«, sagte er. »War bloß Schwadronieren und dummes Geschwätz.«

Len nickte, als er mit zwei Fingern am Rand den kochendheißen Becher anfasste.

»Keine Sorge«, gab er zurück. »Jetzt bin ich froh, dass ich nicht in den Gräben stecke!«

»Tja«, sagte Alec. »Ist was Wahres dran. Trotzdem, man tut, was man muss, nicht?«

Jimmy kam blass und abgespannt wieder.

»Verdammter Nebel«, brummte er. »Verdammtes Land. Ich glaube, wenn's damit vorbei ist, wandere ich nach Australien aus mit meiner Frau und dem kleinen James.«

Sie schulterten ihre Rucksäcke und standen dann da und schauten herab auf Len.

»Alsdann, viel Glück, mein Sohn.«

»Ja Mensch, pass auf dich auf«, sagte Jimmy.

»Danke«, sagte Len. »Ihr beiden seid vorsichtig.«

»Ach, wir!« Alec sprach. »In Clydebank passiert doch nie was!«

Und sie waren fort. Nur für eine Nacht Gesellschaft. Er würde sie nie wiedersehen noch je vergessen.

Er lag noch lange Zeit eingemummt und wälzte sich herum, um eine bequeme Lage zu finden, war zu faul, um in Gang zu kommen. Schließlich stand er auf, machte Frühstück und aß es draußen im Stehen. Die oberen Hänge waren von Nebel vollständig verhüllt, und Fetzen wehten durch die leere Schlucht. Er sah sich die Karte an und beschloss, die Kuppen zu meiden und den langen Pfad durch den Lairig Ghru nach Aviemore einzuschlagen, um von dort den Zug zurück zu nehmen.

Langsam räumte er seinen Rucksack ein, vergrub seinen Abfall und verließ den Ort.

Es ist immer noch möglich dorthin zu wandern. Zur Corrour-Schutzhütte. Sie ist auf der Karte eingezeichnet und im südlichen Teil des Lairig-Ghru-Passes unschwer zu finden. Jeder kann den Zug nach Braemar nehmen und loswandern so wie er. Dieselben Bäche überqueren und denselben Pfaden folgen in der Gewissheit, dass seine Füße diesen Boden betraten.

Sehr wenig hat sich in der Hütte verändert, seit er darin schlief. Der Lehmboden ist inzwischen betongedeckt und noch kälter und härter. Der Feuerrost sieht uralt aus und ist wahrscheinlich derselbe, den er benutzt hat. Bei schlechter Sicht ist man immer noch am besten beraten, dem Bachlauf hangaufwärts zu folgen so wie er, die Richtung nach dem Kompass einzuschlagen und sich ihm anzuvertrauen, bis der Angel's Peak auftaucht. Es ist einfach, dem Gipfelmal einen weiteren Stein hinzuzufügen und es so wie er zu berühren.

Wie jeder andere Ort ist die Hochebene gerade von der richtigen Anzahl Geister erfüllt.

An guten Tagen liegt die Wolkendecke bei etwa 1200 Metern, und dann ist, anders als für ihn, vollkommen klare Sicht über das gesamte wellige Plateau des Loch nan Stvirteag hinweg möglich. Sein kleiner See lässt sich leicht finden, es ist der einzige in der Gegend. Was man nicht sehen – und sich doch mit solcher Gewissheit vorstellen kann, dass es eigentlich sichtbar sein sollte –, das ist er. Flight-Sergeant Leonard Westbourne, der sich vorsichtig über die Ebene tastet, den Kompass vor die Brust hält und in die Blindheit späht, während er nach seiner Richtung sucht.

»Steig empor und leuchte, kleiner Stern!«

Langsam und widerwillig wachte ich auf. Das Zimmer war durch das Verdunklungsrollo verfinstert. Meine Mundhöhle schmeckte wie eine Aschengrube. Maddy stand im Pyjama neben meinem Bett und hielt mir einen Becher Tee entgegen.

»O Gott«, sagte ich. »O Gott. Maddy, ich tu nie wieder überlegen.«

»Freut mich zu hören«, sagte sie. »Ich geb deiner Mutter die Schuld.«

Zögerlich setzte ich mich auf, griff nach dem Becher und trank davon ab. Ich konnte nicht sagen, dass ich die letzte Nacht vergessen hätte. Allzu klar stand mir alles vor Augen, und doch sah es völlig verändert aus. Ich erschien nicht wie eine gewitzte, anziehende und raffinierte Frau. Ich wirkte wie ein dummes, sehr angetrunkenes, allzu leicht zu beeindruckendes albernes Mädchen. Und John

G.? Ich ging die Sachen durch, die er gesagt hatte, und sein Charme verwandelte sich in eine Art gönnerhaftes Maulheldentum. Seine Bemerkung darüber, dass ich die richtige Größe hätte. Und ich hatte gelacht und mich geschmeichelt gefühlt, statt ihm vors Schienbein zu treten.

Nein, das war ungerecht. Ich hatte mitgespielt. Und er war von der Art durcheinander gebracht gewesen, in der ihre Familie ihn von Foxy fern gehalten hatte. Und draußen im Garten dann musste ich gewusst haben, was sich anbahnte, und es wirklich gewollt haben. Ich liebte Len, aber eine Woche fern von ihm zu sein und dieses …

»O Gott«, stöhnte ich wieder. Ich stellte meinen Becher ab und fing zu weinen an. Sie legte ihre Arme um mich.

»Ich vermisse ihn so sehr«, schluchzte ich. »Ganz ehrlich. Aber ich hab solche Angst, dass er sterben wird. Ich will nicht allein sein. Früher war ich das gewohnt, aber jetzt nicht mehr, und es ist seine Schuld.«

Sie tröstete mich, hielt mich fest, streichelte meine Schultern und sagte gütigerweise gar nichts. Als ich dann zu schniefen aufgehört und meinen Tee getrunken hatte, brach ich in Dank aus dafür, dass sie mich letzte Nacht davor gerettet hatte, noch mehr als ohnehin eine Närrin aus mir zu machen. Sie schnitt mir das Wort ab.

»Hauptsache, du weißt, wann es Ernst ist und wann du bloß flirtest«, sagte sie. »Und gib ja Acht auf den Unterschied. Champagner ist ’ne verflixt gute Sache, aber er trübt den Verstand.«

»Was ist mit Tad?«, fragte ich. »Ist das was Ernstes?«

»Geh baden«, sagte sie, »und stell vorm Frühstück keine dummen Fragen.«

Den langen Tag über stolperte Len Westbourne voran zwischen den riesigen Findlingen, die auf der Sohle des Lairig Ghru verstreut liegen wie Panzersperren. Schmerzen und Stiche kamen seine Schienbeine hochgekrochen – die Fliegerei hatte ihn nicht im Mindesten in Form gebracht. Er tauchte seine brennenden Fußsohlen in einen eisigen Wasserlauf und wunderte sich, dass sie nicht zischten. Als sich die Schlucht endlich zu öffnen begann, humpelte er bereits und hatte vom Gewicht des Rucksacks wunde Schultern.

So verbrachte er den 15. September, der einmal als Tag der Luftschlacht um England gefeiert werden würde – allein, mit wunden Fußsohlen und mühselig Boden gewinnend wie ein Infanterist, wie sein Vater im vorherigen Krieg.

Als der Stichtag zur Vernichtung der Air Force, die das Unternehmen Seelöwe einläuten sollte, nur noch zwei Tage weit entfernt lag, hatte die Luftwaffe spät an jenem Morgen gewaltige, massenhaft von Jägern begleitete Bomberflotten zum Angriff auf London aufgeboten. Angriffe wurden gleichfalls auf den Schiffsverkehr auf der Themse, Portland und die Flugzeugwerft von Southhampton geflogen. Zum Teil bestand die Strategie darin, die RAF endlich zur unumschränkten Aufnahme des Kampfes zu zwingen und somit dazu, sämtliche ihrer Jäger auszuschicken. Denn Jagdflugzeuge, so viel hatten beide Seiten unterdessen begriffen, waren in diesem Kampf der Schlüssel.

Im August waren die Angriffe schwerer gewesen. Beide Seiten befanden sich nicht mehr auf der Höhe ihrer Kräfte. Die jetzige Phase des Kampfes lässt sich am ehesten mit zwei verausgabten, erschöpften Boxern vergleichen, die mit schwächer werdenden Armen Schläge austeilen, der eine im verzweifelten Ringen um einen K.-o.-Sieg, der andere nur mehr bemüht durchzuhalten.

Bei der Air Force gingen die Reserven an Jägern zur Neige, und mehr als ein Viertel ihrer Piloten war getötet oder kampfunfähig gemacht worden. Gleichwohl die Verluste insgesamt zu ihren Gunsten ausfielen, konnte sie sich nicht mehr allzu lange halten. Die Luftwaffe andererseits hatte, insbesondere unter ihren Bombern, bedeutsame Verluste erlitten. Und anders als bei der RAF wurden ihre Piloten nicht regelmäßig ausgewechselt; inzwischen hatten viele seit zwei Monaten ununterbrochen gekämpft. Dennoch, wurde ihnen versichert, sei die Air Force beinahe erledigt und werde nur noch wenig Gegenwehr leisten.

Diesmal hatte das 12., gewöhnlich weit nördlich der Themse zurückgehaltene Geschwader, früh genug eine große Gruppe aus fünf Staffeln über Duxford zusammengezogen. Sie flogen nach Süden, zwar zu spät, um den Angriff aufzuhalten, aber beizeiten, um über eine Bomberflotte herzufallen, die bereits von den Jägern des 11. Geschwaders aufgemischt und zerstreut worden war. Die Hurricanes der 242. Staffel unter Befehl von Douglas Bader rissen zusammen mit denen der 302. polnischen und der 310. tschechischen Staffel – frische, vor aufgestautem Tatendrang schon ganz frustrierte Kräfte – die Bomber in Fetzen, während sich die beiden ausgeruhten Spitfire-Staffeln auf die Me-109-Jäger stürzten.

Das Ergebnis war nicht ganz jenes Blutbad, das die Zeitungen am nächsten Morgen verkündeten, aber es hatte die Behauptung der Luftwaffen-Führung, die Air Force sei beinahe geschlagen, widerlegt. Noch als Len in glücklicher Benommenheit durch das tiefe Tal des Lairig Ghru humpelte, schleppten sich die letzten deutschen Flugzeuge nach Hause.

Als er am späten Nachmittag bei einer weiteren Schutzhütte eintraf, ließ er sich daneben auf eine kostbare Zigarette nieder, seine vorletzte, und studierte die Karte. Den ganzen Tag lang hatte er niemanden gesehen – ein paar Krähen mit grauen Köpfen und ein Turmfalkenpaar stellten die einzigen Lebewesen dar, denen er begegnet war.

Er trat ein, legte sich hin und döste eine Weile. Während er schlief, sandte die Luftwaffe ihre zweite Angriffswelle auf London und die Fabriken aus. Sie nahm den gleichen Verlauf wie am Morgen: RAF-Jäger, darunter viele unverbrauchte Männer, fielen in großer Zahl über riesige Formationen ermüdeter Flieger her, denen gesagt worden war, dass kein nennenswerter Widerstand zu erwarten sei. Der Schwund bezifferte sich nicht allein in Flugzeugen und Piloten, sondern betraf bald mehr noch die Moral der Flieger und den Glauben der Luftwaffe, diesen Kampf zu gewinnen.

Zu jeder Tageszeit zu schlafen war ein Luxus, von dem Len gar nicht genug bekommen konnte. Er streckte sich aus, gähnte und legte sich dann erneut schlafen. Als er etwas fröstelnd und ausgekühlt wieder aufwachte, ging er nach draußen, sah die Abendsonne durchkommen und beschloss, die Nacht an Ort und Stelle zu verbringen und am nächsten Tag weiter nach Aviemore zu gehen. Zum Standort käme er immer noch rechtzeitig.

Als die Sonne hinter den Bergen versank, wurde es kühl, und er sammelte Brennmaterial und baute draußen in einem geschwärzten Ring aus Steinen ein Feuer. Die Stelle mochte von Alec und Jimmy stammen. Er fragte sich, ob sie jetzt in Braemar waren und Jimmy aushustete, was von seiner Lunge übrig war.

Bestürzt erkannte er, dass er seit Stunden nicht mehr an Stella gedacht hatte. Tatsächlich hatte er schon seit Stunden an gar nichts gedacht, sondern nur mehr einen Fuß vor den nächsten gesetzt, während er sich einen Weg durch das große Tal bis zu dessen Mitte bahnte, um anschließend die andere Seite hinunterzugehen. Sein Kopf war noch immer voll davon – dem Wind über den Felsen, dem gelegentlichen grellen Schrei eines Vogels, dem Schlurfen seiner Füße und dem Gerassel von Kieseln, den gewaltigen Felshängen, die zu beiden Seiten nackt in die Höhe stiegen, während er sich durch das steinerne Tal seinen Weg Richtung Aviemore suchte.

Er war schon stundenlang gedankenleer, obwohl er zum Nachdenken hergekommen war. Vielleicht war diese Leere eine Form des Denkens. Vielleicht war das Gefühl von Hier und Jetzt mehr als genug, war es schon alles. Am Ende des Lebens wäre es alles, was es noch gäbe, ein letzter Augenblick. Darauf lief alles hinaus, auf einen Augenblick.

Dann lebe ihn wenigstens, du Dummkopf. Bleib nicht hängen.

Er nährte das Feuer, aß etwas und schaute dann wieder in die Flammen, als bei klarem Himmel die Nacht hereinbrach. Wahrscheinlich würde dies das letzte Mal sein, dass er allein war und Zeit zum Nachdenken hatte.

Er lehnte sich auf den Ellbogen zurück, und ihm war auf der einen Seite kalt, während die andere zu versengen schien. Das Sternbild des Orion trat klar hervor, und das Siebengestirn stieg über der Schulter des Cairngorm auf. Oder ging es unter?

Es schien wichtig, das herauszufinden. Er ging in die Hütte und kam mit seinem Schlafsack zurück, rollte ihn auf dem Boden aus und machte aus seinem Ersatzpullover und der Hose ein Kissen, bevor er hineinschlüpfte. Lange Zeit lag er da und betrachtete die Sterne. Er spürte, wie er sich ausdehnte in die Riesenhaftigkeit, wo es keine Schrecken und kein Morden gab und das Leben um so vieles größer war als eine enge Kanzel für einen allein in einem durchgerüttelten Himmel.

Oh, und das Siebengestirn stieg auf. Er notierte in seinem Tagebuch, wie es sich weit über die dunkle Schulter des Bergs geschwungen hatte. Als es über seinem Kopf schwebte, schlief er schon. Und zuletzt waren auch die Lichter in Görings Hauptquartier erloschen, einem Château nahe Saint Malo, wo das Oberkommando der Luftwaffe die Ereignisse des Tages zu einer sich zuspitzenden Lage zusammengefügt hatte. Man war nun bereit, zwar nicht die Niederlage einzugestehen, jedoch das Ausbleiben eines Sieges, was schon genügte, das Unternehmen Seelöwe zu verschieben. Trotzdem wurden die nächtlichen Bombenangriffe auf London fortgesetzt.

An jenem Abend, der auf einen ruhigen Tag folgte – ich meine ohne Drinks und nur ein paar entfernte Explosionen –, gingen Maddy und ich mit Foxy und den Kusinen, John G. (der ziemlich kleinlaut dreinschaute und merklich weniger gut aussah, fand ich) und Gerald auf die Piste. Ziel war einer der großen Pubs mit Tanzdiele. Es waren eine Menge Uniformierte da, die sich zumeist in kleinen Gruppen unterhielten, gestikulierten und lachten. Inzwischen erkannte ich es, kannte ich es von mir selbst, die übermäßige Heiterkeit, die eifrige Ausgelassenheit.

Mein Gefühl von Verbundenheit schien ich verlegt zu haben. Es gab Len, aber er war zu weit weg. Zumeist saß ich die Tänze aus, schlürfte am Tresen Portwein und beobachtete John G. und Foxy – nunmehr von den wachsamen Tanten befreit –, die bei einem leidenschaftlichen Foxtrott vorbeischerbelten. Mir fiel auf, dass er bei ihr denselben

Kniff anwandte, ihre Hand auf seine Taille legte und ihr ins Ohr raunte, bis sie lachend den Kopf zurückwarf. Letzte Nacht war mir Len im Vergleich mit diesen Leuten ziemlich unbeleckt erschienen – scheu und jung, oft schweigsam und dann wieder unvermutet offen. Unraffiniert.

Der Geiger sägte vor sich hin, die Klarinette blökte, das Klavier schmetterte seine Melodie heraus, während der Bass dröhnte und der Schlagzeuger auf seine Trommeln einhieb. Sie spielten »These Foolish Things«, daran erinnere ich mich deutlich. Gerald und Maddy wirbelten vorbei, er hatte die Hände überall auf ihr, und sie zwinkerte mir zu. Sie trug ein ärmelloses Satinkleid mit sehr viel freiem Rücken. Sie muss es vor dem Krieg bekommen haben, es gehörte nicht zu der Sorte, die mit Bezugsscheinen einherging. Ich lächelte zurück, sie winkte mir mit ihren glitzernden Armreifen zu und wirbelte von dannen.

O ja, wir gehören zur schnellen Truppe. So viel Gelächter und Theater, solange wir noch können. Die Lebhaften, dachte ich, die Lebhaften und die Toten. Und Len, den ich letzte Nacht mit einem Kuss zu betrügen bereit war, erschien aufrichtig und offen und als die einzige mir treue Seele.

Es verlangte mich schmerzlich nach ihm. Ich sehnte mich danach, ihm zu sagen, was er mir bedeutete. Dass ich erst jetzt aufhörte, mit der Liebe zu spielen. Dass ich es ernst meinte, wenn ich auch nicht die Absicht hatte, das Lachen aufzugeben.

Es kam zu zwei dumpfen, lauten Schlägen, die nicht vom Schlagzeuger rührten. Ich schaute zu ihm hinüber. Er wirkte verwirrt, neigte den Kopf zur Seite, dann gab es ein Krachen, der Fußboden bäumte sich auf, und das Dach kam runter, und beides traf sich in der Mitte, wo der Blitz am hellsten war.

Jemand schluchzte. Ich setzte mich auf und sah, dass meine Hand blutete. Ich griff fest ums Gelenk, um den Kreislauf abzudrücken, und steckte mir aus irgendeinem Grund die wunde Hand in den Mund. Blut? Bloß Portwein. Dampf zischte aus einem zerborstenen Rohr, irgendwie brannte das Licht noch, ein paar Birnen jedenfalls. Langsam kamen einzelne Leute auf die Beine und machten törichte Sachen wie Tische aufrecht stellen und sich mit der Hand durchs Haar fahren. Ein Mann kam unsicher auf mich zu, Kopf und Gesicht und Schultern weiß von Gipsstaub, der ihn wie sein eigener Geist erscheinen ließ. Es sah so komisch aus, dass ich mich auf den Boden setzte und lachte, als er näher kam.

Er streckte die Hand aus, um mir aufzuhelfen.

»Stella«, sagte er. »Bist du in Ordnung?«

Es war Roger. Der gute alte Herzensbrecher Roger.

Ich glaube, ich muss für ein paar Sekunden in Ohnmacht gefallen sein, was wohl entschuldbar ist bei der Bombendetonation und allem. Ich lag flach auf dem Boden, und Roger kniete neben meinem Kopf. Ich war für seine Besorgtheit dankbar.

»Bist du verletzt, Stella?«

Ich schüttelte den Kopf. Ich sah an ihm vorbei zum Haufen aus Deckentrümmern und Balken, die sich mitten auf dem Parkett türmten. Mein Blick heftete sich auf einen langen nackten Arm, der unter dem Schutt hervorragte. Ich sah blaue und rosafarbene Reifen lose am schlaffen Handgelenk baumeln.

»Um Gottes willen«, sagte ich. »Hilf meiner Freundin.«

»Schöne Zeit gehabt?«, fragte Dusty Miller, als das Auto am nächsten Morgen auf die Landstraße schwenkte. »Wieder richtig im Kopf, hoff' ich doch. London hat's böse erwischt, aber die Fliegerhorste haben sie in Ruhe gelassen. Und die Funkpeilstationen, was dich sicher freuen wird. Die Jungs im 12. Geschwader reden alle davon, jetzt mal richtig in die Vollen zu gehen, weil wir mehr Zeit haben –, ich meine, ganze Meilen dieser verfluchten Bomber kommen durch, Tag und Nacht. Und wie's scheint, haben die Me 109 Befehl, dicht bei ihnen zu bleiben, gute Nachrichten also für uns. Nicht schlecht, was? Morgen brechen wir auf, und übermorgen fliegen wir, so sieht's aus. Oh, und die ganze nächste Woche über oder so gibt's für uns Moorhuhn zu essen von wegen der paar richtig guten Tage, die der Kommandeur und die Jungs hatten …«

Ich lehnte mich zurück und grunzte in Abständen, während die Stoppelfelder vorbeiflitzten. Mehr denn je war ich froh, dass ich Dustys Angebot mitzukommen höflich ausgeschlagen hatte. Schon ein recht netter Bursche, aber ein schrecklicher Schwätzer, würde Alec Finlay sagen. Ich wollte kein Geschwätz und diese Geschwindigkeit auch nicht. Mehr und mehr wollte ich Schweigen und Ruhe.

Ich zog meine letzte Zigarette hervor, zündete sie an und inhalierte tief, spürte das süße Kratzen tief im Rachen. Schweigen und Ruhe wurden nun Mangelware. Es war nicht gerade das, wofür ein Jagdflieger lebte. Nun musste ich laut, bestimmt und schnell sein, wenn ich überleben und von irgendwelchem Nutzen sein wollte.

Die Büsche am Straßenrand wehten zur Seite, als wir vorbeischossen. Auf geht's, dachte ich. Auf geht's, verdammt.

Vielleicht hätten wir sie retten können. Wären wir schneller gewesen. Wären wir darin ausgebildet gewesen. War der Schutt erst einmal beiseite gezerrt, hätten wir vielleicht einen Weg finden können, ihr wieder Leben in die Brust zu hauchen.

Wenn Wünsche sich wie Fische regten, pflegte mein Vater in sein Bier zu raunen, *sie meistens frei im Wasser schwebten.*

Doch viele schweben nicht frei umher, und so saß ich trockenen Auges in den frühen Morgenstunden wieder bei den Farringdons und gedachte Maddys. Roger – der gar keine Konvois begleitete, sondern daheim auf Urlaub war – kam mit uns zurück, wusch sich seinen Gespensterstaub ab und verhielt sich freundlich. Er brachte Tee und hörte zu, als ich von den Drinks erzählte, die wir getrunken hatten, den gemeinsamen Tanzabenden, den gegenseitigen Beichten. Und vor allem vom Lachen. Denn sie wusste, wie man lacht, so wie Tad.

Beim Gedanken an Tad wurde mir eng ums Herz. Entweder ich oder Len mussten es ihm mitteilen.

Das hatte Zeit bis morgen. Denn heute Nacht galt dem Erinnern. Roger kannte mich; nun, er war der erste Mann, der mich vollständig kennen gelernt hatte, und es war seltsam einfach, in seine blassen Augen zu schauen und über meine Hochnäsigkeit hinsichtlich Maddys zu reden. Wie ich herabgesehen hatte auf ihre heitere Unbeschwertheit und daran etwas eigentümlich Grobes fand, was nicht ernst zu nehmen war, selbst noch als ich es bewunderte und ihr neidete. Als ließe es sie irgendwie weniger eine Person sein, dass sie weniger gebildet war und in der Öffentlichkeit lauter lachte. Als sei sie keine gute Frau gewesen, weil sie locker und frei mit Männern umging.

Ich denke, dass ich im Verlauf dieser langen Nacht meine unsichere Hochnäsigkeit endgültig hinter mir ließ. So wie ich feststellte, dass mein lange genährter Schmerz über Roger aus verletztem Stolz und nicht unsterblicher Liebe rührte. Eben dies sagte ich ihm. Ich sagte ihm, dass er ganz Recht habe, mir nichts schulde und ich es nötig hatte, dass er mich verließ, um selbst erwachsen zu werden. Er sei mein erster Liebhaber gewesen und habe Recht, sich deswegen weder schuldig noch verantwortlich zu fühlen. Ich würde diese Liebe nun einem anderen Mann schenken.

Er nickte, konnte mich aber nicht ansehen. Ich denke, er war verlegen. So hatte ich noch nie gesprochen. Ich hatte geheult, gebrüllt, geschwiegen oder war sarkastisch gewesen, niemals aber offen.

Schließlich schlief ich ein im Bett, aus dem heraus man den Garten überblickte, dort wo ich mich beinahe lächerlich gemacht hätte, wäre Maddy nicht dazwischengefahren. Am anderen Ende des Zimmers stand totenstill und flach das zweite Bett. Auch wenn es gewiss eines Tages wieder Gelächter geben würde und sogar Sorglosigkeit, hatte ich meine langgezogene Backfischzeit auf einem zertrümmerten Tanzboden zurückgelassen, unter einem Haufen Schutt und geborstenen Balken und Mondlicht, das dort hereinströmte, wo das Dach hätte sein müssen.

25. Kapitel

Mitte September

Die Motoren weckten mich. Rolls-Royce-Merlins, die dicht über mir hinwegdröhnten, ein Dutzend oder mehr. Ich war zurück am Standort, lag im selben alten Kojenbett, und die frühmorgendliche Schicht kam in die Gänge. Die beiden neuen Piloten, die Sergeants Day und Dixon, schliefen fest und träumten vermutlich vom Tod oder vom Ruhm.

Ich lag im Halbdunkel und rief mir ins Gedächtnis, wie wir vom Flugplatz bei Aberdeen abhoben. Dieser Auftrieb, als ich mich wieder von der Erde ablöste. Das Gefühl traumhafter Freiheit trotz all des Lärms, als ich unter mir Wolkentupfer davonziehen sah und darunter die grünen Felder, Straßen und Gehöfte, während wir Kurs auf den Krieg nahmen. Ich liebte das Fliegen noch immer, das war schon was. Wie Tad gerne sagte, war es bloß das Schießen, worauf ich nicht so scharf war.

Das muntere zweimalige Klopfen an der Tür.

»Morgen, Stevie.«

»Morgen, Sir.«

Der Becher Tee – eine flüchtige Erinnerung daran, ihn in der Hütte von Alec gereicht bekommen zu haben, und dieser Friede lag schon wieder so lange zurück –, Wisch abzeichnen. Wie er doch wieder einkehrt, der alte Trott.

Day und Dixon redeten schon begierig davon, aufzusteigen und es den Hunnen zu besorgen. Mich konnte das nicht erregen. Die Wut, die den Bomben auf Stellas Dad und dann auf Stella selbst gefolgt war, sogar die war verraucht. Geblieben war einzig der alte Trott. Vermutlich machte mich das zum Veteranen. Beinahe zum Ass in dieser verzweifelten Meute. Ganz toll.

Der alte Trott. Und doch, dazuliegen und zu warten, dass der Tee kühl genug zum Trinken wurde, und den anderen bei ihrer kurzatmig geflüsterten Unterhaltung zuzuhören, es schien eine solch absonderliche Beschäftigung zu sein. Sich anzuziehen, zu frühstücken und dann darauf zu warten, zu fliegen und zu töten oder getötet zu werden.

Aber es ist das Einzige, wozu ich ausgebildet und ausgerüstet bin. Also ließ ich etwas Tee die Kehle hinunterrinnen und versuchte, in Stimmung zu kommen. Die Hauptsache war, man tat es, stieg auf und trieb die Bomber auseinander und kam bis zum Abend durch, um Stella wieder zu sehen. Blieb ich so antriebslos und verträumt wie jetzt, war ich ein toter Mann.

Ich stellte den Tee beiseite und schwang die Beine aus dem Bett. Frühstück, dann eine Runde Tischtennis mit Tad oder Dusty oder Paddy McNally, um die Angriffslust zu wecken und die Reflexe zu schärfen. Schießlüstern, das muss ich wieder werden.

Ich sitze im Zug stadtauswärts, als die Tagangriffe einsetzen. Mein Gegenüber, ein gepflegter weißhaariger Mann, quatscht mich auf väterliche Weise an, und die beiden Soldaten an der Tür hören nicht auf, herzusehen und zu grinsen, aber das alles geht in Ordnung. Über Kleinigkeiten kann ich mich heute nicht aufregen. Ich bin unzugänglich.

Maddys Wochenendköfferchen liegt neben meinem eigenen über mir im Gepäcknetz. Ich werde ihn in ihrem Quartier abgeben, während man die Eltern, über die sie nicht reden wollte, ausfindig zu machen versucht. Aber die grellen Armreifen, die sie trug, will ich behalten.

Gott, werden wir uns nach Ereignislosigkeit sehnen, wenn dieser Krieg vorbei ist. Mit unseren Kindern werden wir nicht darüber reden, sondern versuchen, ihnen den Luxus der Langeweile und ein derart sicheres und verlässliches Leben zu bieten, dass sie wahrscheinlich aufbegehren und etwas Eigenes anfangen. Nur keinen Krieg, Gott behüte, keinen Krieg.

Und ich und Len, auch wir werden vor unseren Kindern nicht darüber reden. Höchstens Lappalien bekommen sie von uns zu hören, kleine alberne Geschichten. Die Wahrheit, wie es sich wirklich anfühlte, das behalten wir für uns. Wir bewahren es in uns, denn es hat uns zu dem gemacht, was wir sind.

Der Zug hält an. Es dauert lange, bis uns gesagt wird, dass wir raus und in einen anderen umsteigen müssen. Ein Grund wird nicht genannt. Da habt ihr den Krieg. Der alte Mann verschwindet, ich stehe mit den Soldaten auf dem Bahnsteig, und sie bieten mir Zigaretten an. Ich greife zu und lächle über ihre Anbandeleien. Einer davon sieht sogar ziemlich gut aus, aber das ist in Ordnung.

Dann muss ich daran denken, wie viel angeregter wir alle mit Maddy in unserer Mitte wären, wie selbstverständlich sie mit ihrem gackernden Lachen dabei sein könnte und die schlüpfrigen Witze mit noch schlüpfrigeren kontern würde. Und dann muss ich gehen, mich in die Damentoilette setzen und mir eine Weile das Wasser übers Gesicht laufen lassen.

Der neue Zug trifft ein, und ich gehe wieder nach draußen ihm entgegen. Die Soldaten teilen das Abteil mit mir, merken aber, dass ich nicht mehr bei Laune bin. Die Behörden sind alle unterrichtet, ich habe die Adresse ihres Quartiers und die Telefonnummer angegeben, und es ist jetzt an ihnen, die Familie zu finden. Nur Tad muss es noch erfahren, und ich fürchte mich davor.

Ich lehne mich zurück, schließe die Augen und lasse das wechselhafte Licht der Sonne hinter meinen Lidern flackern. Als ich mich vom Fenster abwende, rasseln und klackern ihre Armreifen ruhelos in meiner Manteltasche.

Zu Hunderten, verdammt nochmal zu Hunderten erstreckten sie sich kilometerweit bis zur Südküste. Man hätte auf ihnen die ganze Strecke nach London buchstäblich zu Fuß gehen können. Die Bomber: dem Anschein nach Heinkels und Dorniers in höhengestaffelten Schwadronen. Ich klemmte mir die Sauerstoffmaske vors Gesicht und gab volle Pulle, als wir durch Wolkenschleier aufstiegen, um sie abzufangen. Dann sah ich über ihnen das Geleit aus Me-110-Jagdbombern. Und darüber winzige mückengleiche Sprenkel, die ich als Me 109 kannte. Also brauchte das Geleit inzwischen Geleitschutz. Bestimmt war das ein gutes Zeichen. Wir hatten etwas ausgerichtet.

Ich versuchte, mich darauf zu besinnen, wie man das hier machte. Zum ersten Mal führte ich eine Gruppe an. Warf einen prüfenden Blick auf Coco zu meiner Linken, Paddy McNally zuverlässig rechts, Dixon, der sich abmühte nachzukommen. Wir stiegen auf, aber nicht schnell genug. Weit voraus preschten die polnischen und tschechischen Staffeln mit Spits in die Eskorten, die Theorie der großen Gruppe bewährte sich endlich. Jetzt ging es durch die letzten Wolkenfetzen, gut 5000 Meter, die Stadt lag unter uns verhüllt. Von uns wusste sie nichts. Vielleicht war Stella noch da.

Wir schlossen zu ihnen auf. Oh Gott. Was soll ich tun? Ist noch Zeit, ihnen aus der Sonne zu kommen, oder nehmen wir sie von unten ran? Ich soll anführen, und da ist es endlich so weit, der dicke Kloß verschließt mir die Kehle, meine Hände zittern auf der zitternden Steuerung. Das Herzklopfen schallt mir in den Ohren. Auf geht's.

»Feind angreifen. Mir nachfolgen. Gebt hinter euch Acht, Jungs!«

Oh mein Gott. Mein Gott. Bring uns hier heil wieder raus.

Also führte ich meine Gruppe hinunter in die Bomber und war so mit Fliegen beschäftigt und damit, nirgendwo aufzuprallen, dass ich zu feuern vergaß. Vergaß einfach, dass ich deswegen hier war. Schon spürte ich, wie viel langsamer mich die dienstfreie Woche gemacht hatte.

Dann zog ich aus dem Sturzflug heraus und kam von unten zu einem hoch, eine vollendete Angriffslinie, bis auf sein Heckgeschütz. Ich schloss dicht auf, schnippte die Sicherung weg und merkte dann, dass ich mein Reflexvisier nicht eingestellt hatte. Fluchte und scherte aus. Aus dem Augenwinkel sah ich Coco vorbeirauschen. Links blieb Paddy McNally noch immer an mir kleben. Dixon schien verschwunden zu sein.

Stellte mit einer Hand das Visier ein, warf einen Blick zurück. Die Me 109 kamen runter, trafen in vielleicht dreißig Sekunden ein. Reichte gerade. Ich schwenkte wieder in Formation, ließ ein paar Sekunden zielloses Ablenkungsfeuer los, sah Leichenfinger auf mich zukommen und duckte mich instinktiv, als könnte das irgendwas ausmachen. Ein heftiger Schlag, meine Mühle schüttelte und stürzte weg, trudelte wie Ahornsamen abwärts. Plumpste einfach mitten in der Schlacht aus 6000 Metern Höhe zu Boden, die Höhenflosse schien größtenteils weggeschossen.

Ich langte nach der Kanzelhaube, während wir durch die Wolken abschmierten, dann kam mir in den Sinn, dass London unter uns lag. Wollte meine Maschine nicht auf irgendeinen armen Burschen vom Luftschutz krachen lassen, einen Alec oder Jimmy, dachte also, es nochmal mit Lenken zu versuchen. Lange Zeit kämpfte ich mit dem Steuerwerk, plötzlich dann hörten wir auf zu trudeln. Ich zog die Mühle in die Gerade und torkelte, kreuz und quer durch den Himmel schliddernd, los Richtung Standort.

Unter den Wolken jetzt und im Schneckentempo fort von London. Über offener Landschaft, hoch genug zum Aussteigen. Aber nein, ich war fest entschlossen, diese Kiste zurückzubringen: Dickköpfigkeit und ein gewisses Maß Eitelkeit. Ich hatte vor, jene paar Leute zu beeindrucken, die mir etwas bedeuteten – den Kommandeur, Tad, Dusty, Coco und Paddy McNally, den Schatten des fröhlichen Fred Tate und allen voran vielleicht den schweigsamen, nie lächelnden Flugwerkmechaniker Evans, der mich an meinen Vater erinnerte.

Ich schwitzte so stark, dass die Haube beschlug. Murmelte Flüche und Gebete, als ich die Hurri hätschelnd und streichelnd dem Stall entgegentrieb. Da war der Flugplatz. Über Funk forderte ich sie auf, für alle Fälle den Löschwagen bereitzuhalten. Dann holte ich tief Luft, drückte uns langsam nach unten und gab noch ein Gebet von mir, *Lieber Gott, bitte lass mir das durchgehen*, als ich das Flugzeug unter die Höhe zum Aussteigen sacken ließ.

Jetzt hieß es auf Gedeih und Verderb. Und das verdammte Ding versuchte dauernd, auf die Seite zu kippen. Und die Steuerung war derart träge, als ginge es durch Sirup, während wir mit reichlich rechtem Ruder einschwebten und über die Bäume schlidderten, wo ich vor einer Ewigkeit meinen Namen eingeritzt hatte, auf der neuen Rollbahn aus Beton aufsetzten, hochprallten, wieder aufkamen, seitwärts schlidderten, aber auf dem Fahrgestell blieben und ruckartig am Kontrollturm zum Stehen kamen.

Dem Arsch sei Dank. Würde Dusty sagen. Ich schaltete die Zündung ab und blieb ein paar Augenblicke sitzen. Ein Morgen voller Fehlurteile, den ich Glück hatte durchzustehen. Nächstes Mal musste ich gewiefter sein. Ich fühlte Kopfschmerzen im Anmarsch.

Ich klinkte die Gurte aus, öffnete die Haube und kletterte hinaus. Wie immer wirkte der Hauch von Gras, frischer Luft, hochoktanigem Sprit und Glykol wie Riechsalz auf mich.

Ich kletterte vom Flügel hinunter, als der grimmige Evans herbeigerannt kam. Ich schaute mir die Höhenflosse an, von der nicht viel übrig war, auch nicht vom Seitenruder. Sah eher wie Spitze aus, bestand vorwiegend aus Löchern. Evans warf einen Blick auf die Höhenflosse, dann auf mich, schüttelte den Kopf und spuckte auf den Boden.

»Jetzt erwarten Sie vermutlich von mir, dass ich das repariere«, sagte er.

Das war der längste Satz, den er je an mich gerichtet hatte. Er befriedigte mich unendlich.

Ich ging in der sicheren alten Stadt die Straße hinunter, in jeder Hand einen Koffer. Der ihre wog schwer in meiner Rechten; ich hatte ihn mit den Kleidern, die sie fürs Wochenende mitgebracht hatte, und den zugekauften neu gepackt. Das wenigstens war mir trockenen Auges, innerlich abgerückt und umsichtig gelungen. Gerade bot sich irgendjemand an, mir beim Tragen zu helfen, aber ich sagte »Nein danke« und eilte mit abgewandtem Gesicht weiter. Jeder, der freundlich war, reizte mich zu Tränen. Besonders bei Freundlichkeiten ohne guten Grund und Leuten gegenüber, die man nicht kennt.

Ich erreichte Maddys Straße und kam an der Haltestelle vorbei, wo ich so oft aus dem Bus gestiegen war. Ich erinnerte mich noch an den Bus, in dem ich sie kennen gelernt hatte. Dass sie kein Fahrgeld hatte und ich bezahlte, um der herrischen Schaffnerin auf den Senkel zu gehen, und wir dann anfingen zu lachen und zu kalauern. Dann stiegen wir aus, gingen auf Tee und Kuchen ins »Lyons« und unterhielten uns weiter, während es wie aus Eimern schüttete. Ihre Respektlosigkeit und ihr Gelächter nahmen mich ein. Beides überbrückte den Abstand, den Schüchternheit und meine einsame, verträumte Kindheit um mich hatten wachsen lassen.

Auf Höhe der Läden lief ein kleines Mädchen los, um eine alte Dame zu begrüßen, wahrscheinlich seine Großmutter. Es stolperte und fiel, knallte mir nichts, dir nichts ziemlich heftig aufs Pflaster, blieb heulend liegen und hielt sich sein aufgeschlagenes Knie. Ich staunte darüber, dass sich jeder im Umkreis einschließlich meiner im Augenblick des Geschehens dem Mädchen zukehrte. Wir zuckten zusammen. Wir spürten den Schmerz. Eine Frau bückte sich, um die Kleine aufzuheben, zwei weitere waren zur Stelle und gluckten mitfühlend, bis die Mutter nachkam, sie umarmte und tröstete.

Das macht einiges vom Krieg wieder wett.

Ich ging weiter und dachte: Was sind wir? Wir werfen Bomben auf Leute, die wir nicht kennen, nicht einmal sehen können. Und manchmal sind wir nett zu Leuten, die wir nicht kennen, zucken wir zusammen, wenn wir Schmerz sehen, vor allem bei Kindern. Und ich weiß, dass es auf der anderen Seite genauso ist. Genau dieselben Leute, die eine Bombe auf Maddy abwarfen, würden auf ihrer eigenen Straße ein Kind mit blutendem Knie trösten, es beschwichtigen und so lange aufheitern, bis es wieder lacht. Mein Gegenstück, mein geisterhaftes *Fräulein*, bestimmt würde sie das tun.

Wofür also geschieht das Ganze? Weiß nicht, würde Len sagen. Weiß nicht. Klar ist aber, dass es jetzt nur noch auf eine Weise aufgehalten werden kann, indem man zurückschlägt. Zuerst ging es ums reine Überleben, aber die Panik vor der Invasion scheint ein wenig nachgelassen zu haben. Es heißt, dies Jahr werde daraus nichts mehr. Vielleicht stehen wir es noch bis zum Schluss durch.

Wenn ich unglücklich bin, sehne ich mich häufig nach der Höhle hinter dem Wasserfall, dem einsamen Ort, wo mich keiner kriegt außer vielleicht der Zigeunerjunge im Traum, Fandos Geist. Doch nun ging ich langsam Maddys Straße hoch und sehnte mich nur noch nach dem Gestern, da sie noch lebte.

26. Kapitel

Mitte September

Ich lag im warmen Gras und sah Tad beim Patiencelegen zu. Sein dunkles Haar war seit Wochen nicht mehr geschnitten worden und fiel ihm nun über die Augen wie in den alten Tagen einem der Jungs von der Uni, damals Ende Juni, als wir alle noch jung waren und rücksichtslos. Seine Hände bewegten sich ruhig und sparsam und ohne Anflug von Zittern, wie ich es bei anderen beobachtet hatte einschließlich meiner. Er blieb stecken, er mogelte, er spielte weiter.

Er sah auf und nahm meine Miene wahr.

»Ich beschummle nur mich selbst, weißt du«, sagte er.

»Ich hab' nichts dagegen«, beteuerte ich. »Ich frag' mich bloß, welchen Wert das Spiel hat, wenn man sich nicht an die Regeln hält.«

»Wer sagt denn, dass es einen Wert hat?«, fragte er und grinste mich an. »Wenigstens verbringe ich meine Abende nicht damit, Bierdeckel zu zerpflücken oder in ein Tagebuch Sachen zu schreiben, die ich eh schon weiß.«

»Das ist ungerecht«, verwahrte ich mich. »Das ist was völlig anderes.«

»Ja?«, meinte er. »Wie das denn?«

Mir fiel keine Antwort ein. Dann kam eine neue Hurri über die Umzäunung eingeschwebt, und ich wusste, dass sie der Ersatz war für jene, die man mir zerschossen hatte. Sobald sie munitioniert wäre, war ich also wieder in Bereitschaft. Ein, vielleicht zwei Feindflüge, bevor es Abend würde.

Ich erhob mich, um rüberzugehen und sie durchzuprüfen. Ich schaute zu Tad hinunter, der vor sich hin schmunzelte.

»Dann und wann weiß ich mir vielleicht was zu sagen, was ich nicht schon wusste«, sagte ich. »Können deine Karten das auch?«

Bevor er etwas erwidern konnte, eilte ich davon. Das Flugzeug war nagelneu, hatte noch nicht einmal seine Nummer aufgemalt. Ich hegte die Hoffnung, die junge Pilotin würde es überführen, doch statt ihrer sprang ein kleiner, o-beiniger Kerl aus Schottland herunter.

»Ist für dich, Kumpel?«, fragte er.

»Und ob«, sagte ich. »Astreiner Vogel?«

»Volltreffer«, entgegnete er. »Sauerstoffflasche rein, die MGs synchronisiert, und sie ist klar zum Gefecht.«

Ich streichelte über die Tragfläche, kletterte dann hinauf und prüfte die Schienen der Kanzelhaube. Liefen noch ein wenig zäh. Würde ich mit etwas Graphit schmieren. Ich bekam ein gutes Gefühl bei dieser Maschine. Eine brandneue hatten sie mir noch nie übergeben.

Am Rumpf ein dumpfer Schlag. Ich warf einen Blick zurück, und da stand Evans und trat gegen das Spornrad. Er sah zu mir hoch.

»Tu uns einen Gefallen, und reit' die nicht zuschanden, Sohn«, sagte er.

Gegen sechs stiegen wir wieder auf. Mein Schwarm, Tad in der zweiten Gruppe und dazu die neue tschechische Staffel. Englisch sprachen sie nicht so gut, töten konnten sie aber ausgezeichnet. Mehr wollten sie nicht, so wie Tad. Den Abend zuvor hatte ich mich mit einem von ihnen unterhalten. »Mein Land ist kaputt«, sagte er und machte eine wegwischende Geste mit den Händen. »Jetzt ich kämpfe hier.«

Sie waren sehr gefährlich. Sie machten einen wahrlich rücksichtslosen Eindruck. Es waren echte Jagdflieger. Ich bewunderte sie und wollte ihnen möglichst fernbleiben.

Zum Glück flogen sie Spits und wurden stets ausgesandt, um weiter oben die Me 109 zu stellen. Wir waren die Ackergäule und dazu da, Bomber aufzumischen. Passte mir gut in den Kram. Ich wollte überleben. Ich fing zu glauben an, dass das möglich sei.

In den Bergen hatte ich viel darüber nachgedacht, und jetzt, da ich zurück war, schien es, als seien wir in eine neue Phase des Kampfes eingetreten. Die Zahlen sprachen zwar weiterhin gegen uns, aber irgendwie hatten wir die Kurve gekratzt. Unsere Zahl am Himmel wuchs. Kunstvolle Formationen hatten wir fallen gelassen. Wir kämpften nun weiter landeinwärts, was uns mehr Zeit ließ, in genügender Zahl aufzusteigen, somit die Aussicht eines Ausstiegs überm Wasser beseitigte und die Gefechtszeit der Me 109 auf ein paar Minuten verkürzte. Die große Frage blieb, wie die Städte mit den Bombardements fertig würden.

Ich behielt den Gedanken im Hinterkopf, während wir Höhe gewannen. Vordergründig hatte ich Angst wie immer und wurde von einer verdächtigen Öldruckanzeige in Atem gehalten. Verfluchtes neues Flugzeug. Als wir aufstiegen, dem Feind entgegen – und es bereitete keine Schwierigkeiten, ihn zu finden, seine Flotte zog sich endlose Kilometer weit hin bis nach Dover und darüber hinaus –, fühlte ich mich tipptopp in Form. Eine ungreifbare Sache, aber ich war ausgeruht, kampffähig und ziemlich überzeugt, das hier überleben zu können.

Wir flogen eine Kurve und stießen mehr oder weniger aus der Sonne auf sie hinunter. Sie stoben auseinander wie aufgeschreckte silbrige Fische. Ich spritzte zwei Salven ab, ohne viel zu bewirken, und fand mich dann Seite an Seite mit einer sehr überraschten Heinkel wieder. Als der Heckschütze sich mir zuschwenkte, bog ich einwärts und besorgte es ihm über die ganze Länge des Rumpfes, dann verzog ich mich.

Herrje, was war sie langsam. Ich fühlte mich wie ein Gepard beim Angriff auf ein großes, schwerfälliges Beutetier. Als sie abdrehte, kam ich wieder hinzu, rückte dicht auf, dichter als ich vorgehabt hatte, und drückte voller Angst den Abzugsknopf. Meine Mühle schüttelte durch den Rückstoß von acht Maschinengewehren. Fetzen platzten von der Heinkel ab, dann knallte der Backbordmotor auseinander, und sie glitt in die Tiefe. Entgegen den Vorschriften folgte ich ihr nach unten, aber meine Ölanzeige war wieder ausgefallen, und ohnehin wollte ich diesmal einen eindeutigen Abschuss. Sie schraubte sich hinab, und ich tauchte in einer gemächlichen Spirale hinterher. Ich sah einen Mann aussteigen, dann noch einen, und war froh darüber, denn so waren sie raus aus dem Gefecht. Das Flugzeug rauschte zu Boden, prallte auf und explodierte. Beide Fallschirme öffneten sich; ich zog aus dem Sturzflug heraus und nah an ihnen vorbei. Ich sah ihre Köpfe sich nach mir umdrehen aus Sorge, ich könnte schießen. Man munkelte, dass das beide Seiten getan hätten. So viel zur Ritterlichkeit. Aber damit wollte ich nichts zu schaffen haben und flog mit einem Winken vorbei, das sie wahrscheinlich gar nicht sahen, als sie den Home Counties entgegenschwebten.

Vermutlich war es der beste und treffsicherste Zweikampf, den ich je hatte, und auf dem Rückweg summte ich

»Red Sails In the Sunset« vor mich hin. Dann begann ein Jäger meinen Spiegel auszufüllen. Er war aus dem Nichts aufgetaucht und kam direkt auf mich zu. Ich wollte gerade den Knüppel in die Ecke drücken, als er sich auf eine Tragfläche stellte und beim Überholen die Abzeichen meiner Staffel und einen winkenden Tad sehen ließ.

Ich machte das Siegeszeichen und flog weiter, als hätte mich nichts aus der Ruhe gebracht.

Wir landeten, das heißt Tad drehte viel zu dicht über dem Erdboden seine langsame Siegesrolle, und ich nahm mich zusammen. Ich sprang heraus. Evans stand da, ließ das Auge über meine Maschine wandern und grunzte.

»Haben sich also keinen Ärger aufgehalst, wie ich sehe«, sagte er. »Auch nichts getroffen, nehm ich an.«

»Eine Heinkel«, sagte ich. »Eindeutig. Sah den Piloten abspringen.«

Ich gesellte mich zu Tad, und wir gingen gemeinsam zur Baracke vom Abstellplatz. Er hatte einen aufgegabelt und wahrscheinlich noch einen weiteren. Dann waren fünf Me 109 über ihn hergefallen.

»Also mach' ich schleunigst die Flatter«, schloss er.

Ich wusste, er war ein derart guter Pilot, dass er aus fast jeder Klemme herauskam. Ihn könnte nur das reine Pech zur Strecke bringen. Ich erzählte von meinem Abschuss, und er pfiff durch die Zähne.

»Schätze, das macht dich zum Ass, mein Freund. Das Fliegerkreuz ist schon so gut wie in der Post.«

»Du meinst, ich werd's nächstes Jahr bekommen?«, parierte ich. »Und wieso hat dir die polnische Luftwaffe noch kein Blech verliehen?«

Unwillkürlich schnellte seine Hand zum *Polen*-Abzeichen hoch, das oben auf den Ärmel seiner Uniform genäht war.

»Aber sieh doch«, sagte er, »wir haben schließlich viel höhere Anforderungen, wie du weißt.«

Ich stellte ihm ein Bein, doch er hüpfte beiseite, und wir kamen über den Rasen auf Bill Raymond zu, der mit seinem Klemmbrett dastand, und waren für kurze Zeit glücklich und heiter wie in den Anfangstagen. Auch Onkel George war zur Stelle und wartete darauf, Tad seiner Siegesrolle wegen eins auf die Nüsse zu geben. Nur schien er hilflos und betreten, wie er da auf seiner Pfeife herumkaute.

Dann sah ich Stella draußen vor dem Kontrollturm stehen, in Uniform und ohne zu lächeln, kerzengerade und allein für sich. Sie blickte Tad entgegen, nicht mir. Es gibt nur einen Grund, jemanden mit dieser Furcht anzusehen. Mit diesem Mitleid.

Er sah sie. Er wurde langsamer. Ich glaube, er wusste Bescheid, bevor sie auf uns zutrat und die Hände hob, das Gesicht versteinert von der Mühe, nicht zu weinen.

»Tad«, sagte ich. »Es tut mir so Leid.«

Er starrte mich an. Mehr konnte ich nicht sagen, mir versagte die Stimme.

»War sie vergnügt?«, fragte er unvermittelt.

»Sie hat …« Ich räusperte mich, Len fasste mich beim Arm. »Getanzt. Sie hat getanzt und war vergnügt. Dann ging die Bombe …«

Sein Blick schweifte von mir ab, und die Tränen liefen ihm aus den Augen. Ich hab keine Übung darin, was zu tun ist, wenn Männer weinen, zumal es das eigenartigste Weinen war.

»Das ist gut«, sagte er. »Wenn du gehen musst, dann auf diese Weise. Santa Maria …«

Er wandte den Kopf ab und rieb sich rasch mit den Daumen die Augen.

»Besser, ich melde mich zurück und höre Vortrag von Onkel George«, sagte er. »Danke, dass du es mir persönlich gesagt, Stella.«

Dann drehte er sich um und ging auf den Mann mit dem Klemmbrett und den Kommandeur zu. Len und ich sahen einander an.

»Bist du wohlauf?«, fragte er.

»Mir geht's gut. Nicht ein Kratzer.«

»Das ist gut.«

»Aber es war grässlich.«

»Bestimmt war's das.«

Es lag daran, dass wir von den anderen Leuten umgeben waren und an unseren Uniformen. Wir konnten nicht mal anfangen.

»Ich mach mich besser auf den Weg«, sagte ich. »Ich hab nur Erlaubnis, die Nachricht zu überbringen. Heute Abend schaff ich nicht – ich vertrete eine Kranke. Morgen Abend?«

»Klar«, sagte er. »Stella …«

»Ich weiß. Es ist beschissen. Pass auf dich auf.«

Er nickte und sah mir für einen Moment direkt in die Augen. Einen Augenblick lang trafen wir uns.

»Bis später«, sagte er, machte dann kehrt und ging hinüber zum Mann mit dem Klemmbrett, und ich ging mein Fahrrad holen, radelte zum Tor hinaus und fuhr in der kühlen Abendluft weiter den Feldweg hinauf.

So war es eben in jenen Tagen. Alle Vereinbarungen waren vorläufig. Maddys Tod unterstrich das und hinterließ eine Lücke in mir, die sich nie wieder richtig füllte. Unsere Abschiede fielen häufig etwas zögerlich aus, erst ein Verharren, dann plötzliches Scheiden, denn man wusste nie, ob es nicht zum letzten Mal war, und das können wir nicht lange ertragen.

Am Ende des Feldwegs bog ich mit schmerzenden Waden nach links ein und hoffte auf die lange Strecke bergab, die als Nächstes kam. Wie können wir wagen, jemand zu lieben, dachte ich, wenn er doch nur sterben wird? Und ich dachte an meinen Vater, die Wand, die auf ihn stürzte, sein verschlossenes Gesicht im Krankenhausbett, und ich dachte, dass uns unsere Verluste zuweilen das Herz einfach weit genug aufreißen, dass es über sich hinauswachsen kann und es nichts weiter zu tun gibt, als zu lieben, und es nichts weiter zu bedauern gibt, als nicht zu lieben.

Dann schnurrte ich mit kühlem Luftzug im Gesicht zur Arbeit, der Abend angefüllt mit dösigen Insekten, und die Armreifen klackerten, sobald meine Hände von der Lenkstange erschüttert wurden.

Liebe machten wir keine, als wir uns am nächsten Abend trafen. Nicht zu Anfang. Wir gingen keinen trinken. Spazieren gingen wir auch nicht, obwohl das Abendlicht recht hübsch war.

Mit bemerkenswertem Tempo fielen wir einander in die Arme. Nicht, dass irgendwas *davon* gewesen wäre. Er hielt mich und ich hielt ihn. Wir wurden gehalten. Es kam zu ein paar Tränen. Vor allem herrschte ein stiller Schmerz, und wir lagen auf dem Bett und teilten ihn miteinander.

Die abendliche Brise wurde kälter. Sie blies zum Fenster herein, schlug die Vorhänge zurück, ließ sie wieder sinken und bauschte sie aufs Neue. Lange Zeit lag ich da und sah dabei zu. Allmählich fühlte ich mich in der Lage, ihm davon zu erzählen – dem Wochenende, der Feier, dem Tanz und der Bombe. Ich erwog, ihm von John G. zu erzählen und meinem absurden Flirt, vom Kuss im Garten, zu dem es nie kam. Ich wollte ihm davon erzählen, um ihm begreiflich zu machen, wie ich zu einer anderen Sicht der Dinge gelangt war und wie das, zusammen mit Maddys Tod, dazu beigetragen hatte, dass ich jetzt anders empfand. Bis ich begriff, dass selbst ich nicht so blöde zu sein brauchte, und ihm stattdessen eine Weile zärtlich den Hals kraulte.

Dann schilderte er mir seine Tage in den Cairngorms, wie er gegen den Nebel ankämpfte und sich verirrt zu haben glaubte, wiewohl sich das als Irrtum herausstellte. Erzählte von zwei Männern, mit denen er eine Nacht in einer Schutzhütte verbracht hatte und die ihm irgendwie ein gutes Gefühl vermittelt hatten davon, Teil eines Ganzen zu sein. Allem voran – und die Stelle hab ich im Gedächtnis behalten –, wie riesig und hell der Nachthimmel in den Bergen war, wie es sich anfühlte, in einem warmen Schlafsack auf der Heide zu liegen und zu den Sternen aufzuschauen. Dann redeten wir eine Zeit lang davon, dass wir das nach dem Krieg gemeinsam tun würden, und obgleich ich Bequemlichkeit liebe, war ich dafür zu haben.

Dann lagen wir eine Weile da und streichelten uns, und ich wurde gewahr, dass er gequält dreinzuschauen begann, so wie früher, bevor er mich küsste (jage ich solchen Schrecken ein?). Ich lag da und wartete darauf. Er räusperte sich ein paarmal. Die Vorhänge wehten ins Zimmer und sanken zurück. Ich fühlte sein Herz heftig unter meiner Schulter pochen.

»Ich hätte das früher erwähnen sollen, Stella«, sagte er. »Denn es ist schon eine Weile so.«

Seine Miene verriet innere Kämpfe. Mein Herz begann ebenfalls zu hämmern. Schon gab es keinen Weg mehr zurück.

»Es ist bloß so, dass ich dich liebe«, sagte er. »Obwohl da nichts von einem ›bloß‹ dran ist.«

Das war mir früher schon einmal gesagt worden, von Evelyn, selbst von Roger, aber nach Heulen war mir noch nie dabei zumute gewesen.

»Ich weiß«, sagte ich schließlich. »Das weiß ich, und ich bin so froh.«

»Du glaubst mir das? Ich meine, was ich sage. Ich bin nüchtern und bei vollem Verstand, mehr denn je.«

»Ich glaube dir«, sagte ich.

Niemand hatte mich gewarnt, dass es so weh tun würde aufzugeben. Meine Einsamkeit aufzugeben. Dass er mich finden durfte an meinem geheimen Ort.

»Ich liebe dich wie verrückt«, sagte ich. »Und voller Ernst. Wenn du verstehst, was ich meine.«

»Ich hab so eine Ahnung«, sagte er und streichelte mein Gesicht. Er berührte meine Lippen. Seine Augen waren riesig, als er mich betrachtete. Er legte die Hand auf seine Brust, dorthin, wo das Herz war, blickte mich unverwandt an, führte dann seine Hand langsam über mein Herz und ließ sie dort. Ich spürte, wie es unter seinen Fingern schlug. Er sagte nichts, und es war das Beredtste, was er je sagte.

Wir waren darin schon immer ziemlich gut gewesen, und in jener Nacht wurden wir rasch noch viel besser, und es verstrichen sehr befriedigende Stunden. Vor allem, nachdem ich ihm taktvoll ein paar Dinge gezeigt hatte, und danach konnte uns nichts mehr aufhalten. Ich war mit dem Herzen dabei, und meinem Körper ging es endlich wie einem jener brennenden Lorbeerzweige, wenn ein Blatt sich loswindet und knisternd entflammt aus dem Freudenfeuer aufsteigt, sich ins Dunkel emporschraubt und für immer aufhört zu sein, was es war.

»Ich fliege«, rief sie mir ins Ohr. »Ich falle. Fang mich.«

Ich konnte ihre Stimme noch lange hören, nachdem ich mich schließlich wieder angezogen hatte und aufgebrochen war. Sie hallte in mir nach, als ich auf dem Fahrrad des Adjutanten zurück zum Standort radelte, mein Körper ganz weich und locker. Der Mond stand am Himmel, und die Straße war ohne Beleuchtung nicht allzu schwer auszumachen, solange sie nicht unter den Bäumen hindurch verlief.

Ich war nicht weiter aufnahmefähig. Maddy, Tad, das große Wort, das wir einander endlich gesagt hatten – heute Nacht konnte ich nicht länger darüber nachdenken. Vielmehr fühlte ich mich schlicht lebendig und in meiner Uniform leicht verschwitzt, und meine Waden schmerzten auf der langen Strecke bergauf.

Dann rief ich das Bild zurück, wie ich mich im Rausch des Gefechts an die Heinkel heranarbeitete. Wieder verfolgte ich die Leichenfinger, die den Rest meiner Munition markierten, sah sie Funken sprühen und ihre Saat rings um den Rumpf zu hellen rosigen Knospen aufgehen. Bis sie auf einmal zu einer einzigen ungeheuerlichen Rose erblühten …

Ich holperte übers Bankett und wackelte zurück auf die Mitte der leeren Straße. Gärtner des Todes, dachte ich, das bin ich. Und hab's auch schon richtig drauf.

Meine blassen Hände spannten sich um die Griffe. Es schien unwirklich, dass diese Hände derart meine Geliebte berühren und ebenso den Abzugsknopf drücken und Menschen töten konnten.

Ich fluchte laut und trat kräftig in die Pedale. Das ist keine Art und Weise für einen Jagdflieger zu denken. So dachten die anderen Kerls sicherlich nicht. Oder vielleicht tun wir's alle und behalten es für uns. Falls ich überlebe, will ich mit diesen Händen etwas Besseres machen, etwas, das lindert und heilt …

Ich malte mir aus, wie ich kniend mit dem Zeigefinger Erbsen in die weiche Erde schiebe. Sie irgendwo, ja, vielleicht in Hampshire, hinunterdrücke, sanfter Regen auf meine Gärtnerhosen fällt, ein Wochenende im April und die Stunde vorm Mittagessen …

Ich muss diese Frau heiraten, denn wann immer ich sie sehe, habe jetzt ich diesen Drang zu pflanzen, tief und geduldig. Ich sehe ihr Gesicht vor mir, das neckt und lacht und mich über meine Einfalt erröten lässt. Aber wenn wir das hier überstehen und danach noch einige Zeit erleben, dann muss bestimmt irgendetwas wachsen – Kinder, Gartenwicken, Gewohnheiten, Stockrosen und Ringelblumen. Wir müssen sie hochziehen, um die Kriegsjahre abzuschirmen. Nur hin und wieder einmal werden wir sie ansprechen, nur wir beide allein draußen bei einem Spaziergang oder spät abends, wenn die Kinder im Bett sind. Und ich glaube, ich fange an zu verstehen, wieso unsere Eltern ihren Krieg für sich behalten haben. Er war schrecklich und doch zu kostbar, weil er ihnen zu nahe gegangen war.

Und so radelte ich weiter, war wieder zu spät dran und wusste, dass der Schlafmangel mich morgen langsam machen würde. Ich bog um die Ecke und kam durchs Tor. Die Wache trat hervor, das Gewehr gesenkt und einen Witz im Anschlag; inzwischen kannte sie mich gut genug.

Draußen vor der Messe vernahm ich Musik, obwohl es spät war. Ich ging hinein. Es war niemand im Schankraum bis auf den Nachrichtenoffizier Bill Raymond, die Tresenkraft und eine Gestalt, die einen Buckel über den Tasten machte und unbeholfen wieder und wieder dieselbe Phrase klimperte: Tad. Eine der Tasten war verstimmt, das konnte selbst ich heraushören.

Raymond winkte mir zu. Ich sah, dass er ziemlich betrunken war. Piloten kommen und gehen zu sehen schien ihn ebenso tief zu berühren wie uns. Das Licht war grell und sein Gesicht blass.

»Bring deinen Freund besser ins Bett«, sagte er. »Auf mich hört er nicht.«

Ich ging zum Klavier hinüber und ließ meinen Schatten auf die Tasten fallen. Darauf sah Tad hoch. Auf die Nachricht von Maddys Tod hin hatte er sich in die Messe gesetzt und eine Ewigkeit lang offen geweint, alle hatten einen weiten Bogen um ihn gemacht, und ich hatte einfach hilflos daneben gesessen. Jetzt waren seine Augen trocken, und das machte mir noch größere Sorgen.

»Oh, du bist's«, sagte er. »Hattest du einen netten Abend?«

Es klang nicht nett, wie er es sagte. Ich nickte bloß.

»Zeit zum Zubettgehen, Tad«, meinte ich. »Musst morgen früh auf Draht sein.«

»Ich bin kein Kind«, erwiderte er. »Lass mich in Ruhe.«

Er verzog den Mund, als hätte er gerade in eine Zitrone gebissen.

»Lass mich in Frieden, mein Freund«, setzte er nach. »Ich geh' zu Bett, wenn ich nich anders kann. Jetzt will ich mehr zu trinken und Nachtmusik. Ein polnisches Liebeslied – alles sehr traurig, weißt du.«

Dann beugte er sich vor und spielte dieselbe Phrase aufs Neue, und wieder stolperte er über den verhunzten Ton.

»Der Tresen ist dicht«, sagte ich.

»Ahem«, gab er ausdruckslos von sich. »Na, dann bleib ich einfach hier, bis wieder offen ist. Gute Nacht.«

Er spielte die Phrase weiter und sang dazu im Flüsterton. Tad war ein Mann mit vielen Begabungen, aber Musik gehörte nicht dazu. Es war fast unerträglich, ihm zuzuhören, obwohl ich kein Wort verstand. Ich blieb stehen und wartete.

»Sie's gegangen«, sagte er, als plauderte er beiläufig. »Sie's ein vergangenes Mädchen.«

»Ja«, sagte ich. »Es ist beschissen, und gar nichts kann etwas daran ändern.«

Da warf er mir einen Blick zu, fuhr aber zu spielen fort.

»Sie war … prima«, sagte er. »Jede Menge Spaß. Ein *Riesen*spaß. Und noch viel mehr, wovon keiner was wusste.«

»Ja«, antwortete ich. »Das fand ich auch. Aber das hier ist keine Art, um sie zu trauern.«

Abrupt hörte er zu spielen auf und funkelte mich an.

»Kannst nichts Besseres tun«, sagte ich, »als eine Mütze Schlaf zu bekommen und morgen in annehmbarer Form wieder an die Arbeit zu gehen. Du weißt, dass sie es so gewollt hätte.«

Er starrte auf die schwarzen und weißen Tasten, als seien sie an allem Schuld. Dann drosch er darauf ein und spielte wüsten Unsinn. Er brach ab, klappte langsam den Klavierdeckel zu und kam auf die Beine.

»Lass uns zu Bett gehen, ich bin fertig«, sagte er. Er hängte den Arm über meine Schulter und schaute dann aufs Klavier hinunter. »Lennie, eines Tages verbrenn ich dies verdammte Mistding, damit sie ein anderes besorgen müssen«, sagte er. »So wahr mir Gott helfe.«

27. Kapitel

Ende September

Die Bäume vor der Umzäunung lassen Blätter fallen wie alte Trugbilder. Schon jetzt sehen sie ziemlich ermattet aus, und die Böen der letzten beiden Nächte haben die ersten Blätter fortgerissen. Ich muss mich daran erinnern, dass Bäume keine Gefühle haben und für nichts außer sich selbst stehen – was diesen hier ziemlich gut steht. Ihre Wurzeln müssen riesig sein. Ich hab gelesen, dass sich unter der Erde ebenso viel Baum findet wie darüber, und selbst wenn der Wind richtig bläst, schwanken sie kaum. Sie wenigstens sind ausgereift, voll entwickelt, erwachsen.

Wir haben heute drei Feindflüge gehabt und gestern vier, und jetzt hat meine Gruppe dienstfrei bekommen. Es scheint einen unerschöpflichen Nachschub an Bombern zu geben, wenn es auch an den letzten beiden Tagen vielleicht ein paar weniger waren. Gleichermaßen unermüdlich steigen wir auf, um sie zu stellen, jetzt, da sie aufgehört haben, die Fliegerhorste und Funkortungsmasten anzugreifen, und sich auf London und die Fabriken konzentrieren. Wir haben mehr Piloten und mehr Flugzeuge. (Dieser Sergeant Dixon: keiner hat ihn abstürzen sehen oder das Flugzeug gefunden; er hat sich einfach am Himmel in Luft aufgelöst.)

Ich habe die Buchstaben wiedergefunden, die ich eingeritzt hatte. Die rohen Einschnitte sind schon von hauchdünnen Fasern überzogen. Das ist gut, denn ich wollte dem Baum keinen Schaden zufügen. Ich sitze an ihn gelehnt und erzähle mir Sachen, die ich schon weiß, wie Tad sagen würde.

Nicht, dass er dieser Tage viel redete. Die Karten hat er aufgegeben. Meistens sitzt er bloß da, ungelesen auf dem Knie die neueste *Wiadomoscí ze Swiata*. An den Abenden trinkt er in der Messe und spielt Klavier, wieder und wieder dieselben traurigen polnischen Lieder. Es fängt an, den Leuten auf die Nerven zu gehen, und kürzlich kam es fast zur Schlägerei, als Paddy McNally aufgefordert wurde, ihn an den Tasten abzulösen.

Gestern Abend trat ich zu ihm mit der Neuigkeit, dass er versetzt und zu meinem Flankenschutz bestellt worden sei. Ich hielt das einer etwas eingehenderen Bestandsaufnahme für wert, vielleicht einen Abend unten im Dorfpub, wo wir uns richtig aussprechen könnten, über Maddy und alles Übrige.

»Schön«, sagte er. »Kein Problem. Werd dich decken.«

Dann wandte er sich wieder seiner Zeitung zu und schaute nicht mehr hoch.

In einer Zeitschrift las ich von der *Kameradschaft* bei den Streitkräften, besonders unter unseren »tapferen Fliegern«. In Grenzen, dachte ich bei mir. Es gibt immer noch Offiziere und Mannschaften, und das wird stets so sein. Könnten wir ohne diese Ränge überhaupt Krieg führen? (Der Kommandeur hat heute einen deutlichen Hinweis fallen lassen, dass mir das Offizierspatent angeboten werde, sobald das mit meinem Fliegerkreuz durch sei. Bin nicht interessiert, glaube ich. Andererseits könnte ich den zusätzlichen Sold brauchen.)

Zum Beispiel: Kürzlich machten ich und Paddy McNally Stippvisite drüben in Hornchurch, um ein paar Ersatzteile einzusammeln, die sie dort hatten und wir nicht. Ihre Messe war geplättet worden, aber im Offizierskasino konnten sie mich nicht essen lassen, o nein, deshalb schlug der leitende Knabe vor, Paddy könne drinnen essen, dieweil ich meinen Fraß an einem Tisch draußen vor der Tür bekäme.

Tja, da gab's nichts weiter zu tun, als auf ihr Essen zu spucken und die Biege zu machen. Was wir auch taten. Guter Kerl, Paddy, für 'nen Unifritzen, lachte sich einen Ast den ganzen Rückweg über. Natürlich bekamen wir eine Zigarre verpasst, »Missachtung eines vorgesetzten Offiziers«, aber sie werden uns schon kein Startverbot erteilen, so wie das Spiel jetzt steht. Wir sind viel zu wertvoll. Also scheiß drauf.

Als ich früher am Tag in den Wald ging, den breiten Pfad zur nächsten Dorfkirche hoch, raschelte und huschte es überall. Ich sah zwei rote Eichhörnchen, die flink die Köpfchen wegdrehten, als brächte ich sie in Verlegenheit. Plötzlich standen mir das Fliegen und der Krieg bis hier. Ich hielt es nicht einen Tag länger aus.

Am Zauntritt traf ich einen Wildhüter mit einer Schrotflinte, und während wir schwatzten, hing sie in seiner Armbeuge und wies auf meinen Fuß. Und ich fragte mich, was er wohl tun würde, bäte ich ihn zu schießen. Hab gehört, dass sie das im Weltkrieg getan hatten. Jetzt weiß ich, wieso.

Es ist nicht so wie damals, als Stellas Dad getötet und sie bombardiert wurde. Kein zielstrebiger Zorn, keine Wut treibt mich an. Nur der Überdruss an allem. Überdruss und Gewohnheit.

Ich sitze bloß hier, bis ich so weit bin, mich in Bewegung zu setzen. Etwas wird kommen, egal was.

So trug es sich zu. Im offiziellen Bericht ist es nachzulesen, und die letzten Augenblicke sind mehrfach bezeugt worden.

Der Bericht besagt, dass Sergeant-Pilot Leonard Westbourne bei aufgebrauchter Munition aus dem Gefecht ausschied, für das er den möglichen Abschuss einer Me 110 beansprucht. Er tauchte ab und bemerkte eine Me 109, die ihm abwärts nachfolgte. Er wurde von feindlichem Feuer getroffen und erlitt Schaden an der Backbordtragfläche. Er ging in steileren Sturzflug, um im letzten Moment herauszuziehen. Er wurde ohnmächtig, kam Augenblicke später zu sich und stellte fest, dass er sich in ruhiger Fluglage befand und allein war.

Sergeant Westbourne schlug dem Kompass nach Kurs auf seinen Standort ein. Darauf wurde er voraus eines weiteren Jagdflugzeugs gewahr. Bei Annäherung identifizierte er es als eine Hurricane und erkannte darin die Maschine für seinen Flankenschutz in der gelben Halbstaffel, geführt von Sergeant-Pilot Tadeusz Polarczyk (abgestellt 18.6.40; siehe Akte RAF/OS(P)/JHP31b). Er flog dicht an ihm vorbei. Polarczyk befand sich auf waagerechtem Kurs, machte einen unverletzten Eindruck und hatte die volle Beherrschung seines Flugzeugs inne, das in mechanisch intaktem Zustand zu sein schien. Er machte eine freundliche Geste, als Westbourne dicht neben ihm überholte, und teilte diesem über Funk mit, eine Dornier 17 abgeschossen zu haben (bestätigt). Darauf überholte er Westbourne und näherte sich ihm voraus dem Flugplatz.

Westbourne berichtet, dass Sergeant Polarczyk sich dem Flugplatz in geringer Höhe näherte, schätzungsweise weniger als dreißig Meter über dem Boden. Darauf drehte er das Flugzeug um die Längsachse und flog in geschätzten zwanzig Metern Höhe rücklings über die Rollbahn, was anwesendes Personal fluchtartig auseinander trieb. (Hierbei ist zu sagen, dass es sich bei Polarczyk um einen erfahrenen Piloten handelte, einen der geschicktesten der Staffel.)

Westbourne landete daraufhin und wartete in seinem Cockpit auf seinen Kameraden. Sergeant Polarczyk wurde von seinem Kommandeur befohlen, vorschriftsmäßig zu landen. Eine verständliche Antwort ist nicht verzeichnet. Wie zuvor näherte er sich der Rollbahn äußerst niedrig und leitete dann jenes Mannöver ein, das als »Siegesrolle« bekannt ist. Im Zuge dessen verlor er an Höhe, und beim Austritt aus seiner umgekehrten Lage streifte die Spitze seines Steuerbordflügels den Boden. Die Maschine geriet umgehend in unkontrolliertes Trudeln, prallte gegen einen der Flugzeugbunker und ging in Flammen auf.

Sergeant-Pilot Westbourne musste daran gehindert werden, der brennenden Maschine zu nahe zu kommen. Ein Überleben war ausgeschlossen. Die verbliebene Munition begann zu explodieren, und das Löschfahrzeug blieb auf Distanz, bis sich das Feuer legte, worauf die Flammen erstickt wurden.

Die Überreste von Sergeant T. Polarczyk wurden für eine Beisetzung geborgen. Er ist für das Fliegerkreuz (posthum) vorgeschlagen worden. Der Vorfall lässt sich am ehesten als tragisches Unglück ansehen, das einem ausgezeichneten, jedoch übermüdeten Piloten widerfuhr. Den verbliebenen Flugzeugführern wurde mit Nachdruck klargemacht, dass derartige eigenmächtige Mannöver mit schwerwiegenden disziplinarischen Maßnahmen geahndet werden.

In Anbetracht des Geschehenen – der infrage stehende Pilot absolvierte während fünf Tagen vierundzwanzig Feindflüge – ist beschlossen worden, die Staffel für die Dauer einer Woche abzuziehen, bevor sie neuerlich Kampfhandlungen zugeführt wird.

So endet der Bericht. Es war der 30. September, der Tag der letzten geballten Angriffe bei Tageslicht, als die deutschen Verluste sich als untragbar erwiesen und die Air Force als stärker denn in den Wochen zuvor. Seitdem wurden alle größeren Angriffe bei Nacht durchgeführt.

Dieser »Blitzkrieg« sollte noch viele weitere Monate andauern, aber die Luftschlacht, obwohl sie offiziell erst am 31. Oktober endete, war beinahe schon von der Air Force gewonnen. Will sagen, sie war nicht verloren. Die anhaltenden Bombenangriffe auf London hatten bei der Bevölkerung keine panischen Rufe nach Frieden ausgelöst, wie noch in der Vorkriegszeit von sämtlichen Strategen angenommen. Ohne deutsche Luftüberlegenheit war die Invasion Großbritanniens unmöglich. Hitler blies das Unternehmen Seelöwe ab und befahl seinem Stab, Pläne für den Einmarsch in die Sowjetunion auszuarbeiten.

Der Mann, der auf britischer Seite die Luftschlacht gelenkt und durch seine Strategie begrenzten Eingreifens bestimmt hatte, Sir Hugh »Stuffy« Dowding, wurde seines Postens fristlos enthoben, und in der ersten offiziellen Geschichte der Luftschlacht um England taucht nicht einmal sein Name auf. Sein schroffes, wenig umgängliches Gebaren hatte ihm viele politische Feinde eingetragen; am schlimmsten jedoch wog sein Verbrechen, Recht gehabt zu haben.

Die alliierten Piloten (die Polen allein machten nicht weniger als zehn Prozent der im Südosten Englands eingesetzten Jagdflieger aus, gefolgt von den Tschechen und den Piloten aus dem Commonwealth und den Vereinigten Staaten, darunter viele hervorragende Leute), die in jenem Sommer mit dem Leben davonkamen, hatten nun deutlich bessere Aussichten, auch den weiteren Verlauf des Krieges zu überstehen, wiewohl das seinerzeit niemand vorhersehen konnte.

Auf andere Weise bleibt diese Zeit nicht minder unübersichtlich für uns Heutige. Obwohl wir besseren Zugang zu den Archiven haben, bleiben die Stimmung, die Atmosphäre der Zeit, das Denken der Menschen uns verschlossen. Diese Tage sind uns so nah und doch außer Reichweite wie die Toten dieser verschwindenden Generation, so wie der Lehmboden unter dem Beton in der Corrour-Schutzhütte.

28. Kapitel

Anfang Oktober

Ich stehe in der leeren Messe, der Tresen ist zu, aber ich halte eine halb volle Flasche Whisky in der Hand. Große Party heute Nacht, um unsere Freistellung zu feiern. Am Klavier jemand Neues für das unvermeidliche Gemeinschaftssingen, der neue Adjutant des Kommandeurs, ein Kerl namens Bates, kannte alle Lieder, spielte schön.

Einer, der als Flankenschutz fliegt. Wenigstens einen sollte jeder haben. Einen Schutzengel, eine rechte Hand.

Ich schau aufs Klavier hinunter und klapp den Deckel hoch. Streiche mit der Hand über die hellen und dunklen Tasten. Höre die alte Musik den Staub in einer leeren Messe aufwirbeln; Sniff Burton spielt Rags und Schlager. Und Tads tapfere Bemühungen, fröhlicher noch vor Maddys Tod.

»Ist leicht, Lenny! Du spielst die linke Hand, ja? Bringt man euch Bauern denn gar nichts bei? He, werd doch mal locker! Locker, mein Freund.«

Er war ein lichtes Gegenstück zu meiner Trübsal, meinte er mal zu mir. *Ohne Rücksicht*, das trifft es. Ohne Rücksicht und ohne Skrupel, der ideale Jagdflieger.

Der ideale Jagdflieger versucht fünfzehn Meter über dem Boden *keine* Siegesrolle.

Wer könnte um zwei Uhr früh hören, dass ich die

schwarzen Tasten befingere? Ich hab diese Vorstellung von Kapitän Nemo in, was war's doch gleich, *20 000 Meilen unter dem Meer*, der spielte immer Orgel und nur die schwarzen Tasten. Ich versuch's. Klingt nach Klagelied.

Ich wollte, ich könnte was Heiteres und Albernes anschlagen, ein mitreißendes »Jeepers Creepers«. Ein schnelles »Boomps-a-Daisy«. Aber mir fehlt die Fertigkeit dazu. Ist mir nie beigebracht worden. Außerdem hab ich mein Leben immer zu fest umklammert gehalten. Bin voller Tod gewesen, Tad, voller Tod.

»*Eines Tages verbrenn ich dies verdammte Mistding* …«

Ich gieße den Schnaps über die Tasten. Hol mein Feuerzeug hervor. Jetzt muss ich wir beide zugleich sein. Ich muss Staffelführer sein und Flankenschutz. Ich muss Sieger sein und der Besiegte, der abstürzt. Ein Scheiterhaufen für die Toten.

Eine große Flamme ist das in meiner zittrigen Hand.

Roger rief mich an – ob ich mich mit ihm treffen würde, bevor er wieder mit einem Konvoi aufbrach? Ich zögerte und dachte an meinen neuen Ernst im Hinblick auf Len. Dann kam mir der Gedanke, es sei durchaus möglich, dass Roger torpediert würde. Buddeln wir also die Vergangenheit wieder aus und gewähren ihr ein anständiges Begräbnis.

»Gern«, sagte ich. »Komm vorbei.«

Er holte mich mit dem Wagen seines Bruders ab. Er wirkte gewandt und gewitzt, selbstgewiss. Er sah mich an und hob die dunklen Brauen. Ich geb zu, dass ich reichlich schick aussah. Ich trug das Festkleid, in dem ich mit John G. getanzt hatte, nur um mich daran zu erinnern, wie töricht ich sein konnte (und weil es mir stand). Wir gingen in einem Restaurant essen, das nicht viel aufzufahren hatte. Zum Ausgleich tranken wir eine Flasche Wein und bestellten dann noch eine.

Und wir redeten. Über die Konvois, was sich schlechthin schauerlich anhörte. Kalt und nass und eine ewig lang gezogene Angst, Angst vor etwas, was man nicht einmal sehen konnte. Am Tag und bei Nacht jederzeit Angst, dass sich das Deck unter den Füßen aufbäumt und das Schiff auseinander gerissen wird, man untergeht und zuletzt in einem Meer brennenden Öls schwimmt. Entsetzlich. Der Luftkrieg ist da vergleichsweise sauber.

Aber er erzählte auch von Nächten auf Wache unterwegs nach Neufundland und wie hell die Sterne über der See strahlten, wie sie über den Himmel wanderten, während die Planeten ihre eigenen Bahnen zogen. Von der Phosphoreszenz, wenn die Schiffsschrauben weißes Feuer unters Wasser pflügten. Und von den Nordlichtern, die sich wie blasse Suchscheinwerfer unterm Himmelszelt trafen.

Es stimmte ihn ziemlich leidenschaftlich, und während ich sein Antlitz beobachtete, sah ich langsam wieder, was ich einst in ihm gesehen hatte. Jenes Gefühl von Überlegenheit, das ihn wie ein Nebel umflort hatte, war verschwunden, vom Krieg weggebrannt.

Ich erzählte von Maddy, unserer Freundschaft, wer sie war und wie wir uns kennen gelernt hatten. Schon fing es an, wie eine Geschichte über jemand zu klingen, den ich früher einmal gekannt hatte, obwohl ich sie weiterhin brennend und wirklich im Herzen barg. Das würde hoffentlich noch lange Zeit so bleiben. Teils durch den Wein wurde mir ein wenig gefühlig, und er legte eine Hand auf meinen Arm, als ich vor Rührung schluckte und nach Luft schnappte.

Dann erzählte ich ihm von mir und Len. Dass es zunächst nicht sonderlich ernst war und wie das, was wir einzeln und gemeinsam durchgemacht hatten, ein engeres Band zwischen uns wirkte. Wie er manchmal, wenn ich ihn betrachtete, von einem Glühen umgeben war, eines vor allem in seinen Augen und seinem Mund, und es zu anderen Zeiten fehlte, er aber auch dann noch gefühlvoll, lustig und verletzlich war. Und auf seine Art mutig. Ich meinte die Art, wenn man Angst bekommt, aber trotzdem handelt.

»Und, liebst du ihn?«, fragte Roger und suchte über den Tisch hinweg meinen Blick.

Ich ließ den Kopf sinken und überlegte. Liebe ich Len? Über die rhetorische Floskel oder das Dankeschön für tollen Sex hinaus? Ich hörte in mich hinein, lauschte auf Antwort, hob dann den Kopf und sah meinem ersten Liebhaber in die Augen.

»Es ist so«, sagte ich. »Ich atme ständig, obwohl mir das oft nicht bewusst ist. Wann immer ich mich aber danach frage, erkenne ich, dass ich atme. So liebe ich ihn. Jederzeit, selbst wenn ich es nicht empfinde.«

»Und dieser Tage«, fügte ich hinzu, »steht er nicht länger *draußen*. Ich habe ihn hereingelassen …«

Ich stockte. Er sah mich an, und ich glaubte, Neid in seinen Augen zu sehen.

»Heißt das, dass ihr, äh …?«

»Ja«, sagte ich bestimmt. »Und dazu sehr gut.«

Er schien mir ein wenig verstimmt. Was mich befriedigte, aber gesagt hatte ich es, weil es die Wahrheit war. Während ich sie aussprach, sah ich in der Tat zum ersten Mal Lens und meine gemeinsame Flugbahn vor mir und wo wir inzwischen gelandet waren.

»Gut«, sagte Roger. Er prostete mir zu. »Sei bloß vorsichtig, dass du nicht schwanger wirst.«

»Nun«, sagte ich trotzig, »das fänd ich dann auch nicht weiter schlimm.«

Und da hatte ich ihn geschockt. Sein Mund blieb offen stehen, dann schlug er die Augen nieder und ließ sein Glas sinken, und eine Weile schwiegen wir beide; er dachte wer weiß was, und ich war über das gerade Gesagte selbst etwas bestürzt. Es war weinseliges Gerede gewesen, es war mir nichtsdestoweniger herausgerutscht.

Wir leerten die zweite Flasche, dann fuhr er mich nach Hause. Unterwegs sprach er von seiner Angst, der Notwendigkeit dessen, was er tat, und den Augenblicken der Schönheit und eigentümlicher neuer Erfahrungen.

Er war schon immer ein Ästhet gewesen, das war sein Glaubensbekenntnis. Das Streben nach Schönheit in Kunst und Leben. In der Praxis schien es auf die Jagd nach jeder Frau hinauszulaufen, die seinen Weg kreuzte. Eine davon war ich gewesen, und gar so schlecht war es nicht. Er hatte mir das Gefühl gegeben, liebenswert und faszinierend und die Quelle allen Lichts zu sein. Weil er mir das gab, hatte ich mich in ihn verliebt, und wegen der Aufrichtigkeit seines eigenen Gefühls. Denn aufrichtig war es. Nur eben auch vorübergehend, mehr nicht, und ihm war mies zumute, wenn die Quelle allen Lichts woanders hin wanderte, sich ein anderes Gesicht suchte.

Es war Liebe, nur eben keine sonderlich reife.

Das letzte Stück fuhr er schweigend und hielt dann vor dem Haus. Er stellte den Motor ab, drehte sich mir zu und sah mich im Halbdunkel an.

»Weißt du, was mich heutzutage am meisten bewegt – außer deinem Liebreiz natürlich?«

»Natürlich«, sagte ich. »Nein, verrat es mir.«

»Schönheit und Opfer«, sagte er. »Wir müssen aufnehmen, was es an Schönheit gibt, und Opfer umgeben uns allerorten. So steht es mit uns. Unfreiwillig vielleicht, aber so ist es. Und ich glaube, dass es unsere Generation zugrunde richten und zugleich freisprechen wird.«

Schönheit und Opfer. Als wären wir wieder in einem unserer Seminare. Erörtern Sie das bitte! Roger brachte mich wenigstens zum Nachdenken.

»Na dann, gute Nacht«, wünschte ich.

»Auf Wiedersehen«, sagte er. »Ich werd an dich denken. Viel Glück.«

Dann gab er mir einen Kuss, etwas zu nah am Mund, und lächelte mehr oder minder entschuldigend.

Ich stieg aus, er ließ den Wagen an und war von der Nacht verschluckt.

»Auf Wiedersehen«, murmelte ich vor mich hin. »Viel Glück.«

Ich ging den Schlüssel ins Schloss stecken, aber die Tür öffnete sich von selbst. Mrs. Mackenzie funkelte mich an, und ich wusste, dass sie uns durchs Fenster beobachtet haben musste.

»Ihr junger Mann war am Telefon«, sagte sie. »Ich hab gerufen, aber Sie waren ja aus.«

»Ein alter Freund«, erwiderte ich und quetschte mich an ihr vorbei. »Wir waren essen.«

»Ach ja«, sagte sie und gab ihrer Stimme einen Klang, als hätte ich einen Wochenendausflug nach Gommorha hinter mir. »Und zweifellos Alkohol trinken.«

»Jede Menge«, sagte ich. »Eimerweise. Einen ganzen Ozean.«

Dann ging ich die Treppe hoch und lag kichernd auf meinem Bett, dachte an Len und wünschte ihn mir ausgestreckt an meiner Seite und seine Arme um mich.

29. Kapitel

Anfang Oktober

Unsere Staffel wurde für eine Woche abgelöst. Man verlegte uns in den Norden von London und stellte uns dienstfrei, sodass Stella und ich uns treffen und gemeinsam zu Tads Beerdigung gehen konnten. Die von Maddy blieb aufgeschoben, solange die Behörden ihre Familie ausfindig zu machen versuchten; derart nachhaltig hatte sie sich abgenabelt.

Mit etwas war es vorbei, etwas wie schlichtem Glück, wie Lachen. Um zu sagen, was für uns übrig bliebe, dazu war es noch zu früh.

Nach der Beisetzung, nach dem fast leeren Krematorium und dem kurzen Brüllen der Flammen und den paar Worten, die fielen, gingen wir schweigend den Fluss entlang, um ein Picknick zu machen. Sandwiches, Tomaten, Eier, Kekse und zwei Flaschen Bier. Ich duckte mich unter dem Stacheldraht hindurch und hielt ihn für sie hoch, dann gingen wir langsam durch das hohe Gras eines großen Feldes. Um die Mittagszeit war es heiß und still, und im Schatten der staubigen Ulmen summten beharrlich die Fliegen.

Über den Zauntritt hinweg betrat ich das nächste Feld. Ich streckte die Hand aus, und im Hinuntersteigen griff sie danach. Sie ging auf dem lehmgelben Pfad an mir vorbei, und ich nahm fast gedankenlos Anteil an ihrem Vorbeigehen, dem leisen Rascheln und Schwingen ihres Sommerkleids, ihrem aufgetürmten Haar, das ihr doch in Strähnen in den sommersprossigen Nacken fiel.

Der Pfad machte eine Biegung, zog sich eine Böschung hinunter und ging auf den Fluss, wo eine schwache Brise unsere Arme und Gesichter kühlte. Der Fluss verströmte sich hier in einen tiefbraunen Teich, der in ein von Bäumen abgeschirmtes jenseitiges Ufer einschnitt. Von einem der Bäume hing eine Seilschaukel. Das Gras sah aus, als sei es seit Wochen nicht mehr niedergedrückt worden. An unserem Ufer, einer kieseligen Landzunge, fanden sich die Reste zweier Lagerfeuer.

»Hier geht's«, sagte ich.

Ich stand, die Hände in die Hüften gestemmt, auf den Steinen und dachte an Tads Sarg. Ich dehnte die Finger, spürte noch immer den Messinggriff sich tief einprägen. Das Schlimmste waren die Flammen gewesen, das Endgültige daran. Und selbst da war es schwer gefallen, nicht zu kichern beim Gedanken an die Sinnlosigkeit des nochmal Verbrennens, was bereits verbrannt war.

Ich schüttelte den Kopf über meine eigene betrunkene Zerstörungswut am Klavier in der Messe. Wie der schwarze Lack aufgeplatzt war und Blasen geworfen hatte, kurz aufflammte und dann erlosch. Sinnlos.

Ich kniete nieder und deponierte die Bierflaschen im Wasser, krempelte den nassen Ärmel auf und ging zu Stella hinüber, die, umgeben von hohem Gras und Wiesenkerbel, auf der Böschung saß und ihr gelbes Kleid um die Knie geschlungen hielt, während sie den Fluss hinunter starrte.

Ein fernes Meeresrauschen über uns in den Ulmen. Irgendwo im Blattwerk gurrte eine Ringeltaube. Glucksen und Gurgeln von den Untiefen flussabwärts. Ich legte mich zurück, schloss die Augen und ließ alles um mich herum treiben.

Gott, fühl ich mich alt. Bin Veteran mit zweiundzwanzig, aus der Mode und von sorglosem Gebrauch verschrammt, ein Arm ist schief, das Ellbogengelenk für immer angestaucht. Ich fühl mich wie ein Sessel, in dem ich auf ewig ausruhen will. Ich möchte nur noch tagsüber in die Sonne gestellt und nachts wieder reingeholt werden …

Jeden Morgen wasche ich sorgfältig mein Gesicht mit dem heißesten Wasser, das der Hahn hergibt. Ich rasiere und mustere mich danach eingehend im Spiegel. Die Furchen lassen sich nicht abwaschen; schon breiten sich um den Mund und auf der Stirn die ersten feinen Verästelungen aus. Und selbst nach diesen paar Tagen Ruhe könnte man alles, was man für einen Monat in freier Natur braucht, in meinen Tränensäcken verstauen …

Hätte nie gedacht, dass ich so lange lebe. Vor Stella, als der Krieg und ich jung waren, schien das nicht weiter viel zu bedeuten. Das Dumme an den Frauen ist, dass es uns ihretwegen nach einer Zukunft verlangt. Dusty Miller wurde endlich an einen Schreibtisch befördert, ist mit siebenundzwanzig schon zu alt. Nun wird er's überleben. Und doch schien er bei der Zecherei, die wir abhalten mussten, irgendwie nicht in Form, denn er war keiner von uns mehr.

Der Wind lässt ihr Kleid rascheln, die Ringeltaube gurrt im Geäst. Wir liegen auf der Böschung ausgestreckt, während das Bier kühlt, und sanft berühren sich unsere Finger.

Manchmal scheint es, als sei die Berührung unsere einzige Ausflucht.

Motorengeräusch in der Ferne, ein leises Surren wie von Stechmücken …

»He, du da!«

»Wer, ich?«

Ihre Hand unter meinem Hemd löst sanft die Knöpfe. Sonnenhitze auf der Haut.

»Ja, du. Hast du Lust …«

»Was, hier?«, fragte ich.

»Wo sonst?«

Ich schlug die Augen auf, sah sie von oben herab grinsen, voll Übermut und Leben. Warf einen Blick über den Fluss hinweg auf den Schutzschirm aus Bäumen, dann hinter uns auf das hohe Gestrüpp. Hier war seit Ewigkeiten niemand mehr gewesen.

»Jetzt?«, fragte ich.

»Wann sonst?«, erwiderte sie.

»Ich hab keine … Ich meine, ist es sicher?«

»Was heißt sicher?« Sie öffnete den letzten Knopf und sah unverwandt herab auf mich. »Sicher genug«, sagte sie. »Komm schon.«

Ich hockte am Flussufer und wusch mich. Das Wasser war frisch, aber überraschend lau. Ich schaute mich nach ihm um, doch er hatte die Augen zu und döste wieder. Er schläft so viel.

Ich trat weiter in den Teich hinein. Er sah tief und sauber aus, um mich herum klares Wasser, das am anderen Ufer dunkelgrün war und die Bäume widerspiegelte. Ich wollte es auftrinken. Ich wollte es am ganzen Leib.

Ich streifte das Kleid von den Schultern, knautschte es hinter mich auf die Steine, zog die Unterwäsche aus und stürzte mich ins Nass.

Himmel, war das kalt. Der Schock brannte auf der ganzen Haut. Ich tauchte den Kopf unter, kam wieder hoch, und danach war alles gut. Ich spürte das Wasser überall, rings um mich.

Er saß aufgestützt und beobachtete mich. Ich winkte, drehte mich dann auf den Rücken und schaute meinem eigenen Dümpeln zu. Die Bäume wölbten sich über meinem Kopf, so hoch und von dunklem, erschöpften Grün. Ich kraulte kraftvoll ans gegenüberliegende Ufer, wendete und folgte ihm bis ans obere, dann wieder hinunter ans untere Ende des Teichs. Vermutlich gab ich ein bisschen an, weil ich wusste, dass er kein guter Schwimmer war, aber ich. Dank meines Vaters. Auf einmal bohrte sich mir Reue wie ein Bajonett in die Brust.

Aber ich war am Leben. Ich zog mich am jenseitigen Ufer hoch und ließ mich von der Sonne langsam trocknen. Meine Nacktheit machte mich zwar befangen, aber es war doch irgendwie ganz wunderbar. Ich studierte die Wassertropfen, die auf meinem Arm verdunsteten, und begann, die aufblühenden Sommersprossen zu zählen.

Man könnte sich fragen, dachte ich, wie man nur kopfüber ins Ungewisse springen und jemanden lieben kann, der womöglich in ein paar Wochen schon ums Leben kommt. Doch worin unterscheidet sich das davon, jemandem sein Herz zu schenken, der binnen weniger Jahre sterben könnte? Denn früher oder später müssen sie nun einmal alle sterben. Und das wird entsetzlich weh tun. Je länger man zusammen gewesen ist und je mehr man sich aus einander gemacht hat, desto schlimmer wird es dann sein.

Ich streichelte mir trostsuchend den Oberarm. Er war bereits trocken, die Haut weich und fest. Ich bin jung, dachte ich mit gewissem Staunen. Die Sache mit dem Sterben wird früher oder später ohnehin kommen. Hauptsache, man lebt vorher noch.

Ich schaute nach links, sah an einem über dem Fluss schwebenden Ast ein Seil hängen und wusste, was zu tun war. Ich stand auf und bahnte mir am Uferrand meinen Weg, wobei ich mir sehr bewusst war, dass er mich beobachtete, wie ich da einer zartfüßigen Eva gleich durchs Gras schlüpfte. Hoffentlich gefiel ihm, was er sah, weil ich es war.

Ich kletterte auf den Fels, der über das Wasser ragte, angelte nach dem Seil und zog es an mich. Es lag warm und rau in den Händen und sah kräftig aus. Ich schaute auf den Teich – ein ganz schönes Stück abwärts, doch tief genug schien er zu sein. Wie ich so in die Tiefe starrte, sah ich mich selbst, mein geisterhaftes Spiegelbild, meine andere Seite zu mir emporblicken, und ich fragte mich, wie es meinem *Fräulein* ging und wie wir jemals die Entfernung überbrücken könnten, die zwischen uns lag.

Ich zauderte und warf ihm über den Fluss hinweg einen Blick zu. Er saß nun aufrecht und wartete ab. Wäre ich allein gewesen, würde ich das jetzt nicht tun, so viel wusste ich, doch da er zusah, musste ich es schon meinetwegen tun und war darüber froh.

Ich trat ein paar Schritte zurück und hielt das Seil fest umklammert. Es ging ziemlich in die Tiefe, und bei der Aussicht loszulassen krampfte sich mein Magen zusammen. Leb vorher ein bisschen, sagte ich mir. Sieh es als Fliegen an.

Ich nahm Anlauf und flog.

Durch die Luft, der Fluss glänzte unter mir. Blieb unter seinen Augen einen Moment in der Schwebe. Alles ist klar, ist angehalten. Mein Spiegelbild, mein *Fräulein* sieht zu mir hoch. Dann der Fall, alles verwischt sich, und Klatsch! hinein ins Wasser. Der Schock dabei. Unter der Oberfläche, Wasser so kalt in Ohren und Augen, dann das Wiederauftauchen in die Welt. Sonnenschein und Bäume. Wieder vereint mit allem, mit mir selbst. Mein Gelächter und sein Beifall, als ich zurück durch den Teich schwamm.

Er nahm mich beim Arm, während ich unbeholfen aus dem Wasser stelzte.

»Schätze, das verlangt nach einem Bier«, sagte er. »Ich bin beeindruckt.«

»Prima«, sagte ich. »Feine Sache. Kannst du mir mein Kleid reichen?«

Er hob es auf und hielt es mir aufgeschlagen entgegen wie den Bademantel eines Boxers. Ich schlüpfte rückwärts hinein.

»Ich sterbe vor Hunger«, sagte ich.

»Ich liebe dich«, sagte er beiläufig.

Ich wandte den Kopf. Sein Gesicht war Zentimeter von meinem entfernt. Ich fühlte mich, als sei ich nur einiger weniger Sekunden wegen auf der Welt. Ich leckte salzigen Schweiß von seiner Oberlippe.

»Ja«, sagte ich. »Ist das nicht irre?«

»Irre schön oder Irrsinn?«

»Beides. Eindeutig beides.«

Das Wichtige ist das Loslassen. Das begriff ich damals.

30. Kapitel

Mitte Oktober

Paddy McNally, der meine andere Flanke schützte, war als Sergeant zu uns gekommen, aber rasch Offizier geworden, und erntete dafür von uns niederem Volk eine Menge Hänseleien. Als Pilot war er beherrscht, und ich vertraute ihm. Wir flogen gemeinsam, während ich sehr nervös war und nicht aufhören konnte, an den Tod zu denken und an Tad. Ich schlief schlecht und träumte zu viel. Paddy und ich nahmen das Tischtennisspiel auf als Versuch, unsere Reaktionen zu schärfen und blitzschnelles Handeln zu üben.

Es war der dritte Feindflug an unserem vierten Tag zurück an der Front. Wir griffen einen Bomberpulk auf etwa 4500 Metern Höhe an, während das Geleit ringsherum und darüber der Geleitschutz des Geleits von den Spits rangenommen wurde. Ich überprüfte die Position der blauen Halbstaffel und wies sie an, höher zu steigen. Angeführt wurde sie von einem Neuen, der keinerlei Kampferfahrung hatte. Nicht zu fassen. Ich blieb ziemlich ruhig bei der Sache bis zum Augenblick, bevor ich den Angriff befahl, doch dann blieb mir dieser pelzige Kloß aus Furcht und reinem Adrenalin im Hals stecken, und wir stießen zu.

Ich ging im falschen Winkel rein, verfehlte alles, wurde mir vage der Me 109 bewusst, die auf mich einschwenkten.

Weiter oben hingen ein paar Wolkenfetzen, und ich steuerte darauf zu, während Paddy eng an mir kleben blieb.

»Oh Gott! Nein!«

Sein Schrei in meinem Kopfhörer. Noch als ich das rechte Seitenruder hart einschlug und den Jäger vorbeischießen sah, sichtete ich Paddys Flugzeug, das mit einer halben Tragfläche weniger durch den Himmel kreiselte. Ich meinte seinen Arm hochkommen, die Hand nach der Kanzelhaube langen und die andere Hand vors Gesicht gepresst zu sehen. Dann war ich in den Wolken und er verschwunden.

Zwei Tage darauf lag er ziemlich gelassen im Lazarettbett und erzählte mir die Geschichte. Meinte, er habe mir etwas zu sagen. Etwas Wichtiges. Aber zuvor musste ich mir die Geschichte anhören.

Sein Gesicht war der Zimmerdecke zugekehrt, als ich mich auf die Bettkante setzte. Das Krankenzimmer war blau gestrichen, blassblau wie vor langer Zeit, in den Anfangstagen, der Himmel morgens auf Patrouille.

»Sie sagen, dass ein Geschosssplitter meinen optischen Nerv angerissen hat«, sagte er und führte eine Hand an seinen Verband. »Ich war sofort blind. Es hat höllisch gebrannt. Aber dann fand ich die Haubenraste, klinkte auf und fiel hinaus.

Ich konnte Motoren hören, sehr viele, und war nicht sonderlich scharf drauf, ihnen ins Gehege zu kommen oder beschossen zu werden, also beschloss ich, zwanzig Sekunden abzuzählen. Ein Elefant, zwei Elefanten, du kennst ja die Masche. Dann zog ich an der Leine.

Er ging auf. Barmherzige Mutter, er ging auf. Meine nächste Sorge war das Landen. Also spitzte ich die Ohren. Sperrte sie so lange auf, bis ich einen Hund bellen hörte, dann eine Lerche zirpen, dann Stimmen. Zeit, sich für den Aufprall zu wappnen.

»Ein aufgepflügtes Stoppelfeld«, sagte er. »Ich hatte Schwein. Es hätte alles Mögliche sein können, war es aber nicht. Ich spuckte den Dreck aus, legte mich auf den Rücken und grölte ›Stardust‹, bis sie mich fanden. Gott, Len, hat sich die Erde unter meinem Rücken gut angefühlt! Ein Geschenk und irgendwie mehr, als ich verdiente. Verstehst du?«

Sein Kopf drehte sich in meine Richtung. Ich dachte an Stella, wie sie sich nackt über den Fluss schwang und kreischend fallen ließ. Ihr Aufschrei beim Eintritt ins Wasser. Ihr Gelächter beim Auftauchen.

»Ja, glaub schon«, sagte ich.

Er drehte sich auf die Seite und lag dem Fenster zugekehrt. Draußen war früher Abend und schönes Wetter. Ich war geradewegs vom Flugplatz gekommen, gleich nachdem ich dienstfrei bekommen hatte.

»Blind«, sagte er. Er sprach sorgfältig und langsam. »Blindsein ist nicht wie Verdunklung, Len. Anders als du denkst. Es ist ein milchiges Blau. Das Komische ist, dass es einem die Welt näher bringt. Sie fester macht, verstehst du?«

Seine Hand strich über die Tagesdecke, und einen Augenblick lang konnte ich mir vorstellen, was er meinte. Dass er mit allem auf Tuchfühlung stand. War es das, was er mir sagen wollte?

Er lächelte verschmitzt. »Die ganzen letzten Monate waren verschwommen«, sagte er. »Richtig betrachtet haben wir eigentlich gar nichts mehr. Wir konnten nicht sehen.«

Ich saß da und schwitzte mit einem Mal. Konnte nicht sprechen. Er setzte sich auf, nestelte unter seiner Matratze nach einer Blechdose und fing an, sich eine Zigarette zu drehen. Besonders gut bekam er das noch nicht hin, aber ich ließ ihn weitermachen. Er würde es lernen müssen.

»Und Len«, fuhr er fort, »die Hälfte von ihnen ist verrückt, weißt du. Ziemlich verrückt. Und die meisten davon, ach, es fehlt ihnen nicht an Mut, aber sie sind entweder stumpf oder dumpf. Sie sterben und haben keine Ahnung ... Und darum ist es schade. Findest du nicht?«

Er steckte sie sich an und lächelte in meine Richtung.

»Und jetzt habe ich dich schockiert«, sagte er. »Doch wir beide wissen, dass es wahr ist. Tut mir Leid, dass ich nicht schon früher davon gesprochen habe, statt bloß Tischtennis zu spielen und Halbe zu trinken. Aber dann wäre ich ein Spielverderber gewesen, oder? Jetzt sehe ich keinen Grund mehr, nicht zu sagen, was ich möchte.«

Ich saß da. Womöglich stand mein Mund offen. Niemand redete so. Selbst mit Tad hatte ich meine Gedanken zumeist für mich behalten. Vielleicht dachten wir alle dasselbe, behielten es aber für uns.

Ich sah dem Spiel der Zweige zu, die auf der gegenüberliegenden Wand verschmolzen und sich wieder voneinander lösten, von der tiefstehenden Sonne erfasst und als Schatten über meine Schulter geworfen. Das beobachtete ich und fühlte mich, als trennten sich die Zweige in meiner Brust.

»Fällt natürlich leicht, am Spielfeldrand Reden zu schwingen!«, lachte er. »Aber ich bin hier, um dir folgendes zu sagen, mein Junge. *Schon zu leben heißt sich verlieben*. Es ist ein Geschenk, und an Geschenke klammert man sich nicht zu sehr. Man drückt sie nicht an sich. Man gibt sie weiter, richtig?«

Er zuckte zusammen, brach ab, seine Hand wanderte zu

seinen verbundenen Augen hinauf, um dann langsam wieder zu sinken.

»Egal«, sagte er. »Wie geht's Stella? Und nimmst du das Offizierspatent an?«

»Gut«, antwortete ich. »Blüht und gedeiht. Und nein, schätze nicht.«

Draußen tönte eine Hupe. Ich trat ans Fenster, sah hinaus und empfand es zum ersten Mal als wunderbar, sehen zu können.

»Muss los«, sagte ich. Legte die Hand auf seinen Arm. »Das ist der Adjutant. Danke für den Wink, werd versuchen, mich dran zu halten.«

»Na klar«, erwiderte er. »Keine Ursache. Danke fürs Kommen.« Sein Griff um meinen Arm wurde fester. »Hast dein Fliegerkreuz bekommen, hab ich gehört«, sagte er. »Glückwunsch.«

Ich gab ein bescheidenes Murmeln von mir, obwohl ich ziemlich glücklich darüber war. Er tätschelte meine Hand, als wäre er ein alter Mann oder ich ein Kind.

»Trara, Paddy«, sagte ich. »Ich muss los.«

Er nickte in meine Richtung und grinste.

»Wiedersehen!«

Ich verließ ihn darauf und ging durch eine Reihe von Türen einen langen, blassgrünen Flur entlang.

Keine Wut, kein Selbstmitleid, mein Gott, keine Angst. Blindsein ist anders, als man sich vorstellt. Und Totsein heißt nicht auf ewig im Dunkel wach liegen. Was es auch sei, das ist es nicht.

Ich dachte daran, wie ich als Kind Grippe hatte und der Bademantel an der Türinnenseite zum Ungeheuer wurde, das mir dermaßen Angst einflößte, dass ich die ganze Nacht über keinen Muskel zu regen noch kaum zu atmen wagte, damit es mich nicht entdeckte. Als aber der Morgen anbrach und das Fieber sank, erkannte ich darin wieder das, was es war. Bloß ein Bademantel. Worauf ich mich überwand und ihn überstreifte, um ins Badezimmer zu gehen.

Ich streifte ihn über. Das war alles.

Zum letzten Paar Türen trat ich klarsichtig und entschlossen hinaus ins blendende Licht.

Rings um den Lichtkegel unserer Lampe herrscht Dunkelheit. Es ist fast zehn, und er scheint eingenickt zu sein. Aber ich bin hellwach angesichts dessen, was wir getan haben. Ich weiß es, selbst wenn er es nicht ahnt. Im Herzen weiß ich es.

Meine Augen sind offen, und ich sehe. Ich sehe weiter als er, glaube ich, von meinem sicheren Ort aus, den Ort, den er mit seinem Flugzeug beschützt. Das ist unsere Abmachung.

Die Toten sind gegenwärtiger als die Ängste, ganz wie es sein soll. Hoffentlich begleiten sie mich noch jahrelang. Hoffentlich kommen sie zu mir zurück, sobald Friede ist, sodass ich erst aus dem Tritt gerate und dann lächele, während ich mein Kind zur Schule begleite. Ich weiß, dass diese Schmerzen verklingen, diese Tränen über die Jahre trocknen werden, doch möge etwas von ihnen zurückbleiben. Mein Dad, Maddy, Tad – möge ich mich ihnen nahe fühlen, wenn ich ihre Rahmen abstaube, und dann fortführen, was aus meinem Leben geworden sein mag.

Len ist fest eingeschlafen, scheint mir. Bald muss ich ihn aufwecken und zurück zu seinem Fliegerhorst schicken. Er träumt vom Fliegen und Überleben und hoffentlich davon, vorsichtig zu sein. Wir sind in jeder Hinsicht vorsichtig gewesen außer in der einen, und das ist meine Schuld.

Aber es war richtig. Ich weiß, dass es richtig war. Ich weiß es.

Sprich es aus, und sei es auch bloß dir selbst gegenüber, derweil sie still an deiner Seite liegt. Sprich die Mythen aus, nach denen wir leben.

Flugzeuge werden brennen, doch dieses Flugzeug nicht.
Männer wird man töten, doch diesen Mann hier nicht.
Lieben werden bitter, doch diese Liebe nicht.

Das sind die Lügen, die uns bis ans Ende gehen lassen. Gib sie weiter, immer weiter.

Denk jetzt scharf nach, denn sonst ist keine Zeit mehr dafür. Warum sollten wir uns als Ausnahmen erweisen, wenn sich die Regel aus jenen ableitet, die sich für Ausnahmen hielten?

Aber es gibt keine Furcht, nur diese Ergebenheit, so umfassend und unbewegt wie die Nacht hinter ihrem Verdunklungsrollo.

Ich hielt es immer für einen Widerstreit, zu lieben und in diesem Krieg zu kämpfen. Und jetzt denke ich, dass ich weiterkämpfen muss, und zwar nicht aus Gewohnheit oder Begeisterung für das Abenteuer oder einfach Gehorsam den Stimmen gegenüber, die uns führen. Nicht einmal mehr aus Zorn. Aber ich werde morgen wieder aufsteigen, weil ich glaube, dass wir bekämpfen, was sich gegen das Leben stellt, gegen die Liebe.

In diesem Fall also kämpfe ich, um zu lieben. Das ist die

einzige Art, auf die wir es weiterhin tun und dabei menschlich bleiben können.

Alles, was wir haben, verlieren wir, so viel ist sicher. Doch alles, was wir verlieren, haben wir gehabt. Und ich muss versuchen, es leicht zu nehmen.

Meine Hand hebt sich und fällt auf ihre atmenden Rippen. Diese Zerbrechlichkeit.

18. Oktober 1940

Du gehst über den Rasen auf die Flugzeugbunker zu, und der Fallschirm klatscht dir von hinten gegen die Schenkel – du, Coco Cadbury und ein neuer Flankenschutz, dessen Name dir immer wieder entfällt, Andy sowieso. Es ist dieser Tage schwierig geworden, sich neue Daten und Gesichter zu merken, als ob dein Gedächtnis ein mit Besuchern voll besetztes Wartezimmer wäre, sodass die Neuzugänge draußen bleiben müssen.

Wie gut du sie dir vorstellen kannst und noch ihre Stimmen hörst, während sie essen und reden, Karten spielen, warten und trinken und singen. Der gut aussehende Geoff Prior gleich neben Johnny Staples mit seinem zerzausten und abstehenden Haar, der sanfte St John, der Ratschläge raunt, die von Adel sind, Bo Bateson ganz plump-vertraulich und voller grässlicher Witze. Sniff spielt Boogie-Woogie, Shortarse Madden mit seinem frechen Grinsen, der fröhliche Fred Tate. Und Tad. Vor allem Tadeusz, von seinem glänzenden braunen Budapester auf dem versteinerten Baum bis hin zu den letzten trunkenen Liedern am Klavier. Und dazwischen das Gelächter und das Töten.

Du fühlst dich drangvoll mit den Toten. Du trägst sie alle

eingepfercht in dir herum. Kein Wunder, dass dir zuweilen das Atmen schwer fällt.

Doch nicht an diesem Morgen. Es ist ein schöner Morgen, das Gras schwer vom Tau und kühl die Luft, fast klamm. Jetzt ist schon richtig Herbst, und man hört die Fasane im Wald gockeln. Wie gut es jetzt täte, auf der Schaukel deiner Schwester zu sitzen, deine Mutter zu überraschen, wenn sie vor die Tür tritt, dich mit deinem Vater zu treffen, um in den Pub zu gehen und endlich das Gespräch zu führen, das du nie geführt hast. Beim nächsten Urlaub ganz bestimmt.

Dieser Tage versuchst du, allem umgehend gerecht zu werden; während du also mit Coco über das Fußballspiel kommendes Wochenende schwatzt und dabei ein Auge auf Andy behältst und ihn mit einzubinden versuchst, nimmst du Notiz von der aus westlicher Richtung aufziehenden Wolkendecke und fragst dich, ob du dich darüber oder darunter wiederfinden wirst. Ein Ort am Himmel wenigstens, wo man sich verstecken kann.

Während die Maschinen aus den Bunkern gerollt werden und du dem griesgrämigen Evans zunickst, fällt dir der Brief an Stella ein, den du unfertig zwischen die Seiten eines Detektivromans gesteckt hast. Du schriebst, wie Leid es dir tue, dass du nicht mit zu Maddys Beerdigung gehen kannst, die für diesen Morgen angesetzt ist. Maddys wegen wolltest du ihr beiwohnen, ihretwegen vor allem. Du weißt, was es bedeutet, den engsten Freund der Kriegszeit zu verlieren. Dann ertapptest du dich dabei, davon zu schreiben, was nach dem Krieg kommt. Von Heirat und Kindern und in einer Art, wie du es ihr nie ins Angesicht gesagt hast. Du fragst dich, ob du den Brief abschicken sollst.

Dein Schlips sitzt zu eng, und du lockerst ihn, während du auf die Tragfläche steigst und in die Kanzel kletterst.

Anständig gekleidet für einen weiteren Arbeitstag im Büro. Reichlich beengtes Büro, und die leuchtend gelbe »Mae West« wie immer ein klobiges Ärgernis.

Scheint wirklich so, überlegst du, während du die Kontrollliste abhakst und Evans den Startwagen anschließt, dass du und die anderen so was wie einen Sieg errungen haben. Zumindest eine Verschnaufpause. Denn die Flut der Bomber, die Tag für Tag über den Himmel geschwappt war, endlos wie Kräuseln auf der Meeresoberfläche, sie ist zu einem Tröpfeln verronnen und zwar so plötzlich, als hätte jemand einen Hahn zugedreht.

Nachts werden die Städte noch immer schwer bombardiert, und daran lässt sich nur sehr wenig ändern, bis sie das Problem gelöst haben, Funkortung in Nachtjägern unterzubringen, aber die Großangriffe bei Tageslicht haben aufgehört und sind durch nichts ersetzt worden außer ein paar kleinen Störangriffen. Stella erzählt dir, dass sie stundenlang vor ihrem Schirm sitzt und sich so gut wie nichts zeigt.

Vielleicht hast du's geschafft.

Du wirfst den Motor an, und Evans karrt die Akkumulatorbatterien wieder fort und zieht dann die Bremskeile weg. Du schaust hinüber zu Coco und Andy und wartest auf ihre emporgereckten Daumen. Alles geht sehr ruhig und vorschriftsmäßig zu, nur eine weitere Aufklärungspatrouille. Vergangen sind die hektischen Alarmstarts, die auf den Flugplatz regnenden Bomben, die im Tiefflug sich nähernden feindlichen Jäger, die Sorge um Stellas Sicherheit in den ungeschützten Baracken. Die Landungsboote sind bombardiert oder zerstreut worden; eine Invasion wird es dieses Jahr nicht geben.

Du denkst an ein Schachspiel, das in Wirklichkeit *Mensch, ärgere dich nicht* war, und du schmunzelst und schüttelst den Kopf, während du über das Gras rollst und auf die neue Betonbahn einschwenkst. Am jenseitigen Ende stehen die Bäume, zu denen du hinübergegangen bist und wo du deinen Namen eingeritzt hast. Während du Vollgas gibst und langsam in Fahrt kommst, gerät dir aus irgendeinem Grund ein Tischtennisschläger in den Sinn, der dort in genau demselben flachen Winkel auf dem kleinen weißen Ball ruht, wie du ihn gerade zurückgelassen hast. Dann verwischt der Boden, und deine Tachonadel klettert hoch, sodass du den Knüppel sachte anziehst, und du löst dich ein weiteres Mal von der Erde, und es fühlt sich gut an.

(Als sie das Haus von Mrs. Mackenzie verlässt und sich auf den Weg zu Maddys Begräbnis begibt, strauchelt sie und fängt sich mit einer Hand auf der Gartenmauer. Eine rasche Welle von Übelkeit hat sie gerade durchflutet, und dazu kam das Gefühl, auf ebenem Pflaster aus dem Tritt geraten zu sein. Sie steht im Sonnenschein mit Schweiß am Haaransatz, unsicher über das, was eben geschehen ist, und sie lächelt ungewiss in den Morgen, während Len in das Feuer eingeht, zu dem er wurde.)

31. Kapitel

Das Foto behielt sie für den Rest ihres Lebens neben ihrem Bett, ganz gleich, wo sie schlief. Er trägt die Uniform, aber sein Schlips ist gelockert, seine Mütze zurückgeschoben, und lehnt mit verschränkten Armen an einem Baum, die Augen vom Licht verengt, in das er grinst. Das Laub über ihm ist dicht und dunkel. Hochsommer also. Aufgenommen neben einem von Sonne und Schatten bestrichenen Pfad. Hinter ihm ein Zaun und dann ein Feld, das hoch mit irgendeinem Getreide bestanden ist, Weizen wahrscheinlich.

Bei so vagen Einzelheiten könnte es irgendwo in Südengland sein. Es ist niemand mehr am Leben, der es genauer wüsste. Evelyn, der zuverlässige, geduldige Evelyn, der das Kind wie sein eigenes aufzog, erlitt vor zehn Jahren einen Herzanfall. Und schließlich ist auch sie in das Schweigen eingetreten, um sich den Übrigen aus ihrer schwindenden Generation zuzugesellen, deren Verhaltensnorm auf dem Opfer beruhte und deren Suche einer annehmbaren Normalität galt, wenn auch einer, die es nie recht gab. Die es so verwirrte, als wir uns abkehrten von dem, was sie geschaffen hatten.

Geblieben sind einzig die Briefe, seine Tagebücher und die Geschichten, die sie gegen Ende erzählte. Die lange aufgeschobenen Geschichten, die davon handelten, woher du stammst, und die ihr lebendiger und wirklicher erschienen als das Zimmer, in dem sie lag. Außerdem dieses Foto im silbernen Rahmen, das über die Jahre Staub und Blicke auf sich gezogen hat. Und drei verstaubte, aber grellbunte Armreifen. Sie schimmern auf dem Tisch blaugrün und rosa meliert, und jetzt weißt du endlich, was sie bedeuten.

Und ganz unten am Boden der Hutschachtel im Kleiderschrank liegt ein weiteres Foto. Schwarzweiß natürlich, obwohl ihre Welt das genauso wenig war wie unsere.

Es zeigt sie und wurde an einem Fluss aufgenommen. Hinter ihr liegen ein stiller tiefer Teich, dann das jenseitige, von Bäumen dunkle Ufer, und wenn man genau hinsieht, hängt von einem der Äste eine Seilschaukel. Sie trägt ein lose fallendes Baumwollkleid mit vorderer Knopfleiste, und das feuchte Haar ist ihr an den Kopf geklatscht, während sie sich zwischen Licht und Schatten bewegt und in der linken Hand eine offene Bierflasche hält. Den Bäumen nach zu schließen herrscht Spätsommer, und sie lächelt, bei Gott, sie strahlt, das Leben strömt aus ihrem Antlitz dem Betrachter entgegen und dem glücklichen Mann, der die Kamera ans Auge hob in jenem Moment jenes Sommers.

Danksagung

Dieser Roman hat seinen Ursprung in der Sammlung erzählender Gedichte »A Flame in Your Heart« von Andrew Greig und Kathleen Jamie, Bloodaxe Books 1986.

Es sind viele Bücher über die Zeit der Luftschlacht um England geschrieben worden, doch für diese Geschichte waren folgende von besonderem Nutzen: *Fighter* von Len Deighton; *The People's War* von Angus Calder; *The Last Enemy* von Richard Hillary und *The Forgotten Few* von Adam Zamoyski, eine Geschichte der polnischen Piloten im Zweiten Weltkrieg.

Und das Buch selbst verdankt vieles dem engagierten Lektorat von Jon Riley bei Faber und der eingehenden Lektüre und Unterstützung durch Lesley Glaister.

Louis de Bernières

Corellis Mandoline

Roman

Aus dem Englischen von Klaus Pemsel

Band 13657

Kephallonia ist eine griechische Insel im Ionischen Meer, berühmt für ihre Anmut und den Zauber ihres Lichts, als Knotenpunkt vieler Schifffahrtsrouten seit jeher ein bevorzugtes Ziel von Invasoren jeglicher Herkunft. Im Zweiten Weltkrieg landeten hier die Italiener, dann die Deutschen. Im Mittelpunkt dieses magischen, ergreifenden Romans steht Pelagia, die schöne, stolze, eigenwillige Tochter des Arztes, die sich zwischen zwei Männern entscheiden muss: Mandras, dem jungen Fischer, der die Delphine aus den Tiefen des Meeres hervorzulocken vermag und sich den Partisanen anschließt, und Antonio Corelli, dem Offizier der italienischen Besatzungstruppen, der die Frauen und die Musik mehr liebt als den militärischen Drill. Aber der Krieg gestattet keine idyllische Abgeschiedenheit. In Zeiten der Barbarei treten Treue und Verrat offen zutage, große Gefühle werden vom Wahnwitz der Geschichte bedroht. Auch in Kephallonia gerät die Landschaft der Götter und der Phantasie in die Klauen der erbarmungslosen Zeitläufte.

Fischer Taschenbuch Verlag

fi 13657 / 1

Alain de Botton
Versuch über die Liebe
Roman
Aus dem Englischen von Helmut Frielinghaus
Band 13839

Der Held und Ich-Erzähler dieses ach so bekannten und immer wieder neuen Abenteuers der Liebe ist Mitte zwanzig und verliebt sich auf den ersten Blick unsterblich in Chloe, eine junge und attraktive Graphikdesignerin, die auf dem Flug von Paris nach London neben ihm saß. Was so zufällig, so normal und gewöhnlich und doch vom Schicksal vorherbestimmt in der Luft beginnt, ist der Anfang einer Liebesgeschichte mit allen Aufregungen und Verwirrungen, die zwei Menschen, die einander entdecken, erleben können. Der Leser beobachtet amüsiert, wie die analytische Rationalität des Erzählers dem romantischen Überschwang der Ereignisse von Anfang an entgegenläuft. Der Roman ist eine ausgelassene, selbstironische Übung in Sachen Sprache und Liebe – geistreich, heiter, und leider endet sie so wie die allermeisten Liebesgeschichten.

Fischer Taschenbuch Verlag

fi 13839 / 1